Christine Lynn Herman

Four Keys – Die Stadt im Schatten

CHRISTINE LYNN HERMAN

FOUR KEYS

DIE STADT IM SCHATTEN

Aus dem amerikanischen Englisch von
Gerald Jung & Katharina Orgaß

dtv

Ausführliche Informationen über unsere Autoren und Bücher
www.dtv.de

MIX
Papier aus verantwortungsvollen Quellen
FSC www.fsc.org
FSC® C083411

Deutsche Erstausgabe
2019 dtv Verlagsgesellschaft mbH & Co. KG, München
Titel der amerikanischen Originalausgabe:

Umschlaggestaltung: Katharina Netolitzky/dtv
Gesetzt aus der ITC Legacy Serif 11/15°
Satz: Fotosatz Amann, Memmingen
Druck und Bindung: CPI books GmbH, Leck
Gedruckt auf säurefreiem, chlorfrei gebleichtem Papier
Printed in Germany · ISBN 978-3-423-74048-7

Für meine Geschwister:

Joanna, die mir Violets Stimme finden half,
Louis, der mich alles streichen ließ,
was mir selbst nicht richtig gefiel,
& Andrea, die alle Bücher gelesen hat,
die vor diesem hier kamen –

Danke, dass ihr mich gelehrt habt,
wie man Geschichten erzählt.

TEIL I
DIE KNOCHEN-FÜNF

1

Nachdem in diesem Jahr schon die dritte Leiche entdeckt worden war, kniete Justin Hawthorne hinter seinem Elternhaus nieder. Er war bereit, seine Zukunft zu erfahren.

Seine Schwester May legte die Omenkarten verdeckt im Gras aus. Die allsehenden Augen auf den Rückseiten der fünf Karten starrten ausdruckslos in das Blätterdach über ihnen. Justin bekam eine Gänsehaut, als er ihre Iris betrachtete: Sie war weiß wie die Augen von Toten.

Er hatte den neuesten Leichnam nicht selbst gesehen, doch die vom Grau ausgespienen Überreste sahen immer gleich aus: bleiche, milchige Augen, eingedrückter Brustkorb und Rippen, die sich wie ein Geweih durch die aufgedunsene Rückenhaut bohrten.

»Ich muss die Karten nicht befragen.« May klang nie besonders freundlich, aber immerhin gab sie sich Mühe. Seit Justin bei seinem Ritual gescheitert war, hatte er keine Lesung mehr verlangt. May war klar, wie viel Überwindung es ihn gekostet hatte, sie jetzt darum zu bitten.

Weil eigentlich *er* derjenige sein müsste, der die Omenkarten lesen konnte. Weil eigentlich er sich um die Angelegenheiten der Familie und den Schutz der Stadt kümmern müsste.

Aber dazu war er nicht fähig. Er war ein morscher Ast an einem gesunden Baum.

Das Grau war in diesem Jahr immer dreister geworden und

hatte ein Opfer nach dem anderen in seine Welt gelockt, dorthin, wo die hungrige Bestie auf Beute lauerte. Dummerweise hatte Justin geglaubt, dass er sie, sobald er im Vollbesitz seiner Macht war, ein für alle Mal erledigen könnte.

Doch er verfügte über keinerlei Macht. Und jetzt war wieder ein Mensch tot.

Justin wollte nicht untätig herumsitzen, während andere starben. Ob nun mit Macht oder ohne, er war ein Hawthorne. Ihm würde schon noch etwas einfallen, wie er Four Keys in Zukunft schützen konnte.

Sein Schicksal lag in den Karten.

»Mach schon!«, sagte er und ergriff Mays Hände.

May schloss die Augen. Kurz darauf spürte Justin, wie sie in seine Gedanken eindrang – spitze, zielstrebige Fühler, die sich durch seinen Kopf schlängelten. Aus Erfahrung wusste er, dass May mehr fühlte als sah. Er gewährte ihr freien Zugang zu seiner Vergangenheit und Gegenwart, damit sie darin ein Muster für seine Zukunft erkennen konnte.

Nach ein paar Sekunden zog sie sich zurück, atmete leise aus und öffnete blinzelnd die Augen.

»Sie sind so weit«, sagte sie mit belegter Stimme und drehte die Karten um, sodass die allsehenden Augen nicht mehr zum Himmel, sondern ins Gras starrten. Justin hatte kaum einen Blick auf die einzelnen Karten geworfen, als seine Schwester schon hervorstieß: »Was …?!«

Ein Sonnenstrahl verwandelte das matte Rot des Glasmedaillons um Mays Hals in flammendes Blut, als öffnete sich in ihrer blassen Kehle eine Wunde.

Im Lauf der Jahre hatte ihm May schon Dutzende Male die Zukunft gelesen, teils zum Spaß, teils zu Übungszwecken, aber so erschrocken hatte Justin sie noch nie erlebt.

Sein Blick fiel wieder auf die umgedrehten Karten.

Die Zweig-Acht lag natürlich in der Mitte. Es war Justins persönliche Karte mit dem vertrauten Bild eines Jungen, der mit einem Reisigbündel im Arm auf einem Baumstumpf hockte. Dass sich um die Beine des Jungen Wurzeln rankten, die ihn an seinen Sitzplatz fesselten, hatte Justin erst entdeckt, als er älter war.

Dann sah er auch den Grund für Mays Bestürzung. Ihre Karte, die Zweig-Sieben, lag sonst immer zu seiner Linken, aber diesmal war sie überhaupt nicht dabei. An ihrer Stelle lag eine Karte, die Justin noch nie gesehen hatte. Das Bild darauf war kaum falsch zu deuten: eine Gestalt, die von Bäumen umgeben im Grau stand. Ihre rechte Hand war aus Fleisch und Blut.

Die linke Hand war skelettiert.

Justin musste an das Wiegenlied der Gründer denken: *Zweig und Dolch ...*

»Knochen«, sagte May tonlos und drückte den lackierten Fingernagel auf das Holz. Ihre Hand zitterte. »Ich hätte nicht ...« Ihre Stimme erstarb. Nicht mal eine zu Tode erschrockene May würde zugeben, dass ihr im Umgang mit den Karten ein Fehler unterlaufen war.

»Wir wissen beide, dass du keine Fehler machst«, sagte Justin rasch, konnte den Blick aber nicht von den Karten abwenden. »Also erklär mir, was das hier bedeutet.«

»Wenn du unbedingt willst ...« May zog die Hand weg. »Du wirst einen Weg finden, wie du der Stadt helfen kannst. Welchen Weg, kann ich nicht genau erkennen. Hier haben wir die Verschlungene Wurzel, eine Reihe Entscheidungen mit ungutem Ausgang. In Verbindung mit dem Schild sieht es aus, als würdest du wie üblich zu vermitteln versuchen. Woran vermutlich die Dolch-Drei schuld ist, denn Isaac macht ja immer Ärger.«

»Und was ist mit dieser Karte hier? Tu doch nicht so, als ob nichts wäre!« Obwohl die Karte im Schatten lag, schien sie zu leuchten. Die verflochtenen Finger aus Fleisch und Knochen – eine Verbindung zwischen den Lebenden und den Toten. »Sag schon!«

May schob die Karten geschickt zusammen und steckte sie dann in den Stapel zurück. Dabei schaute sie über Justins Schulter. Als sie schließlich wieder den Mund aufmachte, war der Blick ihrer hellblauen Augen auf die Bäume geheftet.

»Es geht um die Familie Saunders.« May stand auf. »Sie kommen zurück. Ich sag's Mom und du erzählst es niemandem. Nicht mal Isaac.«

»Warte doch mal!« Justin rappelte sich ebenfalls hoch, aber wenn May es darauf anlegte, war sie ziemlich schnell. Ihre Hand lag schon auf der Klinke der Hintertür. »Was hat das alles damit zu tun, dass ich Four Keys helfen kann?«

Mays rosafarbenes Haarband war verrutscht. Für ihre Verhältnisse war das sehr unordentlich, aber sie schien es nicht einmal zu merken. »Ich weiß nicht, ob ich es richtig deute«, antwortete sie, »aber sobald die Saunders wieder hier sind, bekommst du die Gelegenheit, für Four Keys eine große Veränderung zu bewirken.«

Justin ließ sie gehen.

Er selbst blieb noch eine ganze Weile im Hof stehen und betrachtete den Weißdornbaum, dem seine Familie ihren Namen – Hawthorne – verdankte. Der Baum streckte seine knorrigen Äste wie gierige Finger über die Giebel und das Dach seines Elternhauses aus.

Zum allerersten Mal in Justins Leben würde ein anerkanntes Mitglied jeder der vier Gründerfamilien in Four Keys anwesend sein.

Justin gehörte dazu. Und er würde die Möglichkeit bekommen, etwas zu ändern.

Daran glaubte er fest. Ihm blieb gar nichts anderes übrig.

Die Omenkarten hatten es ihm verkündet – und im Gegensatz zu den Hawthornes, die die Karten legten, logen diese selbst nie.

Zwei Wochen später

Ein einzelnes türkisfarbenes Haar brachte Violet Saunders aus der Fassung. Sie entdeckte es, als sie gerade in ihrem Notenhefter blätterte. Das Haar spross wie ein Grashalm aus der Lücke zwischen ihrem Sitz und dem Becherhalter.

Violet hielt inne. Klebriger Schweiß sammelte sich auf dem dunkelblauen Plastikhefter. Sie konnte sich weder auf die Straße, die an den Fenstern des Porsche vorbeiglitt, noch auf ihren Fingersatz zu Schumanns *Abegg-Variationen* konzentrieren. Ihre Begeisterung für das Klavierstück war plötzlich verflogen.

Sie löste einen Finger nach dem anderen vom Hefter und ihre linke Hand kroch wie eine blasse, geäderte Tarantel auf das Haar zu, als ihre Mutter unerwartet ihr Bluetooth-Headset ausschaltete.

»Alles in Ordnung?«, fragte sie. »Du bist ganz blass um die Nase.«

Violet zog die Hand sofort zurück, stellte den tosenden Schumann in ihren Kopfhörern leiser und versuchte, ihre Verwunderung zu verbergen. Zum ersten Mal seit über einer Stunde hatte ihre Mutter etwas zu ihr gesagt. »Mir ist nur ein bisschen schlecht vom Fahren.«

Juniper Saunders legte den Kopf schief. Das Headset an ihrem Ohr blinkte und warf blaues Licht auf die zugewachsenen Ohrlöcher. Sie waren die letzte sichtbare Erinnerung an eine Version von Violets Mutter, die es längst nicht mehr gab. »Sag mir Bescheid, wenn du dich übergeben musst. Dann halte ich an.«

Die Vorstellung, dass sich Juniper ihretwegen Sorgen machte, versetzte Violet einen Stich. Als sie mit den Klavierstunden aufgehört hatte, hatte ihre Mutter keinen Ton dazu gesagt, allerdings schien es ihr auch nicht groß aufgefallen zu sein, dass Violet ihr Zimmer am Tag der Hausbesichtigung dunkelrot gestrichen und sich nach der Beerdigung die Haare zu einem ungleichmäßigen, etwas über kinnlangen Bob abgeschnitten hatte. Trotzdem hatte Juniper jetzt offenbar mitten in einer Telefonkonferenz mitbekommen, dass es ihrer Tochter nicht gut ging.

Nicht ganz logisch, aber andererseits hatte Violet ihre Mutter noch nie richtig verstanden.

»So schlimm ist es nicht.« Violet kratzte mit dem Fingernagel über den Hefter. »Die Reisekrankheit, meine ich. Ich muss nicht kotzen oder so, noch nicht.«

Junipers Headset blinkte wieder. »Dann kann ich mich ja weiter meiner Konferenz widmen, oder? Im Londoner Büro geht es drunter und drüber und ich muss die Entwickler auf Spur bringen, sonst gibt's dort eine Katastrophe.«

»Klar«, antwortete Violet. »Dafür will ich natürlich nicht verantwortlich sein.«

Sie drehte die Lautstärke auf, bis der Schumann wieder aus den Kopfhörern dröhnte. Sie kannte jeden Takt, jede Pause, jeden Akkord – schließlich spielte sie bei dieser Aufnahme selbst. »Dann muss ich meinen Mageninhalt eben im Auto loswerden.«

Juniper verdrehte die Augen und redete weiter, irgendetwas

über einen Fehler in der Software, die ihre Firma entwickelte. Violet blendete sie aus und ließ sich in ihren Sitz zurücksinken.

Four Keys. Die Kleinstadt, in der ihre Mutter aufgewachsen war, von der sie nie erzählt hatte. Juniper erzählte sowieso nie etwas – auch nicht, warum sie darauf bestanden hatte, dass Violet und ihre Schwester *ihren* Nachnamen und nicht den ihres Vaters trugen oder warum sie ihre Heimatstadt gleich nach ihrem Schulabschluss verlassen und nie wieder besucht hatte. Nicht einmal, als ihre Eltern gestorben waren. Nicht einmal, als ihre Schwester, eine Tante, die Violet nie kennengelernt hatte, krank geworden war.

Der Gedanke an Schwestern bedrückte sie nur noch mehr. Hätte es in ihrer eigenen Familie nicht ebenfalls eine Katastrophe gegeben, wären sie jetzt nicht nach Four Keys unterwegs.

Ein riesiger Lastwagen überholte den Porsche. Violet schlug das Herz bis zum Hals, als ihr der Anhänger die Sicht nahm. Seit Rosies Unfall vor einem knappen halben Jahr hatte sie schon x-mal wieder im Auto gesessen, aber Lastwagen wie dieser lösten bei ihr immer noch eine fiese Mischung aus Übelkeit und Wut aus.

Sie zwang sich wegzuschauen, doch da fiel ihr Blick wieder auf das Haar, das sie zu verhöhnen schien. Violet hielt die Übungsaufnahme an, legte den Hefter in den Schoß und zog das türkisfarbene Haar aus dem Spalt.

Was gar nicht so leicht war. Als sie daran zupfte, merkte sie, dass es sich im Verschluss eines dünnen Silberarmbands verfangen hatte, das ebenfalls in der Lücke neben dem Sitz klemmte. Während Juniper unermüdlich Anweisungen in ihr Headset blaffte, strich Violet behutsam mit dem Finger über den filigranen Rosenanhänger.

Das Komische am Trauern war, dass es Violet nach den ersten

schlimmen Wochen, in denen sie wieder lernen musste zu schlafen, zu essen und zu atmen, fast noch schlechter ging. Es gab gewisse Regeln, wie man eine Beerdigung organisierte und mit überfürsorglichen Nachbarn umging, und es gab Therapien. Aber alle Beileidsbekundungen und gut gemeinten Ratschläge verrieten einem nicht, wie man sich verhalten sollte, wenn man den Schmuck der toten Schwester im Auto entdeckte, nachdem ihre übrigen Sachen längst weggepackt waren.

Dabei hatte Rosie das Armband nicht mal gemocht. Im Gegenteil – Violet erinnerte sich noch gut, wie ihre Schwester abfällig den Mund verzogen hatte, als sie die Schachtel an ihrem sechzehnten Geburtstag geöffnet hatte. Das Armband war ein Geschenk einer Großtante väterlicherseits, die Rosie und Violet zuletzt als Kleinkinder gesehen hatte und sich mit Jugendlichen und ihrem Geschmack anscheinend nicht besonders auskannte.

»Was soll ich denn mit einer Rose?«, hatte Rosie später gesagt, als sie wieder in ihrem Zimmer waren und den Berg Klamotten und die fragwürdigen Bastelarbeiten, die Rosie von ihren Freundinnen bekommen hatte, begutachteten. »Wie unkreativ ist das denn!? Ich werde das Ding höchstens aus Höflichkeit tragen, aber es sieht doch aus wie diese Halskettchen mit Namensanhänger. Wie ein Hundehalsband.«

Violet hatte ihr wie immer zugestimmt und sich ebenfalls über das Geschenk lustig gemacht, war aber insgeheim der Meinung gewesen, dass das Armband zwar nicht Rosies Stil entsprach, ihre Großtante aber immerhin versucht hatte, wieder Verbindung mit ihnen aufzunehmen. Nach Dads Tod hatte Juniper den Kontakt zu seiner Familie einschlafen lassen und Violet freute sich über jede Erinnerung an diese Verwandten.

Jetzt musterte sie die silberne Rose, die nach ihrer Verbannung neben den Becherhalter ein bisschen angelaufen war.

Ach, was soll's! Violet öffnete den Verschluss des Armbands, zupfte das Haar heraus und klemmte es in ihren Hefter. Dann legte sie sich das Armband um und drehte den Anhänger so, dass er die lila Adern verdeckte, die sich in Richtung Handfläche wanden.

Klar, das war schon ein bisschen kitschig. Rosie hätte bestimmt einen bissigen Kommentar rausgehauen. Aber als sie von der Schnellstraße abbogen, kam sich Violet nicht mehr ganz so allein vor.

Der Porsche fuhr jetzt über Landstraßen und statt der überfüllten Autobahn zogen bewirtschaftete Felder an den Fenstern vorbei. Die Felder gingen in Wald über und kurz darauf war der Wagen von Bäumen umgeben, die sich bis dicht an den Fahrbahnrand drängten, und deren Äste und Zweige sich im Gegenlicht des frühen Nachmittags als Silhouetten abzeichneten. Während die Musik in ihren Kopfhörern von Schumann über Bach zu Chopin wechselte, blickte Violet durch die Windschutzscheibe auf eine in dunkelgrüne Schatten getauchte Landschaft.

Die Bäume lenkten sie von der Straße und vom Himmel ab. Die scharf umrissenen Stämme, Äste und Blätter zogen ihren Blick so unwiderstehlich an, als würden sie direkt vor dem Auto flirren und winken.

Schließlich bogen sie auf einen holprigen Weg mit vielen Kurven ab. Von einem überhängenden Ast baumelte an rostigen Ketten ein Holzschild, dessen eingebrannte schwarze Buchstaben sie in Four Keys im Bundesstaat New York willkommen hießen.

»Das Schild ist ja noch da!«, sagte Juniper amüsiert. »Ich

hätte gedacht, dass sie es inzwischen durch etwas halbwegs Modernes ersetzt hätten.«

Violet nahm die Kopfhörer ab. »Hing das Schild schon zu deiner Schulzeit hier?«

»Es hängt hier, seit ich denken kann.«

Das war die erste Information über Four Keys, die sich Juniper freiwillig entlocken ließ. Als der Porsche an mehreren heruntergekommenen Einfamilienhäusern vorbeifuhr, kamen Violet die unzähligen anderen, nie beantworteten Fragen wieder in den Sinn. Über und neben den Haustüren hingen rötlich braune Glocken, mal nur eine oder zwei, mal zehn und mehr. Sie schaukelten im Wind, aber Violet hörte kein Läuten – auch nicht, als sie das Fenster herunterließ.

Sie versuchte, einen besseren Blick auf die Glocken zu erhaschen, aber anscheinend hatten sie jetzt die sogenannte Innenstadt erreicht, wo anstelle der heruntergekommenen Einfamilienhäuser größere heruntergekommene Gebäude die Straße säumten.

Violet entdeckte keine Filialen bekannter Handelsketten, nur ein paar kleine Läden, die den Eindruck machten, als wären sie einem alten Schwarz-Weiß-Foto entsprungen. Die abblätternde Goldschrift an einem Eckgebäude verriet, dass es sich um ein Kaufhaus handelte, außerdem gab es einen Laden für Secondhandkleidung, eine Kneipe, einen Lebensmittelladen und eine Bibliothek mit schiefem Giebeldach. Vor einem Diner, das aussah wie aus den Fünfzigerjahren übrig geblieben, standen ein paar Leute, schnippten ihre Kippen auf den Bürgersteig und sahen dem vorbeifahrenden Porsche nach.

Obwohl sie Westchester County erst vor fünf Stunden verlassen hatten, kam es Violet vor, als hätte sie jemand auf einen anderen Planeten gebeamt.

Juniper zeigte auf das Rathaus, ein durchaus eindrucksvolles Gebäude, das so gar nicht zu seinen schäbigeren Brüdern passen wollte. Dahinter erstreckte sich bis zum Horizont dichter Wald, dessen Äste von beiden Seiten her bis über das Rathausdach ragten. In Ossining, Violets Heimatstadt, wirkte jeder Baum wie ein Eindringling, der trotzig aus dem losen Kies emporwuchs oder in einer eingezäunten kleinen Fläche am Straßenrand sein Dasein fristete. Hier dagegen wirkten die Häuser wie Fremdkörper, als wären sie nur eine störende Unterbrechung des Waldes.

Die einzige baumlose Fläche war eine kleine Wiese gleich neben dem Rathaus. An ihrem Rand zum Wald hin und ein Stück von der Hauptstraße entfernt stand ein einzelnes Gebäude mit einem eigenartigen Symbol auf der Tür – einem Kreis, der von vier Linien durchschnitten wurde, die sich unterhalb der Mitte trafen, so wie bei einem umgedrehten Kreuz.

»Ist das eine Kirche?« Violet betrachtete den Marmorgiebel.

Juniper schüttelte den Kopf. »In Four Keys gibt es keine Kirchen. Das ist ein Mausoleum. Hier werden die Leute erst eingeäschert und dann beigesetzt. Das Mausoleum dient als allgemeine Gedenkstätte.«

»Gruselig.«

Juniper zuckte die Achseln. »Praktisch, würde ich sagen.«

Doch Violet konnte ihr Unbehagen bei der Vorstellung einer Stadt ohne Kirche und Friedhof nicht abschütteln.

Hinter der Wiese kam noch eine Ladenzeile, dann säumten wieder Wohnhäuser die Hauptstraße.

»Moment mal!« Violet drehte sich ungläubig um. Das Rathaus verschwand hinter einem wippenden Ast. »War das etwa schon alles?«

Wieder fuhren sie durch dichten Wald, der Wagen glitt durch einen Tunnel aus grünem Laub. Violet wollte mit dem Handy ein Foto machen, aber auf dem Bild waren die Blätter und Zweige total verschwommen.

Dann kamen sie aus dem Wald heraus und in offenes Gelände. Grelles Sonnenlicht fiel durch die Windschutzscheibe und Violet musste die Augen zusammenkneifen. Noch ehe sie die dunklen Flecken weggeblinzelt hatte, tauchte vor ihnen ein roter Ziegelbau auf.

»Ist das unser Haus?«, fragte sie. Vielleicht antwortete ihre Mutter etwas, vielleicht auch nicht. Violet war so gebannt von dem Anblick, dass sie es nicht richtig mitbekam.

Das Haus wirkte wie aus einem Traum: verfallen, geheimnisumwittert und ein bisschen schief. Die roten Mauern überragten die Bäume und das Dach war von drei Türmchen mit rostigen Eisenspitzen gekrönt.

Violet wartete kaum ab, bis das Auto hielt, riss die Tür auf und sprang heraus. Der Garten rund um das Haus war hoffnungslos verwildert. Violet stieg die bemooste Treppe zur Veranda hoch.

»Erstaunlich, dass die Bude überhaupt noch steht, so marode, wie sie ist«, sagte Juniper.

»Ich finde sie genial.« Staunend sah Violet, dass an der Tür sogar ein Messingklopfer hing. Dann fiel ihr ein, wie begeistert Rosie davon gewesen wäre, und ihre Euphorie bekam einen Dämpfer. Sie hatten immer davon geträumt, gemeinsam in genau so ein Haus zu ziehen. Ein knarrendes, altes Landhaus, wo Rosie die Wände bemalen und Violet den ganzen Tag Klavier spielen konnte, wo die Nachbarskinder sie beide für Hexen halten würden. Violet riss sich zusammen und betätigte den Türklopfer, aber die Gedanken ließen sich nicht verscheuchen. Genauso wenig wie die Trauer, die ihre Haut wie ein dünner Film überzog und sie wie in einen Kokon eingesponnen hatte.

Die Tür ging auf und auf der Schwelle stand eine Frau, die mindestens einen Kopf kleiner war als Violet. Sie hatte krauses Haar und trug ein feuerrotes Strickkleid. Ihre Züge waren ein Zerrbild von Junipers Gesicht – eine Juniper, die ihre Haare ungeniert grau werden ließ und lieber barfuß als auf hohen Absätzen ging.

»Hallo, Daria«, sagte Juniper. »Wir sind's.«

»Danke, wir kaufen nichts!«, erwiderte die Frau beziehungsweise Tante Daria.

Dann knallte sie die Tür mit einer Wucht zu, die man so einer kleinen Person gar nicht zugetraut hätte. Violet sprang erschrocken zurück. Als Juniper ihr erzählt hatte, Daria sei krank, hatte sie sich eine bettlägerige, gebrechliche Greisin vorgestellt!

»Daria!« Juniper rüttelte an der Tür. »Lass den Quatsch. Mach auf!«

»Geht es ihr nicht gut?«, fragte Violet leise und betrachtete einen roten Wollfaden, der sich in der Türangel verfangen hatte. In Darias Blick hatte sich kein Funken des Erkennens gespiegelt. Nicht einmal beim Anblick ihrer eigenen Schwester.

Juniper drehte sich mit der Hand am Türknauf um. Eine Strähne hatte sich aus ihrem Haarknoten gelöst und kräuselte sich auf ihrer Stirn.

»Nein, es geht ihr gar nicht gut«, sagte sie schroff. »Sie leidet an einer Frühform von Demenz. Die Ärzte wollten sie ins Heim stecken. Deswegen sind wir ja hier.«

Die silberne Rose drückte gegen Violets Handgelenk, lag kühl und schwer auf ihrem sich beschleunigenden Puls. »Warum hast du mir das nicht vorher gesagt?«

»Ich habe dir erzählt, dass sie krank ist.«

Diesen leicht abwesenden Gesichtsausdruck hatte ihre Mutter auch bei Rosies Beerdigung gehabt. Juniper hatte das Ganze umsichtig und professionell abgewickelt. Sie hatte den Sarg sogar in ihrer Mittagspause ausgesucht, weil sie dafür nicht extra einen Tag freinehmen wollte. Sie hatte der Andacht in der Kirche geduldig gelauscht und ihre in höflichem Desinteresse erschlafften Züge hatten sich auch dann nicht verändert, als sie am Grab standen. Violet hätte sie am liebsten in die offene Grube geschubst, aber dann hatte sich ihr Gewissen gemeldet und sie davon abgehalten. Außerdem hatte Rosie bessere Gesellschaft verdient.

Auch jetzt wäre es reine Zeitverschwendung gewesen, ihr klarmachen zu wollen, dass sie Violet gekränkt hatte. Wenn Rosies Tod nicht bewirkt hatte, dass Juniper ihrer verbliebenen Tochter mehr Aufmerksamkeit schenkte, dann war ihr auch nicht mehr zu helfen.

»Unglaublich«, sagte Juniper und hatte Violet schon wieder vergessen, als sie vor der säulengerahmten Tür auf und ab tigerte. »Wir sind den ganzen weiten Weg gefahren ... da kann sie uns doch nicht einfach ...«

»Und ob ich das kann!«, ertönte es heiser und leicht gedämpft durch ein Seitenfenster.

Daria drückte das runzlige Gesicht an die Scheibe. Was Violet auf eine Idee brachte.

Sie sprang die morschen Stufen wieder hinunter und stapfte durch den Garten, wobei ihre niedrigen Absätze tief im hohen Gras versanken.

»Was hast du vor?«, rief Juniper ihr nach.

Violet beachtete sie nicht und ging auf die Rückseite des Hauses, wo der verwilderte Rasen zu einem bewaldeten Hang hin abfiel. Aus diesem Blickwinkel spießte das höchste Türmchen die untergehende Sonne gerade mit seiner Eisenspitze auf.

Die Hintertür war weit weniger aufwendig gestaltet als die

Vordertür. Vielleicht war hier früher der Dienstboteneingang gewesen? Obwohl sich die Klinke nicht herunterdrücken ließ, war die schmutzige Scheibe in der Tür von spinnwebartigen Sprüngen durchzogen. Violet drehte sich wieder zum Garten um.

Sie hatte ihn vor ein paar Minuten zum ersten Mal gesehen und doch kam er ihr seltsam vertraut vor.

Ihr ganzes Leben lang hatte es immer nur sie und Rosie und Juniper gegeben. Ihr Vater war lediglich eine verschwommene Erinnerung, die sich aus wenigen Anekdoten und ein paar kostbaren Fotos zusammensetzte. Die ganze Saunders-Familie war ein einziges großes Geheimnis.

Das Haus war der Beweis dafür, dass es mit dieser Familie mehr auf sich haben musste.

Violet gab sich einen Ruck und suchte die üblichen Verstecke ab, bis sie den Ersatzschlüssel schließlich unter einem Übertopf voller trockenem Laub entdeckte.

Der Schlüssel war verdreckt und verrostet, aber er passte. Kurz darauf betrat sie die Diele im Erdgeschoss ihres neuen Zuhauses. Es roch muffig, die dunklen, dumpf hallenden Räume links und rechts schienen unbewohnt zu sein. In der Diele selbst säumten ausgestopfte Tiere die Wände. Als Violet versehentlich mit der Hand eine Gruppe ausgestopfter Vögel streifte, erschauerte sie unwillkürlich.

In einem Raum, der vermutlich das Wohnzimmer war, entdeckte sie hinter einem Sofa zerknitterten roten Stoff und krause Haare. Seufzend ging sie weiter bis in die sonnendurchflutete Diele.

Als sie die Haustür aufmachte, lehnte ihre Mutter mit finsterer Miene am Verandageländer.

»Gott sei Dank.« Juniper kam eilig herein. »Dieses Haus konnte mich noch nie leiden, ich schwör's.«

Violet folgte ihrer Mutter und blieb neben ihr stehen, als Juniper vor der halb offenen Wohnzimmertür anhielt. Daria war aus ihrem Versteck gekommen. Sie kauerte auf dem Boden, ihr Kleid breitete sich wie eine wollene Blutlache um sie aus. Die Hände vergrub sie in den drahtigen Locken. Die Saunders-Locken – so nannte Violets Mutter ihre Haare ärgerlich, als wären ihre schottischen Vorfahren für all ihre Probleme verantwortlich.

Juniper legte Violet die Hand auf die Schulter und sie versteifte sich. Sie konnte sich nicht erinnern, wann ihre Mutter sie zuletzt angefasst hatte. Schon vor Rosies Unfall hatten sie immer Abstand voneinander gehalten. »Ich kümmere mich um meine Schwester. Du kannst schon mal den Umzugswagen ausräumen.«

Juniper klang ungewohnt sanft, beinahe entschuldigend. Irgendwie war das noch schlimmer als das höfliche Desinteresse vorhin im Auto, so wie auch ihre Besorgnis wegen Violets Reiseübelkeit schlimmer war, als wenn Juniper sie einfach ignoriert hätte. Denn es bedeutete, dass ihre Mutter durchaus auf sie eingehen konnte, wenn sie nur wollte.

Violet entzog sich ihr. »Mach ich.«

Sie ging in Richtung Haustür, drehte sich dann aber noch einmal um. Ihre Mutter kniete neben Daria und sagte etwas zu ihr, was Violet nicht verstehen konnte, doch sie hörte aus dem Tonfall sowohl Unmut als auch Mitgefühl heraus.

Daria stemmte die Hand gegen Junipers Schulter. Suchte sie Halt oder wollte sie ihre Schwester wegschubsen? Dann erhoben sich beide im Gegenlicht der durch die großen Fenster hereinflutenden Sonnenstrahlen wie ein einziges, vierbeiniges Tier. Ihre Umrisse verschwammen, und als Violet die Augen zusammenkniff, hätte sie schwören können, hinter den beiden Köpfen etwas Türkisfarbenes aufblitzen zu sehen.

2

Kurz bevor sich Justins Herz an seinen eigenen Rippen aufspießte, ertönten vom Rand der Bahn drei schrille Pfiffe.

»Das reicht!«, blaffte Trainer Lowell und ließ die Trillerpfeife wieder sinken.

Erleichtert verlangsamte er seinen Sprint zu einem gleichmäßigen Trab. Normalerweise freute er sich auf das Training, aber das ferienbedingte Formtief hatte ihn in eine keuchende Schweißpfütze verwandelt. Seine Kameraden vom Crosslauf-Team der Four Keys High trotteten hinter ihm her, absolvierten schnaufend und leise fluchend die Auslaufrunde. Nächste Woche begann für Justin das letzte Jahr in der Oberstufe und damit auch das letzte Jahr im Team.

»Zeit?«, rief er, machte kehrt und wechselte vom Trab ins Gehen. Am Rand des Sportplatzes standen die Bäume dicht an dicht, ihre Wurzeln schoben sich wie Adern unter den aufgeworfenen Asphalt. Bei Wettkämpfen verknackste sich immer mal wieder jemand den Fuß, aber nur Teilnehmer, die nicht von hier waren.

Justin war in diesen Wäldern aufgewachsen. Trotzdem befiel ihn auf einmal, so nah an den Bäumen und mit dem dichten Laubdach über sich, ein beklemmendes Gefühl. Er wurde die Vorstellung nicht los, dass ihn die Zweige packen wollten.

Trainer Lowell blickte auf die Stoppuhr in seiner fleischigen Hand. »Hawthorne!«, sagte er schroff. »Komm mal her.«

Die Schule von Four Keys war zu klein und verfügte über zu wenig Mittel für eine richtige Sportförderung, aber das Laufteam fuhr zu Wettkämpfen und gewann sogar den einen oder anderen. Dann war meistens Justin der Sieger, aber die verdrossene Miene des Trainers deutete nicht unbedingt darauf hin, dass er ihn jetzt zu seiner Leistung beglückwünschen wollte.

»Sieh dir das an!« Lowell hielt Justin das Blatt mit den Zeiten unter die Nase und Justin bekam einen Schreck, als er den Eintrag hinter seinem Namen las.

Seit der neunten Klasse war er keine so lahme Runde mehr gelaufen – genau genommen seit der Mittelstufe nicht mehr.

»Was ist mit dir los?«, fuhr ihn der Trainer an. »Bei der dritten Runde hätte dich Gonzales beinahe überholt.« Sein Gesicht verzog sich unzufrieden.

»Gonzales hänge ich im Schlaf ab«, widersprach Justin.

»Die Mannschaft schaut zu dir auf, Hawthorne. Wenn du mit den Gedanken woanders bist, sind die anderen auch nicht bei der Sache.«

Justin bohrte die Spitze seines Turnschuhs in den bröckeligen Asphalt. Der Trainer hatte ja recht. Er war mit den Gedanken woanders.

Es kam ihm absurd vor, sich Sorgen wegen seiner Laufzeiten zu machen, wo doch ein Mensch gestorben war. Er musste immerzu daran denken, wie sich der Mann gefühlt haben musste, bevor ihn das Grau verschlang.

Der Mann hatte auch einen Namen: Hap Whitley. In seinem Nachruf stand, er habe zusammen mit seinem Vater in einer Autowerkstatt gearbeitet. Justin hatte das Foto, das die Familie dem Lokalblatt zur Verfügung gestellt hatte, ganze fünfzehn Minuten lang betrachtet: das auf den wirren Locken sitzende, nach hinten gedrehte Baseballcap, die leicht zusammengekniffenen Augen, das verlegene Grinsen.

Das alles lag schon zwei Wochen zurück, aber Justin stellte sich immer wieder – fast zwanghaft – vor, wie der junge Mann von dem Foto wohl ausgesehen hatte, bevor er eingeäschert und anschließend im Mausoleum beigesetzt worden war.

Die Saunders waren heute angekommen, so wie es seine Schwester vorhergesagt hatte. Die halbe Stadt hatte ihren glänzenden Wagen auf dem Weg zu ihrem Anwesen gesehen. Justin hatte damit gerechnet, aber nicht damit, dass seine Mutter ihn und May in ihr Büro zitieren und ihnen vorschreiben würde, dass sie sich von den Neuankömmlingen fernzuhalten hatten.

»Sie wissen nicht, wie diese Stadt funktioniert«, hatte sie gesagt. »Höchstwahrscheinlich sind sie sowieso ein abgestorbener Zweig der Linie. Also muss man sie gar nicht erst mit ihrem Erbe belasten.«

Obwohl Augusta Hawthorne mit beiden Kindern gesprochen hatte, hatte sie die ganze Zeit nur Justin angeschaut. Er dachte wieder an die Karte aus dünnem Holz, die zwischen ihm und May gelegen hatte, an die verflochtenen Finger aus Fleisch und Knochen und den modrigen Pilzgeruch unter dem Weißdornbaum.

Insofern stimmte es – er war nicht bei der Sache. Aber er hatte den Fehler begangen, es den Trainer merken zu lassen.

Justin besaß zwar keine übernatürlichen Fähigkeiten, konnte aber gut mit Menschen umgehen. Jetzt imitierte er Lowells lässige Haltung.

»Wird nicht wieder vorkommen.« Er sagte es voller Überzeugung und so laut, dass es auf dem ganzen Platz zu hören war.

Die Miene des Trainers hellte sich auf. Er vertraute Justin. Zumindest vertraute er den Hawthornes.

»Weiß ich doch«, brummte er und klopfte Justin freundschaftlich auf die Schulter. »Hauptsache, du bist für Long Lake bereit. Ich schätze, dass dort ein paar Scouts auftauchen ... und auch kleinere Unis vergeben Stipendien.«

Scouts, die nach Talenten für die Uniteams Ausschau hielten.

Justin nickte und tat so, als wären sein wild klopfendes Herz und sein abgerissener Atem noch Nachwirkungen des Lauftrainings. Umringt von seinen Teamkameraden ging er zur Umkleide, sie redeten über den bevorstehenden Auftakt der Crosslauf-Saison.

Justin kannte die anderen Jungs natürlich alle: aus der Schule, von Partys und vom Training, aber es spielte keine Rolle, dass Cal und er schon als Kinder um die Wette gelaufen waren oder dass er schon mit Seo-Jin Park, Britta Morey und Marissa Czechowicz gegangen war. Zwischen ihm und den anderen herrschte stets eine gewisse Distanz. Als Justin noch jünger war, hatte er es genossen, dass ihn alle heimlich anschwärmten. Ihr übertriebenes Lachen über seine Witze, ihre Blicke – das alles verdankte er der Achtung, die seiner Familie in Four Keys entgegengebracht wurde. Es war ein Beweis dafür, wie viel Gutes die Hawthornes getan hatten.

Doch seit in diesem Jahr der erste Tote aufgetaucht war, hatten sich die Blicke verändert. Sie waren jetzt nicht mehr nur freundlich und bewundernd, sondern auch erwartungsvoll. Alle paar Jahre forderte das Grau in Four Keys ein neues Opfer, üblicherweise um die Tagundnachtgleiche herum, aber nie so viele Opfer in so kurzer Zeit. Und Justin wurde allmählich bewusst, dass es Konsequenzen hatte, zu jenen zu gehören, auf die Four Keys in schweren Zeiten seine Hoffnung setzte.

Vor allem, weil er selbst nichts unternehmen konnte. Seine

Mutter hatte seine fehlende Macht nun schon fast ein ganzes Jahr lang geheim gehalten, aber früher oder später würde die Wahrheit herauskommen – und die allgemeine Hochachtung würde in Verachtung umschlagen.

Deshalb hatte ihn seine Mutter vor einigen Wochen auch so bedrängt und ihm einen Stapel Bewerbungen für alle möglichen Sportstipendien in die Hand gedrückt. Erst hatte Justin nicht begriffen, worauf sie hinauswollte.

Die Macht wurde jeweils nur an eine Linie einer Gründerfamilie vererbt, weshalb die Gründerkinder, die ihr Ritual bestanden, nach ihrem Abschluss nicht weggingen. Schon gar nicht jetzt, wo alle beunruhigt waren und die verbliebenen Gründerfamilien allmählich ausstarben. Onlinekurse und die örtliche Fachhochschule waren im Tausch für das Wohl der Stadt ein geringer Preis.

Allerdings waren die Hawthornes nicht *irgendeine* Gründerfamilie. Sie waren diejenigen, die das Sagen hatten. Seine Mutter hatte ihm an jenem Abend erklärt, dass sie in Four Keys als die geborenen Anführer galten. Justins Machtlosigkeit könnte dieses Ansehen ruinieren.

Augusta hatte also darauf bestanden, dass er Four Keys verließ, bevor die Stadt die Wahrheit erfuhr. Sie würde die Studiengebühren übernehmen, wenn er versprach, nie mehr zurückzukommen.

Bis jetzt hatte Justin noch keine Entscheidung getroffen.

Vielleicht erlaubte ihm ja die Zukunft, die May aus den Karten gelesen hatte, trotzdem hierzubleiben.

Vielleicht machte er sich aber auch nur etwas vor.

Sonst ging Justin nach dem Training gleich nach Hause, aber heute hatte er sich bereit erklärt, im Diner die Spülschicht zu übernehmen. Weil seine Mutter die Polizeichefin der Stadt war, musste Justin nach der Schule eigentlich nicht noch jobben gehen. Doch Four Keys sah sein Engagement gern und er gab sich große Mühe, als dasjenige Mitglied der Gründerfamilie zu gelten, das die Allgemeinheit nicht nur beschützte, sondern ihr auch diente.

Als er auf dem verlassenen Platz hinter dem Diner einparkte, ging die Sonne schon über den Bäumen unter. Er warf sich die Schürze über die Schulter, ließ den Pick-up stehen und winkte den beiden Polizisten zu, die vor dem Restaurant Kette rauchten.

»Hat dich deine Mutter heute Abend für die Streife eingeteilt?«, fragte Officer Anders.

Justin schüttelte den Kopf. »Erst morgen.«

»Aha. Dann halt die Augen offen. Drei sind zu viel – wir wollen auf keinen Fall, dass es vier werden.« Der Polizist legte liebevoll die Hand auf sein Pistolenhalfter. Hinter dem Diner erstreckte sich der Wald, das Gebäude sah vor den mächtigen Eichen aus wie ein Spielzeughaus.

Wenn man ins Grau geriet, half einem auch keine Pistole mehr, trotzdem trug die halbe Truppe seiner Mutter welche. Für Leute ohne Gründerblut waren die Waffen sozusagen tröstende Schmusedecken – so wie die Steinanhänger, die sie um den Hals trugen, und die Glocken neben ihren Haustüren.

»Ich passe schon auf«, erwiderte Justin, obwohl er seinen Streifendienst auch nackt und betrunken absolvieren konnte, wenn ihm danach war. Seit er bei seinem Ritual durchgefallen war, ließ ihn Augusta nicht mal mehr in die Nähe eventueller Gefahren. Inzwischen ging er nur noch auf Streife, um sich dabei sehen zu lassen.

Justins Medaillon grub sich in sein Handgelenk – eine Scheibe aus leuchtend rotem Glas, die eigentlich bedeutete, dass er keinen schützenden Steinanhänger mehr brauchte, weil er jetzt im Besitz seiner Macht war. Sein Medaillon war Schwindel, aber er trug es für Officer Anders – und für alle anderen, die ihn für einen echten Gründer hielten. Justin verabschiedete sich und betrat das Diner. Er schämte sich.

Die Einrichtung des Restaurants sah aus, als würde sie jeden Augenblick auseinanderfallen. An einer Wand lehnte eine betagte Jukebox und leierte misstönend einen Song der Beach Boys, gelbe Schaumstofffüllung quoll im flackernden Licht der angeknacksten Neonröhre aus den blauen Polstern. Im Vorbeigehen fuhr Justin mit der Hand über die Tische, die nie richtig sauber aussahen, egal, wie oft man sie abwischte.

»Sehr schön.« Isaac Sullivan saß an der Kasse und las. »Du kannst gleich die Hauptschicht fürs Abendessen übernehmen.«

Das treffendste Wort, das Justin für Isaacs äußere Erscheinung einfiel, war »durchdacht«. Sein Undercut mit den dunklen Locken, das bis zum Hals zugeknöpfte Flanellhemd und die beiden Medaillons an den Handgelenken, die rot auf der blassen Haut leuchteten – das eine, das er sich verdient, und das andere, das er von seinem Bruder übernommen hatte.

»Wir Gründerkinder stehen sowieso im Mittelpunkt«, pflegte er zu sagen. »Da können wir den Leuten genauso gut Grund zum Glotzen geben.«

Auch deswegen waren Justin und er befreundet. Isaac wusste, wie es war, wenn man ständig unter Beobachtung stand.

Justin band seine Schürze um. »Ich bin heute nicht an der Theke. Ich hab Spüldienst.«

»Den Spüldienst übernehme ich.« Isaac griff sich sein Buch und stand auf. »Du bedienst.«

Obwohl sie schon ein paar Monate hier jobbten, musste Justin unwillkürlich lachen, als er die Aufschrift auf Isaacs Schürze las.

Herzlich willkommen!, stand da in verschnörkelten Buchstaben. *Ich bin Ihre freundliche Bedienung. Für Ihre Zufriedenheit tue ich alles!*

»Jetzt hör schon auf«, sagte Isaac. »Du hast das gleiche Teil um.«

»Ja, aber dich kotzt es mehr an.«

Isaacs Kiefermuskeln zuckten. Justin wusste längst, was diese Miene bedeutete. Gleich gab es Ärger.

»Jetzt nicht mehr«, sagte Isaac und berührte die Schürze leicht. Die Luft vor der gestickten Aufschrift flimmerte und die Buchstaben verkohlten, bis nur noch ein schwarz gerändertes Loch übrig war.

Justin ärgerte sich über sich selbst. Isaac zu provozieren war nie eine gute Idee, schon gar nicht bei der Arbeit.

Sein Freund hatte den Job bekommen, nachdem ein Zwischenfall im Lebensmittelladen einen beträchtlichen Sachschaden verursacht hatte. In der Stadt wusste jeder, dass nur Isaacs Status als Gründersohn und der Einfluss der Hawthornes dafür gesorgt hatten, dass er im Diner arbeiten durfte. Sogar das Buch, das er las, hätte eine bessere Bedienung abgegeben als er.

»Da bist du ja, Justin! Wir brauchen dich hinten, bevor der große Ansturm losbricht.« Pete Burnham kam aus der Küche. Seiner Familie gehörte das Diner, aber er war der Einzige, der sich darum kümmerte. Dann fiel sein Blick auf Isaacs Schürze. »Nicht schon wieder!« Er fuhr sich über den kahlen Kopf. »Du weißt doch, dass Ma die Schürzen eigenhändig bestickt!«

Isaac blieb ungerührt. »Dann kauf ihr eine Nähmaschine. Oder sag ihr, dass sie sich ein anderes Hobby suchen soll.«

»Sprich nicht so über Ma.«

»Du bist echt ein Muttersöhnchen. Hat dir das noch keiner gesagt?«

»Das muss ich mir von dir nicht bieten lassen, Sullivan!«

Die Luft um Isaac flirrte plötzlich wie die Luft über erhitztem Asphalt. Pete wich in Richtung Küchentür zurück.

Justin war kurz davor einzugreifen. Meistens hörte Isaac auf die Stimme der Vernunft, jedenfalls wenn sie von Justin kam. Doch bevor er etwas sagen konnte, schwang die Dinertür knarrend auf und ein Mädchen kam herein, das Justin noch nie gesehen hatte: kantiges Gesicht, eher mager, dunkle Augen und schulterlanges, pechschwarz schimmerndes Haar. Durch die breiten Risse in ihrer Highwaist-Jeans sah man ihre Oberschenkel.

Der Blick, den sie durch das Diner wandern ließ, hatte etwas Raubtierhaftes und verunsicherte Justin. Ohne auf Isaacs Schürze oder Petes offensichtliche Bedrängnis zu achten, marschierte sie zum Tresen.

»Arbeitet einer von euch hier?«, fragte sie in den Raum hinein.

Pete fing sich wieder, eilte hinter den Tresen und setzte sein breitestes Grinsen auf. »Pete Burnham, mein Name. Ich bin der Besitzer dieses großartigen Restaurants.«

»Freut mich«, erwiderte das Mädchen. Sie musste eine von den Saunders sein. In Four Keys tauchten neue Leute nicht einfach so ohne Grund auf. »Dann können Sie mir bestimmt verraten, ob es hier auch was zum Mitnehmen gibt.«

Pete nickte eifrig wie eine Wackelkopffigur. »Selbstverständlich! Sie haben die richtige Wahl getroffen. Wir haben die besten Speisen der ganzen Stadt.«

»Viel Konkurrenz gibt's ja nicht«, erwiderte das Mädchen trocken.

»Äh ... stimmt«, sagte Pete. »Tja, Qualität geht eben über Quantität.«

Das Mädchen bestellte etwas von der Karte, die hinter dem Tresen hing. Justin hatte noch nie erlebt, dass jemand einen Blick darauf warf. Pete verschwand in der Küche und versprach, dem Koch auf die Finger zu schauen. Bestimmt war er froh, Isaac zu entkommen.

Die Fremde blieb vor der Kasse stehen und trommelte geistesabwesend mit den Fingernägeln auf die Vitrine. Unter den Trägern ihres Tanktops standen die Schlüsselbeine hervor und um den Hals trug sie eine Kette, die im Neonlicht matt schimmerte.

Wenn sie tatsächlich eine Saunders war, könnte sie die Gestalt auf der Karte sein.

Sie anzusprechen könnte ein erster Schritt sein, den nächsten Todesfall zu verhindern.

Justin dachte an die Ermahnung seiner Mutter, dass er sich von den Saunders fernhalten sollte. Andererseits trug das Mädchen kein Gründermedaillon – weder um den Hals noch am Handgelenk. Falls ihn Augusta zur Rede stellte, würde er einfach behaupten, dass er nicht gewusst hatte, wer sie war.

Er schielte zu Isaac hinüber, der sich in die nächstbeste Sitzecke verdrückt und sein Buch wieder aufgeschlagen hatte. Er tat so, als wäre er völlig in seine Lektüre vertieft, wollte anscheinend überdeutlich demonstrieren, dass ihn die Situation kein bisschen interessierte. Was angesichts der Tatsache, dass niemand Fremdes mehr nach Four Keys gekommen war, seit er und Justin in der zweiten Klasse waren, ziemlich unglaubwürdig war.

Es bedeutete aber auch, dass Justin allein klarkommen musste, zumindest, was die Unterhaltung mit dem Mädchen anging.

»Ich bin Justin Hawthorne«, sagte er und versuchte, ihren

forschen Ton nachzuahmen. Leider klang es bei ihm eher angestrengt und gezwungen, aber er lächelte sie trotzdem an.

»Violet Saunders«, erwiderte sie nach kurzem Zögern. »Willst du mir jetzt auch erzählen, dass hier Haute Cuisine serviert wird?«

»Pete ist hier der Chef«, antwortete Justin, der nicht wusste, was »Haute Cuisine« hieß, verlegen. »Er muss das sagen.«

»Heißt das, du findest das Essen nicht so toll?«

»Doch! Ehrlich, das Essen ist lecker.«

»Na ja, auf der Karte steht ›Mischmaschteller‹«, entgegnete Violet. »Klingt nicht gerade vertrauenerweckend.«

»Das ist ein typisches Gericht für die Gegend«, erwiderte Justin überrumpelt. »Es ist in Ordnung.«

»In Ordnung oder lecker? Das ist nämlich ein Unterschied.«

Was sollte Justin darauf antworten? Isaac grinste schadenfroh hinter seinem Buch.

»In Ordnung, würde ich sagen.« Es war die Wahrheit, aber die Wahrheit war auch, dass ihn die Burnhams, wenn sie der Meinung waren, dass er ihr Lokal schlechtmachte, auf den Parkplatz schleifen und verprügeln würden, Hawthorne hin oder her. Und Justin hatte lieber eine Nase, die nicht gerichtet werden musste.

»Bist du neu hier?« Keine besonders geistreiche Frage, aber ihm fiel nichts Besseres ein. Als er seinen Nachnamen genannt hatte, hatte sie sich nichts anmerken lassen. Demnach wusste sie nichts über die Gründerfamilien, was wiederum hieß, dass seine Mutter recht hatte. Aber wie sollte ihm dieses Mädchen dann helfen, wenn sie keine Ahnung vom Grau und von den Fähigkeiten ihrer Familie hatte?

»Ist dieses Kaff so klein, dass man das sofort merkt?« Violet nahm die Hand vom Tresen. »Oder sehe ich bloß so aus, als ob ich nicht von hier bin?«

Sie verschränkte die Arme über ihrem Top. Die abwehrende Haltung erinnerte Justin an Harper Carlisle.

Der Gedanke an Harper war jedes Mal von Schuldgefühlen begleitet. Justin versuchte, ihr Bild zu verdrängen, aber die Scham schnürte ihm trotzdem die Kehle zu.

»Musst du mich so anstarren?«, fragte Violet spitz.

Justin merkte, dass er nicht mehr lächelte. Harper ließ ihn jedes Mal vergessen, dass er ein Hawthorne war. Sie war schuld, dass er aus der Rolle fiel.

»Ich habe dich nicht …«, fing er an, aber da tauchte Pete mit einer großen Papiertüte in der Hand wieder auf.

»Bitte sehr!«

»Danke.« Violet nahm die Tüte, bezahlte blitzschnell und ging zur Tür. Kurz davor blieb sie noch einmal stehen und Justin schöpfte neue Hoffnung, aber sie sah Isaac an, der sein Buch absichtlich vors Gesicht hielt. »Das Ende wird dir nicht gefallen.«

Als sie hinausging, trällerten die Beach Boys hinter ihr her.

Isaac ließ das Buch sinken. »Super gelaufen. Wenn du heimkommst, liegt sie bestimmt schon in deinem Bett.«

»Hey, sie hat mich sowieso schon fertiggemacht, da musst du nicht noch nachtreten. Warum hast du eigentlich nicht mit ihr geredet? Sie ist eine neue Gründerin. Als ob dich das nichts angeht!«

»Hast du der Polizeichefin nicht zugehört?«, konterte Isaac. »Erloschene Linie, keine Macht, aus dem Weg gehen.«

Vielleicht hätte Justin überrascht sein sollen, dass seine Mutter das offenbar allen eingeschärft hatte, aber er wunderte sich nicht. Augusta war sehr gewissenhaft. »Du hörst doch sonst nicht auf meine Mutter.«

Isaac zuckte die Achseln. »Vielleicht finde ich ja, dass sie diesmal recht hat.«

Das war Unsinn. Justin kannte Isaac in- und auswendig, besser als jeden anderen – zumindest jeden anderen, der noch am Leben war. Wenn Isaacs Stimme plötzlich tiefer wurde, bedeutete das, dass er log, aber es hatte keinen Sinn nachzuhaken. Außerdem war Pete noch im Gastraum.

Justins Blick fiel auf den Buchtitel. *Schöne neue Welt.* Isaac liebte Bücher mit hochgestochenen Titeln, bei denen Justin sich immer dumm vorkam.

»Das hast du doch schon mal gelesen, oder?«

Isaac nickte.

»Und? Wie geht es aus?«

Isaac klappte den Roman zu. »Der letzte Hoffnungsträger bringt sich um.«

Justin schüttelte den Kopf. »Was für 'n Scheiß. Wer will denn so was lesen?«

»Und du wunderst dich, warum sich die Neue nicht mit dir unterhalten wollte?«

»He, Sullivan!«, rief Pete vom Tresen. Er hatte Isaacs unverschämte Bemerkung von vorhin nicht vergessen. »Hast du vor, deinen Hintern heute überhaupt noch mal zu bewegen?«

Isaac ließ den Blick übertrieben bedächtig durch das Lokal schweifen. »Soweit ich sehe, sind alle Kunden zufrieden.«

»Hol dir eine neue Schürze und dann an die Arbeit. Die Kosten für die ruinierte ziehe ich dir vom Lohn ab, damit das klar ist.«

Isaac knallte das Buch auf den Tisch und Justin wurde wieder nervös, aber dann ging sein Freund nach hinten und die Luft um ihn herum sah fast normal aus. Bei Isaac musste man mit »fast normal« zufrieden sein.

»Sonst führt er sich doch auch nicht so auf«, sagte Pete, nachdem Isaac durch die Schwingtür verschwunden war.

»Kurz vor dem Jahrestag ist er immer so.«

»Ach so.« Pete hatte plötzlich an der Kasse zu tun. »Dann will ich mal nicht so sein.«

Die Tür zur Küche flog wieder auf. Isaac trug eine neue Schürze.

»Ich bin ja wohl nicht der Einzige, der hier arbeiten muss«, sagte er zu Justin. »Hör auf, über mich zu lästern, und geh spülen.«

Die ersten Abendgäste kamen herein. Es ging los.

»Mach du den Abwasch«, sagte Justin rasch. »Ich bediene.«

Isaac grinste flüchtig. »Na gut. Wenn dir das lieber ist ...«

Er verschwand wieder, aber sein dankbarer Blick entging Justin nicht. Als er nach vorn ging, spürte er seine Waden, die wie immer nach dem Training höllisch stachen. Am Ende der Abendschicht, wenn er stundenlang mit Tellern in beiden Händen herumgerannt war, würden die Schmerzen unerträglich sein.

Doch er riss sich zusammen und setzte sein schönstes Lächeln auf. Isaac brauchte ihn, Four Keys setzte große Hoffnungen in ihn. Er würde sich auf gar keinen Fall anmerken lassen, wie sehr er sie jetzt schon alle enttäuscht hatte.

Das Abendessen verlief ungemütlich. Statt mit Violet und Juniper zu essen, löffelte Daria hastig einen Rest Eintopf in sich hinein und zog sich dann in ihr Zimmer zurück. Ihr Kater Orpheus, ein hochmütiges Vieh mit gelben Augen und einem roten Wollfaden ums Ohr, blieb da und fauchte Violet und ihre Mutter so lange an, bis Violet nachgab und ihm ein Stück Hühnchen hinwarf.

Wie es wohl war, wenn man jahrelang friedlich allein lebte und dann plötzlich irgendwelche Leute ankamen und behaupteten, sie seien deine Verwandten? Violet stellte es sich ziemlich schrecklich vor.

»Ist es schlimm für dich?«, fragte sie ihre Mutter. »Sie so zu sehen, meine ich?«

Junipers Mund zuckte. »Was glaubst du denn? Sie weiß ja kaum noch, wer ich bin.« Dann stand sie auf und zeigte auf Violets halb vollen Teller. »Gib her. Ich bring's weg.«

Violet verkniff es sich, ihre Mutter darauf hinzuweisen, dass *sie* wenigstens noch eine Schwester hatte. Sie reichte Juniper den Teller, dachte an die beiden Jungen im Restaurant und schluckte den letzten Bissen Hähnchenbrust mit Parmesan hinunter.

Da war einmal der blonde, gut aussehende, selbstbewusste Justin. Und dann der Leser, der sich betont zurückgehalten hatte. Trotzdem waren die Blicke beider irgendwie erwartungsvoll gewesen.

Im Grunde war es ihr egal, was die zwei von ihr wollten. Sie hatte sich nie viel aus Freunden gemacht, aus Freundinnen auch nicht. Klar hatte sie sich schon mal in jemanden verliebt, hatte sich sogar vor ein paar Jahren Rosie gegenüber als bisexuell geoutet, aber Dates waren einfach nicht ihr Ding. Ihre Schwester und ihr Klavier hatten ihr völlig gereicht und die wenigen, nicht sehr engen Freundschaften waren nach Rosies Tod auseinandergegangen, weil die anderen nicht wussten, wie sie mit Violets Trauer umgehen sollten. Dass sie nächste Woche in einer neuen Schule anfangen musste, wäre ihr schwerer gefallen, wenn sie in Ossining jemanden zurückgelassen hätte, an dem ihr etwas lag.

Plötzlich fiel Violet ein, dass sie schon fast einen ganzen Tag nicht gespielt hatte. Es hatte lange gedauert, den Umzugswagen auszuladen, und war superanstrengend gewesen. Als Violet endlich losgezogen war, um etwas zu essen aufzutreiben, hatte sie ihre Kisten gerade mal nach oben in ihr neues Zimmer geschleppt. Die übrigen Kartons standen noch alle im Erdgeschoss, aufgereiht wie Wachposten. Violet ging an ihnen vorbei in das Zimmer, in dem sie vorhin ein Klavier erspäht hatte.

Im Gegensatz zu ihren Verwandten konnte sich Violet nicht für Tierpräparate begeistern. Als sie den Klavierdeckel aufklappte, mied sie die Glasaugen der drei Rehbockköpfe an der Wand. Die Elfenbeintasten dagegen lächelten sie einladend an – endlich etwas Vertrautes in der neuen Umgebung.

Kaum hatte sie die Finger auf die Tasten gelegt, durchströmten sie Erleichterung und Vorfreude. Überall, wo sie spielen konnte, fühlte sie sich zu Hause. Das war schon seit ihrer ersten Klavierstunde mit vier Jahren so. Man hatte sie jedes Mal aus dem Haus der Lehrerin schleifen müssen, weil sie strampelnd darum bettelte, noch ein bisschen länger herumklimpern zu dürfen.

Probehalber spielte sie eine Tonleiter. Zu ihrer Überraschung war das Instrument gestimmt. Vielleicht spielte Daria ja darauf. Auch die Raumakustik war recht gut, und kurz darauf war Violet in Bachs *Präludium und Fuge Nr. 6 in d-Moll* versunken.

Nach Rosies Beerdigung hatte sie nicht mehr regelmäßig gespielt. Zwar gab es zwischendurch auch gute Tage, aber meistens schwamm die Musik nur unerreichbar in ihrem Kopf herum. Sie hatte mit dem Unterricht aufgehört, aber ihr Vorspielprogramm trotzdem mehrmals pro Woche geübt und sich eingeredet, dass sie irgendwann zur Normalität zurückkehren würde. Doch jetzt wurde ihr schon nach wenigen Minuten klar, dass das Üben nicht hatte verhindern können, dass sie immer mehr nachließ.

Sie würde nicht auf die Musikhochschule gehen. Jetzt nicht mehr.

Ihre Hände flogen über die Tasten, entfernten sich immer mehr von ihrem Programm und improvisierten neue Variationen. Violet schloss die Augen und überließ sich den Klängen.

Nach einer Weile nahm sie ein Geräusch wahr, das von außen in ihre Musikblase eindrang. Abgelenkt zog sie die Hände zurück. Es fiel ihr eigenartig schwer.

Dann öffnete sie die Augen.

Im Zimmer war es stockdunkel.

Als das Geräusch wieder ertönte, blinzelte Violet irritiert. Es war ein seltsam blecherner Laut. Dann leuchteten im Dunkeln zwei glühende Augen auf. Erschrocken schob Violet die Klavierbank zurück und tastete nach ihrem Handy. Als sie gerade Luft holte, um zu schreien, kam unter der Klavierbank ein roter Wollfaden hervor.

»Ach, du bist's!« Violet atmete auf.

Die Katze gab wieder diese sonderbaren Laute von sich, die sich wie eine Miniaturkettensäge anhörten, und schmiegte sich an die Klavierbank. Dann zwickte sie Violet in den Knöchel.

Violet fluchte und zog die Füße auf die Bank. Erst jetzt entdeckte sie endlich ihr Handy auf dem Notenpult, doch als die Anzeige aufflackerte, bekam sie einen Schreck.

Dem Gefühl nach hatte sie bloß zehn Minuten gespielt, höchstens zwanzig, aber laut Display hatte sie fast vier Stunden am Klavier verbracht. Auch früher schon hatte sie ab und zu während des Spielens die Zeit vergessen, aber doch nicht so.

Rasch stand sie auf und ging zur Tür.

Das Unbehagen verflog auch dann nicht, als sie wieder in ihrem Zimmer war. Es war viel größer als das in Ossining. Die Wände waren nicht tapeziert, sodass das Ziegelmauerwerk freilag, und das Himmelbett hätte aus einem Museum stammen können. Auch hier gab es zahlreiche ausgestopfte Tiere. Violet trug eine gruselige Krähe und einen Rehkopf ins Nebenzimmer, wobei sie komischerweise den Drang verspürte, sich bei ihnen zu entschuldigen.

Als sie wieder zurückkam, fiel ihr Blick auf die Kistenpyramide an der Wand. Auf jeder Kiste stand in großen schwarzen Buchstaben: ROSIE.

An dem Abend, bevor Juniper Rosies Zimmer für den Umzug ausgeräumt hatte, hatte Violet den Raum zum ersten Mal seit dem Unfall wieder betreten. Sie hatte die Regale, den Nachttisch, die Wäschekommode und den Schrank gründlich durchsucht und die Geheimnisse ihrer Schwester verschwinden lassen: die halb leere Whiskyflasche unter der Matratze, die Dessous unter den T-Shirts, die Liebesbriefe von Elise in der Jackentasche. Es hatte eine volle Stunde gedauert, Rosie von dem Menschen, der sie in Wahrheit gewesen war, in die Tochter zu verwandeln, die ihre Mutter sich gewünscht hatte. Als Violet fertig war, hatte sie sich mit einem schlechten Geschmack im Mund auf dem eigenen Bett zusammengerollt.

Die Kisten waren das Ergebnis der Pack-Orgie ihrer Mutter – das bunte, aber geschmackvolle Porträt eines Mädchens, das künstlerisch veranlagt, aber trotzdem gut erzogen gewesen war, eher Monet als van Gogh. Violets Blick wanderte von dem Kistenstapel zu dem Gemälde, das darüber an der Wand hing.

Es stammte aus Rosies Mappe und war ein abstraktes Porträt, das Violet darstellen sollte. Wenn man im richtigen Winkel draufschaute, gerieten die verwischten Farbkleckse in Bewegung. Rosie hatte vier solcher Porträts gemalt: von jedem Familienmitglied eins, obwohl ihr Vater schon lange tot war. Diesen Bildern hatte sie es auch zu verdanken, dass sie gleich von drei angesehenen Kunsthochschulen angenommen worden war. »Seelenporträts« hatte sie ihre Werke genannt, und obwohl

Violet ihre Schwester wegen ihrer Esoterik-Neigungen aufgezogen hatte, konnte sie nicht ganz leugnen, dass die Bezeichnung treffend war.

Alle anderen Sachen von Rosie mochten eine Lüge sein – Violets Seelenporträt nicht. Violet ging näher heran und ihr Unbehagen ließ nach, als sie die vertrauten Pinselstriche betrachtete.

Sie fuhr mit den Fingerkuppen darüber, dann zog sie die Vorhänge zu. Die schwarzen Silhouetten der Bäume vor dem Haus sahen im Mondlicht wie eine Reihe schiefer Zähne aus.

3

Harper Carlisle absolvierte eine geschmeidige Abfolge von Paraden und Riposten. Als sie ihre Beinarbeit beschleunigte, grub sie die nackten Zehen in den Boden. Sie stellte sich die Bestie im Grau vor – ein dürres, gesichtsloses Gerippe – und stieß zu. Das vergilbte Spitzennachthemd bauschte sich um ihre Knie, als sie der imaginären Kreatur die Klinge in die Brust rammte.

Dabei wusste sie gar nicht, wie das Ungeheuer aussah. Kein Lebender wusste das.

Harper wusste aber, wie es sich anhörte. Kaum ein Tag verging, an dem sie die Erinnerung an die blecherne Stimme nicht heimsuchte.

Es wurde allmählich hell, aber sie war schon seit drei Uhr wach und übte hinter ihrem Elternhaus Fechten. Ringsum duckten sich Tierskulpturen ins welke Gras – ein rötlich braunes Publikum. Diese Skulpturen waren das, was noch am ehesten als Familienerbe der Carlisles gelten konnte. Manche waren aus Lehm modellierte Hüter und dienten den Carlisles als zusätzliche Augen und Ohren – andere, wie zum Beispiel die Rehe, waren einst lebendige Tiere gewesen, bis sie ein Carlisle in steinerne Wächter verwandelt hatte, die sich durch bloße Berührung dem Willen des Besitzers unterwarfen.

Allerdings war es lange her, dass es in Four Keys einen so mächtigen Carlisle gegeben hatte.

»Gewonnen!«, sagte Harper halblaut und im selben Augenblick ertönte der Weckton ihres Handys, das sie zwischen die Ohren einer Rehskulptur geklemmt hatte. Sie nahm den Degen mit ins Haus, auch wenn sie dann die Türklinke mit dem Armstumpf herunterdrücken musste. Der Verlust ihrer linken Hand hatte ihren Fechtstil völlig verändert, ebenso ihr Gleichgewicht und ihre Beinarbeit – überhaupt die ganze Art, wie sie sich bewegte –, doch das Selbstvertrauen, das Harper durchströmte, sobald sie einen Degen in der Hand hielt, war dadurch kein bisschen beeinträchtigt worden.

Mit einer Klinge in der Hand war der Gedanke an den ersten Schultag nach den Ferien gleich weniger beängstigend.

Harper putzte sich die Schuhe ab und durchquerte geräuschlos das Haus. Nur einmal blieb sie kurz stehen, um den Degen widerstrebend auf seinen Ehrenplatz über dem Kamin zu hängen. Vielleicht war es übertrieben, so früh aufzustehen und Fechten zu üben, aber ihre Familie bestand aus acht Mitgliedern, die alle furchtbar neugierig waren, sogar das Baby. Und niemand ahnte, dass Harper nach dem Unfall weitertrainierte.

Damit das auch so blieb, war Harper zu drastischen Maßnahmen bereit. Außerdem hatte sie seit dem Tag, an dem sie ihre linke Hand verloren hatte, ohnehin nicht mehr viel geschlafen.

Seit dem Tag, an dem sie im Grau gelandet war.

Noch drei Jahre danach träumte Harper immer wieder davon, wie der See über ihrem Kopf zusammenschlug. Wie sie an einem Ort wieder aufgetaucht war, an dem sie nicht richtig Luft bekam, wie ihr Unterarm am Flussufer wie mürbes Gestein zerbröckelt war. Sie befand sich in einem Wald, zumindest sah es danach aus, aber die Bäume glichen knorrigen Gerippen und standen geduckt unter einem unbewegten Himmel, der wie gesplitterter Stahl aussah.

Im Grau gab es keine Farben. Nur Harpers Blut hatte hellrot geleuchtet.

Harper erschauerte, verscheuchte die Erinnerung und widmete sich wieder ihrer Morgenroutine.

Als um sechs Uhr der Wecker ihrer Eltern klingelte, war Harper längst angezogen. Sie hatte es aufgegeben, ihre hüftlangen dunklen Locken zu frisieren, aber dafür ihren Lidstrich perfekt nachgezogen. Die nächste halbe Stunde verbrachte sie damit, Brett und Nora aus dem Bett zu holen und für die Schule fertig zu machen, ohne dabei über die Schnur von Mitzis Glätteisen zu fallen.

»Brauchst du Hilfe?«, fragte Harper. Mitzi saß an ihrer Frisierkommode und flocht sich ihr Gründermedaillon in die roten Haare.

»Geh lieber Seth wecken.« Mitzi legte den Kopf schief und bewunderte den Glasanhänger. »Ich bin beschäftigt.«

»Damit, dich anzuglotzen?« Harper konnte die Eifersucht in ihrem Ton nicht unterdrücken. Sie hatte sich ihr Medaillon nicht verdient und musste sich mit einem schlichten Steinanhänger begnügen.

Mitzis Miene in dem verschmierten Spiegel war eine Mischung aus Selbstgefälligkeit und Mitleid. »Kann ich was dafür?«

»Lass mich!«, wehrte Nora ab und zwängte sich in zwei verschiedene Schuhe. »Kann ich alleine!«

»Du weißt aber schon, dass die nicht zusammenpassen?« Harper lachte. Noras grenzenlose Energie hatte schon viele Babysitter zum Aufgeben gebracht, aber Harper fand ihre kleine Schwester toll.

Nora zog einen Flunsch. »Mir gefällt's so.«

Ehe Harper etwas erwidern konnte, ging die Tür zu ihrem

Zimmer auf und an der Schwelle stand ihr Vater, Maurice Carlisle. Auf seinem Arm quengelte der kleine Olly.

»Kommt frühstücken, Kinder«, wandte sich Maurice an Brett und Nora. »Es gibt Pfannkuchen.«

Die beiden flitzten zur Tür. Maurice ließ sie vorbei und ein Schmunzeln huschte über sein zerfurchtes Gesicht. »Ich übernehme.«

Normalerweise war Harpers Vater für den morgendlichen Ablauf zuständig, denn ihre Mutter, Laurel Carlisle, war eine viel beschäftigte Anwältin und arbeitete in der Nachbarstadt. Harper machte das nichts aus. Ihre Eltern behandelten die Kinder nicht alle gleich – Mitzi war Laurels Liebling, wogegen Maurice schon immer Harper den Vorzug gegeben hatte. Deshalb war Harper froh, dass ihr Vater öfter zu Hause war als ihre Mutter.

Nachdem Brett und Nora zum Bus gebracht waren, quetschten Seth, Mitzi und Harper sich in Seths alten Wagen und knatterten gemeinsam zur Four Keys Highschool. Auf dem Streifen zwischen zwei Parkplätzen würgte Seth den Motor ab, stieg aus und verzog sich schnurstracks zu den Typen, die jeden Morgen hinter der Schule abhingen, Zigaretten qualmten und damit angaben, wie toll sie Joints drehen konnten. Kurz darauf verschwand auch Mitzi mit wehendem rotem Haar.

Weil Harper eine schwere Schultertasche trug, brauchte sie etwas länger. Vor ihr teilten sich die Schülergruppen und wichen ehrfürchtig von der Bank zurück, an der die Hawthorne-Geschwister Hof hielten. Justins breite Schultern überragten die Menge, und als er sich umdrehte und über eine Bemerkung von May lachte, spannte sich der dünne Stoff seines blauen T-Shirts. Die Morgensonne verwandelte sein blondes Haar in Wellen aus flüssigem Gold und das Medaillon an seinem Handgelenk leuchtete blutrot.

In Four Keys wurden alle Nachkommen der Gründer verehrt, aber die Zuneigung der Einwohner für Justin ging weit darüber hinaus. Er selbst grüßte immer alle freundlich, klopfte dem einen oder anderen sogar auf die Schulter, worauf der Betreffende meist mit benommenem Gesichtsausdruck davonging, als hätte er oder sie in die Sonne geschaut.

Harper dagegen machte Justins aufgesetztes Strahlen nur noch wütender, es schärfte ihre Wut wie ein Wetzstein eine Degenklinge.

Nach ihrem Unfall hatte sie sich anfangs für eine Versagerin gehalten. Ihr Vater hatte ihr geraten, sich stattdessen als *Überlebende* zu betrachten – und sie hatte auf ihn gehört. Es war sinnlos, sich Vorwürfe zu machen, nur weil man das Ritual nicht bestanden hatte. Harpers Zorn galt jetzt nicht mehr ihr selbst, sondern der Familie Hawthorne, die sie mit demonstrativer Verachtung strafte, nachdem sie ohne Macht aus dem Grau zurückgekehrt war.

Und ihr Zorn galt Justin Hawthorne, der eine lebenslange Freundschaft weggeworfen hatte, indem er sich, statt zu Harper zu halten, auf die Seite seiner Mutter geschlagen hatte.

»Feigling«, sagte sie halblaut, als sie sich ihren Weg durch die Menge bahnte.

Harper war die Erste im neuen Klassenzimmer. Sie setzte sich auf den gleichen Platz, auf dem sie schon seit der Neunten saß. Nach und nach kamen ihre Mitschüler herein, die meisten allerdings erst nach dem zweiten Klingeln.

Die Four Keys High hatte nur siebenundfünfzig Schüler. Alle kannten Harper schon ihr Leben lang, aber obwohl sie ihre Blicke spürte, sagte kein Einziger Hallo. In der Bank vor ihr tratschten Lia Raynes und Suzette Langham. Die beiden waren erst beste Freundinnen gewesen, aber inzwischen waren sie ein

Liebespaar und galten als sichere Kandidaten für das schönste Pärchen im Jahrbuch der Abschlussklasse. Danny Moore setzte sich rechts neben Harper, neben ihm nahmen Seo-Jin Park und Cal Gonzales Platz und unterhielten sich angeregt über die Leichtathletikmannschaft.

Harper war es inzwischen gewohnt, ignoriert zu werden. Schon bald nach dem Unfall war ihr klar geworden, dass die anderen nicht wussten, wie sie jetzt mit ihr umgehen sollten. Erst hatte sie gedacht, es sei wegen ihrer Hand. Sie hatte sich gegen eine Prothese entschieden. Eine Hightech-Prothese konnten ihre Eltern nicht bezahlen und eine rein kosmetische hatte Harper nicht gewollt. Alle wussten, was ihr zugestoßen war, sie würden also so oder so glotzen.

Doch mittlerweile hatte sie begriffen, dass die Blicke und die allgemeine Verlegenheit gar nichts mit ihrem Arm zu tun hatten.

Niemand aus Four Keys hatte das Grau länger als ein paar Stunden überlebt. Harper hatte es vier Tage lang dort ausgehalten.

Sie kannte die Gerüchte, dass das Grau sie unwiderruflich verändert hätte; dass sie nur zurückgekehrt sei, weil das Ungeheuer sie hatte laufen lassen; dass sie folglich keine Gründerin mehr sei, sondern eine Spionin – ein Monster in Teenagergestalt.

Das war natürlich alles Schwachsinn, aber manche Leute zogen offenbar den größten Schwachsinn der Wahrheit vor.

Sie zerrte gerade am klemmenden Reißverschluss ihres Federmäppchens, als Justin in der Tür erschien. Die halbe Klasse begrüßte ihn lautstark, als er den Raum durchquerte, wie immer in Begleitung von Isaac Sullivan, seinem flanellgewandeten Schatten.

Isaac war nie richtig warm mit Harper geworden, obwohl die

Gründerkinder andauernd zusammengesteckt wurden. Diese Abneigung beruhte allerdings auf Gegenseitigkeit. Nachdem Harper von Justins Seite verbannt worden war, hatte Isaac ihren Platz eingenommen. Er konnte nichts dafür, dass er der lebende Beweis war, wie leicht Harper zu ersetzen war, aber sie nahm es ihm trotzdem übel.

Deshalb beobachtete sie jetzt schadenfroh, wie die anderen Grimassen schnitten, als Isaac an ihnen vorbeiging. Auf Justin waren alle Blicke gerichtet, weil sie ihn anschwärmten, auf Isaac, weil sie ihn fürchteten.

Noch vor drei Jahren wäre Harper zusammen mit den beiden in letzter Sekunde hereingekommen und hätte auf dem Weg nach hinten über Justins Witze gelacht. Ob es Justin wohl schwerfiel, so zu tun, als würde er sie nicht kennen? Wahrscheinlich nicht, jedenfalls hatte er bestimmt nicht so damit zu kämpfen wie sie. Schließlich hatte *er* auf einmal so getan, als wäre sie Luft, nur weil sie jetzt behindert war. Was nur heißen konnte, dass sie ihm sowieso nie etwas bedeutet hatte.

Harper schluckte noch ihren Ärger herunter, als das allgemeine Getuschel auf einmal anschwoll. Alle drehten sich zu einem Mädchen um, das leicht verlegen in der Tür stand und sich nach einem freien Platz umsah. Der einzige freie Platz war direkt vor Isaac Sullivan und auch der ahnungsloseste Schüler wusste, dass man sich dort auf gar keinen Fall hinsetzte. Aber die Neue hatte keine Wahl.

Sie durchquerte das Klassenzimmer mit erhobenem Kinn und wich den neugierigen Blicken aus. An ihrer Stelle wäre Harper tausend Tode gestorben, doch die Neue ließ sich nichts anmerken. Neue Schüler gab es auf der Four Keys High so gut wie nie. Die letzte war Britta Morey gewesen. Sie war in der zweiten Klasse dazugekommen und immer noch eine Außenseiterin.

Mrs Langham – Suzettes Mutter und zugleich die Klassenleiterin – räusperte sich, als die Neue sich gesetzt hatte.

»Ich begrüße euch zum neuen Schuljahr«, sagte sie und musterte dabei das fremde Mädchen, das seinen Rucksack auf den Boden plumpsen ließ. »Ihr freut euch sicher schon darauf.«

Die Klasse blieb stumm, nur Isaacs Tisch hinten im Raum fing zu wackeln an. Das lockere Tischbein auf der rechten Seite klopfte auf den Boden. Mrs Langham überhörte es.

»Das müssen wir aber noch mal üben!«, sagte sie munter. »Also: Freut ihr euch auf euer letztes Jahr auf der Four Keys High?«

Diesmal wurde halbherzig geklatscht. Sogar Harper konnte sich das Grinsen nicht verkneifen. In einem Jahr hatte sie das alles hinter sich. Dann würde sie auf die Uni gehen, die ihr die beste finanzielle Unterstützung bot – Binghamton oder Geneseo, wenn sie Glück hatte.

Die meisten ihrer Mitschüler würden in Four Keys bleiben – für Harper eine unerträgliche Vorstellung. Sie wollte unbedingt weg. Weg von ihrer sich ständig vergrößernden Geschwistermeute, von der kalten Verachtung der Hawthornes, von dem Ort, der sie immer an ihr Versagen erinnern würde.

»Und jetzt heißt bitte eure neue Mitschülerin Violet Saunders willkommen!«, fuhr Mrs Langham fort.

Saunders.

Harpers Puls schnellte hoch, das Getuschel ringsum wurde wieder lauter. Als sich die paar Schüler, die sie bis jetzt noch nicht angestarrt hatten, auch noch umdrehten, schaute die Neue stur auf ihren Tisch.

Warum waren die Saunders zurückgekommen? Warum kam überhaupt jemand in diese Stadt zurück, Gründerblut hin oder her? Für Harper war das völlig unverständlich. Den Hawthornes passte es bestimmt überhaupt nicht in den Kram, dass jetzt wieder alle vier Familien im Spiel waren. Als Harper klein war, hatte ihr Vater ihr erzählt, dass Bürgermeister Saunders sich seinerzeit darauf verlassen hatte, dass jede Familie ihr eigenes Gebiet überwachte. Aber dann war die Familie Saunders immer mehr geschrumpft und die Sullivans hatten die Stadt fluchtartig verlassen. Heutzutage gingen fast nur noch die Hawthornes und Carlisles auf Streife und Augusta Hawthorne führte sich wie eine Alleinherrscherin auf.

Mrs Langham blätterte in ihren Unterlagen und rief dann einen Schüler nach dem anderen auf. Isaacs Tisch, der immer noch auf den Boden klopfte, bildete die akustische Untermalung dazu. Wie immer gab sich Isaac demonstrativ unaufmerksam und sein Tisch mit dem aufgeschlagenen Buch darauf polterte gegen Violet Saunders' Stuhllehne, bis sie sich schließlich ärgerlich umdrehte und den Tisch festhielt.

»He, *Schöne neue Welt*!« Eine sehr melodische, aber auch sehr energische Stimme – eine Stimme, die Aufmerksamkeit beanspruchte. Für eine solche Stimme hätte Harper einen Mord begangen. »Hörst du bitte damit auf, bevor ich ein Loch im Rücken habe?«

»Womit denn?«, fragte Isaac unschuldig.

»Damit, gegen meinen Stuhl zu hämmern«, antwortete Violet ruhig. »Manche von uns wollen nämlich zuhören und das Gepolter nervt total.«

Allen blieb die Luft weg. Niemand sprach so mit einem Gründernachkommen, und schon gar nicht mit Isaac Sullivan. Nicht nach den Gerüchten über sein Ritual, in denen es hieß, Isaac sei der Grund dafür, dass seine restliche Familie die Stadt verlassen hatte.

Isaacs Tisch kam zum Stehen, die Luft vor seinen Händen

fing an zu flimmern. Die Neue riss erstaunt die Augen auf und Harper machte sich auf etwas gefasst. Lia und Suzette hielten sich an den Händen, Cal und Seo-Jin hatten sich schon halb von ihren Stühlen erhoben.

Da beugte sich Justin vor, griff unbeeindruckt in das Geflimmer und legte Isaac die Hand auf den Arm. Keiner von beiden sagte etwas, aber Isaac wandte schließlich den Kopf. Sie maßen einander mit ausdruckslosen Mienen, bis das Geflimmer verschwunden war.

»War ein Versehen«, sagte Isaac.

Justin nickte flüchtig und lehnte sich wieder zurück. Die Spannung im Raum ließ merklich nach.

»Danke«, sagte Violet, sah aber dabei Justin an.

Alles klar. Harper malte sich aus, wie Justin Violet auf die gleiche Weise einwickelte wie damals sie selbst, als sie noch Kinder gewesen waren und Harper noch nicht alle enttäuscht hatte.

Harper musste sich endlich überwinden, das zu tun, was sie sofort hätte tun sollen, als ihr klar geworden war, dass er sie im Stich gelassen hatte.

Sie musste Justin Hawthorne loslassen.

Sie drehte sich wieder nach vorn um. Wie lange würde es wohl dauern, bis Violet hinten saß, wo eigentlich Harpers Platz hätte sein sollen? Würde es ihr je egal sein? Würde es ihr je gelingen, endgültig damit abzuschließen?

Als Violet nach ihrem ersten Schultag heimkam, parkten vor ihrem neuen Haus lauter unbekannte Autos. Die Four Keys Highschool war das genaue Gegenteil ihrer alten Schule in Ossining. Die Klassen waren hier so klein, dass Violet schon fast die ganze Jahrgangsstufe kennengelernt hatte. Sie hatte Muskelkater vom Fahrradfahren, aber mit dem Porsche zur Schule zu fahren kam nicht infrage. Als Rosies Auto von einem Sattelschlepper gerammt wurde, hatte Rosie selbst am Steuer gesessen. Seither hatte Violet kein Lenkrad mehr angefasst.

Sie schob ihr Fahrrad durch den Kies der Einfahrt und wunderte sich. Seit ihrem Einzug hatten Scharen von Kammerjägern und Putzleuten das Anwesen heimgesucht, aber so viele auf einmal kamen ihr dann doch übertrieben vor.

Als sie das Rad durch den Garten schob, hörte sie ein tiefes, heiseres Bellen und zwei riesige Hunde – eine schwarze und eine braun gefleckte Dogge – zerrten an den Ketten, mit denen sie an das morsche Geländer angebunden waren.

Der Ausdruck in ihren Augen erinnerte Violet an den des Jungen, der im Diner gelesen und sich ihr gegenüber in der Schule heute so feindselig benommen hatte. Er strahlte ein gelassenes und zugleich bedrohliches Selbstbewusstsein aus, so wie alle Geschöpfe, die selbst zu gefährlich waren, als dass sie etwas zu fürchten hätten. Violet hatte den Jungen und seinen Freund – Isaac und Justin – nach dem Unterricht noch auf dem Schulhof gesehen. Sie waren ins Gespräch vertieft gewesen. Neben ihnen hatte ein blondes Mädchen gestanden, das Justin so ähnlich sah, dass sie seine Schwester sein musste.

Die Art und Weise, wie sich alle Isaac und Justin unterordneten, hatte etwas Unheimliches. Als die beiden das Klassenzimmer betreten hatten, waren die anderen Schüler förmlich aufgesprungen. Zu Hause in Westchester waren die beliebtesten Schüler wie überall die Sportler und Schulsprecher gewesen, die auf die Eliteunis hinarbeiteten. Dieses Trio hier war eine andere Nummer: Die drei waren nicht nur die Könige der Four Keys High – sie waren ihre Götter.

»Brave Hundchen«, sagte Violet und lehnte ihr Rad ein Stück weiter weg an die Veranda. »Brave, wahrscheinlich auf Menschenfleisch abgerichtete Riesenköter.«

Als sie ins Haus ging, überlegte sie, warum man sich wohl ein Tier anschaffte, das einem den Arm abreißen konnte, wenn es richtig ausrastete.

Von drinnen waren Gelächter und gedämpfte Musik zu hören. Als Violet das Wohnzimmer betrat, standen dort an die zwanzig Erwachsene in Grüppchen beisammen. Sie hielten Gläser in den Händen und wippten im Takt der Countrymusik, die aus Junipers teuren Lautsprechern dudelte.

Ein absurder Anblick. Violets Mutter konnte Partys nicht ausstehen. Außerdem waren sie noch nicht mal eine Woche in Four Keys. Wie hatte Juniper auf die Schnelle so viele alte Freunde zusammengetrommelt? Violet beschloss, sich in ihr Zimmer zurückzuziehen, bis die Party zu Ende war, doch bevor sie die Flucht ergreifen konnte, rief eine derart hohe und schrille Stimme, dass sie eigentlich nur die Hunde hätten hören dürfen, ihren Namen.

»Violet Saunders!« Eine schwarze Frau, die Violet zuvor schon in der Schule gesehen hatte, zog sie ins Zimmer. Die Zöpfchen auf ihrem Kopf waren zu einem Dutt gewunden. »Du bist doch Violet, oder?«

Am liebsten hätte ihr Violet ins Gesicht gelogen, aber sie antwortete widerwillig: »Ja, die bin ich«, und fragte ihrerseits: »Und wer sind Sie?«

»Ich bin Mrs Moore, Schätzchen.«

Eine blasse, sommersprossige Frau gesellte sich zu ihnen. Zwei klobige Steinarmbänder zierten ihre Handgelenke. »Und ich bin Ma Burnham. Für alle unter fünfundzwanzig einfach ›Ma‹.«

Violet gab Ma Burnham die Hand. Die Frau musterte sie forschend. »Du bist Junipers Tochter?«

Violet nickte.

»Du siehst ihr sehr ähnlich.«

Das hörte Violet zum ersten Mal. Rosie und Juniper hatten sich ähnlich gesehen: das krause Haar, das runde Gesicht, das breite Lächeln und die leicht schiefen Zähne. Violet dagegen hatte das dichte, glatte Haar ihres Vaters geerbt, dazu die Veranlagung, einen Sonnenbrand zu bekommen, sobald sie vor die Tür ging – etwas, worüber sich Rosie, die mit Vorliebe im Garten gesessen, sich gesonnt und gezeichnet hatte, nie hatte Gedanken machen müssen.

Aber Rosie war nicht mehr da. Nur noch Violet und Juniper waren übrig.

»Kann sein«, erwiderte sie mit belegter Stimme. »Waren Sie beide früher mit meiner Mutter befreundet?«

»Soweit man mit jemandem wie ihr befreundet sein konnte«, erwiderte Mrs Moore lachend.

»Wie meinen Sie das?«

Die beiden Frauen nippten an ihren Weingläsern und wechselten einen vielsagenden Blick.

»Von euch Gründern war keiner richtig mit uns befreundet.« In Mrs Moores Stimme schwang auf einmal eine Bitterkeit mit, die Violet nicht entging. »Ihr wart ja immer anderweitig beschäftigt.«

»Gründer?«, wiederholte Violet fragend.

»Lass doch, Clara.« Ma Burnham legte Mrs Moore die Hand auf den Arm. »Sie will deine Mutter nicht schlechtmachen, Violet. Man kann es Juniper nicht verdenken, dass sie uns verlassen hat, wirklich nicht ... schon gar nicht nach der unschönen Geschichte mit Stephen.«

Auch mit diesem Namen konnte Violet nichts anfangen, doch bevor sie nachfragen konnte, mischte sich eine tiefe Stimme ein.

»Na, ihr Quasseltanten?« Die blonde Frau, die zu ihnen trat, war eine Riesin. Sie war muskulös, wirkte in ihrer Stattlichkeit aber zugleich majestätisch – eine gelungene Mischung aus Königin und Leibwächterin. »Findet ihr nicht, dass ihr der jungen Dame für den ersten Abend genug Unsinn erzählt habt?«

Mrs Moore und Mrs Burnham wurden ganz kleinlaut und entfernten sich unter hastigen Entschuldigungen. Violet spürte instinktiv, dass die beiden froh waren, keine Fragen mehr beantworten zu müssen.

»Augusta Hawthorne«, stellte sich die Blonde vor und hielt ihr die behandschuhte Pranke hin.

Violet rechnete schon damit, dass ihr sämtliche Finger gebrochen würden, aber das rissige Leder war erstaunlich weich und der Griff der Frau überraschend sanft. »Violet Saunders. Ihren Sohn habe ich schon kennengelernt, glaube ich.«

Auch wenn sich die Frau nicht mit Nachnamen vorgestellt hätte, wäre Violet die Ähnlichkeit mit Justin sofort aufgefallen. Die gleichen markanten, attraktiven Züge, der gleiche frische Teint und das weiche blonde Haar, die gleiche selbstbewusste Haltung, als erwartete Augusta Hawthorne, dass sich alle nach ihr umdrehten. Was auch der Fall war – zumindest bohrten sich jetzt die Blicke sämtlicher Partygäste in Violets künstlich ausgebleichtes T-Shirt.

»Ach ja, Justin.« Ein schwer zu deutender Ausdruck huschte über das Gesicht der Frau. »Er macht überall Eindruck.«

»Sieht so aus.«

»Ich wollte mich dir auch ganz offiziell vorstellen.« Augusta klappte ihre Brieftasche auf. Darin glänzte ein silbernes Abzeichen mit einer runden roten Glasscheibe in der Mitte – eine Dienstmarke. »Als Polizeichefin unseres Städtchens sage ich gern jedem, dass er sich bei Problemen aller Art direkt an mich wenden soll.«

»Toll.« Etwas am Tonfall der Frau ließ Violet sofort überlegen, was für *Probleme* wohl gemeint waren.

Doch da tauchte Juniper neben ihr auf. »Da bist du ja!«, begrüßte sie Augusta. »Ich nehme an, diese Zusammenkunft war deine Idee?«

Also hatte nicht Juniper diese spontane Party geplant. Violet freute sich, dass ihr Bauchgefühl sie nicht getäuscht hatte – ihre Mutter war nun mal kein geselliger Mensch.

Augusta nickte. »Es schien mir angebracht. Ich habe es gegenüber ein paar anderen erwähnt und alle wollten gern wissen, wie es dir seither ergangen ist.«

»Du meinst wohl eher, sie wollten gern ein bisschen in meinem Haus herumschnüffeln«, konterte Juniper. »Wenn es euch interessiert hätte, wie es mir ergangen ist, hättet ihr mich in den letzten dreißig Jahren einfach mal anrufen können.«

»Und du hättest in den letzten dreißig Jahren einfach mal vorbeikommen können.«

Junipers Blick wurde so kalt und glasig wie die Augen des ausgestopften Rehbocks an der Wand.

»Ich habe schon gehört, dass du bei der Polizei Karriere gemacht hast.« Sie schlug den leicht bissigen Ton an, den Violet von ihren Telefonaten mit störrischen Geldgebern kannte. »Das ist bestimmt voll dein Ding.«

»Und ich habe gehört, dass du ... was war es doch gleich? ... jetzt in Finanzen machst.«

»Softwareentwicklung.«

»Klingt ja spannend.«

Was die anderen Frauen über Juniper wussten, beruhte offenbar eher auf Gerüchten als auf Tatsachen. Bei Augusta Hawthorne war das anders. Sie und Juniper verband offenbar eine Art vergiftete Vertrautheit. Violet ahnte, dass ihre Mutter nicht einfach nur ihre Heimatstadt hinter sich gelassen hatte – sie hatte ihr ganzes früheres Leben hinter sich gelassen. Eins ihrer Opfer war Daria gewesen, die Polizeichefin anscheinend ein weiteres.

»Nehmt's mir nicht übel, wenn ich euch kurz verlasse«, sagte Augusta. »Ich muss nach den Hunden sehen. In fremder Umgebung benehmen sie sich manchmal daneben.«

Also gehörten die Doggen ihr. Was Violet nicht wunderte.

»Klar«, sagte Juniper.

Als Augusta hinausging, wandte sich Violet an ihre Mutter. »Wer war das denn?«

Juniper zupfte verlegen am Kragen ihres Blazers. »Meine beste Freundin.«

Violet holte tief Luft. »Und wer war Stephen?«

Juniper zögerte. Die Countrymusik schien auf einmal leiser zu werden und Violet wurde plötzlich bewusst, dass in diesem Raum mehr Tote als Lebende anwesend waren: der Rehkopf an der Wand, die ausgestopften Füchse in der Ecke, das Nest mit den präparierten Vögeln zwischen den beiden Sofas ...

Sie ahnte, dass ihre Mutter lügen würde.

»Ich weiß nicht ... hat dieser Stephen auch hier gelebt? Es ist schon so lange her. Ich kann mich nicht mehr an jeden Einzelnen erinnern.«

»Das stimmt nicht.«

Violet hatte ihre Mutter noch nie so hilflos erlebt und Juniper hatte noch nie so aufgewühlt geklungen.

»Nicht hier«, sagte Juniper mit gesenkter Stimme.

Violet zeigte auf die Tür. »Dann komm. Ist sowieso 'ne langweilige Party.«

In der Diele war es ruhiger. Junipers Blick huschte den Flur entlang und sie entspannte sich erst, als sie sich davon überzeugt hatte, dass sie allein waren. »Wahrscheinlich war es reines Wunschdenken zu glauben, dass die Stadt inzwischen darüber hinweg ist.«

»Worüber denn?«

Juniper hielt sich an ihrem Weinglas fest. »Über Stephen. Meinen kleinen Bruder.«

Die Antwort traf Violet wie ein Schlag. Sie hatte keine Ahnung, was sie erwartet hatte, aber das nicht. »Du hast einen Bruder?!«

Juniper klang wieder so ausdruckslos wie auf Rosies Beerdigung. »Hatte. Er ist gestorben. Ein paar Monate vor meinem Schulabschluss.«

»Das hast du mir nie erzählt.« Unwillkürlich klang Violet vorwurfsvoll. »Wolltest du deswegen von hier weg?«

Juniper holte tief und zittrig Luft. »Ja.«

»Na, lästert ihr jetzt schon über die Leute?« Daria hockte wie eine große Spinne auf dem oberen Treppenabsatz. Im Schein des verstaubten Kronleuchters glänzten ihre Augen bernsteinfarben.

»Ich kann vor Daria nicht darüber sprechen.« Juniper versagte die Stimme, als überkäme sie eine plötzliche Panik. »Es regt sie zu sehr auf.«

»Wenn sich hier jemand aufregt, dann ja wohl du«, gab Daria zurück.

»Aber wenn Stephen euer Bruder war, dann ...«

»Ein andermal.« Juniper hatte sich wieder gefangen, trank aber auf dem Rückweg ins Wohnzimmer ihr Glas Wein in einem Zug aus.

Violet war nicht danach, sich wieder unter die Gäste zu mischen. Was sie eben erfahren hatte, zog ihr den Boden unter den

Füßen weg. Sie hatte auf einmal eine ganz neue Sicht auf ihre Mutter.

»Geh nicht in den Wald, kleines Knöchlein«, rief ihr Daria warnend vom Treppenabsatz zu. »Ich sehe schon, wie dich die Äste packen.«

Violet hörte sie kaum.

Junipers Bruder war gestorben, deshalb war sie weggelaufen. Und sie war auch danach immer wieder weggelaufen, hatte Violet nach dem Tod ihres Vaters von seiner Familie ferngehalten. Nach Rosies Tod waren sie dann aus Ossining geflüchtet. Es war Juniper egal, wen sie alles zurückließ. Es war ihr egal, welchen Schaden sie anrichtete.

Violet wankte mit klopfendem Herzen in ihr Zimmer, rollte sich auf dem Bett zusammen und weinte all die Tränen, die Juniper nicht geweint hatte. Sie weinte um ihren Vater und ihre Schwester, die sie verloren hatte, und um ihren Onkel, den sie nie kennenlernen würde. Als sie leer geweint war, war auch der Lärm von unten verstummt.

Sie trocknete sich das Gesicht an der Bettdecke ab, dann stand sie entschlossen auf und ging wieder ins Musikzimmer.

Nur das Klavier konnte ihre Benommenheit vertreiben, den Schmerz in ihrer Brust lindern.

Diesmal hielt sie sich gar nicht erst mit dem Vorspielprogramm auf. Ihre Finger flogen ungehemmt über die Tasten und der Schmerz, den sie nicht in Worte fassen konnte, verwandelte sich in Akkorde, die von den Wänden des höhlenartigen Raumes widerhallten. Das hier war alles, was ihr Leben ohne Rosie noch bedeutete, diese Klangausbrüche ohne Zuhörer. Auf einmal spürte Violet, dass sie alles – wirklich alles – dafür getan hätte, um ihre Schwester wieder bei sich zu haben, und sei es auch nur ganz kurz.

Sie schloss die Augen und versuchte, die Sehnsucht und Trauer abzuschütteln. Als sie die Augen wieder aufmachte, war das Klavier verschwunden.

An seiner Stelle war jetzt ein unbewegter Himmel voller Wolken, die wie stumpfer Stahl schimmerten.

4

Violet lag rücklings auf dem Boden, Arme und Beine abgespreizt wie eine achtlos weggeworfene Puppe.

Über ihr ragten aschgraue Stämme empor, kahle, gewundene Zweige zeichneten sich vor dem unbewegten Himmel ab. Alles war schwarz-weiß, nichts regte sich. Die Welt wirkte so zweidimensional wie eine Theaterkulisse, ein Wald aus Pappe und bemaltem Sperrholz.

Als Violet sich aufsetzte, spürte sie einen stechenden Schmerz im Rücken. Genau genommen tat ihr alles weh: die nackten Füße, die Handflächen. Ihre Arme waren von den Fingerspitzen bis zu den Ellbogen dreckverschmiert.

Sie wusste nicht, wo sie sich befand. Woher diese Schmerzen kamen. Wie sie hierhergekommen war.

Sie rappelte sich schwerfällig hoch. Panik ergriff sie, aber sie hatte sich noch im Griff.

Bis sie die Leiche sah.

Ihre Gliedmaßen waren grotesk verdreht, Knochensplitter ragten aus den Gelenken. Die Haut war grau und aufgedunsen. Auf dem Oberkörper glänzte ein Halbkreis aus kleinen Wunden – vielleicht von einem Biss, auch wenn sich Violet kein Tier mit einem derart großen Maul vorstellen konnte. Dort, wo die Haut verletzt war, sickerte eine klare, ölige Flüssigkeit heraus.

Dass das, was da vor ihr lag, mal ein Mensch gewesen sein

musste, war nur noch an dem silbernen Abzeichen zu erkennen, das an der Jacke steckte.

Violet schaute in die blicklosen Augen des Leichnams, die ganz weiß waren. Seine Zunge war mitten durchgebissen.

Violet holte tief Luft und schrie – zumindest versuchte sie es.

Der Laut brach mit Gewalt aus ihrer Kehle, aber es war kein Entsetzensschrei, sondern nur ein ersticktes Keuchen, das sich im Wald verlor. Erst mit einer Verzögerung von ein paar Sekunden folgte der Schrei – hoch, schrill und von Grauen erfüllt.

Violet tat das Einzige, was ihr sonst noch einfiel. Sie rannte weg.

Sie rannte, bis die Bäume, der Boden und der unbewegte Himmel ineinander verschwammen. Sie rang nach Luft und das Geräusch ihrer Schritte auf dem Waldboden erreichte ihre Ohren immer eine Sekunde zu spät. Irgendwann konnte sie einfach nicht mehr weiter, krümmte sich und musste sich übergeben.

Als sie sich zitternd wieder aufrichtete, war das Letzte, womit sie gerechnet hätte, ihre Schwester, die vor dem nächsten Baum stand.

Violets Mund öffnete sich, aber diesmal kam kein Laut heraus.

Rosie trug die Sachen, in denen sie gestorben war: die zerrissenen Jeans, das farbverkleckste Tanktop und die grellrote Bomberjacke, die sich mit ihren türkisen Haaren biss. Sie war der einzige Farbfleck in dieser seltsam grauen Welt und schien trotz des schwachen, schmutzigen Lichts hier zu leuchten.

»Rosie?«, flüsterte Violet ganz benommen vor Schreck und Freude. »Wo bin ich hier?« Doch als sie auf ihre Schwester zuging, fing Rosies Umriss erst zu flimmern an und wurde dann so durchsichtig, dass die verdrehten Äste hinter ihr hindurchschienen.

Rosie war nicht echt.

Die niederschmetternde Erkenntnis, dass Rosie natürlich nicht hier war, nicht hier sein konnte, traf Violet härter als der Anblick der Leiche.

Rosie wich zurück, die Äste schwankten und bebten über ihrem Kopf. Violet war ihrer Schwester ihr Leben lang nachgelaufen. Und das wollte sie auch jetzt.

Doch etwas ließ sie zögern. Die Art, wie Rosie dastand ... mit leicht verdrehten Armen und Beinen, als versuchte sie, ein Mensch zu sein, ohne richtig zu wissen, wie das ging.

Ein hohler, blecherner Laut hallte durch den Wald, fast wie eine Stimme.

Er kam von den Bäumen her.

Die Äste hinter Rosie streckten sich nach Violet aus. Jeder einzelne Zweig bebte vor unnatürlichem Leben. Violet wich zurück und wieder schnürte ihr namenloses Grauen den Hals zu. Als ein Ast ihren Arm streifte, begriff sie endlich, wie falsch das alles hier war – dieses stumpfe, alles verschlingende Grau.

Sie wollte nicht an diesem trostlosen Ort sterben.

Also drehte sie sich um, wollte gerade weiterrennen, aber kaum hatte sie einen Schritt getan, da brach ein fürchterliches Getöse los – das dröhnende, schaurige Läuten von unzähligen Glocken. Und als Violet erschrocken einen Satz nach hinten machte, strömte in einem Strudel aus Braun und Grün und Blau auf einmal wieder Farbe in die Welt.

Ringsum standen üppige, gesunde Eichen, deren Zweige über und über mit großen, am Rand rötlich verfärbten Blättern bewachsen waren. Dahinter zeichneten sich im rosig-fahlen Morgenlicht die drei wohlbekannten Türmchen des Saunders-Hauses ab.

Als Erstes bekam Violet einen Heulkrampf. Sie schluchzte, schluchzte vor Erleichterung und füllte ihre Lungen dabei gierig mit frischer, kühler Luft. Die Leiche, die Bäume, Rosie ... das alles konnte nicht echt gewesen sein.

Doch als ihr Blick auf ihre linke Hand fiel, sah sie, dass sie immer noch einen kleinen grauen Zweig in den Fingern hielt.

Bei Tagesanbruch kläfften die Doggen der Hawthornes los.

Henry und Brutus waren zu gut erzogen, als dass sie ohne Grund gebellt hätten. Und Augusta war die ganze Nacht auf Streife gewesen.

Justin nahm zwei Stufen auf einmal. Seinen Rucksack hatte er auf dem Bett liegen lassen und er erreichte die Haustür im selben Augenblick, als seine Mutter sie aufriss.

Ihre Wange und ihre Hand waren aufgeschürft. Das Gründermedaillon auf ihrer Polizeimarke war dreckverschmiert.

Was Justin aber wirklich erschreckte, war die Panik, die hinter ihrer ausdruckslosen Miene flackerte, denn seine Mutter zeigte Angst ebenso wenig, wie May Fehler zugab.

»Was ist denn passiert?«, fragte er. Draußen stießen die Hunde jetzt ein lang gezogenes, klagendes Geheul aus.

Seine Mutter riss sich sichtlich zusammen. »Lesezimmer. Jetzt gleich. Ich hole deine Schwester.«

Noch bevor Justin etwas erwidern konnte, war sie verschwunden. Schließlich musste er heute ganz normal zur Schule, auch wenn sich das eigentlich in dem Moment erledigt hatte, als seine Mutter hereingestürmt war.

Es gab nur einen einzigen Grund, weshalb Augusta Hawthorne ihre Kinder ins Lesezimmer zitierte.

Sie wollte die Zukunft erfahren.

Als Justin hereinkam, saßen May und Augusta schon an dem

zerschrammten Holztisch. Der Tisch war das älteste Möbelstück im Lesezimmer, älter als alles andere auf dem Anwesen der Hawthornes – mit Ausnahme des Weißdornbaums, von dem die Familie ihren Namen hatte. Justin schob sich auf seinen Stammplatz gegenüber dem Fenster, hinter dessen Scheibe sich die verschwommenen Umrisse der Äste gegen die Hauswand drückten.

»Seid ihr so weit?«, fragte Augusta. An der Wand über ihr hing ein Porträt von Hetty Hawthorne, einer der Gründerinnen von Four Keys und Stammmutter ihrer Linie. Hettys Gesicht zeugte von der Beständigkeit des hawthorneschen Genpools: schlicht, blond, ernst und attraktiv mit einem beherrschten Lächeln, das auf den zweiten Blick etwas leicht Überhebliches hatte. Hetty hatte das Bild selbst gemalt, so wie sie vor hundertfünfzig Jahren auch die Omenkarten bemalt hatte. Justin war fast sicher, dass er einmal gesehen hatte, wie sich das Porträt eine lose Haarsträhne hinters Ohr gestrichen hatte.

»Ich kann dir gern die Karten legen, aber erst möchte ich wissen, was los ist. Dann ist es für mich einfacher.« Mays Hände, in denen sie die Karten hielt, zitterten leicht, sonst verriet nichts ihre Anspannung. Nicht alle Hawthornes konnten die Zukunft lesen, aber die Macht ihrer Familie zielte stets darauf ab, die Wurzeln und Zweige, die die Stadt zusammenhielten, zu erkennen und zu beeinflussen. So wie die Carlisles mit Stein arbeiteten und die Sullivans mit einer bloßen Berührung verletzen oder heilen konnten. Jede Familie beschützte Four Keys auf ihre eigene Art.

Zumindest war es so gedacht. In letzter Zeit war Justin allerdings nicht mehr so sicher, ob die Gründerfamilien überhaupt noch etwas ausrichteten.

Augusta seufzte, nickte dann aber. »Ich wurde heute früh verständigt, weil es an der Grenze angeblich einen Zwischenfall gab. Ich war zwar skeptisch, habe mich aber trotzdem persönlich darum gekümmert. Mein Stellvertreter hatte recht. Trotzdem waren wir auf die Folgen nicht gefasst.«

»Welche Folgen denn?« Justin konnte sich die Frage nicht verkneifen.

Da war es wieder. Der Anflug von Angst im Blick seiner Mutter, obwohl ihre Stimme fest und resolut klang. »Officer Anders ist tot.«

Ein plötzliches Schuldgefühl ließ das Lesezimmer vor Justins Augen verschwimmen.

Erst letzte Woche hatte ihn der Officer ermahnt, vorsichtig zu sein. Justin sah wieder die breiten Schultern des Beamten vor sich, seinen schmalen Schnurrbart und das Pistolenhalfter.

Die Pistole hatte Anders nicht retten können. Aber Justin vielleicht, wenn er übernatürliche Fähigkeiten gehabt hätte.

Justin hatte den Tag seiner Prüfung nicht vergessen. Wie seine Handfläche gebrannt hatte, als er mit der Messerklinge darübergefahren war, und wie er die Hand dann auf den Weißdornbaum gedrückt hatte. Wie das Blut an der Rinde heruntergelaufen war.

Wie er gewartet hatte. Wie jede Sekunde quälend langsam verstrichen war, während er verzweifelt gehofft hatte, dass etwas passieren würde, und May und seine Mutter hinter ihm ungeduldig von einem Fuß auf den anderen getreten waren.

Doch als er endlich gespürt hatte, wie der Baum zum Leben erwachte, als er den ersehnten Herzschlag vernommen hatte, hatte sich der Weißdorn nicht wie erwartet unterwürfig vor ihm verneigt. Stattdessen hatte ihn eine umfassende Mattigkeit überkommen. Die Luft hatte sich geteilt und das Grau war erschienen – der unbewegte Himmel, die schwarzen, zuckenden Bäume. Justin war sich schrecklich klein und hilflos vorgekommen.

Panik hatte ihn gepackt und er war auf die Knie gefallen. Eine blecherne Stimme hatte ihm etwas ins Ohr gezischt. Er hatte die Worte nicht verstanden, aber wenn man so dicht dran war, dass man das Ungeheuer hören konnte, war man so gut wie tot.

Trotzdem war er gelähmt gewesen, unfähig, sich zu wehren.

Denn genau das tat die Bestie den Menschen an, die keine Macht besaßen – es ließ sie hören und sehen, was es wollte. Schon lange bevor es sie umbrachte, ließ es sie glauben, dass der Tod ohnehin die bessere Lösung war.

May hatte ihn schließlich gerettet. Sie hatte ihn nach Four Keys zurückgeholt, ehe ihn das Grau verschlingen konnte – so wie es jeden Hawthorne verschlungen hatte, der sich der Macht nicht würdig erwies.

Und so hatte Justin überlebt, mehr oder weniger.

Jetzt waren wieder vier Menschen gestorben. Weil Justin die Stadt nicht schützen konnte, während das Grau immer stärker wurde.

May, die ihm gegenübersaß, sagte so sanft wie ein sich im Wind wiegender Grashalm: »Das tut mir total leid.«

Augusta zuckte die Achseln. »Lass gut sein. Ich bin ja nicht diejenige, die tot ist.« Einen Augenblick lang herrschte eine betäubende Stille wie nach einer Ohrfeige – oder einem Aufschrei. »Wenn du jetzt vielleicht weitermachen könntest …«

May räusperte sich. »Selbstverständlich, Mutter. Stell uns bitte deine Frage.«

»Wer oder was ist für das Erstarken des Graus verantwortlich?«, fragte Augusta bedächtig. »Und wie können wir den- oder diejenigen unschädlich machen?«

Eigentlich durfte man nicht zwei Fragen auf einmal stellen, aber daran hielt sich Augusta nie. May fing an, die Karten zu mischen. Eine nach der anderen verschwand unter dem Einfluss ihrer Macht, bis nur noch vier übrig waren.

Diese vier legte May auf dem Tisch aus. Jedes allsehende Auge schaute in eine andere Richtung. Weil Augusta ihre Handschuhe nie auszog, musste May das Handgelenk ihrer Mutter umfassen – Hautkontakt war für das Kartenlesen unabdingbar. Augustas anderer Handschuh schob sich in Justins Hand, und kurz darauf spürte er auch Mays leicht feuchte Handfläche. So verharrten sie eine halbe Minute, ehe May den Kreis wieder auflöste.

»Sie sind so weit.« Sie drehte eine Karte nach der anderen um. Die Schatten ihrer Finger flossen wie versickernde Tintenlinien über die Holzplatte – bis sie über der letzten Karte innehielten.

Es war wieder eine Saunders-Karte, diesmal die Knochen-Acht. Zwei Totenschädel Stirn an Stirn, der eine voller Risse und Sprünge, der andere glatt und unversehrt.

»Interessant«, sagte Augusta bedrohlich sanft. »Erzähl uns, was du siehst, May.«

Mays Stimme schwankte ein bisschen, als sie antwortete: »Irgendetwas läuft in Four Keys fürchterlich schief.« Sie deutete auf die erste Karte – die Waage. Hetty Hawthornes Bild zeigte ein großes Holzgestell, an dem zwei Schalen hingen. In der einen saß ein Mann, in der anderen eine Frau, beide im Schneidersitz und mit geschlossenen Augen. »Du wolltest wissen, wie wir das Grau daran hindern können, stärker zu werden. Das hier ist ein Teil der Antwort. Die Stadt ist aus dem Gleichgewicht geraten, und zwar ganz gewaltig.«

»Verstanden«, sagte Augusta. »Verraten uns die Karten auch, wie wir das wieder beheben können?«

»Vielleicht.« May runzelte die Stirn. »Ob es uns gelingt, hängt von der Knochen-Acht ab. Entweder helfen uns die Knochen, wieder zur Normalität zurückzukehren, oder sie ändern alles. Auf Dauer.«

Augusta klopfte sich nachdenklich ans Kinn. »Also ist die Knochen-Acht der Auslöser ... eine Saunders-Karte.«

»Das könnte man denken«, entgegnete May, »aber der zweite Teil ist beunruhigender. Du hast ja gefragt, von daher ...«, sie deutete auf die Zweig-Sechs, »... von daher bin ich erst mal nicht erschrocken, weil es ja deine eigene Karte ist.«

Die Karte zeigte einen jungen Baum, der vom Blitz getroffen und schwer in Mitleidenschaft gezogen war. Um seinen Stamm wanden sich zwei Schlangen. Justin konnte sich nie entscheiden, ob sie den Baum zusammenhalten oder ihn noch weiter auseinanderreißen wollten.

»Oft zeigen uns die Karten jene Version der Ereignisse, die sich direkt auf den Fragenden bezieht, deshalb ist es normal, dass die Karte der betreffenden Person dabei ist. Deine Karte ist aber nicht deshalb aufgetaucht, weil du die Frage gestellt hast. Wenn sie gemeinsam mit dem Skelett erscheint, dann bedeutet das ...« May stockte und Justin begriff plötzlich, dass seine Schwester nicht wegen der Knochen-Acht innegehalten hatte.

May hätte ihrer Mutter den zweiten Teil der Lesung am liebsten verschwiegen.

»Es wird dir nicht gefallen«, sagte sie schließlich.

Augusta zog die Augenbrauen hoch. »Mach schon. Ich entscheide dann selbst, ob es mir gefällt oder nicht.«

»Na gut.« Justin entging nicht, dass Mays Stimme immer noch schwankte. Verstohlen drückte er unter dem Tisch ihre freie, jetzt schweißnasse Hand und sie erwiderte den Druck. »Das Skelett steht für eine große Veränderung. Eine Abrechnung, wenn man so will. Und wenn es zusammen mit deiner Karte auftaucht, Mutter ... dann ... dann beantwortet es deine zweite

Frage. Die Gefahr, in der die Stadt schwebt, hat etwas mit dir zu tun.«

Alle Farbe wich aus Augustas Gesicht. »Lächerlich! Diese Stadt ist für mich das Allerwichtigste. Davon können meine Kinder ein Lied singen.«

May bohrte die Fingernägel in Justins Handfläche. »Die Karten lügen nicht.«

»Dann deutest du sie falsch!« Augusta schlug mit beiden Fäusten auf den Tisch und May schrie vor Schreck leise auf.

»Fang noch mal von vorn an!«

»Die Karten lassen sich nicht anders deuten«, gab May tonlos zurück. »Ich weiß, dass du etwas anderes hören wolltest, aber du hast zwei Fragen gestellt. Die Karten haben sie so beantwortet.«

Augusta senkte die Stimme zu einem drohenden Flüstern. »Ein guter Mann ist gestorben, May. Vielleicht hat das deine Fähigkeiten beeinträchtigt.«

In Mays Augen schimmerten Tränen.

Justin packte die Wut. May hatte ihr Leben lang zu ihrer Mutter aufgeschaut. Sie jetzt für ihre Ehrlichkeit zu bestrafen war gemein.

»Dir bleibt wohl nichts anderes übrig, als May zu glauben«, sagte er rasch. »Was dir bestimmt nicht leichtfällt, weil May und ich nun mal die einzigen Menschen in Four Keys sind, die du nicht mit deiner Macht manipulieren kannst.«

Augusta knurrte frustriert, als sie aufstand. Dabei streifte ihr Kopf fast die Decke des Lesezimmers. Justin machte sich auf einen Wutanfall gefasst, aber seine Mutter entgegnete ganz ruhig: »Früher hatten die Saunders in dieser Stadt das Sagen, aber wir haben Four Keys besser beschützt, als es ihnen je gelungen ist. Und wenn es nach mir geht, bleibt das auch so.«

Ihr Abgang wurde vom Geheul der Doggen begleitet, die schon ungeduldig auf die Rückkehr ihrer Herrin warteten.

Justin starrte die Knochen-Acht an und ihm fiel zum ersten Mal auf, dass an dem geborstenen Schädel noch kleine Hautfetzen hingen. Was hatte Hetty Hawthorne wohl dazu getrieben, so unerträglich ins Detail zu gehen? Dann wandte er sich zu seiner Schwester um, die die Arme um die Knie schlang.

»Wir kennen Officer Anders schon unser ganzes Leben«, sagte May leise. Die Ader auf ihrer Stirn trat hervor und schlängelte sich wie eine Wurzel unter ihrer Haut. »Und jetzt ist er ... tot.«

»Deswegen ist Mom ja so sauer. Es hat nichts mit dir zu tun.«

May ließ den Kopf hängen. »Ich weiß.«

»Du hast ihr die Wahrheit gesagt. Du hast alles richtig gemacht.« Justin war zwar selbst nicht ganz davon überzeugt, aber May musste das jetzt von ihm hören.

»Meinst du?« Das Dämmerlicht im Lesezimmer hob Mays Züge hervor, bis sie so aussah, wie sie sich anhörte: zart und zerbrechlich – wie eine Kristallschale, die an der Kante eines Kaminsimses stand. »Ich verkünde immer nur schlechte Nachrichten, Justin. Menschen sterben oder tun einander etwas an oder verschwinden.«

»Du weißt selbst, dass es nicht nur an dir liegt«, erwiderte Justin. »Die Karten sind hinterhältig. Sie geben nicht immer alles preis.«

»Mir verraten sie genug.« May hob entschlossen den Kopf. »Manchmal hasse ich das alles. Das Wissen, die Verantwortung ...« Dann sprach sie endlich aus, was sie, wie Justin wusste, seit ihrem eigenen Ritual vor drei Monaten mit sich herumtrug. »Du kannst das nicht verstehen.«

Als seine Schwester an jenem Tag den Weißdornbaum berührt hatte, waren seine Äste und Zweige sofort zum Leben erwacht und der knorrige Stamm hatte sich tief vor ihr verneigt. Und Justin hatte mit einem dicken Kloß im Hals und den Tränen nahe zugeschaut, wie auch der ganze Wald in die Knie ging, bis der See hinter dem Haus der Carlisles durch die herabgebogenen Äste glitzerte.

Wenn Justins Ritual der schlimmste Tag seines Lebens war, dann kam der Tag von Mays Ritual gleich danach.

»Wahrscheinlich nicht«, sagte Justin trocken. »Erzähl doch noch mal, was es für ein schweres Schicksal ist, so viel Macht zu besitzen.«

»Tut mir leid. Ich wollte nicht ...«

»Schon gut«, sagte Justin, und weil er auf gar keinen Fall über seine nicht vorhandene Macht sprechen wollte, wechselte er rasch das Thema. »Die Saunders-Familie ... Wenn sie uns irgendwie helfen können, dass hier nicht alles noch schlimmer wird ...«

May wurde ernst. »Ich verstehe schon.« Nach einer kurzen Pause fuhr sie fort: »Aber Mutter hat gesagt, wir sollen uns von ihnen fernhalten. Und Mutter hat immer ihre Gründe.«

Justin dachte an Augustas Angst. An das, was sie gesagt hatte. Wie sie die Knochen-Acht halb angstvoll, halb resigniert angeschaut hatte, als hätte sie schon geahnt, dass die Familie Saunders unwiderruflich mit ihrer aller Zukunft verknüpft war.

Als würde sie alles tun, um sich selbst vom Gegenteil zu überzeugen.

Was wiederum bedeutete, dass Justin – wenn auch nur der Hauch einer Chance bestand, dass Violet Saunders eine nützliche Verbündete der Hawthornes sein könnte – das Mädchen selbst ansprechen musste.

5

Harper war gerade bei den Kraftübungen, die sie in ihr tägliches Training aufgenommen hatte, als sie es hörte: einen Melodiefetzen, eine tiefe Stimme, die durch die Bäume wehte.

Sie kannte die Stimme und auch die Melodie. Ihr Vater summte sie in seiner Werkstatt, wenn er aus Lehmklumpen Hüter modellierte, die anschließend in der Sonne getrocknet wurden.

Früher hatten alle Einwohner der Stadt lebensgroße Wächter vor der Tür gehabt – Skulpturen, die sich auf Befehl ihres Besitzers in Bewegung setzten. Die Carlisles waren dafür verantwortlich gewesen, zu jedem Äquinoktium – der Tagundnachtgleiche im Frühjahr und im Herbst – ganz Four Keys mit diesen Wächtern auszustatten. In jenen beiden Nächten des Jahres war das Grau am stärksten, die Gründer waren am schwächsten und die Grenze zwischen Albtraum und Wirklichkeit verwischte.

Doch Harpers Großmutter war die letzte Carlisle gewesen, die die steinernen Figuren tatsächlich kontrollieren konnte. Deshalb hingen über den Haustüren inzwischen die Lehmglocken aus Maurice Carlisles Werkstatt und die Stadtgrenze war mit seinen Hütern versehen. Leider waren sie nur ein schwacher Ersatz für die Wächter, denn sie konnten zwar Alarm schlagen, wenn Gefahr drohte, aber nicht lebendig werden, um die Gefahr auch abzuwehren.

Die Familie Carlisle war nur noch ein Schatten dessen, was sie hätte sein können oder was sie einst gewesen war.

»Kinder liefen durch den Wald, kamen ab vom Wege bald …« Ganz in Harpers Nähe stapfte jemand mit schweren Schritten durchs Unterholz. Ihr Vater war ein echter Carlisle, durch und durch robust und zuverlässig, und er tat nichts leise, nicht einmal Gehen.

Harpers erster Gedanke war, sich zu verstecken, denn sie trainierte nicht ohne Grund heimlich. Sie wollte das Mitleid ihres Vaters nicht. Ein brennender Schmerz schoss plötzlich durch ihren linken Arm, und obwohl sie natürlich wusste, dass ihre linke Hand nicht mehr da war, hatte sie manchmal Phantomschmerzen, besonders dann, wenn sie angespannt war oder Angst hatte. Sie griff sich ihren Degen und duckte sich hinter den nächstbesten Baum.

Die Stimme ihres Vaters kam immer näher: *»Sind im Grau verschwunden, wurden nie gefunden …«*

Als er am Rand der Lichtung auftauchte, beschleunigte sich Harpers Puls. Sie drückte sich noch enger an den Baum, das Brennen in ihrem Arm wurde stärker – dann rutschte sie aus und schnappte erschrocken nach Luft, als ihr Degen gegen den Baumstamm schlug und auf die Erde fiel.

Das Geräusch zerriss die nächtliche Stille wie ein Schuss und ließ ihren Vater mitten in der nächsten Liedzeile verstummen.

»Wer ist da?« Maurice Carlisle griff in die Tasche. Als er die Hand wieder herauszog, blitzte ein silberner Dolch in seiner Faust.

Seine Züge waren so hart, wie es Harper noch nie erlebt hatte. Schnell trat sie hinter dem Baum hervor und rief: »Ich bin's, Vater! Ich bin's bloß!«

Maurice machte ein verblüfftes Gesicht und steckte die Waffe so hastig weg, dass Harper schon dachte, sie hätte sich den Dolch vielleicht nur eingebildet. »Harper! Was treibst du denn mitten in der Nacht hier draußen?«

Harper schluckte. Ihr war überdeutlich bewusst, dass sie nur ein Nachthemd ihrer Mutter anhatte, dass sie barfuß war und ihr Degen hinter ihr im Gras lag. Wenn ihr Vater so irritiert war, verwandelte sie sich jedes Mal wieder in ein kleines Mädchen. »Das Gleiche könnte ich dich fragen.«

Maurice lachte. »Ich komme von der Streife. Danach bin ich immer ein bisschen schreckhaft.«

Aber zu Hause in der Küche stand ein Kalender, auf dem seine Streifendienste eingetragen waren. Harper kannte den Dienstplan auswendig, denn er hatte sich seit Monaten nicht geändert. »Du gehst mittwochs und samstags auf Streife«, entgegnete sie und legte den gesunden Arm über den Armstumpf. »Und mit den Äquinoxrunden sind wir erst in anderthalb Wochen dran.«

»Stimmt schon.« Ein Streifen Mondlicht fiel auf den Nasenrücken ihres Vaters. »Du bist aber auch nicht hergekommen, um mit einem Familiendegen zur Geisterstunde einen kleinen Ausflug zu machen.«

»Nein.« Es war offensichtlich, dass jeder von ihnen etwas zu verbergen hatte, und Harpers Vater hatte ihr beigebracht, keiner Auseinandersetzung aus dem Weg zu gehen, wenn die Chancen fünfzig zu fünfzig standen.

Maurice Carlisles Blick hatte etwas Lauerndes. Er wiegte sich leicht hin und her und schob den Unterkiefer vor. »Hast du etwa trainiert?«

Es klang nicht mitleidig, wie Harper befürchtet hatte. Es klang eher ... anerkennend.

Darum nickte sie.

Sie wurde mit einem Lächeln belohnt – einem echten Lächeln.

»Ich hätte mir denken können, dass du nicht damit aufhörst. Das Fechten hat dir immer Spaß gemacht.«

Harper reckte selbstbewusst das Kinn. »Es macht mir immer noch Spaß.«

Maurice musterte sie nachdenklich. »Aber du hast keinen Gegner.«

Harper sah unwillkürlich vor sich, wie sie Justin Hawthorne die Klinge an die Kehle drückte. »Noch nicht.«

»Hör mal ...« Ihr Vater kam auf sie zu, bis sich seine ergrauenden Locken vor den Mond schoben und er nur noch ein dunkler Umriss war. Sein Ton war jetzt nicht mehr so misstrauisch. Anscheinend hatte er sich zu einem Entschluss durchgerungen, zu welchem auch immer. »Willst du wirklich wissen, wo ich heute Nacht war?«

Harper hatte einfach nur nicht erwischt werden wollen, aber jetzt, da es passiert war, kam es ihr vor, als sähe ihr Vater sie zum ersten Mal so, wie sie wirklich war. Zum ersten Mal seit Jahren.

Dass er ihr vertraute, wünschte sie sich mehr als alles andere. »Ja.«

»Du darfst es aber niemandem sagen.«

Maurice' Augen lagen im Schatten, aber Harper versuchte trotzdem, seinen Blick aufzufangen. »Auch nicht Mom?« Ihr kam ein schrecklicher Verdacht. »Du willst uns doch nicht verlassen, oder?«

»Nein!« Seine Entrüstung war so unüberhörbar, dass Harper ihm sofort glaubte. »Nichts dergleichen. Es ist nur, weil das, worum es geht, so riskant ist. Aber ich glaube, dass du es, anders als der Rest der Familie, verstehen kannst ... nach ... nach allem, was du durchgemacht hast.«

In Harper stiegen wieder Schmerz und Scham auf. »Nach allem, was ich durchgemacht habe?«, wiederholte sie. »Sprich es ruhig aus! Ich habe meine Hand verloren. Ich besitze keine Macht.«

»Und trotzdem kämpfst du weiter.« Ihr Vater nahm fast liebevoll ihre Hand. »Du bist mitten in der Nacht hier draußen und trainierst. Wie wäre es, wenn du etwas hättest, wofür es sich zu kämpfen lohnt? Einen ernsthaften Gegner sozusagen?«

»Vergiss es.« Harper gab sich Mühe, mit fester Stimme zu sprechen und jeden Hoffnungsfunken zu verdrängen. »Ich habe mein Ritual vermasselt. Damit ist man in dieser Stadt ein Nichts, das hast du selbst gesagt.«

»Weiß ich. Aber es gibt noch andere Möglichkeiten, zu Macht zu kommen.«

»Soll ich etwa wieder in den Streifendienst einsteigen?«, sagte Harper verächtlich. »Das würden die Hawthornes nie erlauben.«

Ein schwer zu deutendes Lächeln huschte über das Gesicht ihres Vaters. »Die Polizeichefin und ihre Familie würden es nicht erlauben, da hast du recht. Aber was wäre, wenn die Hawthornes nicht mehr zu bestimmen hätten, was in dieser Stadt geschieht?«

So lange Harper denken konnte, hatte sich ihr Vater den Hawthornes untergeordnet – Augustas Großmutter, ihrem Vater und jetzt Augusta selbst. Er hatte Hüterfiguren für sie hergestellt. Er war auf Streife gegangen. Er hatte seine Kinder dazu erzogen, ihnen zu gehorchen.

Und auch als die Hawthornes beschlossen hatten, dass Harper für sie wertlos war, hatte Maurice ihre Anweisungen weiterhin befolgt.

Doch jetzt begriff Harper, dass sie sich getäuscht hatte, als sie glaubte, er würde das alles klaglos hinnehmen. Sie begriff, dass in ihrem Vater genau wie in ihr selbst eine stumme Wut schwelte.

»Sprichst du von einem Aufstand?«, fragte sie mit gesenkter Stimme.

»Das ist kein schönes Wort.« Das Lächeln ihres Vaters wurde breiter. »Ich ziehe ›Befreiung‹ vor.«

Die Vorstellung jagte Harper einen wohligen Schauer über den Rücken. Es gab nur ein Problem: »Die Hawthornes sind in Four Keys total beliebt.«

Die Miene ihres Vaters wurde grimmig. »Nicht mehr. Letzte Nacht gab es einen Zwischenfall. Das Grau hat Augusta Hawthornes Stellvertreter Anders geholt.«

Harper erinnerte sich an Anders. Er war ein anständiger Kerl gewesen – einer der wenigen Polizisten, die sie nach ihrem gescheiterten Ritual nicht ignorierten. Außerdem war Harper selbst lange genug in dem entstellten Wald umhergeirrt, um zu wissen, dass es keinen schlimmeren Ort gab, um zu sterben. »Nicht auch noch er«, sagte sie leise.

Ihr Vater nickte. »Doch, leider. Und es werden bald noch mehr sein. Es wird immer gefährlicher hier in Four Keys und die Hawthornes unternehmen nichts dagegen. Deswegen nehme ich die Sache jetzt selbst in die Hand. Und deswegen war ich auch heute Nacht unterwegs.«

»Was hast du denn gemacht?«

Das Mondlicht erleuchtete sein Profil, seine Miene hatte wieder etwas Verschlossenes.

»Du wolltest es mir sagen!«

»Ich habe dir gesagt, dass sich bald etwas ändert. Reicht das nicht?«

Nein, das reichte nicht.

Harper wartete schon seit drei Jahren darauf, dass sich etwas änderte.

Sie glaubte nicht mehr daran, dass jemand anders ihre Dämonen besiegen würde. Mehr noch: Wenn irgendjemand die Menschen, die ihr das Leben zur Hölle gemacht hatten, von ihrem hohen Ross herunterholte, dann wollte sie es schon selbst sein.

Sie war lange genug ignoriert worden.

»Nein!«, sagte sie entschieden. »Egal, was du vorhast, ich will mitmachen.«

»Du weißt nicht, was du da von mir verlangst ...«

»Ich weiß genug.« Harper bückte sich nach ihrem Degen und führte einen schwungvollen Stoß aus. Ihr Vater riss erstaunt die Augen auf. »Was kann mir diese Stadt noch antun?«

Maurice schüttelte seufzend den Kopf und Harper spürte, dass sie gewonnen hatte. »Also gut. Ich glaube ... na ja, es wäre nicht schlecht, wenn du dich mit der kleinen Saunders anfreunden könntest. Sie könnte eine wertvolle Verbündete sein.«

Harper dachte daran, wie Violet Justin im Klassenzimmer angesehen hatte. »Die Hawthornes haben sich schon an sie rangemacht.«

»Davon gehe ich aus«, sagte Maurice. »Aber sie weiß nichts über ihr Erbe. Als ich klein war, waren die Carlisles und die Saunders Verbündete. Sie wird bald Hilfe brauchen, und die sollte sie von dir bekommen.«

Harper wurde ganz warm ums Herz, als ihr bewusst wurde, dass ihr Vater sie eben eine Carlisle genannt hatte, aber dann fielen ihr ihre Geschwister ein – diejenigen, die tatsächliche Fähigkeiten hatten. »Wären Mitzi oder Seth nicht bessere Verbündete als ich?«

»Im Gegensatz zu dir wissen Mitzi und Seth nicht, wozu die Hawthornes fähig sind. Zeig diesem Mädchen, dass die Stadt mehr als nur die eine Familie zu bieten hat.«

In seiner Stimme schwang unverkennbarer Hass mit. Wie hatte er das so lange geheim halten können?

Harper hatte keine Ahnung, ob es ihr gelingen würde, sich mit

Violet anzufreunden, aber wenn es dazu beitragen konnte, die Hawthornes kaltzustellen, würde sie es versuchen. »Einverstanden.«

Maurice nickte. »Betrachte es als Prüfung. Wenn du sie bestehst, stelle ich dir die anderen vor.«

»Wie viele gibt es denn noch?«

Ihr Vater legte die Hand auf die Tasche mit dem Dolch. »Genug, um endlich etwas zu verändern.«

Violet war die ganze Nacht weggeblieben und ihre Mutter hatte nichts davon mitbekommen. Als sie am Morgen nach einer bitter nötigen Dusche vom Bad in ihr Zimmer schlurfte, nickte Juniper ihr nur flüchtig zu.

Violet versuchte, das Gefühl von Kränkung zu verdrängen, als sie zur Schule radelte. Ihre Beine taten immer noch höllisch weh.

Sie hatte sowieso nicht vorgehabt, ihrer Mutter zu erzählen, wo sie gewesen war. Wie hätte sie ihr beschreiben sollen, was sie erlebt hatte, ohne für verrückt gehalten zu werden? Und sie hatte keine Lust, dass Juniper sie behandelte wie Daria.

Außerdem bestand schließlich noch die Möglichkeit, dass sie sich das Ganze nur eingebildet hatte. Was sich allerdings in dem Moment erledigte, als sie das Klassenzimmer betrat. Sie spürte sofort, dass etwas nicht stimmte. Alle waren seltsam still, nur hier und da tuschelte jemand gedämpft. Außerdem fehlte Justin Hawthorne. Ohne ihn wirkte Isaac völlig verändert. Er las nicht einmal in seinem Buch, sondern starrte nur auf den Tisch.

»Hört bitte mal her«, sagte Mrs Langham. Ihre Nase und

Wangen waren leicht gerötet, ihre Stimme klang belegt. »Wie viele von euch schon wissen, ist Officer Frank Anders letzte Nacht bei einem tragischen Unfall ums Leben gekommen.«

Noch mehr Getuschel und zustimmendes Nicken. Violet wurde übel.

Die Leiche im Wald musste Officer Anders gewesen sein. Sie hatte die Dienstmarke auf seiner Brust gesehen.

Was wiederum bedeutete, dass sie tatsächlich zusammen mit ihm in diesem Wald gewesen war – und zusammen mit dem, was ihn umgebracht hatte.

»Ich erinnere euch noch einmal daran, dass der Wald sehr gefährlich sein kann«, fuhr Mrs Langham fort, aber Violet hörte schon nicht mehr zu.

Sie sprang auf, sodass ihr Stuhl polternd umkippte, und rannte aus dem Klassenzimmer. Ihre hastigen Schritte hallten durch die leeren Flure, dann war sie im Freien. Sie hatte noch nie die Schule geschwänzt, ließ sich so gut wie nie krankschreiben, aber jetzt hätte sie es keine Sekunde länger in diesem Raum ausgehalten.

Erst am Parkplatz machte sie halt. Die Eichen ragten wie eine undurchdringliche Mauer vor ihr auf, ihre Schatten reichten fast bis an die Spitzen ihrer Schuhe.

Von hier aus ging es nur noch in den Wald.

Violet blinzelte und die Bäume wurden schwarz-weiß. Sie blinzelte noch einmal und Officer Anders' tote Augen starrten sie an.

Wimmernd kniff sie die Augen fest zu, aber Rosies halb durchsichtige Gestalt erschien trotzdem und von überallher streckten sich Äste nach ihr und Violet aus.

»Sie sind nicht echt!«, flüsterte Violet. »Sie können nicht echt sein!«

»Wer kann nicht echt sein?«, fragte eine sanfte Stimme.

Violet fuhr abwehrbereit herum. Seit letzter Nacht war sie schreckhaft.

Doch das Mädchen, das gefragt hatte, hatte nichts Bedrohliches. Sie war klein und zierlich, ein Porzellanpüppchen mit kräftigem Lidstrich. Ihr linker Arm endete am Ellbogen und die dunkle Lockenmähne reichte ihr bis zur Taille.

Violet hatte sie schon im Klassenzimmer gesehen. Sie wurde rot, als ihr klar wurde, dass das Mädchen ihren Zusammenbruch miterlebt hatte. »Was willst du?«

In den dunklen Rehaugen regte sich etwas wie Mitleid. »Du bist weggerannt. Und ich glaube, ich weiß auch, wovor.«

»Vielleicht war mir bloß langweilig«, sagte Violet schroff.

»Mrs Langham gibt bekannt, dass jemand gestorben ist, und dir ist langweilig?« Das Lächeln des Mädchens hätte aufmunternd sein sollen, aber irgendwie war es *zu* breit. Ihre Haut spannte sich ein bisschen zu straff über den Wangenknochen. »Irgendwie kann ich mir nicht vorstellen, dass du so herzlos bist.«

Violet holte tief und zittrig Luft. »Ich mag den Tod einfach nicht, okay?«

»Das geht allen so«, entgegnete das Mädchen. »Aber du bist erst vor Kurzem hierhergezogen. Du hast Officer Anders gar nicht gekannt.«

»Aber du«, konterte Violet, die sich immer unwohler fühlte. »Warum trauerst *du* dann nicht um ihn?«

Das Mädchen heftete den Blick auf den Wald hinter Violet. Die Umrisse der Baumstämme spiegelten sich in ihren dunkelbraunen Augen.

»Ich trauere ja um ihn.« Ihr Ton hatte jetzt etwas Abwesendes. »Ich weiß genau, wie er gestorben ist, Violet. Knochen, die sich durch die graue Haut bohren. Weiße Augen. Aber ich rede nicht darüber. Sonst denken die anderen, ich bin nicht ganz dicht.«

Violets Handflächen wurden schweißnass und ihr Hals schnürte sich so zusammen, dass sie kaum noch Luft bekam.

Wer dieses Mädchen auch sein mochte – sie hatte die Leiche gesehen.

»Woher weißt du das alles?«, fragte sie erstickt.

Das Mädchen kam einen Schritt auf sie zu, die Schatten der Bäume umfingen ihre zierliche Gestalt. »Ich bin im Grau gewesen. Genau wie du.«

Violet wusste sofort, was sie meinte. Es war eine passende Bezeichnung für die farblosen Bäume und den unbewegten Himmel.

»Woher weißt du, dass ... dass ich dort war?«

»Stimmt es denn nicht?«

»Doch«, erwiderte Violet und war auf einmal seltsam erleichtert. »Dieser Wald ... er ist hier. Hier in der Stadt.«

»Ja und nein«, entgegnete das Mädchen, was Violet nicht besonders hilfreich fand. »Der Wald, den wir das Grau nennen, den gibt es, und er ist auch in Four Keys. Aber nicht hier.« Sie zeigte auf die Bäume. »Die meisten Leute finden nicht mehr aus dem Grau heraus. Du hast Glück gehabt.«

»Dann hast du genauso Glück gehabt.«

Das Mädchen lachte auf. »Leider nicht.« Sie streckte Violet die Hand hin und Violet nahm sie. Ihre Handfläche war erstaunlich schwielig. »Harper Carlisle.«

»Soll ich mich auch vorstellen?«

Harper lächelte und diesmal war das Lächeln echt. »Nö. Alle wissen, wer du bist.«

Violet platzte fast vor Fragen, aber die erste Frage, die aus ihr hervorsprudelte, überraschte sie selbst: »Was für ein Tier tötet seine Opfer auf diese Art?«

Harper wandte sich wieder zum Wald und ihre Stimme klang abwesend, fast träumerisch. Die Bäume rauschten nicht mehr, als hörten sie ebenfalls zu. »Es ist kein Tier.«

»Was ist es denn dann?«

Harper sah Violet immer noch nicht an, als sie antwortete: »Die meisten Leute würden es wahrscheinlich ein Monster nennen.«

Noch gestern hätte Violet daraufhin spöttisch die Augen verdreht und ihr Gegenüber stehen gelassen.

Jetzt aber sah sie Harper forschend an und fragte vorsichtig: »Und wie würdest du es nennen?«

Plötzlich war Harpers unerschütterliche Fassade verschwunden und Violet sah den unerträglichen Schmerz dahinter, einen Schmerz, den sie nur von ihrem eigenen Spiegelbild kannte. »Ich weiß nicht ... Wie soll ich etwas benennen, das ich noch nie mit eigenen Augen gesehen habe?«

»Warum bist du mir nachgekommen?« Die Antwort darauf war Violet auf einmal sehr wichtig.

Endlich schaute Harper sie wieder an. »Weil niemand aus der Klasse rausrennen sollte, ohne dass jemand hinterhergeht.«

Doch Violet spürte, dass sie log. »Nächster Versuch?«

Harper verzog das Gesicht. »Na gut. Weil ... Ich habe gesehen, dass Justin Hawthorne gestern mit dir geredet hat. Die Hawthornes würden sich nicht mit dir abgeben, wenn sie nicht der Meinung wären, dass du ihnen irgendwie nützlich sein kannst. Ich möchte dich vor ihnen warnen. Die Einwohner dieser Stadt sind für sie nur Schachfiguren, mehr nicht. Egal, wie freundlich sie tun.«

Violet musste wieder daran denken, wie die anderen Schüler

Justin angesehen hatten. Und wie die Erwachsenen seine Mutter ansahen.

Ihre Bewunderung war das krasse Gegenteil zu der kalten Wut in Harpers Stimme und Violet spürte, dass das Mädchen von dem überzeugt war, was sie sagte – ob es nun der Wahrheit entsprach oder nicht.

»Was haben dir die Hawthornes angetan?«, fragte sie sanft.

Das Eichenlaub über ihnen raschelte, als Harper mit zitternden Fingern ihre Locken zwirbelte. »Sagen wir mal so ... als wir befreundet waren, hatte ich meine linke Hand noch.«

Damit drehte sie sich um und stürmte davon.

6

Als Violet an diesem Nachmittag die Auffahrt entlangfuhr, saß Daria auf der Veranda und strickte. Wenn sie in ihrem uralten Schaukelstuhl saß, war Daria immer am ruhigsten. Während sie das rote Garnknäuel nach und nach abrollte, blitzten ihre gläsernen Stricknadeln auf und meistens schmiegte sich dabei der Kater Orpheus an ihre Füße. Diesmal jedoch saß Juniper neben ihr auf einem Küchenstuhl und fuchtelte ebenfalls mit zwei Stricknadeln herum.

Violet stieg von ihrem Rad ab und ließ das ungewohnte Bild auf sich wirken.

»Was machst du da? Willst du jetzt stricken lernen?« Es klang ein bisschen bemüht. Seit Violet das mit Junipers Bruder Stephen herausgefunden hatte, hatte sie nicht mehr mit ihrer Mutter gesprochen.

»Ich versuche ja, es ihr beizubringen«, sagte Daria vorwurfsvoll, »aber sie ist zu ungeduldig und lässt dauernd Maschen aus.«

Juniper warf Daria den gleichen finsteren Blick zu, mit dem Violet Rosie immer gestraft hatte, wenn ihre Schwester sie herumkommandierte, aber die trotzige Miene ihrer Mutter wirkte irgendwie unpassend, zu jugendlich, zu pubertär. »Du hast schon immer behauptet, dass ich zu ungeduldig bin.« Juniper trug nach wie vor hohe Absätze und Anzughosen, als lebten sie noch in Ossining, aber ihre Bluse war zerknittert und sie hatte die Haare nachlässig hinter die Ohren gestrichen.

»Du konntest noch nie warten, June«, sagte Daria und diesmal klang es eher liebevoll als bissig. »Aber es ist noch nicht zu spät. Die Steine wollen dich noch nicht holen.«

Sie tätschelte ihrer Schwester die Schulter, während Juniper resigniert den Wirrwarr zwischen ihren Nadeln betrachtete.

»Steine. Die mich holen wollen. Aha.« Juniper wandte sich an Violet: »Kannst du mal kurz auf sie aufpassen? Ich muss ein paar E-Mails schreiben.«

Violet nickte und schon war Juniper weg, nur das verhedderte Strickzeug lag noch auf dem Stuhl.

Daria musterte Violet. »Kannst du stricken?«

Violet lehnte ihr Rad an die Veranda. »Nein.«

»Schade«, sagte Daria. »Du hast geschickte Hände.«

Violet spreizte die Finger. »Klavier.«

»Ja. Du erinnerst mich an Stephen.« Ein schiefes Lächeln huschte über ihr Gesicht. »Er war auch Musiker.«

Violet beschloss, ihr Glück zu versuchen, auch wenn Juniper gesagt hatte, dass sie Daria nicht aufregen sollte. Sie stieg die knarrenden Verandastufen hoch. »Musiker? Welches Instrument hat er denn gespielt?«

»Klavier«, erwiderte Daria prompt. »Deshalb wollten Juniper und Marcus ja, dass du auch spielst. Ihm zu Ehren.«

Marcus Caulfield. Violets Vater.

Violet hatte seinen Namen lange nicht mehr gehört und Darias Worte lösten eine jähe Erinnerung aus: dunkle Haare und ein dröhnendes Lachen; kräftige Arme, die sie hochhoben und dann fest umschlangen.

Das Bild flackerte auf und erlosch sofort wieder. Zurück blieb die Sehnsucht nach beiden Hälften ihrer Familie. Noch nie war ihr der Vater, den sie nie richtig hatte kennenlernen dürfen, so fern gewesen. Und obwohl sie jetzt in der Heimatstadt ihrer

Mutter lebten, hatte sich die Distanz zwischen ihr und Juniper noch nie so groß angefühlt.

»Ich wusste gar nicht, dass ich deswegen Klavierunterricht bekommen habe.«

Daria zuckte die Achseln. »June konnte noch nie gut über ihre Gefühle sprechen, aber ich glaube, sie wollte, dass etwas von Stephen weiterlebt.«

»Was ist Stephen denn zugestoßen?«, fragte Violet. »Hatte es etwas mit dem Grau zu tun?«

Daria legte ihre Stricknadeln weg. »Komm mal her«, sagte sie heiser. Violet gehorchte, aber ihr Herz schlug schneller, als es vermutlich nötig gewesen wäre. Daria ergriff ihre Hände. »Ach, Violet. Du stirbst mal mit einem Hut auf dem Kopf.«

Violet seufzte, obwohl sie ein flaues Gefühl überkam. Sie hätte sich denken können, dass Darias Klarheit nur kurz anhalten würde und dass von ihr keine vernünftigen Antworten zu erwarten waren. »Na, dann meide ich eben in Zukunft alle Kopfbedeckungen.«

Daria ließ Violet los. »Irgendwann hast du es wieder vergessen. So wie es allen anderen in Four Keys geht.«

Violet schaute auf ihre Hände. Ein kalter Windstoß strich über die Veranda, eine willkommene Unterbrechung der frühherbstlichen Wärme.

»Hast du dich schon im Wald umgeschaut, kleines Knöchlein?« Daria sprach jetzt so leise, dass sie kaum zu verstehen war. »Das ist der einzige Ort in dieser Stadt, auf den es wirklich ankommt.«

Violet hob den Kopf. »Wieso?«

Doch da ging die Verandatür auf und Juniper kam mit dem Telefon in der Hand zurück. »Man hält es ja kaum aus hier draußen.« Doch Violet hörte nicht mehr hin.

Hast du dich schon im Wald umgeschaut, kleines Knöchlein?

Sie drehte sich zu den Bäumen um, musste daran denken, was Harper über den Wald gesagt hatte. Und an ihr schmerzerfülltes Gesicht.

Hier gab es so vieles, was sie erst ansatzweise verstand. Aber so zu tun, als wäre nichts, half ihr auch nicht weiter.

»Ich muss noch mal weg.« Sie lief die Treppe wieder hinunter, um das Haus herum in Richtung Hinterhof.

Dort verdrängte sie die Gedanken an Rosies Geist und die Leiche von Officer Anders und ging entschlossen auf die Bäume zu, auf die turmhohen Stämme – die einzigen Zeugen ihres jämmerlichen Heldenmuts.

Alles wirkte ganz normal. Die knorrigen Eichen neigten sich zueinander wie alte Freunde, die miteinander plauderten. In den sonnengesprenkelten Baumkronen zwitscherten die Vögel. Trotzdem war Violet mulmig zumute.

Dass es helllichter Tag war, bedeutete nicht, dass nichts Schlimmes passieren konnte.

Sie hörte die Insekten schon von Weitem, ein dröhnendes Surren wie von einem Propeller. Sie schwirrten atompilzförmig über etwas Pelzigem, Reglosem, das unter einem Baum lag. Wahrscheinlich ein unglückseliger Waschbär oder eine Beutelratte.

Violet rümpfte die Nase und wollte sich schon abwenden, als sie den roten Wollfaden sah. Ihr Verstand kam nicht gleich hinterher. Sie stand so reglos da wie der Wald ringsum – unfähig weiterzugehen, aber auch unfähig wegzuschauen.

Was von Orpheus noch übrig war, lag zwischen zwei knorrigen Wurzeln und schmorte in der Nachmittagssonne vor sich hin. Seine Augen waren gnädigerweise geschlossen, der Kopf war unnatürlich verdreht. Sein Hals war feucht von Blut.

Violet wurde so schwindlig, dass sie sich am nächsten Baumstamm festhalten musste. Dann beugte sie sich würgend vor. Es kam nichts heraus, aber sie zitterte immer noch am ganzen Leib, als sie den Kadaver erneut betrachtete. Sie glaubte zu erkennen, dass er sich bewegte ... hatte er mit dem Schwanz gezuckt?

Eigentlich konnte das nicht sein, aber sie musste einfach nachsehen, ob der Kater noch lebte. Ob sie ihn womöglich noch retten konnte.

»Es tut mir so leid«, flüsterte sie und zwang sich, näher heranzugehen. Sie tastete über seinen Vorderlauf und suchte nach dem Puls.

Auf einmal konnte sie nicht mehr. Sie war so erschöpft, als wäre sie kilometerweit gerannt, und zog die Hand zurück.

Der Kater war tot. Sie brauchte ihn nicht länger anzuschauen, um sich zu vergewissern.

Gerade als sie zum Haus zurückkehren wollte und schon überlegte, wie sie es Juniper beibringen sollte, streifte etwas Weiches über einen Riss in ihrer Jeans.

Orpheus stieß schnurrend den Kopf gegen ihren Knöchel. Hinter ihm verschwanden die Insekten im Gebüsch.

Violet stieß einen erstickten Schrei aus und wich mit zitternden Knien zurück. Das war ausgeschlossen! Aber die Stelle, wo der tote Kater gelegen hatte, war leer.

Sie riss sich zusammen, hockte sich hin und streckte langsam die Hand aus, um Orpheus wieder anzulocken.

Als sie seinen Kopf kraulte, fühlte sich das Fell ganz weich an und er kam ihr durchaus echt vor, wenn auch zutraulicher als sonst. Er stupste schnurrend die Nase in ihre Handfläche und ihre Anspannung ließ ein wenig nach. Vielleicht war das Ganze nur eine verstörende Halluzination gewesen.

Genau wie Rosie.

Anscheinend spielte ihr Verstand ihr seltsame Streiche und

vermischte Darias Warnung mit ihrem sonderbaren Erlebnis im Wald.

Violet wollte gerade aufstehen, als sie am Hals des Katers etwas Klebriges bemerkte. Sie zog die Hand zurück und starrte auf das Blut an ihren Fingern.

»Du bist tot!« Sie sprang auf und wich zurück. Ihre Stimme war so schrill wie Luft, die aus einem Ballon entweicht. Etwas verband sie und den Kater - spannte sich zwischen ihnen wie eine Schnur –, als hätte sie, als sie ihn angefasst hatte, einen Teil von sich zurückgelassen. »Verdammt noch mal! Du bist tot.«

Aus dem Augenwinkel erkannte sie eine blonde Gestalt, die mit aschfahlem Gesicht am Rand der Lichtung stand.

»Nein«, sagte Justin Hawthorne leise. »Er war tot. Jetzt ist er es nicht mehr. Und das hat er dir zu verdanken.«

Violet wich taumelnd noch weiter zurück, ihr war wieder schwindlig. »Wie meinst du das?«

»Na ja ...«

Plötzlich öffnete sich die Welt hinter ihm wie ein gähnender Rachen. Violet duckte sich, als steife weiße Wolken den blauen Himmel verschluckten. Sie wurde von Entsetzen gepackt, ein bleiernes Gewicht legte sich auf sie. Dann zischte ihr eine hohe, blecherne Stimme etwas ins Ohr, das sie nicht verstand, doch kaum hatte sie die Stimme wahrgenommen, war sie auch schon wieder verstummt.

Ihr stockte der Atem, als sie begriff, dass sie sich wieder an dem farblosen, fürchterlichen Ort befand, den Harper »das Grau« genannt hatte.

Und diesmal hatte sie Justin Hawthorne dorthin mitgenommen.

Justin hatte den Großteil des Tages überlegt, unter welchem Vorwand er sich von zu Hause verdrücken konnte. Seine Mutter hatte ihm und May aufgetragen, die Zweifel der Städter zu zerstreuen, doch als Augusta am Nachmittag zum Polizeirevier gefahren war, hatte Justin die Gelegenheit genutzt und die Sache selbst in die Hand genommen.

Allerdings hatte er nicht damit gerechnet, Violet bei der Ausübung ihrer Fähigkeiten zu überraschen - Fähigkeiten, mit denen sie Tote ins Leben zurückholen konnte. Damit war dann wohl auch bewiesen, dass Augustas Behauptung, es handle sich um einen bedeutungslosen Familienzweig, eine dreiste Lüge war. Und schon gar nicht hatte Justin damit gerechnet, dass sie beide gemeinsam im Grau landen würden.

Mays Deutung der Karten war also mindestens in einem Punkt zutreffend: Hier war irgendetwas gewaltig aus dem Gleichgewicht geraten.

Was für Justin keine große Rolle mehr spielte, weil er gleich sterben würde ...

Als der dichte grüne Wald verschwunden und jenem leblosen Wald gewichen war, den Justin von seinem Ritual her kannte, schnürte ihm Panik die Kehle zu. Violet und er standen an der Mündung einer Straße, die auf beiden Seiten von Gebäuden gesäumt wurde. Genau genommen waren es baufällige Häuser aus Backstein und Baumstämmen, alle in unterschiedlichen Grauabstufungen. Manche Ziegelwände waren schon ganz schief, mitten in einem Holzdach klaffte ein notdürftig geflicktes Loch. Über einem Schornstein stand erstarrter grauer Rauch.

»Wie sind wir hierhergekommen?« Violets Stimme klang schneidend und vorwurfsvoll und hallte in der leblosen Umgebung eigenartig wider. »Warst du das?«

»Spinnst du?« Es war komisch, zu sprechen und sich erst mit

Verzögerung zu hören. Justin versuchte sich in Erinnerung zu rufen, was er über das Grau wusste.

Aber im Grunde lief alles auf die schlichte Tatsache hinaus, dass man, wenn man hineingeriet, höchstwahrscheinlich nicht mehr herauskam.

»Warum sind wir dann hier?«, fragte Violet tonlos. Sie hatte offensichtlich große Mühe, sich zu beherrschen.

Er breitete hilflos die Arme aus. »Keine Ahnung.«

»Und wie kommen wir hier wieder raus?« Justin sah ihr an, dass sie genauso in Panik war wie er. Das graue Gemäuer hinter ihr wurde unscharf und wieder scharf, wie ein instabiles Wi-Fi-Signal.

Justin war angespannt und fluchtbereit, aber hier war nichts, wovor man hätte fliehen können. Er hätte auch gar nicht gewusst, wohin. »Das weiß ich auch nicht«, antwortete er und versuchte, ruhig zu bleiben. »Die meisten Leute, die im Grau landen ...«

»... sterben, so wie Officer Anders, stimmt's?«, sagte Violet grimmig. Sie strich sich das Haar aus dem Gesicht und schmierte dabei Katzenblut auf ihre Stirn.

Justin verbarg seine Verblüffung. Violet wusste eindeutig mehr, als Augusta behauptet hatte. »Stimmt.«

Ein metallisches Geräusch schoss durch seinen Schädel, ein blechernes Pfeifen, das fast wie Gelächter klang. Er fuhr instinktiv herum, aber da war nichts.

»Hast du das auch gehört?«, flüsterte Violet.

Er nickte.

»Wir müssen hier weg!« Sie zeigte auf eine Stelle am Rand der Bäume, wo das Grau zu flimmern anfing.

Dann verdichtete sich das Geflimmer zu einer menschlichen Gestalt. Justin dachte sofort an die Leichen.

Die weißlichen Augen. Die Bissspuren. Der gequälte Ausdruck der aufgedunsenen Gesichter.

Die Panik packte ihn jetzt mit voller Wucht. Da war er wieder – der Tod, dem er bei seinem Ritual nur knapp entkommen war. Jetzt holte er ihn doch noch ein.

Doch die Gestalt am Waldrand war nicht die Bestie.

Es war Isaac. Er streckte die Arme aus und Kraftwellen wogten um seine Hände. Seine Fingerkuppen hinterließen einen ausgefransten Riss im Grau, ein Loch in der Welt. Dahinter waren die winkenden Äste der Eichen von Four Keys zu erkennen.

Noch nie hatte sich Justin so gefreut, seinen Freund zu sehen.

»Wollt ihr beide mich ewig anglotzen?«, rief Isaac ihnen zu. »Ich kann gleich nicht mehr!« Die verschwitzten Locken klebten ihm an der Stirn und seine Schultern bebten von der Anstrengung, das Grau in Schach zu halten.

Violet stürzte auf den Ausgang zu, den er erzeugte, doch als Justin hinterherlaufen wollte, pfiff wieder dieser Ton durch seinen Kopf, diesmal noch lauter und eindringlicher.

Es war eine Stimme.

Eine bleierne Schwere überkam Justin und er stellte sich vor, wie er sich unbeholfen einen Weg zwischen den Bäumen hindurch bahnte, gejagt und getötet wurde.

Du hast deine Familie enttäuscht. Du bist eine Enttäuschung für die ganze Stadt. Isaac wäre froh, wenn es dich nicht mehr gäbe – ein Problem weniger, um das er sich kümmern muss.

»Scheiße!«, entfuhr es Justin. Das war typisch für die Bestie. Sie kroch einem ins Hirn, redete einem ein, dass man wertlos war, dass man ein Nichts war. »Du irrst dich.«

Ach ja? Es klang belustigt. *Alle anderen hast du angelogen, Justin Hawthorne, aber mir kannst du nichts vormachen. Nicht, wenn es um* sie *geht.*

Auf einmal stand Justin wieder unten am See. Harper war hinter ihm, seine Mutter vor ihm. Augusta hielt die knurrenden Doggen an der Leine und auf ihrem Gesicht malte sich nackte Angst.

Damals hatte er sich für seine Familie entschieden, nicht für Harper, denn so gehörte es sich für einen Hawthorne. Die Familie kam immer an erster Stelle.

Doch sosehr sich Justin auch bemühte, er wurde das schlechte Gewissen nicht los.

Ja, du hast sie verraten, bestätigte das Ungeheuer. *Und dafür musst du bestraft werden.*

Ein Arm schob sich unter seine Schultern und zog ihn hoch.

Justin fand sich nicht gleich zurecht, aber dann begriff er, dass er sich immer noch im Grau aufhielt. Er war noch am Leben, er stand wieder auf den Beinen. Violet hatte ihn trotz allem nicht im Stich gelassen.

»Du musst ... mir helfen«, keuchte er und stützte sich auf ihre knochige Schulter. Sie war kräftiger, als sie aussah.

»He!«, rief Isaac. »Was macht ihr da? Genießt ihr die Aussicht, oder was?«

Da waren sie: die Knochen-Fünf, die Zweig-Acht und die Dolch-Drei. Genau so, wie May es vorhergesagt hatte.

»Logisch! Ist doch schön hier«, zischte Violet zynisch zurück.

Gemeinsam wankten sie aus dem Grau, einen schwerfälligen Schritt nach dem anderen, bis sie in der üppigen grünen Umarmung von Four Keys erneut zusammenbrachen.

Und Justin verdrängte die Stimme, das Schuldgefühl und die schreckliche Ahnung, dass das Ungeheuer einfach nur die Wahrheit gesagt hatte.

TEIL II
DIE VER-
SCHLUNGENE
WURZEL

7

Das Blut und der Schmutz auf Violets Haut verschwanden in einem rostbraunen Wirbel im Abfluss der hawthorneschen Dusche. Sie hatte sich bemüht, den Schrecken der letzten Stunden abzuschrubben, doch auch als das Wasser wieder klar wurde, ließ sich die Wahrheit nicht abwaschen.

Sie hatte die Toten geweckt.

Sie war ins Grau zurückgekehrt.

Nur den Anstrengungen eines Jungen, der bisher nichts anderes getan hatte, als ihr feindselig zu begegnen, hatte sie es zu verdanken, dass sie entkommen war.

Violet zog eine schlecht sitzende Jeans an, die sie von Justins Schwester – May hieß sie – bekommen hatte, und ein zu großes Sweatshirt der Laufmannschaft der Schule, das nach Lagerfeuer und aufdringlichem Deo roch. Sie rümpfte die Nase, aber ihre eigenen Sachen waren total verdreckt.

Immer wieder musste sie an jenen Augenblick im Grau denken, als Justin zusammengeklappt war.

Sie hätte allein fliehen und ihn einfach den dunklen Bäumen überlassen können. Harper hatte ihr geraten, den Hawthornes nicht zu trauen, aber als Violet Justin aus dem Grau geschleift hatte, hatte sie beschlossen, sich ihre eigene Meinung zu bilden.

Denn seit Orpheus wieder zum Leben erwacht war, war sie wie berauscht.

Wenn sie eine Katze von den Toten zurückholen konnte … was hielt sie dann davon ab, Rosie zurückzuholen?

Sie sah nicht ein, warum sie wegen einer einzelnen Warnung auf die Chance verzichten sollte, all ihre Probleme zu lösen. Darum hatte sie sich von Justin und Isaac zu den Hawthornes bringen lassen und war einverstanden gewesen, sie anzuhören.

Die Geschwister hatten sie gebeten, nach unten ins Lesezimmer zu kommen, sobald sie geduscht und sich umgezogen hatte, doch als sie die Tür aufstieß, war niemand im Raum. Violet sah sich um. Obwohl es »Lesezimmer« hieß, konnte sie kein einziges Buch entdecken. So wie die Gegenstände in den Regalen arrangiert waren, sah man sofort, dass sie wertvoll sein mussten. Neben einem unglaublich lebensecht modellierten Kaninchen lag ein versteinerter Ast, neben einem abgebrochenen Dolch eine staubige Spielkarte, die im Dämmerlicht silbrig schimmerte. Die Karte zeigte einen deprimiert wirkenden Spaßmacher, darunter stand: *Der Narr*.

Sonst gab es nur noch einen zerschrammten Holztisch mit ein paar Stühlen.

Violets Blick wurde von dem gerahmten Text an der Wand angezogen. Die Buchstaben waren kunstvoll geschwungen und die Überschrift lautete *Vermächtnis der Gründer*, was auch immer das bedeuten sollte.

Der Text las sich fast wie ein Prosagedicht:

Zweige, sie wachsen sich windend im Wald. Sie verraten dir,
wo du deine Wurzeln einpflanzen
& jene zurechtstutzen kannst, die störrisch sind.

Dolche, ihre Verbündeten,
geschwächt in Abwesenheit ihres Anführers.

Sie erheben die Hände & zertrümmern die Welt
& setzen sie wieder zusammen.

Steine, stabil & standhaft. Unterschätze die Baumeister nicht,
denn sie können ihre Werke jederzeit wieder einreißen.

& Knochen, die Herren aller Dinge, der Lebenden & der Toten.
Zweifle nicht an jenen, die gewagt haben, was du nie begreifen wirst.
Sondern preise sie & zögere nicht, ihnen zu gehorchen.
Nur so erlangst du Erlösung.

Das Gelesene löste etwas in Violet aus, das sie nicht richtig erklären konnte. Als würde sich eine Blüte zum ersten Mal öffnen.

Hast du dich schon im Wald umgeschaut, kleines Knöchlein?

Als würde sie endlich aufwachen.

»Na, schnüffelst du herum?«

Eine tiefe, schneidende Stimme. Noch ehe sie sich umdrehte, wusste Violet, dass Isaac hereingekommen war, aber sie war nicht auf den Blick gefasst, mit dem er den Druck an der Wand betrachtete. Als wollte er ihn am liebsten in Fetzen reißen.

»Ich *sollte* hierherkommen!«, sagte Violet. Es klang eine Spur defensiver als beabsichtigt. »Ich kann nichts dafür, dass Justin und May trödeln.«

»Wahrscheinlich haben sie nicht damit gerechnet, dass du so schnell wieder aus der Dusche raus bist.« Isaac war größer, als sie ihn in Erinnerung hatte. Breitschultrig, aber hoch aufgeschossen. Sein Flanellhemd war bis zum Kinn zugeknöpft. »Normalerweise ist das Grau nichts, über das man in wenigen Minuten hinwegkommt.«

Er musterte Violet unverfroren und sie starrte ärgerlich zurück. Falls er in ihrem Gesicht nach Furcht suchte, hatte er Pech gehabt.

Natürlich war das Grau Furcht einflößend, aber es war nichts im Vergleich dazu, Rosie zu verlieren.

»Um mir Angst einzujagen, muss schon mehr passieren«, sagte sie und dachte wieder daran, wie sie aus dem Grau herausgekommen war. Daran, wie Isaac die Arme ausgestreckt hatte, als müsste er das ganze Universum tragen. »Du kannst das Grau auch öffnen. Wie machst du das?«

»Ich hab schon drauf gewartet, dass du mich das fragst.« Isaac zeigte auf den Text. Die Medaillons an seinen Handgelenken waren ihr bereits aufgefallen, aber erst jetzt sah sie, dass eine rote Glasscheibe unversehrt, die andere dagegen mehrfach gesprungen war. »Ich bin ein Sullivan. Es ist so, wie es im Bekenntnis steht – wir erheben die Hände und zertrümmern die Welt.«

Violet überflog den Text noch einmal und es lief ihr kalt den Rücken herunter. *Zweige, Dolche, Steine, Knochen …*

»Du zerstörst also Dinge?«

»Knochen, Mauern, übernatürliche Grenzen«, antwortete Isaac. »Herzen breche ich auch, aber dazu brauche ich keine Magie.«

»Sehr witzig«, konterte Violet, als hätte er nicht eben *Magie* gesagt, beiläufig eine Bezeichnung für etwas fallen lassen, das sie noch vor einem Monat für absolut unmöglich gehalten hätte. »Und das hier ist ein Bekenntnis? Ein Bekenntnis wozu?«

Isaac schüttelte den Kopf. »Du hast echt keine Ahnung. Trotzdem ist Justin fest überzeugt, dass du uns helfen kannst.«

»Und was denkst du?«

Isaac musterte sie wieder. Seine Augen waren schwarz wie abgebrannte Streichhölzer. »Soll ich ehrlich sein? Ich glaube, dass du uns bloß Probleme machen wirst.«

Ehe Violet eine schlagfertige Erwiderung einfiel, erschienen Justin und May in der Tür. Violet sah sofort, dass sie zu diesem Zimmer gehörten und das Zimmer zu ihnen. Sie passten hier hinein wie Daria in ihren Schaukelstuhl und so, wie sie und Rosie in ihr altes Atelier gepasst hatten. Es war der Ort, wo sie am meisten sie selbst waren.

»Na, habt ihr euch schon angefreundet?« May hielt einen dampfenden Becher hoch. Violet roch einen Hauch Zimt und noch etwas anderes, das nach Wald duftete. Obwohl sie drinnen waren, wurde sie den Eindruck nicht los, dass dieses Zimmer irgendwie ein Teil des Waldes war. »Kaffee?«

»Gern.« Violet trank dankbar einen Schluck, dann folgte sie Justin und May an den Tisch vor dem Fenster. Nach kurzem Zögern setzte sich auch Isaac dazu. Die einzige Lichtquelle war ein Kerzenleuchter mit Bronzearmen, die wie Zweige geformt waren. Die Kerzen warfen ihren mattgelben Schein auf Justins und Mays Gesichter und betonten ihre hohen Wangenknochen.

»Dir geht es hoffentlich wieder gut«, sagte Justin. »Was du heute erlebt hast … so etwas hätte nicht passieren dürfen.«

»Dann … dann geht es in Four Keys nicht immer so zu?«, fragte Violet und dachte an Officer Anders.

Justin schüttelte den Kopf. »Nein. Keine Ahnung, wie viel du über diese Stadt weißt, aber unsere Familie hat sich immer dem Schutz von Four Keys gewidmet.«

»Wenn Violet die Fähigkeiten besitzt, die du mir beschrieben hast, dann weiß sie genug.« Der rote Anhänger an Mays Hals glänzte im Zwielicht und Violet fiel auf, dass es das gleiche rote Glas wie an Isaacs Armbändern und auf der Polizeimarke war.

Isaac, der Violet gegenübersaß, nickte. »Ich stimme May zu. Ohne Ritual könnte sie nichts wiederbeleben.«

»Was für ein Ritual denn?« Violet verstand kein Wort.

May schnaubte ungläubig.

Justin erwiderte: »Ich habe dich gesucht, weil ich dachte, dass du uns vielleicht helfen kannst.« Er warf May und Isaac einen finsteren Blick zu, der etwas Warnendes hatte. »Ich glaube, dass wir uns vielleicht gegenseitig unterstützen können. Wir drei wissen so gut wie alles, was man über diese Stadt wissen muss. Du kannst uns alles fragen, wir klären dich gern auf.«

Darauf hatte Violet insgeheim gehofft.

Aber erst einmal erzählte sie Isaac und den Hawthornes, was die drei über sie selbst wissen mussten. Rosie und ihre Halluzination von ihr ließ sie allerdings weg, weil sie sonst vermutlich in Tränen ausgebrochen wäre. Sie sah auch nicht ein, warum sie ihr Gespräch mit Harper erwähnen sollte, und auch ihr verstorbener Onkel Stephen ging die drei nichts an. Aber das Grau und Orpheus und ihre sonderbaren Aussetzer … das alles sprudelte nur so aus ihr heraus.

»Wenn ich Orpheus wirklich wieder lebendig gemacht habe …« Violet stockte. »Was hat das zu bedeuten? Wieso kann ich so etwas? Wie ist das überhaupt möglich?« Ihre Stimme schwankte unwillkürlich unter dem Gewicht der Worte. Es auszusprechen ließ es wahr werden, und wenn es wahr wäre, könnte sie vielleicht – hoffentlich! – auch Rosie wieder zurückholen.

Sie stellte sich vor, wie ihre Schwester vor ihr gestanden hatte, nur dass es diesmal wirklich Rosie sein würde. Dass Violet sie diesmal tatsächlich in die Arme schließen könnte.

Und Rosie würde spöttisch, aber liebevoll sagen, sie solle bitte kein großes Drama daraus machen, denn jetzt sei doch alles wieder in Ordnung.

»Ich glaub, ich hab's jetzt begriffen.« An der Wand über Justin flackerten Schatten, rankten sich über die Holzvertäfelung wie dicht belaubte Äste, die hinter ihm emporwuchsen. »Und du hast anscheinend inzwischen begriffen, dass Four Keys nicht irgendeine Stadt ist. Im Grunde ist es ein Gefängnis.«

Violet sah wieder Frank Anders' weiße Augen vor sich und ihr wurde flau im Magen. »Ein Gefängnis? Für ... für das Wesen im Grau? Aber warum sind wir dann auch hier?«

»Das liegt an unserer Herkunft«, antwortete Justin, was Violet ganz und gar nicht beruhigte. »Am besten zeigen wir es dir einfach.«

Er ging zu einem Regal und kam mit einer vergilbten Papierrolle zurück. Erst nachdem er den Bogen glatt gestrichen und die Ecken mit polierten roten Steinen beschwert hatte, erkannte Violet, was sie da vor sich hatte.

Es war eine handgezeichnete Karte von Four Keys. Der Wald war überall, Hunderte braungrüner, stilisierter kleiner Bäume. Sie schoben sich bis an die gewundene Hauptstraße heran, die sich vor dem Marktplatz gabelte und um ihn herumführte. Violet war schon aufgefallen, dass Four Keys mehr Wald als Stadt war, aber aus der Vogelperspektive wurde die Übermacht der Bäume noch deutlicher.

Ihr Blick glitt über die winzigen Säulen des Rathauses und blieb an einer geradezu unheimlich realistischen Miniatur ihres neuen Zuhauses hängen. Darunter stand mit Tinte: *Saunders-Gebiet.*

Auf der Karte waren vier solcher Gebiete eingezeichnet. Violet entdeckte das eher rustikale Steinhaus der Familie Carlisle im Osten und das Haus der Hawthornes im Süden.

Im westlichen Teil der Stadt war kein Haus eingezeichnet, es gab nur eine geschwärzte Fläche mit der Unterschrift: *Sullivan-Gebiet.* Unter der zerlaufenen Tinte waren die Umrisse eines

Gebäudes zu erkennen, aber offenbar hatte sich jemand große Mühe gegeben, es von der Karte zu tilgen.

Violets Blick fiel auf Isaac, dessen Gesicht zu einer ausdruckslosen Maske geworden war. »Was ist dort passiert?«

May wollte antworten, aber Isaac fiel ihr ins Wort: »Nichts Gutes.«

»Und nichts, was für unser Treffen heute von Belang wäre«, setzte May energisch, fast schrill hinzu. »Das, worauf es ankommt, steht hier.« Ihr rosa lackierter Fingernagel tippte auf die Überschrift des Ganzen: *Karte der Gründer.*

Violets Gedanken überschlugen sich, als ihr wieder einfiel, wie die Frauen sie bei Junipers »Party« genannt hatten.

Und wie in der Schule alle Justin, May und Isaac anschauten.

»Wir stammen von den Gründern der Stadt ab, stimmt's?« Dabei sah sie Justin an. »Deswegen stehen unsere Namen auf der Karte. Das Bekenntnis handelt von unseren Familien. Und deswegen kann ich auch nirgendwo hingehen, ohne dass mich alle angaffen.«

Sein verblüfftes Gesicht verriet ihr, dass sie recht hatte. »Ich kapiere zwar nicht, wieso du von alldem nichts wusstest«, erwiderte er, »aber es stimmt. Um achtzehnhundertvierzig haben vier Personen diese Stadt gegründet: Hetty Hawthorne, Lydia Saunders, Richard Sullivan und Thomas Carlisle.«

Sein ehrfürchtiger Ton entging ihr nicht. Ebenso wenig wie die Tatsache, dass auch Harper einer Gründerfamilie angehörte.

»Und warum machen alle solchen Wind darum?«

»Weil die Gründer hier in Four Keys nicht irgendwer sind«, antwortete May. »Zu Anfang wurden sie in dieser Stadt regelrecht angebetet. Man nannte sie die vier Gottheiten. Sie standen für die vier Schlüssel zur Erlösung – daher auch der Name der Stadt. Four Keys.«

Also hatte sich Violet doch nicht eingebildet, dass sie und die drei anderen von allen so komisch angestarrt wurden. Als wären sie tatsächlich Götter.

Sie wusste selbst nicht, warum, aber dieser Gedanke bedrückte sie und sie klammerte sich noch fester an ihre Kaffeetasse. »Was haben die Gründer denn getan, dass die Leute sie so verehrten?«

Der waldige Geruch, der Violet schon aufgefallen war, schien stärker zu werden. Mit dem Vergehen des Tageslichts vor dem Fenster waren die Schatten der Gegenstände auf den Regalen lang und schmal geworden und fielen jetzt auf die Wand hinter den Hawthorne-Geschwistern.

May lächelte. »Sie haben ein Ungeheuer besiegt.«

»Du meinst das Wesen im Grau? So richtig besiegt kam mir das aber nicht vor.«

Diesmal ergriff Isaac das Wort. »Die Bestie haust schon sehr lange in Four Keys. Sie war ... sie *ist* ein Wesen, wie du noch keines gesehen hast. Gewöhnliche Waffen konnten ihr nichts anhaben. Sie konnte sich in deinen Kopf einschleichen und deine Gedanken lesen, sogar deine Zukunft vorhersehen. Sie konnte dich mit einer einzigen Berührung vernichten.« Wieder begegneten sich ihre Blicke, und Violet musste daran denken, was er über das Zerstören gesagt hatte. »Es war sehr schwer, vielleicht sogar unmöglich, sie zu töten.«

Isaac sprach so flüssig wie jemand, der eine tausendmal gehörte Geschichte wiedererzählt. Es klang so einlullend wie ein Märchen. Oder ein Wiegenlied.

»Es ist den Gründern also nicht gelungen, dieses Ungeheuer zu töten«, sagte Violet. »Was haben sie stattdessen gemacht?«

Justin fuhr mit dem Finger den Rand der Karte nach, eine Geste, die so intim war wie eine Liebkosung. »Sie haben es überlistet. Sie haben mit ihm einen Pakt geschlossen – Teile seiner magischen Fähigkeiten gegen Teile ihrer selbst getauscht. Dann haben sie es mithilfe genau dieser Fähigkeiten an die Stadt gefesselt, beziehungsweise an eine Version der Stadt. Der Ort, an dem du vorhin gelandet bist, ist sein Gefängnis – ein zweites Four Keys, das über unserem liegt und in dem Augenblick erstarrt ist, in dem die Gründer die Bestie dort eingesperrt haben. Eine Stadt im Schatten der Stadt. Das Grau.«

Violet dachte an die baufälligen alten Häuser. An den unbewegten Himmel und die grässlichen, verdrehten Bäume.

»Dann wurden sie ... wir ... also *deswegen* angebetet«, sagte sie stockend und versuchte zu begreifen ...

»Richtig«, bestätigte Justin. »Die Religion nannte sich *Kirche der Vier Gottheiten.* Sie ist längst Geschichte, aber ... einiges hat sich erhalten. Wir beschützen die Stadt immer noch. Und sind deswegen hoch angesehen.«

»Weißt du eigentlich, was du für ein Glück gehabt hast?« Mays Stimme klang jetzt weniger angestrengt. »Die meisten Menschen, die es ins Grau verschlägt, kommen nicht mehr zurück. Schon gar nicht die, die kein Ritual absolviert haben.«

Warum sah May am Ende dieses Satzes ihren Bruder an? »Dieses ›Ritual‹ habt ihr schon mal erwähnt. Was ist das eigentlich?«

»Jeder Gründer hat sich auf andere Art an die Bestie gebunden«, antwortete Justin. »Als Nachkommen von Hetty Hawthorne müssen wir uns unsere Macht verdienen, indem wir uns der gleichen Prüfung unterziehen wie sie damals. Die Rituale der Familien sind verschieden und finden jeweils in einem anderen Alter statt, aber immer irgendwann zwischen dreizehn und sechzehn.«

»Dann habt ihr beide euer Ritual also schon hinter euch?«

Die Geschwister wechselten einen raschen Blick. Violet musste an die wortlose Verständigung mit Rosie denken und spürte einen schmerzhaften Stich.

»Ja«, sagte Justin nach kurzem Zögern. »Du bist in meiner Klasse, also bist du ... siebzehn, stimmt's?«

Violet nickte.

»Damit bist du eigentlich schon zu alt. Bevor man sein Ritual absolviert hat, ist man angreifbar. Du verfügst zwar über gewisse Fähigkeiten, aber wenn du nicht die richtigen Schritte vollzogen hast, kannst du sie nicht gezielt einsetzen und das Grau hält dich solange hier fest.«

»Es hält mich hier fest?« Violet bekam einen Schreck. »Aber ich kann doch jederzeit wieder weg, oder?«

»Nein«, antwortete May ernst. »Leider nicht.«

Violet bekam plötzlich keine Luft mehr. Rosie war in Westchester, nicht hier! Hier gab es nur den Tod und diese seltsamen Gottfamilien – und das Grau. Aber sie wollte jetzt nicht in Tränen ausbrechen, nicht hier und nicht vor Fremden. »Habt ihr mir nicht eben erklärt, dass das Gefängnis für das Ungeheuer geschaffen wurde?«

»Schon.« Violet hörte Justin an, dass er sie beruhigen wollte, was sie nur noch panischer machte. »Aber deine Familie ist nun mal an die Bestie gebunden, und das wiederum bedeutet, dass es dir genauso geht, solange du dein Ritual nicht vollzogen hast.«

»Soll das heißen, dass ... dass keiner von euch hier wegkann, bevor er sein Ritual nicht hinter sich gebracht hat?«

Justin schüttelte den Kopf. »Klar könnten wir von hier weg. Ich sage ja nur, wenn du dein Ritual nicht *rechtzeitig* hinter dich bringst, dann behält dich die Stadt so lange hier, bis du entweder deine Macht kontrollieren kannst ... oder ... na ja ...«

Er ließ den Satz in der Luft hängen.

Isaac beendete ihn mit flüchtigem Lächeln: »Oder stirbst.«

Violet kam nicht dazu, das sacken zu lassen, denn ihr Verstand suchte sich ausgerechnet diesen Augenblick aus, um etwas zusammenzusetzen, was ihr schon vor ein paar Minuten hätte klar werden müssen.

»Wartet mal! Dann müssen meine Mutter und meine Tante dieses Ritual ja auch absolviert haben!« Vor Ärger wurde sie immer lauter. »Dann weiß Juniper darüber Bescheid und lügt mich die ganze Zeit an!«

Sie lachte bitter auf. Justin legte eine Hand auf ihre, aber sie schüttelte ihn ab.

»Ich glaube nicht, dass dich deine Mutter anlügt«, erwiderte May beschwichtigend. »Dass man als Gründernachkomme Four Keys ein für alle Mal verlassen kann, heißt noch lange nicht, dass es leicht ist. Und außerhalb der Stadt nützt uns unsere Macht nichts mehr.«

Das nahm Violet alle Hoffnung. Sie besaß die Fähigkeit, Rosie zurückzuholen, aber es tatsächlich zu tun, war offenbar unmöglich.

Diese Ironie war so grausam, dass sie kaum hörte, was May als Nächstes sagte.

»Es ist unsere Pflicht hierzubleiben, unsere Vorfahren zu ehren und die Stadt zu beschützen. Der Preis dafür, dass deine Mutter die Stadt verlassen hat, könnte darin bestehen, dass sie nicht mehr weiß, was es mit Four Keys auf sich hat.«

Justin nickte zustimmend und sein Blick richtete sich auf etwas über Violets Kopf.

»Kann eine Stadt so etwas bewirken?«, fragte Violet skeptisch. »Kann eine Stadt Erinnerungen auslöschen?«

»Du hast keine Ahnung, wozu Four Keys fähig ist«, erwiderte May vielsagend.

»Also gut. Wenn meine Mutter wirklich nicht Bescheid weiß – und meine Tante ist auch keine besonders zuverlässige Quelle –, dann erklärt ihr mir doch bitte, was ich bei meinem Ritual zu tun habe. Dann bringe ich es hinter mich und kann hier weg.«

Justin verzog das Gesicht. »Seit unsere Mutter auf der Highschool war, sind die Saunders hier kaum noch in Erscheinung getreten. Wir wissen gar nicht mehr richtig, welche Fähigkeiten ihr besitzt.«

Violet unterdrückte ein hysterisches Lachen. »Ihr wisst nicht, wie mein Ritual aussieht? Dann habt ihr mich bloß herkommen lassen, um mir mitzuteilen, dass ich in der Falle sitze? Im Ernst? Sonst könnt ihr nichts tun?«

»Dass wir nicht wissen, wie du deine Macht erlangen kannst, heißt noch lange nicht, dass wir dir nicht helfen können, es herauszufinden«, antwortete Justin ungehalten. »Wir haben unsere Möglichkeiten. Und wir wissen, wie diese Stadt tickt.«

Violet kämpfte ihre Angst nieder. Auszurasten brachte gar nichts. Jetzt hieß es nachdenken. »Ihr habt vorhin gemeint, wir könnten einander helfen. Was springt für euch raus, wenn ihr mir helft?«

Die drei wechselten einen Blick. »Du hast bestimmt schon mitbekommen«, erwiderte Justin dann, »dass die Stimmung hier ... ziemlich angespannt ist. Weil es viel weniger Gründer als früher gibt, haben wir alle Hände voll zu tun, um sämtlichen Einwohnern Schutz zu gewähren. Wir brauchen deine Unterstützung – vor allem jetzt, so kurz vor dem Äquinoktium.«

»Was ist das denn schon wieder?«

»Die Tagundnachtgleiche. Wenn der Sommer in den Herbst übergeht und der Winter in den Frühling. Zu diesen Zeiten ist das Grau besonders stark«, sagte May. »Normalerweise können wir es in Schach halten, aber in diesem Jahr ist nicht alles rundgelaufen und in anderthalb Wochen ist schon das Herbstäquinoktium.«

»Du hast Frank Anders' Leiche ja gesehen«, sagte Isaac unverblümt. »Je mehr Gründer auf Streife gehen, desto weniger Tote gibt es. Wir helfen dir, deine Fähigkeiten in den Griff zu bekommen, wenn du dich bereit erklärst, diese Fähigkeiten zum Schutz der Stadt einzusetzen.«

»Das ist eine große Ehre«, schob May nach. »Du solltest stolz auf dein Erbe sein.«

Violet war sich da nicht so sicher.

Sie hatte sich immer gewünscht, Teil einer richtigen Familie zu sein. Als sie hierhergekommen waren, hatte sie gehofft, dass Junipers Schutzmauern endlich fallen würden, aber bis jetzt bestand das Erbe ihrer Mutter lediglich aus Kummer und Geheimniskrämerei und die Familie ihres Vaters war nach wie vor ein großes Rätsel.

Violet sehnte sich nach Ossining zurück.

Saß sie wirklich hier fest? Oder wollten ihr die Hawthornes das nur einreden?

»Bevor ich Ja sage, muss ich wissen, ob es stimmt«, entgegnete sie und sah wieder Justin an. »Dass ich hier wirklich festsitze. Dass ihr die Wahrheit sagt. Dass ich dieses Ritual durchziehen muss, um von hier wegzukommen.«

Doch statt Justin entgegnete May: »Ich habe mir schon gedacht, dass du so etwas sagen würdest.« Sie stand auf, holte ein Holzkästchen aus einem Regal und stellte es behutsam auf den Tisch. In den Deckel war ein Symbol eingebrannt, das Violet schon einmal gesehen hatte: ein Kreis mit vier Linien. »Damit kann ich deine Fragen beantworten.«

Der Waldgeruch, den Violet schon die ganze Zeit über wahrgenommen hatte, schien jetzt, da sie das Kästchen betrachtete, noch betäubender zu werden. Dann blickte sie wieder May an, deren Gesicht im schwindenden Abendlicht fahl, fast gespenstisch wirkte. Schatten sammelten sich wie finstere Gruben unter ihren Augen.

»Was ist da drin?«, frage Violet mit belegter Stimme.

Als May sie anlächelte, sah man ihre Eckzähne, die für eine Person, die solchen Wert auf ihre äußere Erscheinung legte, irgendwie zu spitz waren. »Ein Familienerbstück.«

Sie klappte den Deckel auf und ein Kartenspiel kam zum Vorschein. Die Karten waren ungefähr so groß wie Violets Handfläche. Auf die Rückseiten waren weißliche Augen gemalt.

»Sind das Tarotkarten?« Violet hätte schwören können, dass das Porträt an der Wand hinter May spöttisch den Mund verzog, aber als sie noch einmal hinsah, blickte es ungerührt. Mit leisem Erschauern wandte sie sich wieder May zu, die nur genervt seufzte.

»Das hier sind die Omenkarten«, sagte sie herablassend, nahm die Karten aus dem Kästchen und mischte sie geschickt mit ihren schmalen, knochigen Händen. Justin, der neben ihr saß, schaute ehrfürchtig zu, wogegen Isaac zurückwich, als wollte er mit der Dunkelheit verschmelzen. »Gestaltet von Hetty Hawthorne, der ersten großen Prophetin. Das Tarot diente ihr als Vorlage.« May deutete mit dem Kinn auf die Karte mit dem Narren im Regal. »Aber dieses Spiel hier war ihr eigenes. Es gibt vier Farben: Zweige, Knochen, Dolche und Steine. Zu jeder Farbe gehören neun Zahlenkarten und zwei Trümpfe, plus zwei Joker.«

»Joker?«

Die Schatten der Äste hinter May schienen näher heranzurücken, als sie verschmitzt antwortete: »Die Joker tauchen auf, wenn ihnen danach ist. Also ... meine Macht bezieht sich auf die Wurzeln dieser Stadt. Mithilfe der Karten kann ich deine Fragen beantworten. Die Karten können dir alles sagen – über deine Vergangenheit, deine Gegenwart und deine Zukunft.«

»Aha. Aber wenn die Karten etwas sagen, was dir nicht passt, könntest du mich doch einfach anlügen.«

May lachte trocken auf. »Nein, kann ich nicht. Man schließt einen Pakt mit den Karten – sie sagen dir die Wahrheit und du verpflichtest dich im Gegenzug, diese Wahrheit zu offenbaren. Wenn du lügst …« Ihre Miene umwölkte sich. »Dann verstummen sie.«

»Das wusste ich noch gar nicht«, sagte Isaac leise und musterte die Karten argwöhnisch, als könnte er sich daran verbrennen.

May warf ihm einen giftigen Blick zu. »Vielleicht wüsstest du es, wenn ich dir mal die Karten lesen dürfte!«

»Vielleicht konzentriert ihr beide euch jetzt mal?«, ging Justin dazwischen.

May räusperte sich. »Okay. Dann leg los, Violet. Stell eine Frage.«

Violet setzte sich aufrecht hin. In ihrem Kopf ging es drunter und drüber. »Kann ich auch fragen, wie mein Ritual aussieht?«

»Die Fragen müssen sich unmittelbar auf dich beziehen«, sagte May. »Das Ritual stammt nicht von dir, also nein.«

Violet überlegte. Sie wusste so wenig und wollte so viel wissen. Sie musste ihre Frage sorgfältig formulieren.

»Ist es wahr, dass ich die Stadt nicht verlassen kann?«, sagte sie bedächtig. »Und wie finde ich heraus, worin mein Ritual besteht?«

»Nur eine Frage, hab ich gesagt!«, schimpfte May, war aber schon wieder dabei zu mischen.

Zu Violets Verwunderung verschwanden die Karten eine nach der anderen zwischen ihren Händen.

Als May innehielt, waren nur noch drei von ihnen übrig. Die legte sie mit leicht beleidigter Miene auf dem Tisch aus.

»Jetzt müssen wir uns an den Händen halten«, sagte sie widerstrebend. »Unsere jeweilige Macht kommt nur zum Tragen, wenn wir Hautkontakt haben.«

Violet überwand sich, Mays blasse, feuchte Hand zu nehmen und auch nach der von Isaac zu greifen. Bei Körperkontakt fühlte sie sich unwohl – seit Rosies Tod hatte sie so gut wie niemanden mehr angefasst. Jetzt spürte sie, dass die beiden fremden Handflächen kräftig und schwielig waren, aber Mays Griff fühlte sich oberflächlich an, Isaacs dagegen erstaunlich sanft.

Doch was sie dann spürte, war hundertmal schlimmer, als fremde Hände zu halten. Es war, als tastete ihr jemand *im Kopf herum*!

»Was ist das denn?«, stieß sie hervor und riss sich los. »Was soll das?«

»Ich hätte dich vielleicht vorwarnen sollen«, erwiderte May gelassen. »Das ist bei uns Hawthornes so üblich. Wir dringen in deinen Kopf ein.«

»Du hattest mich definitiv vorwarnen sollen!«, gab Violet wütend zurück. »Ich will nicht, dass du meine Gedanken liest.«

»Es geht nicht ums Gedankenlesen«, erwiderte May schroff, hatte aber immerhin den Anstand, ein zerknirschtes Gesicht zu machen. »Ich kann nichts Wichtiges sehen, sondern stelle nur eine Verbindung zwischen dir und den Karten her. Die Karten benutzen mich als Medium, das alles, was du bis jetzt erlebt hast, mit der wahrscheinlichsten Antwort auf deine Frage zusammenbringt. Es fühlt sich bloß ein bisschen komisch an, mehr nicht.«

»Ein bisschen komisch?!«

May zuckte die Achseln. »Willst du jetzt Antworten oder nicht?«

Violet war immer noch sauer, aber da sie schon so weit gegangen war, ergriff sie wieder Mays Hand und verharrte die nächsten dreißig Sekunden in angespanntem Schweigen.

»Das reicht«, sagte May schließlich.

Violet zog die Hände weg, ballte sie im Schoß und atmete auf. Ihr einziger Trost war, dass May genauso erleichtert zu sein schien, dass sie einander nicht mehr anfassen mussten.

»Na schön«, sagte sie. »Dann wollen wir mal.«

Sie drehte die Karten um. Als Violet die Karte in der Mitte sah, hielt sie erschrocken die Luft an.

Es war, als würde sie in eine andere Welt blicken, in eine Welt, die sie lieber nicht wiedererkannt hätte. Auf einer von dürren grauen Bäumen gesäumten Lichtung stand eine Gestalt. Ein einzelner Lichtstrahl fiel auf ihre Hand, die aber statt aus Fleisch und Blut nur aus Knochen bestand. In die obere rechte Ecke der Karte war der Umriss eines Knochens mit der Zahl Fünf darin gemalt.

»Wie ich sehe, hast du deine persönliche Karte erkannt.« May tippte mit dem lackierten Fingernagel auf den grauen Wald. »Die Knochen-Fünf.«

»Bin ich denn kein Trumpf?«

»Bloß nicht!«, sagten May und Justin wie aus einem Mund.

»Es ist nicht ungewöhnlich, dass einem die Karten ein Sinnbild der eigenen Person präsentieren«, fuhr May dann fort. »Die Karte rechts von dir ist der Wolf.« Auf den ersten Blick wirkte das Fell des Tieres schwarz, aber unter der Oberfläche schillerten Tausende winzige Farbtupfer. Die Schöpferin des Kartenspiels musste eine echte Künstlerin gewesen sein, Violet hätte geschworen, dass die wilden, suchenden Augen sie direkt anblickten. »Der Wolf steht aber nicht für ein Raubtier, sondern repräsentiert eine unvorhergesehene Quelle der Macht – deine Macht. Spannend wird es, wenn wir die Beziehung zu deiner Frage herstellen.« May deutete auf die dritte Karte, die Knochen-Acht. Zwei Totenschädel schmiegten sich auf lehmigem Boden aneinander. Der eine war makellos und unversehrt, der andere schrecklich entstellt, voller Sprünge und mit gebrochenem Unterkiefer.

»Den Karten liegt ein System zugrunde«, erklärte May. »Die vier Spielfarben stehen für die Gründerfamilien von Four Keys. Die Zweige symbolisieren uns, die Hawthornes. Die Dolche sind die Sullivans, die Steine die Carlisles …«, bei diesem Namen stockte sie kurz, »… und die Knochen stehen natürlich für deine Familie. Das ist ja das Merkwürdige. Die Karte muss jemanden aus *deiner* Familie repräsentieren, gleichzeitig ist sie die Antwort auf deine Frage. *Das* ist es, was dich in dieser Stadt festhält und dich daran hindert, dein Ritual zu vollziehen. Vielleicht ist es auch der Grund dafür, dass du überhaupt in diese Misere geraten bist. Diese Person hat die Antworten, die du suchst.«

Violets Herz pochte wild gegen ihre Rippen. Sie streichelte geistesabwesend die Rose an ihrem Handgelenk.

Sie konnte nichts mehr sagen, konnte nicht mehr klar denken – und die anderen beobachteten sie, vor allem Isaac.

»Du weißt, wer mit der Karte gemeint ist«, sagte er. Es war eine Feststellung, keine Frage.

Violet zuckte zurück, als hätte er sie geohrfeigt – aber das hätte nicht so wehgetan. Denn auf alles, was sie hätte sagen können, wären Tränen gefolgt und sie wollte hier und jetzt nicht weinen, nicht vor diesen dreien. Sollte man sie doch für kalt und gefühllos halten oder für eine Lügnerin! Alles war besser, als für einen Schwächling gehalten zu werden.

»Ach du Scheiße!«, sagte May da mit ihrer schrillen Stimme und Violet blickte auf.

Mays Augenwinkel wurde rot und das Rot breitete sich rasch über das ganze Auge aus. Violet erschrak, als May blinzelte und ihr eine hellrote Träne über die Wange lief.

»Was hast du denn?«, flüsterte sie.

»Glotz mich nicht an!«, fauchte May und wischte sich die Träne mit der zitternden Faust ab. »Schau auf die Karten!«

Violet senkte gehorsam den Blick.

Auf die vierte Karte, die plötzlich in der Tischmitte erschienen war.

Eine vierzackige Krone auf dunklem Hintergrund. Jede Zacke bestand aus dem Material einer der Spielfarben: ein Geflecht aus Zweigen; ein gebleichter, schartiger Knochen; eine funkelnde Dolchklinge und ein scharfkantiger Stein. Jede Zacke war blutig und darunter leuchtete ein grausames, gelbes Augenpaar.

Darunter wiederum standen mit so zittriger Schrift, dass Violet sie kaum entziffern konnte, zwei Worte: *Die Bestie.*

Sie begriff sofort, dass damit das Wesen im Grau gemeint war. Gleichzeitig wurde ihr klar, dass sie an all das glaubte, spürte, dass sie von diesem Holzplättchen etwas Grauenhaftes anstarrte. Vor ihrem geistigen Auge erschienen die Gerippe von Bäumen und sie sprang vom Tisch auf, wobei sie ihren Kaffee verschüttete.

Isaac war schon aufgestanden – und ging zu Justin, der ganz still dasaß, viel zu still, nur wenige Zentimeter von der Karte entfernt. Sein Gesichtsausdruck erinnerte Violet daran, wie er im Grau ausgesehen hatte. Als wären seine Augen erloschen.

Isaac packte Justin an der Schulter und May sammelte die Karten eilig ein.

Als sie den Deckel des Kästchens zuschlug, war es, als strömte die Luft wieder in das Zimmer zurück. Isaac ließ Justin los. Die Sorge in seinem Blick war so unübersehbar und drückte so viel Zuneigung aus, dass Violet wegschauen musste. Sie konnte sich nicht erinnern, wann jemand sie zuletzt so angesehen hatte.

»Gut«, sagte sie und wischte sich die kaffeebespritzte Hand an der Hose ab. »Kann mir bitte mal jemand erklären, was zum Teufel das gerade war?«

Mays blutige Finger umklammerten das Kästchen so fest, dass ihre Knöchel hervortraten. Auf ihrem Gesicht hatten sich zu dem ersten Blutrinnsal zwei weitere gesellt, hellrote Linien, die ihre porzellanweißen Wangen verunstalteten. »Das war der Beweis, dass du dein Ritual so schnell wie möglich hinter dich bringen musst«, antwortete sie. »Denn wenn du deine Macht nicht in den Griff bekommst, rufst du genau *das* immer wieder hervor.«

Violets Mund wurde trocken. »Soll das heißen, es ist meine Schuld, dass die Karte aufgetaucht ist?«

»Es war *deine* Lesung«, konterte May.

»Du wirst es herausfinden«, sagte Justin heiser. Trotz seiner gebräunten Haut war er immer noch blass um die Nase und auf seinen Schläfen standen Schweißtropfen, aber er sah schon besser aus als eben noch. »Wir helfen dir. Und dann sorgen wir gemeinsam dafür, dass die Bestie nie wieder jemanden umbringt.«

»Tja«, sagte Violet, »dann bleibt mir wohl keine andere Wahl.«

Isaac lachte kehlig. »Willkommen in Four Keys. Niemand würde freiwillig hierbleiben, wenn er die Wahl hätte.«

8

Justin glaubte nicht, dass er die Wahrheit über Four Keys jemals nicht gekannt hatte. Einige seiner frühesten Erinnerungen waren die an seinen Großvater, der vor Augusta hier Polizeichef gewesen war. Ein großer, kräftiger Mann, kräftig genug, um Justin und May gleichzeitig in den Schlaf zu wiegen, während er ihnen *Das Wiegenlied der Gründer* vorsang.

Kinder liefen durch den Wald,
Kamen ab vom Wege bald,
Sind im Grau verschwunden,
Wurden nie gefunden.
Wo die bösen Träume lauern,
Konnten vier nur überdauern:
Zweig und Dolch,
Knochen und Stein –
Sie sperrten die Bestie ein.

Die vertrauten Worte klangen Justin in den Ohren, während er mit May den Wald durchquerte, um sich für die Nachtstreife zu melden.

Als er an seinen Großvater dachte, musste er auch an den Mann denken, der er selbst nie sein würde, nicht einmal dann, wenn er in Four Keys blieb. In diesem Wald hatte er Crosslauf trainiert, hier hatte er küssen gelernt (und noch so einiges mehr) und hierher zog er sich zurück, wenn ihm seine Familie mal zu viel wurde. Doch während der Wald unverändert blieb, war Justin nicht mehr derselbe.

Inzwischen konnte er die himmelhohen Stämme nicht mehr anschauen, ohne sich vorzustellen, wie hinter ihnen das Grau aufklaffte. Er gehörte nicht in diese vom Mondlicht gesprenkelte Umgebung, wo es so gut und frisch nach Erde und Holz duftete. Er hätte am Tag seines Rituals sterben sollen, unter den Wolken von der Farbe stumpfen Stahls, verschollen für alle Zeit in der endlosen Weite aus grauen Bäumen. Hätte May nicht eingegriffen, wäre es so gekommen.

»Warum guckst du so grimmig?«, fragte seine Schwester und schob die Hände in die Taschen ihrer rosa Bomberjacke. Obwohl es noch nicht Mitte September war, wurde es schon deutlich kühler. »Ich dachte, du bist glücklich. Immerhin hast du die Eiskönigin geknackt.«

»Violet ist keine Eiskönigin«, gab Justin zurück. Er spürte seine vom Abendlauf schmerzenden Waden. Nach dem Gespräch mit Violet hatte er dringend Dampf ablassen müssen. »Und ich habe sie nicht geknackt. Das hat das Grau schon erledigt.«

Als er sich auf die Suche nach ihr gemacht hatte, wollte er eigentlich eine neue Verbündete gewinnen. Stattdessen hatte er jetzt ein Problem mehr am Hals, das er vielleicht nicht lösen konnte.

»Im Grunde liegt ihr nichts daran, Four Keys zu beschützen«, hatte Isaac sachlich gesagt, nachdem Violet gegangen war. »Sie will einfach so schnell wie möglich wieder von hier abhauen.«

»Heißt das, wir sollen ihr nicht helfen?«, hatte Justin gefragt.

Isaac hatte mit dem gesprungenen Medaillon an seinem Handgelenk gespielt. »Das habe ich nicht gesagt.«

»Sie kann Tote erwecken«, meinte May jetzt. »Wäre bestimmt … interessant zu sehen, wie sie sich auf Streife anstellt.«

Justin nickte zustimmend. Das Licht des Polizeireviers zerschnitt die Dunkelheit. Das hässliche, geduckte Gebäude am Stadtrand zog sie an wie eine Kerzenflamme zwei Nachtfalter.

Justin rechnete mit dem üblichen Ablauf zum Schichtwechsel: Augusta und ein paar andere Beamte würden Einsatzbefehle ausgeben und die Routen einteilen. Stattdessen erwartete ihre Mutter sie allein am Eingang. Ihr zerzaustes blondes Haar leuchtete im Deckenlicht fast neongrell.

Justins erster Gedanke war, dass wieder etwas Schreckliches passiert war.

»Alles in Ordnung?«, fragte May, die offenbar den gleichen Gedanken hatte.

»Alles bestens«, antwortete Augusta. »Ich muss nur kurz mit deinem Bruder reden. Du kannst schon mal ins Besprechungszimmer gehen. Die anderen teilen schon die Routen ein.«

Bevor May im Flur verschwand, warf sie Justin einen verwunderten Blick zu.

In den letzten Jahren war Justin so gewachsen, dass er und seine Mutter gleich groß waren, aber es kam ihm immer noch vor, als sei Augusta die Größere. Die Doggen lagen in ihrem spärlich beleuchteten Büro dösend auf dem Boden. Brutus' Schwanz zuckte, als Justin sich setzte und ihm den Kopf tätschelte.

»Worum geht's denn?«, fragte er, als seine Mutter hinter ihrem Schreibtisch Platz nahm. Hatte er irgendetwas verbrochen? Ihm fiel nur Violet ein, aber dann hätte sie auch May dabehalten.

»Ich wollte mit dir unter vier Augen sprechen.« Augustas Blick schien ihn auf dem Stuhl festnageln zu wollen. »Ich möchte nicht, dass du heute Nacht auf Streife gehst.«

Justin verzog das Gesicht. »Warum nicht? Wollen Mitzi oder Seth tauschen?«

»Nein. Aber ich mache mir Sorgen um dich. Vor allem jetzt, wo es bis zum Äquinoktium nicht mehr lange hin ist. Es ist nur zu deinem eigenen Besten. Ich will nicht, dass dir etwas zustößt.«

Justin hatte genug Sportmannschaften angehört, um zu ahnen, was sie eigentlich sagen wollte. »Du schickst mich auf die Bank?«

»Ich bin um deine Sicherheit besorgt.«

Es traf ihn wie ein Boxhieb vor die Brust.

»Und was ist mit den Menschen, die vielleicht sterben müssen, weil ich nicht unterwegs bin? Wer kümmert sich um ihre Sicherheit?«

»Ich lasse nicht zu, dass du auf diese Weise dein Leben riskierst«, erwiderte Augusta untypisch sanft. »Ich habe alles im Griff, glaub mir.«

»Mitzi, Seth, Isaac und May können die Stadt nicht allein beschützen. Maurice Carlisle nimmt nicht am Streifendienst teil und –« Justin biss sich auf die Zunge, bevor ihm Violets Name herausrutschte.

Seine Mutter kniff die Augen zusammen. »Und wer? Erzähl mir nicht, dass du ›Harper Carlisle‹ sagen wolltest!«

Justin schluckte und war froh über die Lüge, die sie ihm in den Mund legte. »Du hast ihren Namen genannt, nicht ich.«

Augusta hatte eine Abneigung gegen alle, die nicht unter ihrer Fuchtel standen. Alle, die eine potenzielle Gefahr für Four Keys darstellten.

Das hatte auch Justin akzeptieren müssen, als sie ihn vor drei Jahren gezwungen hatte, sich von Harper zu trennen.

Wenn er seiner Mutter von Violets Aussetzern und ihren

Fähigkeiten erzählte und davon, wie sie ihn ins Grau mitgenommen hatte, würde Augusta wieder genauso handeln. Und wieder würde ein Mitglied einer Gründerfamilie, das die Stadt vielleicht vor Unheil bewahren konnte, keine Gelegenheit dazu bekommen.

Das durfte nicht passieren, darum musste Justin seine Mutter anlügen, so wie auch May und Isaac sie anlügen mussten.

Er dachte an die Menschen, die in diesem Jahr schon umgekommen waren. Vanessa Burke, die in einer kalten Februarnacht nach einer Party verschwunden war. Carl Falahee, den man hinter der Schule gefunden hatte. Hap Whitley. Officer Anders.

Er dachte an ihre weißlichen Augen. An die aufgedunsene, glänzende Haut. An die Knochen, die wie schaurige, geriffelte Wellen aus ihren Bauchdecken geragt hatten.

Er hatte schon genug Schuldgefühle. Er weigerte sich, Violet Saunders der Liste der Menschen hinzuzufügen, die er im Stich gelassen hatte.

»Ich weiß, dass du wegen der Geschichte mit Harper immer noch sauer bist«, sagte Augusta und verschränkte die behandschuhten Hände auf der Tischplatte. »Aber eine längere Beziehung mit ihr wäre sowieso nicht infrage gekommen ... und außerdem ist es dir ja nicht schwergefallen, Ersatz zu finden.«

»Mom!« Justin spürte, wie er knallrot wurde. Lieber wäre er wieder im Grau, als sich noch eine Sekunde länger über dieses Thema zu unterhalten. »Können wir vielleicht über etwas anderes reden?«

»Von mir aus gern«, erwiderte Augusta schnippisch. »Wie gesagt – mach jetzt bitte keinen Aufstand wegen dieser Streifengeschichte. Es geht nur um ein paar Wochen. Du kannst die Zeit für deine College-Bewerbungen nutzen.«

»Toll«, sagte Justin mürrisch. »Ich kann ja reinschreiben, dass mir meine Mutter nicht erlaubt, meine Heimatstadt vor einem uralten Ungeheuer zu bewahren.«

Augustas Gesicht nahm einen Ausdruck an, den Justin schon ewig nicht mehr gesehen hatte. Es dauerte einen Augenblick, bis er begriff, dass sie sich das Lachen verbiss. »Das wäre doch mal was anderes.«

Bei einer Mutter, die unvermittelt von streng auf ironisch umschalten konnte, war man nie sicher, ob man sie gerade belustigt oder verärgert hatte. Manchmal genügte eine scherzhafte Bemerkung und Augusta ging an die Decke. Ein andermal war sie diejenige, die Witze riss.

Justin hatte es satt, immer auf der Hut zu sein, wenn sie sich unterhielten. Er hatte es satt, überlegen zu müssen, welche Version seiner Mutter er vor sich hatte, wenn sie sich stritten.

Diesmal hatte er Glück gehabt.

Vermutlich, weil Augusta wusste, dass sie gewonnen hatte.

»Na gut«, sagte er und stand auf. Plötzlich war er von dem krassen Missverhältnis zwischen dem, der er war, und dem, der er gern gewesen wäre, total kaputt. »Dann geh ich mal nach Hause.«

Augustas Mund verzog sich zu einem Lächeln. Es sah aus, als bekäme eine Betonplatte einen Riss.

Violet fand in dieser Nacht kaum Schlaf. Stunde um Stunde ging sie alles, was sie erfahren hatte, in Gedanken noch einmal durch, versuchte Wahrheit von Lüge zu trennen und diese neue Welt zu begreifen, in die sie kopfüber geworfen worden war.

Irgendwie wurde sie den Verdacht nicht los, dass ihr die Hawthornes etwas verschwiegen. Aber was die Bestie anging, hatten sie nicht gelogen, und es hatte sie auch nicht weiter beunruhigt, was Violet mit Orpheus angestellt hatte.

Aber vor allem hatten sie ihr versprochen, ihr zu helfen, nach einem Ausweg zu suchen.

Oder hatte die Sache einen Haken?

Als Violet am nächsten Morgen zum Frühstück herunterkam, hantierte Juniper an der Kaffeemaschine herum. Ihre Ohren waren ausnahmsweise kopfhörerfrei, aber ihr Handy lag auf der Arbeitsplatte. Orpheus streifte um die Beine des Küchentischs. Seine gelben Augen leuchteten im Halbdunkel.

Violet verdrängte das Bild, wie er am Tag zuvor ausgesehen hatte: verrenkt, reglos und mit blutigem Hals.

Jetzt ging es ihm wieder gut, das war die Hauptsache.

»Der Kaffee, den man hier kaufen kann, ist grauenhaft«, sagte Juniper statt einer Begrüßung. Violet brummte zustimmend. »Und weißt du, wie kompliziert es war, eine Onlinebestellung aufzugeben? Kein Lieferdienst will in diese Stadt kommen.«

Violet musterte ihre Mutter, die angezogen war, als wollte sie gleich in ihr Büro nach New York City fahren, statt in ihrem Schlafzimmer stundenlange Konferenzgespräche abzuhalten.

Die Hawthornes hatten ihr letzte Nacht noch etwas anderes erzählt – etwas über Juniper.

»Du, Mom …«, sagte sie, »du hast doch achtzehn Jahre lang in Four Keys gelebt, oder?«

»Das hatten wir doch schon alles.« Juniper fuhr sich durchs Haar. Es war heute glatt, was bedeutete, dass sie es totgeföhnt hatte. »Was ist denn noch? Willst du mich noch weiter über … du weißt schon … ausquetschen?«

Gestern war so viel passiert, dass Violet ihren Onkel Stephen glatt vergessen hatte.

Jetzt fiel er ihr wieder ein. Lag es am Schmerz über den Verlust ihres Bruders, dass Juniper all die Jahre kein Wort über Four Keys verloren hatte? Inzwischen wusste Violet, dass ihre Mutter ihr eine ganze Menge verschwiegen hatte.

Zum Beispiel, dass es Stephen überhaupt gegeben hatte. Auch Darias Krankheit und das hohe Ansehen ihrer Familie hatte Juniper nie erwähnt. Außerdem hatte sie Violet und Rosie ihre Cousins, Cousinen und auch die Großeltern aus der Caulfield-Familie vorenthalten, obwohl beide danach gefragt hatten. Violet hätte nicht einmal gewusst, wie sie diesen Teil ihrer Verwandtschaft zu Rosies Beerdigung einladen sollte, denn in den sozialen Medien gab es Millionen Caulfields und die Zeiten, als sie einander noch mehr als nur ab und zu eine Urlaubspostkarte geschrieben hatten, waren ewig her. Darum schloss Violet nicht aus, dass Juniper ihr auch ihr magisches Erbe verschwiegen hatte. Ihrer Mutter war alles zuzutrauen.

»Es geht nicht um deinen Bruder«, sagte Violet und ihr entging nicht, dass sich Juniper sofort entspannte. »Ich wüsste gern mehr über Four Keys. Ist dir nicht aufgefallen, dass hier seltsame Dinge vorgehen?«

»Ich würde mich ja freuen, wenn hier mal etwas Außergewöhnliches passieren würden. Das wäre eine echte Bereicherung für diese verschnarchte Kleinstadt.«

Violet spürte, dass ihre Mutter nicht log. Sonst wäre sie nicht so erleichtert gewesen, dass es nicht um Stephen ging. Anscheinend gab es kein unangenehmeres Thema, das sie fürchtete.

Trotzdem hakte Violet nach.

»Ist schon in Ordnung. Du kannst mir ruhig die Wahrheit sagen.«

»Die Wahrheit? Was meinst du damit?«

Das Handy ihrer Mutter blinkte, und als Juniper danach griff, wurde Violet sauer.

»Du weißt genau, was ich meine!«

Juniper tippte gedankenverloren auf ihrem Telefon und konzentrierte sich auf das erleuchtete Display. »Für diesen Unsinn habe ich jetzt keine Zeit.«

Ihr Unverständnis brachte Violets Zorn zum Überkochen. »Es geht um die Gründerfamilien«, sagte sie laut. »Um das Grau, um die Macht, um die Rituale. In deiner Jugend gab es schließlich noch keine Handys, also *musstest* du damals ja wohl zuhören, oder?«

Doch im Blick ihrer Mutter spiegelte sich keine Erinnerung an frühere Zeiten, kein Wiedererkennen – nur Sorge.

»Ich weiß, dass es dir schlecht geht«, sagte Juniper ruhig, das Handy am Ohr. »Aber es bringt nichts, wenn du mir vorwirfst, ich würde dir irgendwelche unsinnigen Dinge verschweigen. Vielleicht gibt es hier ja auch eine Therapeutin. Deine Trauerbegleiterin hat uns sowieso dazu geraten.«

Der Kloß in Violets Hals wurde noch größer, als ihr klar wurde, dass ihre Mutter ausnahmsweise mal nicht desinteressiert war.

Plötzlich hatte sie keinen Hunger mehr. Sie stürmte aus der Küche. Als sie hörte, wie Juniper telefonierte, lehnte sie sich in der Diele an die Wand und unterdrückte die Tränen. Dabei starrte sie in die Glasaugen eines ausgestopften Falken, der auf einem Holzgestell hockte.

Die Hawthornes hatten recht. Ihre Mutter hatte tatsächlich keine Ahnung.

Aus dem Augenwinkel sah sie wieder türkisfarbene Haare aufblitzen und drehte sich sofort um, aber die Diele war leer.

Stattdessen spürte sie ein Ziepen, das sie daran erinnerte, wie May mithilfe ihrer Macht in ihren Kopf eingedrungen war.

Und noch ehe Violet den nächsten Atemzug tun oder einen Muskel rühren konnte, wurde alles schwarz.

Violet wurde von etwas Weichem, Kaltem geweckt, das sich an ihre Wange schmiegte. Sie schlug blinzelnd die Augen auf und blickte in zwei gelbe Schlitze. Unwillkürlich musste sie an das grausame, intelligente Augenpaar auf der Karte im Lesezimmer der Hawthornes denken.

Doch dann sah sie Orpheus' Ohren zucken, als er mit dem Schwanz an ihrem Arm entlangstreifte, und atmete erleichtert auf.

»Ach, du bist's«, sagte sie und streichelte seinen Hals.

Violet erkannte die Holzdecke über sich und auch die Kartons an der Wand, auf denen ROSIE stand.

Sie war wieder ohnmächtig geworden, aber diesmal war sie wenigstens in ihrem eigenen Zimmer aufgewacht.

Orpheus maunzte, als sie die Kuhle in seinem Nacken berührte, die Stelle, an der sein Genick gebrochen gewesen war. Obwohl sich sein Körper selbst wieder zusammengeflickt hatte, spürte man eine Lücke in der Wirbelsäule.

»Hoffentlich tut das nicht weh«, sagte Violet.

Er stupste wie zur Beruhigung den Kopf in ihre Hand und wieder spürte sie die Verbindung zwischen ihnen – den Kraftstrom, der sie miteinander verknüpfte.

Er sah wie eine Katze aus. Er fühlte sich wie eine Katze an.

Aber sein Körper war zu kalt, und als sie ihm behutsam Brust und Bauch kraulte, spürte sie keinen Herzschlag. Schon dass er ihr erlaubte, seinen Bauch anzufassen, und sie nicht kratzte, war der Beweis, dass er keine gewöhnliche Katze mehr war.

Er war nicht mehr lebendig, jedenfalls nicht im üblichen Sinn. Trotzdem konnte er sie vorwurfsvoll anfunkeln – und tat es auch, als sie sich ruckartig aufsetzte und vorgebeugt auf der Bettkante abstützte, weil ihr plötzlich übel wurde.

Justin, May und Isaac behaupteten, wenn sie ihr Ritual nicht durchzog, könne sie ihre Fähigkeiten nicht beherrschen. Waren diese Blackouts ein Anzeichen dafür? Oder hatten sie eine andere Ursache?

Sie könnte die drei fragen. Schließlich hatten sie versprochen, ihr zu helfen.

Doch dann leuchtete der rote Wollfaden um Orpheus' Ohr im Licht, das durchs Fenster hereinfiel, auf – und Violet wurde schlagartig klar, dass es ja noch jemanden gab, der ihre Fragen beantworten konnte. Jemanden hier im Haus.

Sie glitt vom Bett und tappte über den Flur zu Darias Zimmer.

»Hallo?«, rief sie beim Anklopfen. »Tante Daria? Bist du da drin?«

Violets Tante zog sich gern in die sonderbarsten Winkel des Hauses zurück, aber sie war auch oft in ihrem Zimmer. Als die Tür sich knarrend öffnete, stand sie in einem ihrer selbst gestrickten Kleider vor Violet.

»Ich hätte ein paar Fragen«, sagte Violet. »Über unsere Familie. Vielleicht hast du ja Lust, sie mir zu beantworten.«

Daria kratzte sich den ergrauten Kopf. Sie war nur ein paar Jahre älter als Juniper, aber die Zeit war nicht gnädig mit ihr umgegangen. Ihr runzliges Gesicht sah aus, als wäre es zusammengeknüllt und wieder glatt gestrichen worden.

»Kann sein«, erwiderte sie zögerlich, machte die Tür aber ein Stück weiter auf und winkte Violet herein.

Violet war noch nie in Darias Zimmer gewesen, aber es sah ungefähr so aus, wie sie es sich vorgestellt hatte. Überall Wolle, Katzenspielzeug und seltsame Gegenstände. Trockenblumen schmückten die Wände, über das große Fenster konnte man in den Garten hinausschauen. Violet kam sich vor wie im Unterschlupf einer pensionierten Hexe.

Nach allem, was sie in den letzten Tagen erfahren hatte, war der Gedanke vielleicht gar nicht so abwegig.

Sie nahm auf der Kante eines roten Samtsofas Platz, während Daria durchs Zimmer huschte, irgendwelche Sachen in die Hand nahm, sie inspizierte und dann fallen ließ.

»Ich habe mich mit den Hawthornes unterhalten«, sagte Violet, um Daria wieder auf den Boden zu holen. »Sie behaupten, dass unsere Familie große Macht besitzt, aber nur dann, wenn wir ein Ritual absolvieren.«

»Die Hawthornes tun gern so, als wären sie was Besseres.« Daria hielt sich einen Bernsteinbrocken mit einer eingeschlossenen Spinne unter die Nase, schnupperte daran und warf ihn aufs Bett. »Ihre Wurzeln sprießen überall, ranken sich um das Leben aller anderen. Sie sollten uns wachsen lassen, wie wir wollen. So wie wir es immer gehalten haben.«

»Wir? Meinst du unsere Familie? Die Saunders?«

Doch Daria schien sie nicht zu hören. »Der junge Hawthorne ... du musst ihn warnen. Sag ihm, der Kreuzritter kehrt zurück, um hier zu sterben. Das tut er immer, so ist das. Alle kommen wieder zurück.«

»Verstehe«, sagte Violet und versuchte, an den Punkt zurückzukehren, an dem die Unterhaltung noch halbwegs sinnvoll gewesen war. »Weißt du denn, wie unser Ritual aussieht?«

Daria hielt inne. »Ich wusste es mal. Ich müsste es wissen.« Ihr Blick wurde plötzlich ängstlich, fast kindlich.

Violets Enttäuschung schlug in Mitgefühl um. Sie hatte ihre Tante zu sehr bedrängt.

»Ist in Ordnung, wenn du dich nicht mehr daran erinnerst«, sagte sie rasch. »Ich finde es auch so heraus.«

Daria zupfte einen Wollfaden aus ihrem Kleid und zog kräftig daran. »Es ist nicht in Ordnung«, widersprach sie. »Sprich mit den Carlisles!«

Violet dachte an die Namen auf dem Stadtplan. An Harpers Warnung. Und riskierte noch eine Frage: »Warum?«

»Weil wir einander vertraut haben«, antwortete Daria. »Geh schon. Und nimm den Kater mit, dieses undankbare Vieh. Seit du ihn ins Leben zurückgeholt hast, mag er dich lieber als mich. Seit du ihn zu deinem Gefährten gemacht hast.«

Violet starrte Daria mit offenem Mund an. Orpheus, der auf seinem Kissen neben dem Sofa lag, miaute.

»Du hast gemerkt, dass er ... nicht mehr derselbe ist?«

»Ich habe nicht alles vergessen«, gab Daria giftig zurück. »Wir sind nicht ohne Grund die Familie der Knochen. Und jetzt lass mich in Ruhe weiterstricken.«

Bevor Violet noch eine Frage stellen konnte, scheuchte ihre Tante sie aus dem Zimmer und schlug die Tür hinter ihr zu.

Draußen im Flur musste sich Violet erst einmal sammeln. Dann holte sie ihr Handy heraus.

9

Harper wartete am Seeufer.

Das abrupte Ende ihrer letzten Unterhaltung mit Violet war ihr immer noch peinlich. Violet hatte sich bestimmt gewundert, als sie einfach so weggerannt war. Es fiel Harper immer noch schwer, über Justin zu sprechen. An jenem Abend war sie ihrem Vater aus dem Weg gegangen, weil sie es nicht übers Herz brachte, ihm zu beichten, dass sie ihn schon wieder enttäuscht hatte.

Aber Violet hatte ihr gleich am nächsten Tag eine Nachricht geschickt und gefragt, ob sie sich treffen könnten. Sie hatte also doch nicht alles ruiniert. Harper hatte Seth gebeten, auf Brett und Nora aufzupassen, weil sie sich allein mit Violet treffen wollte – ein Risiko, wenn man bedachte, wie verantwortungslos ihr Bruder war. Aber diese Verabredung war es ihr wert.

Als sie Violet zwischen den Baumen kommen sah, winkte Harper. Obwohl der Wald am Seeufer streckenweise fast undurchdringlich dicht war, ragte kein Ast weiter als einen Meter über die Wasseroberfläche. Manche Äste bogen sich sogar nach hinten, als würden sie das Wasser meiden.

Nachdem sich die Gründer in Four Keys niedergelassen hatten, war das Ungeheuer aus dem See gekommen. Der Wald erinnerte sich daran.

Die Carlisles auch.

»Ich wusste gar nicht, dass der See so groß ist«, sagte Violet, als sie bei Harper angekommen war. Vor langer Zeit hatte ein

Sturm einen Baum am Ufer entwurzelt und jetzt bildete der Stamm eine natürliche Bank. »Gehen die Leute hier schwimmen?«

»Nie.«

»Lass mich raten … Irgendwas Gruseliges hält euch davon ab.«

»Du weißt offenbar schon ganz gut über Four Keys Bescheid«, entgegnete Harper trocken.

Violet setzte sich neben sie auf den Baumstamm. Sie wirkte deutlich beherrschter als am Vortag, aber da war eine seltsame Unruhe, die sie nicht hinter ihrem makellosen Make-up verstecken konnte.

Harper fiel auch auf, dass Violet die Spitzen ihrer so gut wie neuen Stiefel abwesend in die Erde grub.

Dass sie an ihrem roten Nagellack herumkratzte.

Dass sie die Bäume ringsum beobachtete, als könnte hinter jedem Ast etwas Bedrohliches lauern.

Sie gab sich offensichtlich große Mühe, sich zusammenzureißen. Woran Harper sofort erkannte, dass sie in Wahrheit völlig fertig war.

»Mit dir stimmt was nicht«, sagte Harper. Es war keine Frage.

Man musste Violet lassen, dass sie es auch nicht so auffasste. »So kann man's auch nennen«, erwiderte sie fast belustigt.

»Und du hast mir geschrieben, weil …«

»Weil ich dachte, dass du mich vielleicht aufklären kannst.« Violet musterte sie abschätzend. »Die Carlisles sind eine Gründerfamilie, stimmt's?«

Harper nickte. Worauf wollte Violet hinaus? Wahrscheinlich hatte sie inzwischen etwas über ihre Herkunft erfahren. Aber wenn das Saunders-Mädchen am Streifendienst teilnehmen würde, hätte sich das schon wie ein Lauffeuer in Four Keys verbreitet, und Harper hatte nichts dergleichen gehört. Noch nicht.

»Dann gibt es in deiner Familie auch ein Ritual?«

Harper nickte wieder.

»Hast du deins schon hinter dir?«

Harpers Blick fiel auf die verwitterten Steinskulpturen am gegenüberliegenden Ufer, die für alle Zeit dort Wache hielten. Dahinter war gerade noch die Werkstatt ihres Vaters zu erkennen. »Mit ... mit Ritualen kenne ich mich nicht so gut aus.«

»Wegen deinem Arm?«, fragte Violet unverblümt. »Denn du kommst doch eigentlich super ...«

»Es geht nicht um meinen Arm.« Es auszusprechen tat eigenartig gut, auch wenn jedes Wort wie eine scharfe Klinge über ihre Zunge glitt. »Mein Ritual ... es ist schiefgelaufen.«

Violet kratzte so wild an ihrem Nagellack, dass es ein Wunder war, dass der Nagel nicht gleich mit abging. »Wie jetzt? Dabei kann etwas schiefgehen?«

»Kommt vor.« Der schlimmste Tag in Harpers Leben ließ sich mit nur zwei Worten zusammenfassen.

»Hast du ...« Violet stockte, aber Harper sah längst, wo sie hinschielte. Auf ihren Armstumpf.

»Ja, ich habe dabei meine Hand verloren.«

Das Ritual ihrer Familie war unkompliziert. Man musste auf den Grund des Sees tauchen und eine Handvoll roten Lehm hochholen, so wie es Thomas Carlisle vor hundertfünfzig Jahren getan hatte. Mitzi und Seth konnten seither ihre Arme zu Stein werden lassen und Maurice Carlisle konnte Hüter herstellen.

Doch als Harper aus dem See aufgetaucht war, war sie im Grau herausgekommen, nicht in Four Keys. Und ihre linke Hand, in der sie den kostbaren Lehm hielt, hatte sich unterhalb des Ellbogens in rötlichen Stein verwandelt – und war sofort zerbröckelt.

Noch Monate danach hatte sie sich nicht mehr in die Nähe

des Sees getraut. In ihren Träumen schlug trübes Wasser über ihr zusammen und zerquetschte ihre Arme und Beine zu Brei. Doch im Lauf der Jahre war ihre Angst verblasst und jetzt kribbelte ihr Armstumpf nur noch ein bisschen, wenn sie auf das Wasser hinabschaute, das ein paar Meter unterhalb ihrer Füße in kleinen Wellen ans Ufer schwappte. Auch das war eine Art Phantomschmerz. Sie hatte Violet sogar von sich aus vorgeschlagen, sich hier zu treffen. Sie wollte sich in Erinnerung rufen, dass sie das Schlimmste, was diese Stadt zu bieten hatte, bereits erlebt hatte. Nachdem sie Violet die ganze Geschichte erzählt hatte, war sie stolz, dass ihre Stimme kaum gezittert hatte.

»Scheiße!« Violet machte große Augen, aber nicht, wie Harper befürchtet hatte, aus Mitleid, nein, ihr Blick war eher bewundernd. »Es tut mir so leid, dass du das durchmachen musstest.«

Harper zuckte die Achseln. »Ist ja nicht deine Schuld.«

»Trotzdem.« Violet stockte. »Ich fühle mich geehrt, dass du mir das alles erzählt hast. Aber warum? Du kennst mich doch gar nicht.«

»Die ganze Stadt weiß, was passiert ist«, entgegnete Harper und dachte an die Gerüchte. Wenn Violet ihr vertrauen sollte, musste sie dafür sorgen, dass sie nicht lauter Lügen glaubte. »Es ist mir lieber, du hörst es von mir. Außerdem standen sich unsere Familien immer sehr nah.«

Violet schien erstaunt, dass Harper dieses Thema anschnitt. »Das habe ich auch schon gehört.«

Die überlieferten Bündnisse spielten zwar keine große Rolle mehr, seit es kaum noch Saunders gab und die Sullivans verschwunden waren, trotzdem hatten die alten Prinzipien überdauert. Harpers Vater würde sich freuen, wenn er erfuhr, dass auch Violet so dachte.

»Wenn deine Familie meine gut kannte«, fuhr Violet fort, »dann kannst du mir vielleicht eine Frage beantworten.«

Harper dachte an das Versprechen, das ihr Vater ihr abgenommen hatte. Sie sollte sich mit Violet anfreunden und versuchen, die Hawthornes schlechtzumachen. Der Augenblick war gekommen – die Gelegenheit, sich unentbehrlich zu machen. »Na, dann schieß los. Frag mich.«

Doch plötzlich schien Violet misstrauisch. »Und was hast du davon? Ganz ehrlich!«

Offenbar hatte Four Keys bei ihr schon Spuren hinterlassen und sie hatte verstanden, dass in dieser Stadt jeder seine eigenen Ziele verfolgte. Dass Harpers Hilfe nicht bedingungslos war. Darum tat Harper das Einzige, was ihr noch einfiel, und sagte die Wahrheit: »Es ist die Pflicht der Gründerfamilien, diese Stadt zu beschützen. Dieser Pflicht kann ich nach meinem gescheiterten Ritual nicht nachkommen und deswegen tun die meisten Leute so, als wäre ich unsichtbar.«

»An einem Ort unsichtbar zu sein, an dem man einen grausamen Tod erleidet, wenn man die Aufmerksamkeit eines Waldmonsters erregt, scheint mir nicht das Schlechteste zu sein«, gab Violet achselzuckend zurück.

Harper unterdrückte ihren Ärger. Nur ein Neuankömmling konnte so naiv sein. »So würdest du nicht reden, wenn du dein ganzes Leben hier verbracht hättest. Unsichtbar zu sein, wenn du vorher sichtbar warst ... das ist wie tot sein, nur dass keiner um dich trauert. Und du bekommst es auch noch mit.« Harper merkte erst, dass sie kurz vorm Heulen war, als ihr die Stimme versagte. »Wenn ich dir helfe, müssen mich die Leute wieder zur Kenntnis nehmen.«

Violet legte die Hand auf den Ast zwischen ihnen. An ihrem Handgelenk funkelte ein feines Silberarmband. »Verstehe. Ich muss unbedingt herausfinden, wie mein Ritual aussieht. Anscheinend kann mir das niemand aus meiner eigenen Familie beantworten, aber vielleicht weiß ja jemand aus deiner Familie darüber Bescheid.«

Harpers Herz wurde schwer, ihre Hoffnung verflog.

Die meisten Familienrituale waren ein offenes Geheimnis. Die Carlisles hatten ihr Haus nicht ohne Grund am See gebaut. Die Hawthornes redeten zwar nicht über ihr Ritual, aber man wusste trotzdem, dass es etwas mit ihrem albernen Baum zu tun hatte. Und um das Ritual der Sullivans rankten sich schaurige Geschichten, vor allem seit Isaacs Prüfung so schrecklich aus dem Ruder gelaufen war, dass die überlebenden Familienmitglieder die Stadt fluchtartig verlassen hatten.

Nur die Saunders hatten sich so lange versteckt, dass es nicht mal mehr Gerüchte über sie gab.

»Euer Ritual kenne ich leider nicht«, erwiderte Harper, »aber ich kann dir trotzdem weiterhelfen. Bestimmt steht in unserem Archiv etwas darüber, zumindest ein Hinweis darauf.«

Violet spielte mit ihrem Armband. »Vielen Dank.« Ihrer Miene war nichts anzumerken, aber Harper hörte ihr an, dass sie ihre Gefühle nur mit Mühe unterdrückte. »Die Hawthornes haben mir auch versprochen, dass sie mir helfen. Ich weiß, dass du sie nicht magst, aber ... Vielleicht können wir ja trotzdem alle zusammenarbeiten?«

Jetzt war es raus.

Das Ganze war auch zu schön gewesen, um wahr zu sein.

Denn wenn Violet den Hawthornes vertraute, wenn sie bei ihnen gewesen war, wenn sie ihr angeboten hatten, sie zu unterstützen, dann war sie ein hoffnungsloser Fall.

Allerdings hatte Harper noch einen Trumpf im Ärmel.

Sie suchte Violets Blick. »Ich habe dich vor den Hawthornes

gewarnt. Du kannst gern mit ihnen zusammenarbeiten. Aber dann ohne mich.«

»Warum? Was ist zwischen euch vorgefallen?«

»Justin war mal mein bester Freund.« Harper hatte noch nie jemandem davon erzählt und auch jetzt wusste sie nicht, wie sie es ausdrücken sollte. »Bis mein Ritual gescheitert ist ... und dann ...«

Ihr Hals war rau und der Phantomschmerz in ihrem Arm flammte so heftig auf, als würde ihr jemand einen Dolch in die linke Hand bohren.

Auf dem Grund des Sees hatte ihr etwas aufgelauert. Das Grau war aufgeklafft und hatte sie in seine unerbittliche, farblose Umarmung gezogen. Ihr den Unterarm abgerissen. Sie zwischen den Bäumen umherirren lassen, und obwohl es ihr nur wie Minuten vorgekommen war, hatte sie später erfahren, dass es Tage gewesen waren. An das Grau selbst konnte sie sich kaum erinnern, nur an seine misstönende Stimme, während sie zusammengekrümmt und schluchzend auf der Erde lag. Sie hatte auch nicht das Bedürfnis, diese Erinnerungen aufzuwühlen. Sie hatte schon genug durchgemacht.

Doch nach ihrer Entlassung aus dem Krankenhaus und ihrer Rückkehr nach Four Keys war ihr Leidensweg noch nicht zu Ende gewesen. Die Hawthornes ignorierten sie. Und ihre eigene Familie hatte sich nicht für sie eingesetzt.

Man hatte sie alleingelassen.

»Alle haben mitbekommen, dass ich schwach bin«, endete Harper und fand selbst, dass sie sich jämmerlich anhörte. »Und auf einmal taten alle so, als gäbe es mich nicht mehr. Bis heute.«

Violet umklammerte mit den feingliedrigen Händen ihre Knie. Als sie wieder sprach, bebte ihre Stimme. »Das tut mir so leid.«

Harper atmete auf, weil Violet sie nicht verurteilte und sie auch nicht ansah, als wäre sie das Letzte. »Schon gut.«

»Nein! Du hast gesagt, dass du tagelang im Grau festgesteckt hast?«

Harper nickte.

Violets dunkle Augen füllten sich mit einer stummen, brennenden Wut. »Ich habe es kaum ein paar Minuten ausgehalten. Wenn du tagelang dort überlebt hast, musst du wahnsinnig stark sein, und wer etwas anderes behauptet, ist verdammt bescheuert.«

Der Laut, der Harper entschlüpfte, war halb erleichtert, halb ungläubig. Wenn sie nicht gerade einen Degen in der Hand hatte, fühlte sie sich immer schwach. Sie dachte immer nur an das, was sie nicht zustande gebracht hatte, und vergaß dabei, was ihr gelungen war.

Gerade hatte sie einen flüchtigen Blick auf die Person erhascht, die sie irgendwann sein könnte – und die sie vielleicht schon die ganze Zeit hätte sein können, wenn alles anders gekommen wäre.

»Ich brauche die Hawthornes und Isaac nicht«, sagte Violet, auch wenn es ein bisschen zaghaft klang. »Ich will nichts mehr mit ihnen zu tun haben. Ich kann doch nicht Leute unterstützen, die dich so mies behandelt haben.«

Sie holte ihr Handy heraus und tippte wild darauf herum.

»Wem schreibst du da?«, fragte Harper erschrocken.

Violet blickte auf. »Ich schreibe den Hawthornes, dass ihre Dienste nicht mehr benötigt werden«, sagte sie grimmig.

Harper schluckte.

Sie war sich keineswegs sicher gewesen, dass Violet ihr glauben würde, und nicht im Traum hätte sie mit dieser Reaktion gerechnet.

Violet steckte das Handy wieder ein. »Gut. Womit fangen wir an? Wo finden wir am ehesten nützliche Hinweise?«

Harper überlegte. »Im Rathaus muss es Unterlagen über die Gründer geben. Es ist eine Art Museum. Die richtig spannenden Infos sind natürlich nicht öffentlich zugänglich, aber vielleicht entdecken wir die eine oder andere Spur, jedenfalls lohnt sich ein Besuch bestimmt.«

»Können wir gleich hingehen?«

Harper dachte an Brett und Nora. »Ich muss noch babysitten. Morgen?«

»Auch okay.« Das grimmige Lächeln haftete immer noch auf Violets Gesicht, schien eingefroren zu sein wie ein Körper bei Leichenstarre.

Als Violet sich verabschiedete, gab sich Harper Mühe, stark und selbstsicher zu wirken. Doch obwohl sie allmählich begriff, dass sie gewonnen hatte, ahnte sie, dass dieser Sieg seinen Preis haben würde.

Welchen, wusste sie noch nicht, aber sie würde dafür bezahlen müssen, dass sie die Hawthornes hintergangen hatte.

Violet lief die Hauptstraße entlang. Ihre Stiefelabsätze klackerten über das Pflaster und die Luft strich mild und weich über ihre Haut. Herbstlich verfärbte Bäume neigten sich über die Gebäude, ihre Stämme leuchteten rötlich in der Sonne.

Four Keys hatte durchaus seinen Reiz, wenn man davon absah, dass es ein Gefängnis für eine Bestie war, mit der sich Violet aufgrund einer alten Familientradition herumschlagen musste.

»Magisches Superpech«, sagte sie halblaut, als sie über das Symbol der Gründer klackerte, das auf dem Marktplatz in den

Boden eingelassen war. Dann stieg sie die Treppe zum Rathaus hoch. Hohe Säulen ragten neben der Tür auf. Darüber waren zwei Buntglasfenster, auf denen – was sonst? – ein Wald zu sehen war. Auf dem Dach thronte ein Turm mit einer wuchtigen Glocke, der Violet an die Türmchen auf dem Saunders-Haus erinnerte.

Aber sie war nicht hergekommen, um die Architektur zu bewundern.

Sie war auf der Suche nach Informationen.

Eigentlich hatte sich Violet nach der Schule mit Harper verabredet, aber ihr war etwas dazwischengekommen. Was Violet nicht weiter schlimm fand. In einem Museum kam sie auch allein zurecht.

Sie drückte die Tür auf und betrat einen hallenden Vorraum. Von hoch oben fiel mattes Licht durch die farbigen Fenster und tauchte alles in changierende Braun- und Grüntöne. Violet drehte sich einmal um sich selbst. Beim Anblick der mindestens zehn Porträts gestrenger Herren und kraushaariger Damen mit aufmerksamen Augen bekam sie eine Gänsehaut.

Noch bevor sie das erste Schild auf den Rahmen las, war ihr klar, dass die meisten Abgebildeten den gleichen Nachnamen hatten wie sie selbst.

Es war überwältigend, einem so offensichtlichen Beweis ihres Erbes gegenüberzustehen, von dem sie bis vor wenigen Tagen nichts geahnt hatte. Als Violet die Tiere auf einigen Gemälden sah, kamen sie ihr seltsam bekannt vor. Die Strumpfbandnatter, die sich um Helene Saunders' geisterhaft bleichen Nacken ringelte, hing über dem Kaminsims in Darias Wohnzimmer und der gesprenkelte Falke auf Cal Saunders' dunkelbrauner Hand schmückte die Diele.

Gefährten. So wie Orpheus.

Wie sich herausstellte, waren alle Bilder Porträts von ehemaligen Bürgermeistern. Ihre Amtszeiten begannen im Jahre 1848 und das Amt blieb in der Hand von Violets Familie, bis Hiram Saunders 1985 von Geoff Sullivan abgelöst wurde.

Danach hatten es verschiedene Gründerfamilien innegehabt – ein Carlisle und noch ein Sullivan, bis vor vier Jahren ein Bürgermeister namens Storey vereidigt worden war.

»Hier erfährst du nichts über dein Ritual.« Die Stimme gehörte nicht Harper. »Hier gibt's nur lauter Bilder von toten Leuten. Und von Leuten, die wünschten, tot zu sein.«

»Sehr aufmunternd«, sagte Violet, als die schwere Rathaustür zufiel. »Hat dir Justin gesagt, dass du mir nachspionieren sollst?«

»Ich spioniere niemandem nach.« Isaac stellte sich neben sie vor die Porträts. Er trug den Rucksack lässig über der Schulter, in der Gesäßtasche seiner Jeans steckte ein zerlesenes Taschenbuch. »Nicht mal, wenn man mich darum bittet.«

»Was machst du dann hier?«

»Ich wohne hier.«

Violet sah ihn erstaunt an. »Du wohnst im Rathaus?«

Isaac rückte seinen Rucksack zurecht. »Ist doch nett hier.«

»Schon, aber ...« Violet musste an die geschwärzte Stelle auf der Karte denken, die mit *Sullivan-Gebiet* bezeichnet war. An die noch schwach sichtbaren Umrisse des Hauses. »Wohnst du ganz allein?«

»Was geht's dich an?« Er grinste. »Oder willst du mit hochkommen?«

Violet wurde rot. »Ich will hier recherchieren. Und du hältst mich davon ab.«

»Die verstaubten Bürgermeisterbilder werden dir nichts nützen«, sagte Isaac abfällig. »So einfach ist das alles nicht. Wir wollten dir nicht ohne Grund helfen. Aber du hast unsere Hilfe ja abgelehnt.«

Violet wich zurück und fasste unwillkürlich nach ihrem Armband. Sie bedauerte nicht, dass sie den Hawthornes geschrieben hatte, sie sollten sie in Ruhe lassen. Harpers Geschichte hatte sie überzeugt. In ihrem Leben war kein Platz für falsche, feige Schlangen – und auch nicht für deren Mitläufer.

»Ihr habt mir doch noch gar nicht geholfen«, gab sie zurück.

»Ich hab dich aus dem Grau gerettet, oder nicht?«

»Du hast *Justin* aus dem Grau gerettet!« Violet hatte gespürt, wie nahe sich die beiden standen. Sie selbst bedeutete niemandem so viel. Jedenfalls niemandem, der noch lebte. »Ich war nur zufällig auch da.«

»Aber du bist noch am Leben, oder?«

»Ist das deine Definition von *helfen*?«, sagte Violet ärgerlich. »Dass man am Leben bleibt?«

Isaacs Mund zuckte und Violet fühlte sich durchschaut. Er musterte sie so, wie er sie schon im Diner und in der Schule gemustert hatte, als wartete er nur darauf, dass sie auf ihn losging. Und als würde er es genießen, wenn sie es endlich tat.

»Vielleicht hast du recht. Vielleicht habe ich dir neulich nicht geholfen.« Seine tiefe Stimme hallte von den Wänden wider wie das erste Donnergrollen vor einem Gewitter. »Aber hier im Rathaus sind tatsächlich Antworten zu finden. Allerdings sind sie der allgemeinen Öffentlichkeit nicht zugänglich.«

»Na toll«, sagte Violet sarkastisch. »Vielen Dank auch.«

»Ich bin noch nicht fertig.« Er kramte in seinem Rucksack und zog einen Schlüsselbund hervor. »Denn ich bin nicht die allgemeine Öffentlichkeit.«

Violet geriet ernsthaft in Versuchung. Trotzdem zögerte sie.

Isaac seufzte und warf ihr einen Blick zu, den sie nicht als Mitleid zu interpretieren versuchte. »Wenn du dich in Gefahr bringst und dir etwas zustößt«, setzte er hinzu, »dann wird Justin untröstlich sein.« Er machte eine Kunstpause. »Und wenn er traurig ist, wird er unerträglich.«

Es war offensichtlich nett gemeint, was Violet irritierte. Und wenn ausgerechnet Isaac versuchte, nett zu ihr zu sein, konnte sie auch versuchen, sich helfen zu lassen. Also nickte sie.

Sie gingen die Treppe zu einer deutlich schlichteren Tür hoch, die einen Messingriegel hatte. Isaac schloss ihn auf.

»In diesem Stockwerk ist das Archiv von Four Keys untergebracht«, erklärte er und ging Violet durch den schmuddeligen, schlecht beleuchteten Flur voraus. »Hier werden sämtliche Aufzeichnungen über die Geschichte unserer Stadt gelagert. Justin und May hätten dich auch hierhergebracht, wenn du sie nicht so tief gekränkt hättest.«

Weil sein Ton eher scherzhaft als vorwurfsvoll war, nahm Violet diese Bemerkung nicht ganz ernst. Wobei man bei Isaac nie wissen konnte. »Dir scheint es ja nicht viel auszumachen«, sagte sie.

Er zuckte die Achseln. »Ich fand's eher lustig. Sonst traut sich niemand, den Hawthornes eine Abfuhr zu erteilen. Tut ihnen ganz gut, wenn sie mal merken, dass sie nicht die Größten sind.«

In diesem Flur gab es statt Gemälden nur schimmlig riechende Tapeten und knarrende Dielen. Man merkte gar nicht, dass man noch im selben Gebäude war. Sie traten durch eine zweite verzogene Holztür und Violet zuckte zusammen, als der modrige Geruch noch stärker wurde und ihr die Luft abschnürte.

Durch die Fenster an der hinteren Wand fiel Licht und sie erkannte mehrere verbeulte Aktenschränke aus Metall, dazu Regale, in denen sich Bücher und Dokumente stapelten. Neonröhren flackerten auf und tauchten das Archiv in kränklich grünes Licht.

Violet blickte in ein vertrautes Gesicht.

»Tante Daria?«, entfuhr es ihr, dann wurde sie rot, als sie begriff, dass sie nur auf ein Gemälde schaute. Obwohl die Kinnpartie und die Augen eine unverkennbare Ähnlichkeit aufwiesen, war diese Frau nicht ihre Tante. Sie trug ein Kleid mit hohem Kragen, das eindeutig nicht aus diesem Jahrhundert stammte, ein rotes Medaillon auf der Brust und um die Schultern ein lebendiges Hermelin.

Überhaupt wirkte das Bild ein bisschen zu lebendig. Violet hätte sich nicht gewundert, wenn die dunklen Augen unter den schweren Lidern geblinzelt hätten.

»Das sind die Stammväter und -mütter«, erläuterte Isaac. »Sie hingen mal unten, aber die Leute haben sich beschwert, weil sie sich beobachtet fühlten.«

»Wären die Gründer denn dazu fähig?«

»Nein. Aber das weiß die Stadt nicht.«

»Was *weiß* die Stadt denn über uns?«

»Dass wir Four Keys gerettet haben. Dass wir gewisse Fähigkeiten besitzen. Und dass es ein Monster gibt.«

Violet durchquerte den Raum und betrachtete die drei anderen Gemälde.

Ganz links hing Thomas Carlisle, ein stämmiger Mann mit lockigem Pferdeschwanz und breitem Lächeln. Auf den emporgewandten Handflächen präsentierte er ein rötliches Schwert. Dann kam Hetty Hawthorne, schlank, blond und blasiert, eine Omenkarte zwischen den Fingern. Und rechts von ihr hing Richard Sullivan.

Etwas an dem schmalen, blassen und zur Seite schauenden Mann mit dem grau melierten Haar löste in Violet Unbehagen aus. Hetty Hawthorne, die alle vier Porträts gemalt hatte, hatte dem Dolch, den Richard Sullivan im Gürtel trug, einen dunklen Fleck verpasst. War das Blut?

Doch Violets Blick wanderte immer wieder zu Lydia Saunders zurück.

Das war also die Frau, der sie alle ihre Probleme verdankte. Lydia hatte ihre Familie, Generation um Generation, zu einem Leben voller Streitereien und Kämpfe verdammt, aber wozu? Wegen irgendwelcher Fähigkeiten, die genauso viel Leid wie Gutes bewirkten?

Als Violet die Schilder auf den Bilderrahmen las, stellte sie eine verblüffende Übereinstimmung fest.

»Alle vier sind am gleichen Tag gestorben!« Sie wandte sich von Lydias angedeutetem Lächeln ab. »Das kann doch kein Zufall sein!«

»Deine detektivischen Fähigkeiten sind wirklich bemerkenswert«, sagte Isaac. »Die Gründer haben sich geopfert, um das Grau zu erschaffen und die Bestie an Four Keys zu fesseln. Darum sind wir ja immer noch so von ihnen besessen. Märtyrer werden überall bewundert – und wir haben gleich vier davon!«

Violet schluckte. »Haben die Gründer gewusst, dass sie dabei sterben würden?«

Isaac zuckte die Achseln. »Die Leute glauben es.«

»Und du? Was glaubst du?«

Ein Schatten huschte über sein Gesicht. »Ich glaube, dass unsere Vorfahren eine Bestie gesucht haben, aber ich glaube nicht, dass ihnen klar war, welchen Preis sie zahlen müssen, wenn es ihnen gelingen sollte.«

Seine Worte klangen Violet in den Ohren, als sie unter den wachsamen Blicken der Porträts anfing, die Aktenschränke und Regale zu durchsuchen.

Als sie hereingekommen waren, hatte sie sich gewundert, dass das angeblich so wichtige Archiv anscheinend nicht genutzt wurde, aber nachdem sie ein paar Minuten herumgestöbert hatte, begriff sie, warum.

Der Großteil der hier aufbewahrten Unterlagen war wertlos. Wer auch immer sie zusammengetragen hatte, war offensichtlich der Meinung gewesen, dass man alles aufheben musste – von Vorratslisten über Bestellzettel bis zu alten Zeitungsartikeln über längst Verstorbene.

Schlimmer war, dass es kein erkennbares System gab. Diese Stadt, die solchen Wert auf ihre Wurzeln legte, gab sich keinerlei Mühe, diese Wurzeln angemessen zu dokumentieren.

»Hey!«, sagte Violet, als sie sah, dass Isaacs Wangen Flecken bekommen hatten. »Wirst du etwa rot?«

Er hob ruckartig den Blick von den Papieren, in denen er gerade las. »Was? Nein ... ich ...« Er räusperte sich. »Ich habe ein paar ... Liebesbriefe gefunden. Zwischen Helene Saunders und Malcolm Carlisle. Verbotene Liebe. Ganz schön ... detailliert.«

»Wieso verboten?«

»Weil sich die Nachkommen der Gründer nicht zusammentun sollen. Wenn zwei Gründer miteinander Kinder zeugen, heben sich ihre Fähigkeiten gegenseitig auf. Und weil sowieso immer nur eine Linie der Familie das übernatürliche Erbe weiterträgt, ist die Konkurrenz groß, und niemand will riskieren, dass die eigenen Kinder machtlos sind.«

»Aha«, sagte Violet. Sie hatte sich einen Stuhl vor ein Regal gezogen und auf dem Boden um sie herum häuften sich bereits durchgesehene Unterlagen. Gerade betrachtete sie das Foto einer »Gründerzeremonie«. Vier lächelnde junge Leute mit Kronen auf den Köpfen winkten einer jubelnden Menge zu.

»Findet diese Gründerzeremonie heute auch noch statt?«

»Und ob. Jedes Jahr beim Gründerfest«, antwortete Isaac, der in einem Aktenschrank wühlte. »Als einziges halbwegs ernst zu nehmendes Mitglied der Saunders-Familie musst du wahrscheinlich mitmachen.«

Violet warf seinem Hinterkopf einen giftigen Blick zu. »Sehe ich vielleicht so aus, als würde ich bei so was mitmachen?«

Isaac zuckte die Achseln. »Man muss eine Krone tragen und alle klatschen. Es dient der allgemeinen Hebung der Moral.«

»Was gibt's da zu klatschen? Justin hat gesagt, dass allein in diesem Jahr schon drei Menschen gestorben sind.«

»Umso wichtiger ist es, so zu tun, als wäre alles in bester Ordnung«, konterte Isaac.

Danach schwiegen sie eine Weile.

Als Violet wieder zu Isaac herüberschielte, legte er konzentriert die Stirn in Falten. Ein paar Knöpfe an seinem Flanellhemd waren aufgegangen und darunter kam eine merkwürdig verfärbte Linie an seinem Hals zum Vorschein. Violet konnte erkennen, wie sich die wulstige, marmorierte Haut bei jedem Atemzug zusammenzog und wieder spannte.

Eine Narbe.

Als Isaac ihren Blick bemerkte, knöpfte er das Hemd so flink und beiläufig wieder zu, dass sie sofort begriff, wie geübt er darin war.

»Frag nicht«, sagte er schroff.

»Wollte ich gar nicht«, erwiderte Violet wahrheitsgemäß, und nach seinem Blick zu urteilen, glaubte er ihr.

Jeder sollte die Möglichkeit haben, seine eigene Geschichte dann zu erzählen, wenn er dazu bereit war. Nicht, wenn er dazu gezwungen wurde.

Violet griff wieder in das Regal und bekam ein Notizbuch zu

fassen. Sie erkannte den Umschlag. In der Grundschule hatte sie die gleichen schwarz-weiß marmorierten Hefte benutzt.

Sie schlug die erste Seite auf.

Tagebuch von Stephen Saunders, Januar 1984

23. März 1984
In neunzehn Tagen wird sich mein Leben ändern.
Ich führe Tagebuch, damit ich mich später daran erinnern kann, wie alles seinen Anfang nahm. Mein Leben, meine ich.
Ich heiße Stephen Saunders, und wer hier unbefugt die Nase reinsteckt, kann das Heft gleich wieder zuklappen.
Ja, meine lieben Schwestern, ihr seid gemeint! June, ich weiß, dass du in deinem Rucksack einen Flachmann versteckst. Und du, Daria, bist an der Delle in Vaters Auto schuld. Wollt ihr wirklich, dass unsere Eltern davon erfahren?
Nicht, dass ich euch so wichtig wäre, dass ihr nach diesem Tagebuch suchen würdet. Für diese Familie wird man erst interessant, wenn man sein Ritual bestanden hat.
In knapp drei Wochen werde ich sechzehn. Ich kann es kaum erwarten.

»Ich glaube, ich habe etwas gefunden«, sagte Violet.

Dann las sie laut weiter.

10

Die Folgen ihres Triumphs ließen nicht lange auf sich warten. Nur ein paar Stunden nachdem Violet gegangen war, vibrierte Harpers Handy in ihrer Rocktasche.

Und noch bevor sie auf das Display schaute, ahnte sie, worum es ging.

Ich bin's. Wo bist du? Wir müssen reden.

Erst war sie erschrocken, dann wurde sie erneut von brennender Wut überwältigt. Darum ignorierte sie Justins Nachricht den restlichen Abend über und überlegte, wie sie am besten vorgehen sollte.

Er schenkte ihr also wieder Beachtung. Weil sie ihm wieder nützlich sein konnte. Weil sie wieder im Spiel war.

Drei Jahre lang hatte sie auf ein Zeichen von ihm gewartet. Jetzt konnte er ruhig ein paar Stunden auf ihre Antwort warten.

Als sie sich am nächsten Morgen zum Training aus dem Haus stahl, stand ihr Entschluss fest: Sie und Justin Hawthorne mussten tatsächlich reden. Aber auf *ihrem* Terrain und zu *ihren* Bedingungen, denn zum ersten Mal seit Jahren saß sie wieder am längeren Hebel.

Nach der Schule, schrieb sie. *Am See. Und lass mich vorher in Ruhe.*

Ihm Anweisungen zu geben, gab ihr ein gutes Gefühl, und noch besser fühlte es sich an, als er sie tatsächlich befolgte.

Trotzdem musste sich Harper, als Justins hochgewachsene, durchtrainierte Gestalt auftauchte, eingestehen, dass sie sich trotz aller mentalen Vorbereitung am liebsten übergeben hätte. Oder unsichtbar geworden wäre. Oder im Boden versunken.

Selbstverständlich tat sie nichts dergleichen.

Stattdessen legte sie die Hand auf den schlummernden Schäferhund und blickte Justin entgegen.

Harper hatte Justin nicht ohne Grund in den Wächtergarten ihrer Familie beordert. Zwischen den steinernen Zeugen der Macht ihrer Vorfahren fühlte sie sich sicherer. Die Skulpturen erinnerten sie daran, dass auch die Carlisles etwas zählten.

Außerdem machten die Wächter andere Menschen unruhig – und sie wollte Justin aus der Ruhe bringen.

Doch als er näher kam, sah er kein bisschen verunsichert aus. Nur groß, gebräunt und nervtötend selbstbewusst, obwohl er sich mitten im Gebiet der Carlisles befand.

Und obwohl Harper sich große Mühe gab, ein abweisendes Gesicht zu machen.

»Du bist also der Meinung, dass Violet deine Unterstützung mehr braucht als unsere«, sagte Justin und blieb zwischen einem verwitterten Waschbären und einem geduckten, zähneblecken- den Puma stehen. »Daran sind wir wahrscheinlich selber schuld.«

Schade, dass der Puma nicht zum Leben erwachen und seine Zähne in Justins Kehle graben konnte.

In seinem Tonfall schwang eine Spur Gekränktheit mit. Er hatte ein unglaubliches Talent dafür, verletzt zu klingen.

»Gut beobachtet.« Harper war stolz, wie ruhig sie selbst klang. »Aber wenn du Fragen dazu hast, rede mit Violet. Es war ihre Entscheidung, nicht meine.«

»Violet ist neu in der Stadt. Sie weiß nicht, was hier läuft.« Justin zupfte am Ausschnitt seines T-Shirts. Ärgerlicherweise wurde Harpers Blick unwiderstehlich von dem Übergang von Stoff zu Haut angezogen.

»Stimmt«, entgegnete sie und zwang sich, ihm wieder ins Gesicht zu sehen. »Deswegen habe ich sie ja vor euch gewarnt.«

Justin kam näher. Die Äste hinter ihm umrahmten seinen Hinterkopf wie eine verbogene Krone. »Du weißt nicht, was auf dem Spiel steht, Harper.«

Ihr Name aus seinem Mund war wie ein Messer in ihrem Magen und Harper hatte es satt, dass er ihr wehtat. »Ich habe Violet nicht gesagt, dass sie euch nicht trauen soll. Ich habe ihr nur die Wahrheit gesagt. Ich kann nichts dafür, dass eure Taten nicht dazu passen, wie ihr euch nach außen hin gebt.«

Justin spielte mit dem Medaillon an seinem Handgelenk, das in der Spätnachmittagssonne rot aufleuchtete. »Ich weiß selber, dass ich nicht der bin, für den Four Keys mich hält. Ich werde es nie sein. Aber ich wollte dich nicht verletzen. Es war das Schlimmste, was ich je tun musste.«

Justin war das perfekte schlechte Gewissen. Zu perfekt. Je länger Harper ihn ansah, desto weniger glaubte sie ihm. Am liebsten hätte sie ihm eine runtergehauen.

Vor drei Jahren, nachdem die Hawthornes sie schon eine Woche lang ignoriert hatten, war sie zu ihnen gegangen, doch als sie klingelte, hatte niemand aufgemacht – auch dann nicht, als sie Justin aus seinem Fenster schauen sah. Ein kurzer Blickkontakt – dann hatte er die Vorhänge zugezogen.

Harper war in einem Nebel aus Schmerztabletten und Tränen nach Hause gewankt und ihr war klar geworden, dass sie ab jetzt auf niemanden mehr zählen konnte, nur noch auf sich selbst.

Dieser Schmerz wallte jetzt wieder in ihr auf, als Justin scheinbar zerknirscht den Kopf hängen ließ.

»Im Ernst? Ich finde, du bist in den letzten drei Jahren sehr gut klargekommen.«

»Ich wollte mich doch nur bei dir entschul-«

»Von wegen!« Jetzt bebte Harpers Stimme. Sie hatte sich diesen Schwachsinn lange genug angehört. »Tu nicht so, als täte es dir leid! Du bist nur hergekommen, weil ich mir etwas genommen habe, worauf du selber scharf warst. Aber soll ich dir mal was sagen? Damals konnte ich nichts dagegen tun, dass ihr mir aus dem Weg gegangen seid, und jetzt kannst du nichts dagegen tun, dass Violet eure Hilfe ablehnt. Ihr habt euch entschieden und sie sich auch. Findet euch damit ab.«

Harper wollte, dass Justin ihr widersprach. Sie fürchtete keinen Streit. Sie würde gewinnen, sie hatte jetzt schon gewonnen.

Stattdessen setzte Justin eine niedergeschlagene Miene auf. »Du hast recht«, sagte er resigniert. »Ich kann nichts dagegen tun.«

Harper ließ sich ihre Enttäuschung nicht anmerken und streichelte den steinernen Schäferhund. Ganz kurz zuckte es unter ihren Fingerspitzen – ein seltsames Kitzeln, das durch ihre Hand bis in ihren Hinterkopf schoss, aber gleich darauf wieder verflog. »Du willst mich doch wohl nicht bitten, dass ich Violet umstimme, oder?«

Justin schüttelte den Kopf. »Wozu? Du würdest es ja doch nicht tun. Aber wenn du Violet wirklich helfen willst, darf meine Mutter nichts davon erfahren. Wir müssen es geheim halten.«

Damit hatte Harper nicht gerechnet.

Justin und May waren alles andere als rebellisch. Als sie noch alle miteinander befreundet waren, hatte Augusta mit der Unnachgiebigkeit eines Sporttrainers, der Strenge einer Schulrektorin und der Brutalität eines Diktators über ihre Kinder geherrscht.

Dass sich die Geschwister jetzt gegen sie wandten ... das hätte Harper keinem von beiden zugetraut.

»Wenn es euch eure Mutter sowieso nicht erlaubt, warum habt ihr Violet dann eure Unterstützung angeboten?«

»Weil ich glaube, dass die Zukunft unserer Stadt davon abhängt«, antwortete Justin und diesmal spürte Harper, dass er die Wahrheit sagte. »Und weil ich nicht mehr auf meine Mutter höre, wenn sie mir etwas befiehlt, was andere unglücklich macht. Deswegen bin ich dir ja aus dem Weg gegangen ... wegen ihr.«

Damit drehte er sich um und ging. Seine muskulöse Silhouette verschwand in der untergehenden Sonne.

Harper packte das Ohr des Hundes. Sie war sauer und enttäuscht.

Endlich war es zu dem Gespräch gekommen, von dem sie seit Jahren geträumt hatte; endlich konnte sie ihm ins Gesicht sagen, was er ihr angetan hatte. Und trotzdem hatte er es hinbekommen, dass *sie* sich jetzt mies fühlte.

Damals waren sie noch Kinder gewesen. Vielleicht war wirklich alles nur Augusta Hawthornes Schuld.

Trotzdem hatte sie sein Verhalten sehr verletzt. Und das musste er auch gewusst haben.

Abgesehen davon hatte Harper nur getan, worum ihr Vater sie gebeten hatte. Sie hatte sich mit Violet Saunders angefreundet.

Jetzt war ihre Belohnung fällig.

Die ersten Einträge in Stephen Saunders' Tagebuch waren nichtssagend. Violet war enttäuscht. Die Gedanken ihres Onkels drehten sich um die heißen Mädchen in der Schule, die ihn nach seinem Ritual endlich beachten würden, und um Musik und Fernsehserien, von denen sie noch nie gehört hatte und die ihr herzlich egal waren. Halbwegs interessant wurde es nur, wenn es ums Klavierspielen ging.

Erst als sein Geburtstag näher rückte, wurde es spannender.

4. April 1984
Beim Abendessen hat uns Vater wieder mal einen Vortrag über die Verantwortung der Familie Saunders gehalten. Großmutter ist am Tisch eingeschlafen und Daria ist rausgegangen, um »nach dem Braten zu sehen«, und nicht wiedergekommen. Ich musste natürlich sitzen bleiben. Als Vater fertig war, hat er mich und Juniper mit seinem klassischen strengen Blick angestarrt.
Agatha hat auf ihrer Stange hinter dem Tisch gekrächzt und mit den Flügeln geschlagen. Ich schwöre, dass sie mich dabei angesehen hat. Gefährten sind manchmal echt gruselig – als wüssten sie, was ihre Besitzer denken.
»Vergesst nie«, hat Vater gesagt, »dass die Sicherheit von Four Keys in euren Händen liegt.«
June behauptet, dass Vater uns diese Vorträge hält, weil er sauer ist, dass sein Bruder und nicht er Bürgermeister geworden ist. Aber wenn ich ihm das mal sagen würde, würde er mir bloß noch mehr Vorträge halten und ich würde vor Langeweile sterben, darum lasse ich es bleiben.
Meine Schwestern haben ihre Rituale schon vor Jahren absolviert. Wenn Daria jemanden berührt, kann sie vorhersehen, wie er sterben wird. Natürlich sagt sie es demjenigen nicht, von daher verstehe ich nicht, wozu das gut sein soll. Seit sie ihre Macht erlangt hat, ist aber noch niemand gestorben, also stimmt es vielleicht gar nicht. Nur manchmal guckt sie so komisch, als müsste sie gleich kotzen. Sie hatte noch nie viele Freunde, aber jetzt geht sie allen aus dem Weg, sogar uns.
Vielleicht will ich lieber gar nicht wissen, was sie weiß.

Was June vermag, will mir niemand verraten, aber ich habe mal gehört, wie Vater und Onkel Hiram über sie geredet haben, und es ging darum, dass es schwierig wäre, »ihre Fähigkeiten auf die Probe zu stellen«.

Anscheinend ist sie etwas ganz Besonderes. Logisch – sie war schon immer Vaters Liebling.

Violet blätterte um. Je näher Stephens Geburtstag rückte, desto weniger flapsig wurden die Einträge. Er gab nicht mehr so an, schrieb stattdessen mehr über die Stadt, lästerte über die anderen Familien und machte sich Gedanken über sein bevorstehendes Ritual.

»Glaubst du, er verrät, was er tun muss?«, fragte Isaac.

Violet betrachtete die schlampige Handschrift. »Das hoffe ich doch«, sagte sie grimmig.

9. April 1984

In zwei Tagen werde ich sechzehn.

Daria sieht mich nicht mal mehr an, aber June ist noch schlimmer – sie klebt die ganze Zeit an mir. Seit sie mit Augusta Hawthorne dicke ist, hat sie sich nicht mehr so lange mit mir abgegeben. Augusta ist zwar echt scharf, aber auch irgendwie unheimlich. Nicht mal die größten Jungs in der Schule trauen sich, sie anzusprechen.

»Okay, das ist eklig«, sagte Isaac. »Augusta ist unsere Polizeichefin. Und Justins Mutter.«

Violet rümpfte angewidert die Nase. »Auf den Ausdruck ›echt scharf‹ im Zusammenhang mit Augusta Hawthorne könnte ich den Rest meines Lebens verzichten!«

Um meine Ruhe zu haben, übe ich immer öfter Klavier, aber es hilft nichts. Also bin ich heute nach der Schule stundenlang durch den Wald gelaufen, nur damit ich mal wegkomme. Aber dann habe ich Maya Sullivan getroffen. Wahrscheinlich bin ich aus Versehen in das Waldstück geraten, das ihrer Familie gehört. Vater hat uns streng verboten, das Gebiet der Sullivans zu betreten.

Isaac zuckte zusammen. »Deine Mutter?«, fragte Violet.

Er nickte. »Lies weiter.«

Doch als Violet die nächsten Sätze überflog, zögerte sie. »Was jetzt kommt, ist nicht sehr schmeichelhaft. Nicht für euch und nicht für die Hawthornes.«

Isaac zuckte gespielt lässig die Achseln. »Ich weiß, was über meine Familie geredet wird.«

Also las Violet weiter.

Er hat gesagt, das Ritual der Sullivans wäre unnatürlich und ihre Fähigkeiten wären verwerflich. June meint, das sind bloß alte Vorurteile, weil die Sullivans immer mit den Hawthornes zusammengesteckt haben, so wie wir mit den Carlisles. Deswegen wirft Vater die beiden Familien immer in einen Topf.
Er lässt keine Gelegenheit aus, uns daran zu erinnern, dass die Hawthornes neidisch auf das sind, was wir haben.
Den Bürgermeisterposten. Das schönste Haus. Die größten Fähigkeiten.

Violet schielte zu Isaac hinüber, aber der ließ sich nichts anmerken.

Ob das wohl heute immer noch zutraf?

Mir ist sowieso egal, was Vater sagt. Ich mag Maya. Sie hat mir ein Rosinenbrötchen geschenkt, das sie zu Hause gemopst hat, und gesagt, ich soll mir wegen meines Geburtstags keine Sorgen machen.
»Deine Familie würde deinem Ritual nicht zustimmen, wenn sie nicht der Meinung wären, dass du so weit bist«, hat sie gesagt.
»Aber was, wenn ich der Meinung bin, dass ich noch nicht so weit bin?«, habe ich gefragt.
Maya lächelt immer so komisch, als wüsste sie nicht, ob sie gleich lachen oder weinen soll. Ich kann das nicht leiden, deswegen habe ich auf das Brötchen gestarrt.
»Das weiß niemand vorher«, meinte sie dann und die Narben auf ihren Schultern haben sich gespannt, als sie in die Bäume hochschaute. »Aber das klappt schon.«
Hoffentlich hat sie recht.

12. April 1984
Ich verstehe gar nicht mehr, wovor ich solche Angst hatte! Leider darf ich hier keine Einzelheiten aufschreiben, denn auch wenn ich das Tagebuch gut verstecke, enterbt mich Vater, wenn er es rauskriegt. Ich verrate nur so viel, dass es total irre war.
Heute Abend gehe ich auf meine allererste Streife! Ich weiß noch nicht, ob ich schon mit Vater oder Daria und June mithalten kann, aber ich fühle mich schon stärker. Mal sehen!

»Willst du mich verarschen?« Violet musste sich beherrschen, das Heft nicht gegen die Wand zu knallen. Keine Einzelheiten über das Ritual! »Und ich dachte, gleich kommt's!«

»Lies weiter«, sagte Isaac leise.

Der nächste Eintrag war ein paar Monate später datiert.

Schon nach wenigen Sätzen wurde ihr klar, dass sich etwas verändert hatte. Stephen klang erwachsener. Und resigniert.

5. September 1984
Der Sommer war lang. Normalerweise beruhigt sich das Grau nach dem Frühlingsäquinoktium, aber in diesem Jahr war es stärker als sonst. Die Grenze unseres Gebiets spielt alle paar Tage verrückt und Dad und Onkel Hiram gehen in den Wald. Jetzt soll ich sie begleiten. Inzwischen kenne ich meine Fähigkeit. Ich kann Tote auferwecken, so wie die beiden, aber ich habe noch keinen Gefährten. Vater meint, das hat keine Eile. Bei ihm hat es einen Monat gedauert, bis er Agatha gefunden hat. Sie wurde überfahren.
Er hat gut reden. Die Gefährten sind für unsere Macht unverzichtbar. Die Zusammenarbeit mit ihnen macht uns stärker, so wie beim Sporttraining.
Langsam macht mich das alles echt fertig – Vaters Enttäuschung und das Grau, das nach meinen Gedanken zu greifen scheint, wenn ich zusehe, wie es sich am Waldrand öffnet.
Seit Neuestem schlafwandele ich anscheinend. Ich bin schon zweimal im Wald aufgewacht.
Vielleicht bin ich deswegen so durch den Wind.
Seit ich klein war, wusste ich, dass wir uns an die Bestie gebunden haben, um sie gefangen zu halten, aber manchmal spüre ich spätnachts, wie sich etwas in mein Hirn einschleicht. Der Verdacht, dass das, was wir tun, falsch ist.

Violet kannte dieses Gefühl nur zu gut. Sie wusste, wie es war, wenn man an einem fremden Ort aufwachte und spürte, dass im eigenen Kopf seltsame Dinge vorgingen.

»Er ist ohnmächtig geworden«, sagte sie erstickt.

Isaac beugte sich vor. Eine dunkle Locke fiel ihm in die Stirn und Violet verspürte den seltsamen Drang, sie ihm aus den Augen zu streichen. »Hast du nicht gesagt, dass dir das auch schon passiert ist?«

Sie nickte und räusperte sich. Rief sich ins Gedächtnis, dass Stephen Saunders nicht mal ein Jahr nach diesem Eintrag tot sein würde. »Und es ist wieder passiert, seit wir uns das letzte Mal gesehen haben.«

»Es ist bestimmt kein Zufall, dass Stephen es auch erwähnt.«

»Nein«, bestätigte Violet. »Mal sehen, was er noch zu berichten hat.«

19. September 1984
Ich spüre es jetzt ständig. Als ob etwas in meinem Kopf hockt und meine Gedanken überwacht. Manchmal überkommen mich Gefühle, die nicht meine eigenen sind – dann sitze ich in der Küche und bin plötzlich wahnsinnig wütend. Keine Ahnung, wo diese Wut herkommt. Ich weiß nur, dass es schlimmer wird, wenn ich meine Macht einsetze, aber Vater will nicht, dass ich damit aufhöre.
Der Wald wird immer gefährlicher. Letzten Monat wurden zwei Männer, die aus der Kneipe kamen, ins Grau gelockt. Wir haben nur einen von beiden gefunden. Er sah grauenhaft aus, aufgedunsen und mit weißen Augen. Seit Vater mich gezwungen hat, ihn anzuschauen, schlafe ich schlecht.
Onkel Hiram will uns Jugendliche nicht mit auf die Äquinoxstreife nehmen, aber Augusta Hawthorne besteht darauf.

22. September 1984
Es war den Gründerfamilien nicht bestimmt, die Geschicke dieser Stadt zu lenken, das habe ich jetzt begriffen.

Violet blätterte um. Das Herz schlug ihr bis zum Hals, aber der Rest des Tagebuchs fehlte. Alle folgenden Seiten waren herausgerissen, nur ein paar vergilbte Fetzen waren noch übrig.

11

Stephen Saunders' Tagebuch ging Violet nicht mehr aus dem Kopf. Sie hatte es aus dem Stadtarchiv mit nach Hause genommen und in den letzten Tagen immer wieder darin gelesen. Sie hatte sich Notizen gemacht und mit Harper mögliche Theorien durchgesprochen.

Gerade saßen sie auf den alten Gartenstühlen hinter Darias Haus. Das Tagebuch lag aufgeschlagen in Harpers Schoß und die Nachmittagssonne zauberte einen goldbraunen Glanz auf ihre drahtigen Locken, als sie die Reste der herausgerissenen Seiten untersuchte. Violet hatte ihr nur widerstrebend von Isaacs Rolle beim Auffinden des Tagebuchs erzählt. Sie hatte erwartet, dass Harper sich darüber aufregen würde, aber sie hatte nur gelächelt.

»Dann wendet sich also auch sein bester Freund gegen ihn«, sagte sie. »Hervorragend.«

»Du hasst Justin wirklich, oder?« Orpheus regte sich auf Violets Schoß und stupste den Kopf in ihre Hand, bis sie ihn zwischen den Ohren kraulte.

»Hassen ist das falsche Wort.« Harper ließ das Tagebuch sinken. »Er soll nur endlich kapieren, dass alles, wofür seine Familie steht, totaler Schrott ist. Und dann soll er leiden.«

»Man sollte jemanden nicht nach seiner Familie beurteilen.« Violet dachte daran, wie wenig sie und Juniper sich zu sagen hatten.

»Wenn es sich um Justin Hawthorne handelt, schon«, entgegnete Harper und setzte seufzend hinzu: »Seine Familie bedeutet ihm alles. Er glaubt allen Ernstes, dass die Hawthornes die geborenen Anführer sind, denn das hat man ihm sein Leben lang eingeredet. Ganz egal, wie viele Menschen noch sterben, seine Mutter und seine Schwester gehen vor. So war er schon immer. Auch vor seinem Ritual.«

Harper war die Bitterkeit deutlich anzuhören, der Schmerz, den sie seit Jahren mit sich herumtrug. Vielleicht sogar schon vor ihrem eigenen Ritual.

Mit solchen Gefühlen kannte Violet sich aus. »Willst du drüber reden?«

In Harpers Blick lag Schmerz, aber jetzt auch so etwas wie Hoffnung. »Willst du das wirklich hören?«

Violet dachte daran, wie sie und Rosie nebeneinander auf ihrem Bett gelegen und über ihre Sorgen geredet hatten, über harmlosere Probleme genauso wie über tiefere Wunden, die vielleicht nie richtig heilen würden. Damals war es ihr danach immer besser gegangen. Vielleicht klappte das ja auch bei Harper.

»Klar«, sagte sie. »Ist doch selbstverständlich.«

»Also gut. Du findest das vielleicht albern, aber Justin und ich ... Wie er mich behandelt hat ... Für mich war es wie eine Trennung. Obwohl wir gar nicht zusammen waren.«

»Aber du warst in ihn verliebt«, sagte Violet. »Das ist überhaupt nicht albern, sondern erklärt einiges.«

Warum war ihr nicht schon vorher aufgefallen, dass Justins und Harpers Vergangenheit auch eine romantische Seite hatte? Sie hatte sich einfach zu sehr auf ihr Ritual und ihre Blackouts konzentriert, um sich auf irgendjemanden einzulassen.

Aber jetzt ließ sie sich auf Harper ein, hörte richtig zu. Auch wenn das bedeutete, dass ihre Verbindung mit Four Keys immer stärker wurde, dass die Stadt ihre Wurzeln nach und nach in ihr Herz grub.

»Warst du noch nie in jemanden verliebt, obwohl dir klar war, dass es keine gute Idee ist?«, fragte Harper.

In der Siebten hatte Violet für Gracie Coors geschwärmt, bis Gracie verkündete, Violet würde in die Hölle kommen, weil sie sich für Mädchen *und* Jungen interessierte. Violet hatte Rosie tagelang die Ohren vollgeheult. Und dann war da noch Connor Soundso, den sie auf einer Party kennengelernt hatte, zu der Rosie sie mitgeschleppt hatte. Sie hatten im Keller rumgeknutscht, bis Connors Freundin sie entdeckt hatte. Aber weder die eine noch der andere zählten richtig.

»Nicht direkt«, sagte sie und streichelte Orpheus. »Ich hatte noch keine richtige Beziehung.«

»Aber vielleicht wurde dir trotzdem schon mal das Herz gebrochen?«

Das war einfacher. Rosies Tod hatte ihr das Herz gebrochen. »Ja.«

»Dann weißt du ja, wie weh das tut.« Harper schaute sie an. »Der springende Punkt ist, dass es sogar noch mehr wehtut, wenn es eigentlich vorhersehbar ist. Wir Gründerkinder sollen nichts miteinander anfangen. Justin hätte mich nie seiner Familie vorgezogen, auch nicht, wenn bei meinem Ritual alles glattgegangen wäre.«

Violet betrachtete die Stelle am Abhang, wo dichtes Unkraut und ungemähtes Gras in den Wald übergingen. »Hättest du ihn denn deiner Familie vorgezogen?«

Harper senkte den Kopf. Hinter ihr ging die Sonne unter und verwandelte sie in eine von goldenem Licht umflossene Silhouette.

»Was glaubst du denn?«, sagte sie leise.

Das war also der Ursprung von Harpers Wut. Sie hatte von Justin mehr erwartet, als er ihr geben konnte.

»Du brauchst dich nicht dafür zu schämen, dass du ihn magst«, sagte Violet sanft und dachte daran, wie viel sich Harper gerade von der Seele geredet hatte. Und wie viel schlechter sie selbst sich fühlte, seit sie ihre Probleme nicht mehr mit Rosie besprechen konnte. »Als mein Vater starb, war ich fünf. Eine Zeit lang dachte ich, das wäre nicht so schlimm, weil ich mich sowieso nicht richtig an ihn erinnern konnte. Ich dachte, ich kann ja nicht um jemanden trauern, den ich gar nicht gekannt habe. Aber als ich meinen Vater verloren habe, da ... da habe ich gleichzeitig seine ganze Familie verloren. Ich hatte gehofft, dass mir der Umzug nach Four Keys vielleicht guttut, aber die Saunders sind ganz anders, als ich sie mir vorgestellt habe. Ich kann einfach nicht das fühlen, was ich fühlen sollte. Es kommt mir vor, als müsste ich immer irgendwie unvollständig bleiben.« Violet hatte einen Kloß im Hals. Es fehlte nicht mehr viel und sie hätte Harper von Rosie erzählt – aber so weit war sie noch nicht.

»Wie auch immer«, sagte sie rasch, »ich wollte nur sagen, dass ich das Recht habe zu fühlen, was ich will. Und das gilt auch für dich.«

»Das mit deinem Vater tut mir leid«, sagte Harper leise. »Aber ... danke.«

»Wofür?«

»Fürs Zuhören.« Harper räusperte sich und deutete auf das Tagebuch. »Und jetzt wieder an die Arbeit.«

Was ihre Blackouts betraf und die Frage, ob sie etwas mit ihrem Ritual zu tun hatten, waren Violet und Harper noch nicht weitergekommen. Unklar war auch, wo der Rest des Tagebuchs abgeblieben war. Trotzdem ging es Violet nach ihrem Gespräch besser, auch wenn immer noch alles ein heilloses Durcheinander war.

Nachdem Harper sich verabschiedet hatte, ging Violet automatisch mit ihrem Notenheft ins Musikzimmer. Orpheus trippelte hinter ihr her. Immerhin wusste Violet dank Stephens Tagebuch jetzt mehr über ihre Verbindung mit dem Kater. Dass sie ihrem Gefährten näherkam, konnte nur bedeuten, dass sie auch ihrer Magie näherkam, und sie gestand sich ein, dass sie sich in Orpheus' Gesellschaft – ob er nun untot war oder nicht – ein bisschen entspannter fühlte. Ein bisschen sicherer.

Erst stand sie nur da und betrachtete das Klavier von Weitem, dann ging sie hin, schlug eine Taste an und ließ einen einzelnen Ton erklingen.

In den letzten paar Tagen war sie sehr aufgewühlt gewesen, hatte aber nirgends türkisfarbene Haare entdeckt. Sie war auch nicht mehr an merkwürdigen Orten aufgewacht.

Was nicht hieß, dass so etwas nicht wieder passieren konnte.

»Du hast lange nicht mehr geübt.« Juniper stand in der Tür und steckte ihren Haarknoten mit einer Spange fest. Heute war sie legerer angezogen als sonst – Jeans und Blazer statt Hosenanzug. Demnach stand heute keine Videokonferenz bevor.

»Seit wann achtest du darauf, ob ich spiele oder nicht?«, erwiderte Violet und schob das Tagebuch dabei auf die Klavierbank, außer Sichtweite. Sie hatte keine Lust auf unangenehme Fragen.

Juniper lächelte schief. »Ich wollte dich bitten, etwas für Daria zu spielen. Sie hat sich danach erkundigt. Aber wenn du keine Lust hast, ist es auch in Ordnung.«

Wie aufs Stichwort tauchte Daria hinter ihr auf. »Deine Mutter meinte, du spielst sehr gut.«

Violet musterte die beiden misstrauisch. Als Daria und Juniper zusammen auf der Veranda gesessen hatten, hatte sie das für eine Ausnahme gehalten. War es vielleicht doch mehr gewesen? Lernten die beiden vielleicht wieder, Schwestern zu sein?

Der Gedanke gab ihr einen Stich.

Aber das Klavier hatte ihr tatsächlich gefehlt. Und wenn sie in Anwesenheit anderer Menschen ohnmächtig wurde, würden die sie wenigstens davon abhalten, sich irgendwie in Gefahr zu bringen.

»Meinetwegen.« Sie setzte sich und schlug Chopins *Ballade Nr. 1 in g-Moll, Opus 23* auf, ihr Lieblingsstück aus ihrem alten Programm. »Aber ich verspiele mich bestimmt.«

Tatsächlich ließ ihr Vorspiel zu wünschen übrig. Sie hatte sich nicht warmgespielt und es war Wochen her, dass sie richtig geübt hatte. Früher hatte sie geglaubt, die Bewerbung an der Musikhochschule wäre die größte Herausforderung ihres Lebens. Vor Rosies Tod, vor dem Umzug und allem anderen, hatte sie sogar schon eine Liste aufgestellt: die Eastman-Musikhochschule, die Juilliard, das New-England-Konservatorium, das Curtis-Institut und das Oberlin-Konservatorium. Aber das spielte jetzt keine Rolle mehr.

Ihre Frustration floss in ihr Spiel ein, in jeden falschen Akkord und jeden ungeschickten Fingersatz, und als das Stück zu Ende war, war sie so erleichtert, als hätte sie sich selbst mithilfe der Musik einen Dämon ausgetrieben.

Als sie die Hände von den Tasten nahm, klatschte Daria begeistert, aber über Junipers Reaktion staunte Violet noch mehr.

All die Jahre hatte Rosie dafür gesorgt, dass Violet zum Unterricht ging. Sie hatte Violet zum Üben motiviert, hatte sie bei ihrem ersten öffentlichen Vorspiel an der Hand genommen und war mit ihr aufs Podium hochgegangen, weil Violet Angst gehabt hatte, ihr würde schlecht.

Sie hatte immer geglaubt, Juniper habe von alldem nichts mitbekommen.

Aber heute hatte sie zugehört und sie sah aus, als wäre sie stolz.

Violet fiel ein, was ihr Daria erzählt hatte. Dass ihre Eltern gewollt hatten, dass sie Klavierstunden nahm, weil Stephen auch Klavier gespielt hatte.

»Bravo«, sagte Juniper, aber dann summte ihr Handy. Sie verzog das Gesicht, schaute auf das Display und ging rasch aus dem Zimmer.

Es versetzte Violet einen Stich, aber sie ließ sich nichts anmerken.

»Egal«, sagte sie, stand auf und griff nach dem Tagebuch. »Das ... tja, das war's dann.«

Aber Daria versperrte ihr den Weg zur Tür.

»Das Heft da ...«, sie packte Violets Hand, »wo hast du das her?«

Es hatte keinen Sinn zu lügen. »Aus dem Stadtarchiv. Es hat Stephen gehört.«

Daria nickte. »Ich weiß.«

»Weißt du ... weißt du zufällig auch, wo die rausgerissenen Seiten geblieben sind?«

Daria runzelte die Stirn, griff dann in eine Tasche ihres Kleides und zog ein zylinderförmiges Stück Holz heraus.

»Vielleicht hilft dir das weiter«, sagte sie mit funkelnden Augen, Violet dagegen versuchte, ihre Enttäuschung zu verbergen. »Als mein Bruder gestorben ist, wollte unser Vater das

Tagebuch loswerden, aber unsere Mutter hat es versteckt. Eine Hälfte im Archiv und die andere ... sie hat mir das hier gegeben. Sie meinte, es sei ein Hinweis auf das Versteck der restlichen Seiten. Damit niemand sie findet. Ich trage es fast immer bei mir, aber jetzt gehört es dir.« Sie drückte Violet den Gegenstand in die Hand.

Als Violet die Bedeutung des Geschenks klar wurde, brachte sie erst keinen Ton heraus. Dann riss sie sich zusammen. »Vielen Dank.«

Daria lächelte. »Schon gut, kleines Knöchlein.«

»Daria? Violet?«, rief Juniper von draußen. Anscheinend nahm ihr Handy sie nicht mehr in Anspruch. »Was treibt ihr zwei noch da drin?«

»Geh lieber«, sagte Daria. »Sie würde es nicht verstehen.«

Violet nickte. Sie drückte Darias Gabe und Stephens Tagebuch an sich und verschwand in ihrem Zimmer.

Als sie hinter sich abgeschlossen hatte, betrachtete sie das seltsame Geschenk ihrer Tante näher.

Das röhrenförmige Stück Holz war knapp dreißig Zentimeter lang und vermutlich innen hohl, jedenfalls war es sehr leicht. Am oberen Ende war ein feiner Spalt zu erkennen, wie von einem Deckel. Tatsächlich ließ er sich aufdrehen und eine Papierrolle kam zum Vorschein.

Erst konnte Violet mit den Strichen und Punkten auf den Blättern nichts anfangen, aber als sie schließlich begriff, was sie vor sich hatte, war sie nur noch verwirrter.

Es waren Entwürfe für das Saunders-Haus, mit verblasster Tinte auf vergilbtes Papier gezeichnet. Violet breitete die Blätter auf dem Fußboden aus, beschwerte die Ecken mit Büchern und sah sich alles an, aber abgesehen davon, wie alt die Entwürfe offenbar waren, konnte sie daran nichts Spannendes entdecken.

Enttäuscht rollte sie die Blätter wieder zusammen. Was sollte sie damit?

Orpheus miaute. Er strich um ein gelbliches Blatt herum, das neben der Holzröhre lag und das Violet übersehen hatte.

Sie hob es auf, um es vor seinen spitzen Krallen zu retten.

Zu ihrer Überraschung stellte sie fest, dass es gar kein Stück Papier war, sondern ein Foto.

Auf der Veranda vor dem Saunders-Haus saßen drei Jugendliche. Das Mädchen in der Mitte hielt sich kerzengerade und schaute selbstbewusst lächelnd in die Kamera. Das Mädchen rechts von ihr legte den Kopf schief und lachte offenbar schallend, während sie ihre viel zu große Windjacke um sich zog. Das dunkle, gekräuselte Haar reichte ihr fast bis zur Taille.

Doch vor allem der Junge ganz links zog Violets Blick an. Dunkle Locken, schmales, hübsches Gesicht, ungezwungenes Lächeln.

Sie drehte das Foto um und las die Beschriftung:

Die Geschwister Saunders (von links nach rechts): Stephen, Daria, Juniper, 1984.

Violet drehte das Foto wieder um.

Das Mädchen in der Windjacke war Juniper.

Lachend und übermütig. Eine Version von Juniper ohne die Last eines toten Bruders, eines toten Ehemanns und einer toten Tochter.

Diese Juniper hatte nichts, aber auch gar nichts mit der Frau zu tun, die Violet kannte.

Zum allerersten Mal kam es Violet in den Sinn, wie sehr Juniper davon geprägt war, dass ihr die Menschen, die sie liebte, entrissen worden waren. Rosies Tod hatte Violets ganze Welt zerstört. So etwas dreimal hintereinander zu erleben war mehr, als ein Mensch durchmachen sollte.

Würde Violet etwa genauso abgebrüht und zynisch wie ihre Mutter werden?

Es überlief sie kalt. Würde vielleicht irgendwann ihre eigene Tochter genauso über sie denken, wie sie jetzt über ihre Mutter dachte?

»Ich werde nicht so!«, sagte sie zu dem Foto.

Aber stimmte das?

Vielleicht war es das, was niemand über das Erwachsenwerden zugeben wollte: dass man nie die Person wurde, die man immer werden wollte.

Violet ließ das Foto in der unteren Schublade ihres Schmuckkästchens verschwinden und schlüpfte dann ins Bett. Orpheus legte sich neben sie und sie fasste nach Rosies Armband.

Ihr Herz war so schwer, dass sie sich wunderte, dass es überhaupt noch schlug.

Die Partys in Four Keys waren naturgemäß nicht sehr groß, denn auch wenn eigentlich immer alle eingeladen waren, gab es einfach zu wenige Jugendliche. Heute Abend aber platzte die schummrig beleuchtete Scheune von Suzette Langham aus allen Nähten. Alle brüllten gegen die laute Musik an und posierten für Fotos unter den weihnachtlichen Lichterketten an den Wänden, die so gar nicht zur Jahreszeit passten. Eine Wolke aus Zigarettenrauch wehte über Justins Kopf.

Wenn er Four Keys erst verlassen hätte, würde er in richtige Nachtclubs gehen, in richtigen Bars sitzen und mit Mädchen flirten, die er nicht schon seit dem Kindergarten kannte, statt anständigerweise Blickkontakt mit Seo-Jin, Britta und allen anderen Mädchen zu vermeiden, mit denen er einen Tag, eine

Woche oder einen Monat zusammen gewesen war. Andererseits würden ihn diese zukünftigen Mädchen natürlich nicht kennen. Vor seinem Ritual hatte Justin es genossen, der Mittelpunkt jeder Schulparty zu sein. Er konnte jedes Gespräch unterbrechen und war immer willkommen.

Es sei denn, Harper Carlisle war involviert.

Obwohl er jahrelang nicht mehr mit ihr geredet hatte, hätte er ihr bei ihrem Gespräch Anfang der Woche am liebsten sofort die ganze Wahrheit gestanden. Die Wahrheit darüber, was er ihr angetan hatte, was in jener Nacht, in der das Grau sie verschluckt hatte, wirklich geschehen war.

Harper war schon immer entwaffnend gewesen, ob sie nun einen Degen in der Hand hatte oder nicht. Daran hatte sich nichts geändert. Er hatte Violet Saunders als Verbündete verloren, und das hieß, er hatte *alles* verloren, aber er hatte es auch nicht anders verdient.

Er hatte May und Isaac verschwiegen, dass er sich in seiner Verzweiflung mit Harper getroffen hatte. Justin war betrunken genug, dass ihm das billige Bier schmeckte, das irgendjemandes großer Bruder gekauft hatte, aber noch lange nicht so betrunken, dass er hätte zugeben können, dass er ein Versager war. Vielleicht würde er niemals betrunken genug sein, um das zuzugeben.

Er schlenderte durch die Scheune, gab Cal Gonzales zur Begrüßung ein High five und stieß mit Suzette und ihrer Freundin Lia an, bevor er den nächsten Schluck trank.

Doch diese freundschaftlichen Gesten machten ihm nur noch bewusster, dass er das alles im Grunde nicht verdiente. Die Art, wie ihn seine Mitschüler anschauten, mit einem Respekt, der ihm nicht zustand ... Das war alles bloß Fake. Er war ein elender Lügner.

Und er kam nicht mehr damit klar. Es war ihm egal, dass es

Samstagabend war, es war ihm egal, dass er den Schein wahren musste. Zusammen mit Marissa Czechowicz vernichtete er einen grauenhaften Shot Wodka und spülte ihn mit dem Rest Bier hinunter. Danach wurde er von der Wirkung des Alkohols überwältigt. Er wankte weiter und versuchte zu verdrängen, wie Marissa über seine Grimasse gelacht hatte, als er den Wodka hinuntergestürzt hatte. Aber es gab nicht genug billigen Alkohol auf der Welt, um die Scham darüber, was er Harper angetan hatte, wegzuspülen.

Hinter einem Heuballen blitzte es hellrosa auf und Justin ging zu May hinüber, während sich alles um ihn herum drehte. Normalerweise stand seine Schwester auf Partys allein herum. Es war ihr lieber so.

Diesmal allerdings unterhielt sie sich mit einem Jungen.

Der Junge hatte dunkle Locken und auf seinem T-Shirt stand: ÖFFENTLICHES ÄRGERNIS. In der linken Hand hielt er lässig eine halb aufgerauchte Zigarette.

Seth Carlisle.

In seiner momentanen Verfassung konnte Justin keinen Carlisle ertragen. Er wollte umdrehen, aber May hatte ihn schon bemerkt.

»He, Justin!«, rief sie ihm zu. »Sieh dich mal nach Isaac um. Er hat sich auf ein Trinkspiel mit Henrik Dougan eingelassen, jetzt saufen sie um die Wette Schnaps und du weißt ja –« Sie hickste. Seth lachte und zog an seiner Zigarette. »Du weißt ja, wie das immer endet.«

Wollte sie ihn nur loswerden? Es passte ihm nicht, wie dicht sie und Seth beieinanderstanden. Und wie Seth May anschaute, passte ihm noch weniger.

Andererseits kannte May die Regeln und würde eher sterben, als dagegen zu verstoßen. Außerdem hatte sie recht.

Ein betrunkener Isaac neigte dazu, Partydekos, die ihm nicht gefielen, auseinanderzunehmen. Manchmal hatte Justin den Gastgebern sogar schon im Voraus per SMS geraten, die Bücher von Autoren zu verstecken, die Isaac nicht leiden konnte. Ein betrunkener Isaac würde auch jeden abschleppen, auf den er ein Auge geworfen hatte, egal ob Junge oder Mädchen – unter anderem deswegen hatte ihn Justin auf dieser Party sich selbst überlassen. Isaac hatte ihm erst vor ein paar Monaten anvertraut, dass er bi war, und Justin wollte ihn gern unterstützen. Er wusste aber auch, wie verschlossen sein Freund war, wenn es um sein Liebesleben ging. Also hatte er sich nur erkundigt, ob Isaac einen Wingman brauchte, aber der hatte gelacht und dankend abgelehnt.

Doch Isaac ließ sich nur dann auf jemanden ein, wenn er gute Laune hatte, und in letzter Zeit war er geistesabwesend und mürrisch gewesen. Darum machte sich Justin, als er May und Seth stehen ließ, darauf gefasst, dass sein betrunkener Freund Streit anfangen würde, den er letztlich schlichten musste.

Ganz hinten in der Scheune entdeckte er Henriks große, kräftige Gestalt inmitten einer Gruppe. Justin schob sich an mehreren knutschenden Paaren vorbei, und je näher er der Gruppe kam, desto lauter wurde es. Isaac lehnte an der Bretterwand. Er lallte und um seine Hände flimmerte und knisterte es elektrisch. Ein Halbkreis aus Zuschauern hatte sich um ihn gebildet.

»Gar kein Problem für mich!«, versicherte Isaac mit schwerer Zunge, als Justin sich unter Entschuldigungen zu ihm durchdrängte und dabei die anderen Zuschauer anrempelte und ihnen auf die Füße trat. Als er endlich in der vordersten Reihe stand, zerschmolz die leere Whiskyflasche in Isaacs Händen gerade. Henrik johlte vor Begeisterung und schlug Isaac auf die Schulter. Der kippte fast vornüber und ließ sich dann lachend wieder gegen die Wand fallen.

»Na?«, sagte Justin. Das Adrenalin siegte über den Alkohol, er musste sich um seinen Freund kümmern. Isaac war jetzt wichtiger als sein Selbstmitleid. »Alles klar bei dir?«

»Logisch.« Isaac musterte ihn argwöhnisch. »Mir geht's super.«

»Willst du auch mal?« Henrik hielt Justin eine unversehrte Flasche hin.

Justin schüttelte den Kopf. Er spürte, wie sein Magen rebellierte. Die Dougans brannten ihren Whisky selbst. Woraus, wusste niemand, aber es war allgemein bekannt, dass ein paar Schlucke ausreichten, um eine Ziege umzubringen. So wie Isaac schwankte, konnte die Menge, die er intus hatte, auch einen Elefanten umhauen.

»Mach das noch mal!«, grölte die Meute.

Henrik hob einen Heuballen auf. »Schaffst du den auch?«

»Das ist ja leicht«, entgegnete Isaac verächtlich und schon rieselte Asche auf Henriks große Schuhe. Doch diesmal applaudierten die Zuschauer nur spärlich. Der Effekt beeindruckte sie nicht mehr.

Lange vor seinem Ritual hatte Justins Mutter ihn gewarnt, vor anderen mit seinen Fähigkeiten anzugeben. *Unsere Fähigkeiten sind keine billigen Tricks*, hatte Augusta gesagt. *Sie sind Leben und Tod. Vergiss das nie!*

»Mehr hast du nicht drauf?«, fragte ein Junge, der irgendjemandes kleiner Bruder war. Er konnte nicht älter als vierzehn sein, baute sich aber mit zahnlückigem Grinsen vor Isaac auf. In seinen Armen wand sich die verschreckte Hofkatze: ein mageres, rötliches Tier, das verzweifelt versuchte, ihm die Krallen in den Hals zu bohren. »Wenn du so mächtig bist, wie alle immer behaupten, dann versuch's doch mal hiermit!«

»Moment mal«, sagte Justin, aber Isaac torkelte schon auf den Jungen zu. Er schien hin- und hergerissen.

»Ich tu keinem was an, der's nicht verdient hat. Ich bin ... ein Ehrenmann.«

Das letzte Wort war kaum zu verstehen. Justin hatte seinen Freund noch nie so betrunken erlebt.

»Echt jetzt?«, entgegnete der Junge. »Da hab ich aber was ganz anderes über deine Familie gehört.«

Isaacs Hände fingen an zu zittern, die beiden Medaillons an seinen Armbändern schimmerten matt.

Jetzt entdeckte Justin auf den Gesichtern der Umstehenden einen Ausdruck, der ungewöhnlich war. Abscheu.

Machte der Alkohol sie so mutig? Nein, das war es nicht. Der Alkohol erlaubte ihnen nur, etwas auszudrücken, das schon lange in ihnen gärte.

»Genau!«, rief jemand anders. »Wo ist der tolle Sullivan, von dem man immer hört?«

»Jede Wette, dass du gar nicht so mächtig bist? Bestimmt hat deine Familie die Geschichten bloß erfunden, um uns Angst einzujagen.«

»Wenn du so großartig bist, wieso ist dann Hap Whitley tot?«

»Was ist mit Vanessa? Und mit Carl?«

»Sollt ihr nicht dafür sorgen, dass so ein Scheiß nicht passiert?«

Die Menge schaukelte sich immer mehr hoch. Justin musste eingreifen.

»Es reicht!«, sagte er, aber der zahnlückige Junge ignorierte ihn und wandte sich an Isaac:

»Sonst *was?* Schlitzt du mich sonst auf, so wie sich deine Familie gegenseitig aufschlitzt?«

»ES REICHT!«, brüllte Justin. Mit einem Schritt stand er vor dem Jungen, nahm ihm die Katze weg und drückte sie Henrik in den Arm. Er packte ihn am Kragen und zog ihn zu sich heran, bis sich ihre Nasen fast berührten. »Hau ab, verdammt!«

»Das ist nicht deine Party!«, stieß der Junge piepsig hervor.

Eigentlich war Justin nicht der Typ, der andere einschüchterte, aber die Situation durfte nicht noch weiter eskalieren.

»Wir Hawthornes vergessen keine Beleidigung«, sagte er nachdrücklich und so laut, dass es jeder mitbekam. »Und die Sullivans auch nicht. Willst du dich wirklich bei den Gründerfamilien unbeliebt machen?«

Er ließ den Jungen los. Der Kleine rannte davon, und als sich die Meute voller Enttäuschung, dass es keine Schlägerei gab, ebenfalls zerstreute, wandte sich Justin Isaac zu.

»Die Katze!« Isaac sah sich hektisch um. »Geht es ihr gut?«

»Keine Sorge.« Justin warf einen Blick über die Schulter. Die Katze kuschelte sich an Henriks Brust und er redete beruhigend auf sie ein.

»Uff!«, machte Isaac aufatmend. »Echt scheiße, dass du ihnen drohen musstest!«

»Finde ich auch«, sagte Justin. Seine Mutter und May genossen die Reaktionen, die ihr Name in der Stadt auslöste, aber er fand es schrecklich, ihn so einsetzen zu müssen. Genauso schrecklich wie die Gesichter, in die er eben geblickt hatte. Die Stadt entglitt den Hawthornes, alles entglitt ihnen, und wenn erst bekannt wurde, dass Justin über keinerlei Macht verfügte, würde es noch schlimmer werden.

Schon jetzt hatte er Violets Unterstützung verspielt. Es war hirnrissig gewesen, es überhaupt zu versuchen.

Eine überfüllte Party war so ungefähr der letzte Ort, wo er gerade sein wollte. Er war so betrunken, dass er alles verschwommen sah. Die Klarheit von vorhin, als er sich für Isaac eingesetzt hatte, war wieder verflogen.

»Komm, Alter.« Er legte Isaac den Arm um die Schulter. »Wir verziehen uns.«

»Es wär so einfach gewesen«, sagte Isaac, als sie sich zum Ausgang durchdrängten. »Ich hätte den kleinen Scheißer bloß antippen müssen und er wär ... futsch gewesen.«

»Lass gut sein.«

»Ich hätte es gekonnt!«

»Aber du hast es zum Glück gelassen.«

Sie waren schon fast draußen, als Isaac Justin anschaute. Seine Augen waren so leblos wie zwei erloschene Kerzen. Auf einmal hatte Justin Angst, dass Isaac ihm ansehen konnte, was er dachte, dass alle seine Unsicherheiten und Fehlschläge für ihn ein offenes Buch waren.

Isaac, der den Arm schlaff über Justins Schulter gelegt hatte, packte jetzt sein Handgelenk.

»Du bist immer da.« Auf einmal lallte er nicht mehr. »Du tauchst immer auf, wenn ich dich brauche. Wie machst du das?«

Isaac spannte die Kiefermuskeln an. Im Schein der weihnachtlichen Lichterketten wirkte sein Gesicht fleckig und verzerrt – und das Ganze war Justin auf einmal schrecklich peinlich. Isaac wollte nie, dass ihn jemand so sah. So hilflos.

Dann sah Justin es wieder rosa aufleuchten und machte sich von seinem Freund los. Der Augenblick war vorüber. Justin musste May sagen, dass es Zeit war, nach Hause zu gehen.

Aber May hatte ihm auch etwas mitzuteilen.

»Ein Glück, dass ich euch gefunden habe!«, sagte sie und hielt ihm ihr Handy hin. Ihr blasses Gesicht war angespannt. »Violet hat uns allen geschrieben. Irgendwas stimmt nicht.«

12

Harper hatte wegen ihrer Unterhaltung mit Justin Hawthorne ein schlechtes Gewissen. Es wurde erst besser, als sie mit ihrem Vater sprach.

Sie war in seine Werkstatt gegangen, um ihm von Violet zu berichten. Die Werkstatt war im ehemaligen Stall untergebracht, hinten im Wächtergarten. In den letzten hundertfünfzig Jahren hatten die Carlisles dort statt Rindern und Schweinen ganz andere Tiere gehalten – Tiere aus lebendigem Stein.

Als ihr Vater die Tür öffnete, sah Harper an den tiefen Furchen in seinem alternden Gesicht, dass er verärgert war. Normalerweise war niemandem der Zutritt zur Werkstatt gestattet, auch nicht Familienmitgliedern.

»Die Hawthornes haben Violet Saunders angeworben«, sagte Harper rasch. »Aber sie hat sie abblitzen lassen und ist jetzt auf unserer Seite. Wir haben uns eben am See getroffen.«

Weil Harper nicht nur das dunkle Haar und die ausdrucksvollen Augenbrauen ihres Vaters geerbt hatte, sondern auch sein Temperament, war sie umso froher, als sein Blick jetzt milder wurde.

»Ich wusste, dass du es schaffst!«, erwiderte Maurice und klopfte ihr anerkennend auf die Schulter. Seine lehmverschmierten Hände hinterließen einen Fleck auf ihrem Kleid, aber das störte Harper nicht. Sie war damit beschäftigt, die Tränen wegzublinzeln, weil ihr Vater so unverhohlen stolz klang.

Justin hatte ihren Zorn voll und ganz verdient. Außerdem wollte sie Violet wirklich helfen.

Es gab keinen Grund, ein schlechtes Gewissen zu haben. Überhaupt keinen.

»Heißt das, du stellst mir jetzt die anderen vor?«, fragte sie.

Maurice lehnte am Türrahmen, seine buschigen Augenbrauen schoben sich zusammen. Hinter ihm hingen Glocken aller Größen und Formen von der Decke, aber sie waren im Zwielicht nur als Umrisse zu erkennen. Harpers Vater pflegte zu behaupten, er könne im Dunkeln besser arbeiten. Angeblich ließ sich der Lehm besser formen, wenn man ihn nur fühlte. So könne ihm das Material besser mitteilen, was es werden wollte.

»Weißt du was?«, sagte er. »Du hast es dir verdient.«

Und darum schlich sich Harper ein paar Tage darauf, nachdem sie abends noch ihrer Mutter mit Brett und Nora geholfen hatte, heimlich aus dem Haus. Mitzi und Seth waren auf irgendeiner Party, zu der Harper nicht eingeladen war, deswegen hatte sie ihrer Mutter helfen müssen. Obwohl sie einander nicht besonders nahestanden, fühlte sich Harper ein bisschen schlecht dabei, sie zu hintergehen.

Doch als ihr Vater ihr lächelnd einen schlanken Silberdolch mit einem verzierten Griff aus rötlich braunem Stein überreichte, vergaß sie ihre Gewissensbisse.

Maurice Carlisle hatte weder Seth noch Mitzi in sein Geheimnis eingeweiht. Er hatte nicht einmal ihrer Mutter davon erzählt.

Harper schon.

Sie kannte sich im Wald gut aus, aber seit in Four Keys alle paar Monate ein neuer Todesfall bekannt wurde, mied sie ihn nach Anbruch der Dunkelheit. Die meisten anderen Einwohner von Four Keys hielten es genauso.

Vor drei Jahren hatte das Ungeheuer Harper beinahe umgebracht. Sie hatte keine Lust auf eine Wiederholung.

Doch der Wald war wie immer. Harper hörte nur das Laub rascheln und ab und zu zwitscherten in den Bäumen ein paar Spatzen. Es war eine schöne Spätsommernacht, gerade kühl genug für Harpers Lieblingsjacke, deren linken Ärmel sie am Ellbogen zugeknotet hatte.

Trotzdem lag ihre rechte Hand vorsichtshalber auf dem Griff ihrer neuen Waffe.

Hinter den Gebäuden an der Hauptstraße hielten sie an. Vor ihnen lag das unbebaute Gelände hinter der Bibliothek.

»Hier!« Maurice zog eine grob gewebte Kapuzenkutte aus seiner Jacke. »Zieh das über.«

Der Stoff sah aus wie ein Kartoffelsack und fühlte sich auch so an. Harper verzog das Gesicht, streifte das Ding aber über den Kopf und zuckte bei dem leichten Modergeruch zusammen. Es dauerte einen Augenblick, bis sie den linken Ärmel zugeknotet hatte.

Ihr war es egal, ob anderen Leuten ihr Armstumpf auffiel. Wenn sie selbst mit einem halben linken Arm leben konnte, konnten die anderen bitte schon wenigstens mit dem Anblick leben.

»Warum tragen wir diese Dinger?«, fragte sie mit gedämpfter Stimme. Das Polizeirevier war gleich um die Ecke.

Maurice Carlisle zog sich die eigene Kapuze in die Stirn. Als er sich zu ihr umdrehte, war sein Gesicht nicht mehr zu erkennen – die Dunkelheit und die Kutte tauchten es in tiefe Schatten. »Die sind Tradition. In dieser schlichten Tracht sind wir alle gleich, ob Gründer oder nicht. Komm. Ab jetzt müssen wir ganz leise sein und dürfen nicht mehr reden.«

Harper hatte noch nie von einer solchen Tradition gehört,

nirgendwo in der Stadt, doch sie erhob keine Einwände, sondern folgte ihrem Vater möglichst geräuschlos über das leere Grundstück.

Wenn sie zu viel fragte, konnte er sie immer noch nach Hause schicken, und sie wollte unbedingt wissen, was da vor sich ging. Sie wollte endlich wieder dazugehören, nachdem sie jahrelang von allem ausgeschlossen gewesen war.

Darum sagte sie auch nichts, als er einen Schlüssel aus der Jackentasche holte und die Hintertür der Bibliothek aufschloss. Sie verhielt sich auch still, als er sie in das stockfinstere Gebäude zog – wo ihr jemand etwas über den Kopf stülpte und ihr die Oberarme auf den Rücken drehte.

»Dad!« Der Stoff über ihrem Mund dämpfte ihren Aufschrei. Wer auch immer sie da gepackt hatte, hatte nicht nach einem Handgelenk getastet, das nicht da war – wusste also, dass sie es war. Phantomschmerzen schossen durch ihren linken Arm und ließen sie erschauern. »Was soll das?«

»Keine Angst, Miss Carlisle«, sagte eine weibliche Stimme, die sie nicht erkannte. »Niemand will Ihnen etwas tun. Wir möchten uns nur erst vergewissern, auf wessen Seite Sie stehen, bevor wir Ihnen Einblick in unsere Aktivitäten gewähren.«

»Reine Routine, Harper«, fügte ihr Vater an. Der vertraute Klang seiner Stimme beruhigte Harper ein bisschen, aber das Herz schlug ihr immer noch bis zum Hals. Man führte sie eine Treppe hoch, dann musste sie sich hinsetzen. Ihre Arme wurden losgelassen, aber vor lauter Angst rührte sie sich nicht. Ringsum hörte sie Geraschel und gedämpfte Stimmen, demnach waren sie nicht allein.

»Also, Miss Carlisle«, ließ sich wieder die Frauenstimme vernehmen, »Ihr Vater hat Sie beauftragt, sich mit Violet Saunders anzufreunden.«

Harper verkniff sich Fragen wie: *Wer sind Sie überhaupt?* und *Was erlauben Sie sich?* Sie vertraute ihrem Vater. Sie musste darauf vertrauen, dass alles gut ausgehen würde. »Ja.«

»Dabei haben Sie laut Ihrem Vater unsere Erwartungen sogar noch übertroffen.«

»Ja.«

»Würden Sie uns bitte berichten, wie es Ihnen gelungen ist, ein Mädchen für sich einzunehmen, das Sie kaum kennen?«

Darüber wunderte sich Harper selbst, aber damit konnte sie bei diesem seltsamen Verhör natürlich nicht ankommen. Sie überlegte fieberhaft. »Violet und ich sind uns ziemlich ähnlich«, antwortete sie mit fester Stimme. »Ich glaube, sie hat gespürt, dass ich es ehrlich meine, als ich ihr meine Unterstützung angeboten habe, wogegen die Hawthornes ...« Sie stockte.

Konnte sie die Hawthornes schlechtmachen, wenn sie nicht mal wusste, mit wem sie es zu tun hatte? Nicht jeder teilte ihre Abneigung gegen die andere Gründerfamilie.

»Bitte fahren Sie fort«, sagte die Frauenstimme. »Hier wird niemand Einspruch erheben, wenn Sie sich unschmeichelhaft über andere Gründer äußern, das verspreche ich Ihnen.«

»In Ordnung.« Harper biss sich auf die Unterlippe und war plötzlich froh, dass niemand ihr Gesicht sah. »Also ... die Hawthornes waren Violet schon vorher nicht geheuer. Sie ahnte offensichtlich, dass sie ihr etwas Wichtiges verschwiegen.«

»Verstehe.« Bildete Harper es sich nur ein oder klang die Sprecherin beeindruckt? »Machen Sie jetzt bitte die Augen zu, Miss Carlisle.«

Harper tat wie geheißen und der Sack wurde ihr vom Kopf gezogen. Sie atmete tief durch.

»Du darfst dich jetzt umschauen«, sagte ihr Vater und drückte ihre Hand.

Sie öffnete die Augen.

Sie war auf dem Dachboden der Bibliothek. Die Wände waren mit Regalen gepflastert, voll mit Büchern, die entweder als zu langweilig, zu anstößig oder zu gefährlich für die Allgemeinheit erachtet wurden. Harper saß in einem Kreis von vielleicht fünfzehn anderen Leuten. Alle saßen auf Klappstühlen und trugen ebenfalls grobe braune Kutten. Harper kannte alle, auch die, die ihre Kapuzen tief ins Gesicht gezogen hatten: Pete, Theo und Ma Burnham aus dem Diner, Korrie Lee vom Lebensmittelladen und sogar ein paar ihrer eigenen Mitschüler.

Die einzigen Lichtquellen waren der Mond, der durch die Dachluke hereinschien, und ein großer flackernder Kerzenleuchter in der Mitte des Kreises. Harper schielte nervös zu den Büchern hinüber. Ein verirrter Funke würde genügen, um den ganzen Dachboden in Schutt und Asche zu legen.

»Herzlich willkommen!«

Harper wurde plötzlich klar, dass die Stimme Mrs Moore, der Bibliothekarin, gehörte. Eigentlich logisch. Kurz darauf trat die Frau zu ihnen. Sie lächelte freundlich.

»Und jetzt wollen wir alle Harper Carlisle in der Kirche der Vier Gottheiten willkommen heißen.«

Wie aufs Stichwort erhoben sich alle von ihren Stühlen, nur Harper blieb sitzen. Mrs Moore stellte sich ebenfalls in den Kreis, und noch ehe Harper irgendetwas fragen konnte, fingen die anderen zu singen an.

Erst dachte Harper, sie sängen das »Wiegenlied der Gründer«, aber ihr wurde schnell klar, dass es um etwas ganz anderes ging.

Sünder liefen durch den Wald,
Kamen ab vom Wege bald,
Sind im Grau verschwunden,

Wurden nie gefunden.
Doch die Götter lügen,
Woll'n uns in Sicherheit wiegen.
Zweig und Dolch,
Knochen und Stein –
Leid wird euer Urteil sein!

Als das Lied zu Ende war, setzten sich alle wieder hin. Niemand klatschte. Niemand rutschte auf seinem Stuhl herum. Harper lief es eiskalt den Rücken hinunter.

Sie wusste nicht viel über die Kirche der Vier Gottheiten. Für die Verhältnisse von Four Keys war es eine uralte Gemeinschaft, eine Gruppe Städter, die die ursprünglichen Gründer als Götter verehrt hatten. Mit dem Tod der Urgründer hatte sich auch die Gemeinschaft aufgelöst, und obwohl nicht mehr viel über die alte Religion bekannt war, spürte Harper doch, dass das hier nicht richtig war.

Ihr Vater hatte behauptet, er sei an einer Verschwörung beteiligt, die sich vorgenommen hatte, die Hawthornes zu stürzen. Sie anzubeten leuchtete Harper da nicht gerade ein.

Als könnte sie Gedanken lesen, trat Mrs Moore wieder in den Kreis und räusperte sich. Der Kerzenschein spiegelte sich in ihrer Hornbrille, sodass ihre Augen wie Feuerkugeln aussahen.

»Wie die meisten hier wissen, hat unser Anführer heute Abend etwas Wichtiges zu erledigen und kann leider nicht bei uns sein. Darum übernehme ich es, Miss Carlisle eine kleine Einführung in unsere Gemeinschaft zu geben. Als die Kirche der Vier Gottheiten im Jahre 1847 gegründet wurde, strebten die Mitglieder nach Erlösung. Sie wollten ihr Seelenheil retten. Diesen Grundgedanken haben wir in abgewandelter Form übernommen. Es gilt, unsere Stadt zu retten. Und es gilt auch, uns selbst zu retten. Die Hawthornes haben das Grau nicht mehr richtig im Griff und lassen Unschuldige dafür bezahlen.«

Alle sahen Harper an. Fünfzehn Augenpaare richteten sich erwartungsvoll auf sie.

Sie fühlte sich unwohl.

Doch sie gab sich einen Ruck und entgegnete: »Ich finde auch, dass wir nicht für die Fehler der Hawthornes büßen sollten.«

Das schien Mrs Moore zufriedenzustellen und sie fuhr fort: »Augusta Hawthorne regiert diese Stadt mit eiserner Hand. Unser Anführer hat sich einen Plan zurechtgelegt, wie wir sie loswerden können, aber bei der Umsetzung muss uns ein Mitglied der Saunders-Familie unterstützen. Deshalb ist Ihr Kontakt zu Violet so wichtig für uns. Haben Sie das verstanden?«

Harper nickte. »Was ist das denn für ein Plan? Ich würde gern mitmachen.«

Mrs Moores Lächeln wurde eine Spur gezwungen, sie wählte ihre nächsten Worte sorgfältig: »Solange die Hawthornes Macht besitzen, sind sie eine Bedrohung. Darum haben wir uns überlegt, wie wir ihre Fähigkeiten ausschalten können – ein für alle Mal. Damit gerät ihre Herrschaft über die Stadt ins Wanken und würdigere Familien können die Aufgabe übernehmen, uns alle zu beschützen.«

Harper bekam eine Gänsehaut.

Ja, die Hawthornes hatten es verdient – jeder Einzelne von ihnen. Sie sollten am eigenen Leib erfahren, wie es war, machtlos zu sein und nichts dagegen unternehmen zu können.

Blieb noch eine Frage. »Und wie wollen wir das anstellen?«

Maurice drückte wieder ihre Hand und Harper empfand schadenfrohen Stolz.

»Eins nach dem anderen, Miss Carlisle«, sagte Mrs Moore leicht belustigt. »Diese Pläne sind so heikel, dass nicht einmal jeder von uns alle Einzelheiten kennt. Fürs Erste können Sie sich noch enger mit Violet Saunders anfreunden. Helfen Sie ihr, ihre Fähigkeiten zu entwickeln, damit wir darauf zurückgreifen können, wenn die Zeit reif ist.«

»Darf ich Violet denn einweihen?«

Diesmal übernahm ihr Vater die Antwort. »Ich weiß, dass du es gut meinst, Harper, aber die Sache ist zu bedeutend, um jemanden einzuweihen, von dem wir noch nicht wissen, ob er zuverlässig ist. Ich hoffe aber, dass du ihr bald davon erzählen kannst.«

Harper nickte, obwohl sie sich immer noch unbehaglich fühlte. »Ist gut.«

»Sehr schön«, sagte Mrs Moore.

Das Läuten eines Windspiels ertönte, eindringlich und zweifelsfrei elektronisch. Ein Klingelton.

Erschrocken stellte Harper fest, dass es ihr eigener war.

»Entschuldigung«, sagte sie verlegen und kramte das Handy aus der Tasche ihres Sweatshirts.

Auf dem Display sah sie Violets Nummer.

Ihr Vater warf einen Blick auf das Handy. »Es ist die kleine Saunders«, sagte er und bedeutete den anderen, sich still zu verhalten. »Geh ran.«

Harper nahm den Anruf an und hielt das Handy ans Ohr. Ihr Mund war vor Aufregung ganz trocken. »Hallo?«

»Harper ... bitte!« Violet klang so aufgelöst, dass Harper ihre Stimme kaum erkannte. »Ein Notfall! Es ist etwas passiert, etwas ...« Sie schluchzte. »Kannst du herkommen? Sofort?«

Harper zögerte und sah ihren Vater an.

»Geh zu ihr!«, zischelte Maurice. »Wir vertrauen dir, Harper.«

»Ich komme!«, sagte Harper, obwohl ihr nicht ganz wohl dabei war, aber sie war zu aufgeregt, um diesem Gefühl nachzuspüren. »Ich bin gleich bei dir.«

Nicht das Geräusch hatte Violet aufgeweckt, sondern der Druck in ihrem Kopf, eine Art Benommenheit, die in ihre Träume eindrang und sie in die Wirklichkeit zurückholte.

Ihr war übel und ihr tat alles weh, als wäre sie kilometerweit gerannt. Außerdem konnte sie nicht klar denken.

Und sie lag nicht mehr im Bett, sondern *stand* – und zwar auf dem Treppenabsatz im ersten Stock des Saunders-Hauses. Über ihr hing der Kronleuchter, vor ihr führten die Steinstufen nach unten in die Dunkelheit.

Violet packte das schmiedeeiserne Geländer und fröstelte, als sie das kalte Metall spürte. Das Mondlicht spielte auf dem Gefieder des ausgestopften Falken an der Wand. Es beschien alle möglichen Winkel des Kronleuchters und ließ dessen elfenbeinfarbene Verzierungen wie echte Knochen aussehen.

Als Violet nach unten schaute, überlief es sie eiskalt. Zwei Schritte weiter und sie wäre in die Tiefe gestürzt. Sie war noch nie im Leben geschlafwandelt, und jetzt wachte sie schon wieder mitten in der Nacht an einem seltsamen Ort auf.

Das konnte kein Zufall sein. Sie musste Harper gleich morgen früh eine Nachricht schreiben.

Doch als sie sich eben umdrehen und wieder ins Bett gehen wollte, hörte sie Orpheus miauen. Der Kater kam angetappt, seine gelben Augen leuchteten im Dunkeln.

»Was hast du denn?« Violets Stimme wurde von den Wänden zurückgeworfen und hallte in der Leere des großen Hauses wider, obwohl sie geflüstert hatte. »Müssen untote Katzen nachts auch mal raus?«

Orpheus maunzte nur, stieß den Kopf gegen ihren nackten Knöchel und trippelte anmutig die ersten Stufen hinunter. Dann maunzte er wieder, aber diesmal klangen die kehligen Laute irgendwie verängstigt. Er sprang noch zwei Stufen hinunter, drehte sich um und peitschte mit dem Schwanz.

Violet spürte wieder dieses seltsame Ziehen. Sie hatte es schon am Vormittag in ihrem Zimmer gespürt. Diesmal musste sie dabei an Mays Fähigkeiten denken. Es war, als wäre ein ungebetener Gast in ihren Schädel eingedrungen.

Jemand, der ihr befahl, noch einmal nach unten zu schauen.

Jetzt konnte sie am Fuß der Treppe etwas erkennen ... jemand stand in der Diele. Für Juniper waren die Schultern zu breit. Und für Daria war die Gestalt zu groß.

Violet bekam es mit der Angst zu tun, sie tastete unauffällig nach dem Lichtschalter. »Wer ist da?«

Als der Kronleuchter aufflammte, lief die Gestalt zur Tür. Das Licht brach sich in den Glaskristallen und gebrochene Strahlen flackerten durch die Diele.

Violet konnte den Eindringling jetzt gut sehen.

Das, was von seinem Gesicht noch erhalten war, war mumifiziert, der Körper war in zerrissene Lumpen gehüllt.

Und das Wesen lief nicht – es schlurfte.

Violet wurde erst von Panik gepackt, aber dann überkam sie eine jähe Erschöpfung, als würde alle Kraft aus ihr herausgesogen.

Das dort unten war eine Leiche.

Sie begriff, dass die Übelkeit, von der sie aufgewacht war, die Verbindung zwischen ihnen beiden war – ähnlich wie die zwischen ihr und Orpheus, bloß noch stärker.

Was nur heißen konnte, dass sie wieder einen Toten zum Leben erweckt hatte.

Aber wann? Und wie? Und wer war das überhaupt?

Sie machte einen Schritt nach vorn, doch da fiel die Haustür krachend ins Schloss.

Und Violet sah im Schein des Kronleuchters, dass der Eindringling etwas zurückgelassen hatte.

Ein leuchtend rotes Bündel am Fuß der Treppe. Violets Tante Daria lag in einem Gewirr aus grauen Locken und roter Wolle reglos auf dem Boden ... und da war noch mehr Rot, überall Rot, das sich langsam ausbreitete und Darias starres Gesicht, ihren schlaffen Kiefer sprenkelte.

Violet wusste nicht, wie sie die Treppe hinuntergekommen war.

Sie erinnerte sich nur noch daran, dass sie neben Daria gekauert, ihr die Finger an den Hals gedrückt und einen kaum wahrnehmbaren Puls gespürt hatte.

Mit blutigen Fingern wählte sie erst den Notruf auf ihrem Handy, dann rief sie Harper an und anschließend – in ihrer Verzweiflung – auch Justin, Isaac und May.

Dann erst erlaubte sie sich, in Tränen auszubrechen.

13

Das Saunders-Haus strahlte schon von Weitem wie ein Leuchtturm. Das Licht, das durch die Fenster im ersten Stock fiel, drang bis in den Wald und erleichterte Harper die Orientierung. Bei jedem Schritt klangen ihr die Worte ihres Vaters in den Ohren: *Geh zu ihr. Wir vertrauen dir, Harper.*

Es war schon lange her, dass ihr jemand vertraut hatte, und jetzt hatte sie innerhalb weniger Tage nicht nur das Vertrauen von Violet Saunders, sondern auch das ihres Vaters gewonnen.

Sie wollte keinen von beiden enttäuschen.

Doch als das Haus in Sicht kam, blieb sie wie angewurzelt stehen. Mitten auf der Auffahrt standen zwei Streifenwagen. Ihre kreiselnden blau-roten Blinklichter huschten über die Veranda.

Neben dem zweiten Wagen stand Augusta Hawthorne. Der Lichtschein, der aus dem Haus kam, ließ ihre Dienstmarke schimmern.

Dort stand die Frau, die Harper zu Fall bringen wollte, koste es, was es wolle.

Die Frau, die, wenn man Justin glauben durfte, Harper den besten Freund genommen hatte.

Die Frau, vor der sich Harper mehr fürchtete als vor dem Grau. Vor der Bestie.

Plötzlich waren ihre Beine bleischwer und sie konnte sich nicht mehr rühren. Beim Anblick des blonden Haarschopfs verließ sie aller Mut.

Aber wenn sie jetzt die Flucht ergriff, würde sie alle enttäuschen.

Und vor allem würde sie damit der Behauptung der Bestie, sie sei ihrer Familie unwürdig, recht geben.

Harper tätschelte den Dolch in ihrer Tasche, dann schlich sie weiter und um das Haus herum. Wenn sie durch die Hintertür hineinging, konnte sie vielleicht kurz mit Violet reden.

Doch sie war kaum ein paar Meter weit gekommen, als sie es zwischen den Bäumen links von sich rascheln und fluchen hörte.

Sofort drückte sie sich an den nächsten Baumstamm und versuchte, geräuschlos zu atmen. Da war noch jemand im Wald unterwegs. Jemand, der – nach dem pausenlosen Fluchen zu urteilen – entweder total betrunken oder total bescheuert war.

»Spinnt ihr, oder was?« Sprach der Betreffende mit sich selbst? »Ich bin der Typ mit den Zweigen! Ich bin einer von euch! Also helft mir gefälligst, ihr blöden Bäume, statt mir im Weg zu stehen!«

Das Unterholz teilte sich und ein zerzauster, torkelnder Justin Hawthorne kam zum Vorschein.

Also traf beides zu: betrunken *und* bescheuert.

Er entdeckte Harper, ehe sie sich hinter den Baum ducken konnte.

»He, du!« Justin stieß den Zeigefinger in ihre Richtung. Es kam Harper wie eine Anklage vor. »Was im Namen der Gründer hast du hier zu suchen?«

Würde er ihr glauben, wenn sie erwiderte, dass sie nur eine Halluzination war?

Stattdessen fragte sie: »Was hast *du* denn hier zu suchen?«

Er schien verdutzt. »Violet braucht Hilfe und Isaac ist zu besoffen. Darum bringt May ihn nach Hause und ich bin hergekommen.«

Offenbar hatte Violet auch die Hawthornes verständigt. Harper ärgerte sich. Wenigstens war Justin nicht in der Verfassung, Violet erneut auf seine Seite zu ziehen. Wenn er der Nüchternere war, musste Isaac völlig hinüber sein.

»Du hättest mit May und Isaac nach Hause gehen sollen«, sagte sie. »Du bist viel zu betrunken, um Violet zu helfen.«

»Gar nicht!«

Doch da wurden hinter ihnen noch mehr Stimmen laut.

»Wir müssen den Wald durchkämmen!«, rief ein Polizist dem anderen zu.

»Sie glaubt nicht, dass es das Ungeheuer war?«

»Du weißt doch, wie die Leichen sonst aussehen. Diesmal haben wir es mit einem anderen Mörder zu tun.«

Harper schlug das Herz bis zum Hals.

Mörder ... Das hieß, dass wieder jemand tot war.

Und das wiederum hieß, dass man sie nicht in der Nähe entdecken durfte.

Ja, Violet brauchte sie, aber sie würde sich gedulden müssen.

Harper hatte die Lichtung schon halb überquert, als sie merkte, dass Justin sich nicht von der Stelle gerührt hatte. Er stand immer noch da, schwankte hin und her und machte ein Gesicht, als würde er überhaupt nichts mehr verstehen.

Harper hätte ihn einfach stehen lassen können. Dann hätte er fürchterlichen Ärger bekommen und die Beamten so lange beschäftigt, bis sie selbst entkommen war.

Doch als sie die Polizisten durchs Unterholz stapfen hörte, fiel Harper ihr letztes Gespräch wieder ein. Justins ernster Blick, als er davon geredet hatte, dass er sich seiner Mutter endlich widersetzen wollte.

Darum machte sie allem Selbsterhaltungstrieb zum Trotz kehrt.

»Komm schon, Typ mit den Zweigen!«, zischte sie und zerrte ihn mit sich. »Ich denke, du bist so ein toller Läufer?«

»Bin ich ja auch!«, sagte Justin empört und stolperte hinter ihr her. »Ich bin der Allerschnellste.« Er stieß gegen ihre Schulter und hätte sie beinahe umgeworfen, dann wich er zu weit aus und prallte gegen einen Baum.

»Du bist ein Idiot.« Harper duckte sich unter einem Ast durch. Die Schritte hinter ihnen wurden leiser, waren aber noch zu hören. Erstaunlich, dass die Beamten noch nicht auf Justin aufmerksam geworden waren. »Und wir landen beide im Büro deiner Mutter, wenn du nicht sofort die Klappe hältst und nüchtern wirst.«

Justin lachte. »Wow! Ich hatte ganz vergessen, wie streng du bist, wenn du sauer wirst.«

»Und ich nehme zur Kenntnis, dass du noch anstrengender bist, wenn du trinkst.«

Doch ihre Ermahnung war offenbar bei ihm angekommen, denn er schwieg eine Weile, sodass man nur noch die Polizisten hörte. Als er den Mund wieder aufmachte, lallte er schon weniger. »Es hat keinen Zweck abzuhauen. Die Polizisten hören uns. Wir verstecken uns lieber, bis sie weg sind.«

Harper passte es gar nicht, dass sie ihm zustimmen musste. Es gab nur ein Problem. »Verstecken? Wo denn?«

»Ich weiß, wo«, sagte Justin mit einem Selbstvertrauen, aus dem hoffentlich nicht nur der Alkohol sprach. »Komm mit!«

Jetzt lief Harper hinter ihm her. Zweige krallten sich in ihr Sweatshirt und verhakten sich in ihren Haaren. Ihre Turnschuhe rutschten auf den Baumwurzeln aus und Justin stapfte immer tiefer in den Wald hinein. Harper hatte keine Ahnung, wie er sich hier zurechtfand, aber dann blieb er vor einem Dickicht aus Zweigen stehen und nickte.

»Hier ist es!«, verkündete er. »Rein da!«

Harper zögerte, aber die Schritte und das Aufblitzen einer Taschenlampe bewogen sie dann doch dazu, die Zweige auseinanderzubiegen, was erstaunlich leicht ging.

Hinter dem Gestrüpp war eine kleine Baumgruppe. Die Bäume standen so dicht beieinander, dass die Wurzeln und Stämme ineinander verschlungen waren. Ihre verwobenen Zweige bildeten einen kleinen Hohlraum wie eine gewölbte Hand.

Harper schlüpfte in die Umarmung der Bäume und glitt auf einen natürlichen Sitz zwischen zwei einander zugeneigten Stämmen. Justin folgte ihr, ließ die Zweige hinter sich wieder zurückschnellen und nahm neben ihr Platz. Der Hohlraum war kaum groß genug für sie beide. Harper zog die Knie an die Brust und versuchte auszublenden, wie leicht sich ihre Beine berühren konnten.

»Woher kennst du diese Stelle?«, fragte sie flüsternd und sah zu den kleinen Himmelsflecken hoch, die durch den Kokon der Bäume schimmerten. Der Mond war fast voll. Sein helles, durch den Blätterbaldachin gefiltertes Licht tauchte alles in grünlichen Glanz.

Justin zuckte die Achseln. »Ach ... du weißt schon. Ich komme halt manchmal hierher.«

Es klang ausweichend, und als Harper den Kopf wandte, sah sie, dass er rot geworden war, auch wenn das im Mondlicht nicht so gut zu erkennen war.

Er war verlegen. Was bedeutete, dass er entweder noch nie mit jemandem hier gewesen war oder ... »Oh nein!«, sagte Harper. »Du bringst doch nicht etwa Mädchen hierher, oder?«

Er schaute weg. Das war Antwort genug.

»Im Ernst?« Sie rappelte sich angewidert hoch. »Du hast mich in deine Sexhöhle gebracht?«

Sie kannte die Gerüchte über Justins außerschulische Aktivitäten. Jahrelang hatte sie versucht, die Geschichten nicht an sich herankommen zu lassen, aber jetzt konnte sie an nichts anderes denken als an die vielen Hände, die vor ihr diese Zweige auseinandergebogen hatten. An die Mädchen, die vor ihr hier gesessen hatten.

Oder gelegen. Was es auch nicht besser machte.

»Das hier ist keine Sexhöhle!« Justin stand leicht schwankend auf, was noch deutlicher machte, wie wenig Platz zwei Leute hier hatten. Er hielt sich an den Baumstämmen vor Harper fest, sein immer noch gerötetes Gesicht war direkt über ihr. »Hör mal, ich hab nur gesagt, dass ich ein Versteck kenne. Und das hier ist ein gutes Versteck, oder?«

»Ich wäre lieber auf dem Polizeirevier!« Harper fühlte sich gedemütigt und war wütend.

Sie hätte ihn vorhin stehen lassen sollen. Justin gehörte ihr nicht mehr. Er hatte ihr nie gehört. So schmerzhaft wie gerade eben war ihr das noch nie bewusst geworden.

Sie riss sich zusammen. »Keine Ahnung, warum du zum Haus der Saunders gekommen bist. Kann ja sein, dass Violet dich um Beistand gebeten hat, aber in dieser Verfassung bist du niemandem eine Hilfe!«, sagte sie gehässig.

Justin lachte, aber es klang gekränkt. Der Ausdruck auf seinem Gesicht kam Harper bekannt vor. So hatte er sie schon bei ihrer letzten Unterhaltung im Wächtergarten angesehen.

Voller Schuldbewusstsein.

»Hast ja recht«, erwiderte er heiser. »Aber nüchtern hätte ich ihr auch nicht beistehen können.«

Er hielt die Hand hoch und Harper stockte der Atem.

Zwischen seinen Fingern baumelte ein simpler Steinanhänger, genau wie der, den Harper selbst um den Hals trug.

Aber ... Gründer trugen keinen Steinschmuck. Wenn sie ihr Ritual bestanden hatten, trugen sie Glasschmuck, um zu zeigen, dass sie sich ganz allein gegen das Grau behauptet hatten.

»Was ...? Wieso...?«, entfuhr es Harper. »Wozu trägst du diesen Anhänger?«

Seine Mundwinkel wanderten nach oben, aber er lächelte nicht. Fahles Mondlicht umfloss ihn, als käme er geradewegs aus dem Grau. »Weil ich ihn brauche. So wie du deinen.«

Endlich war Harper alles klar.

Ihr war klar, warum Justin so versessen darauf gewesen war, Violet anzuwerben. Warum Mitzi zu Hause erzählt hatte, dass bei den nächtlichen Streifgängen immer May die Führung übernahm und nicht Justin. Und warum er sich neuerdings seiner Mutter widersetzte.

Ihr entschlüpfte ein erstickter Laut. »Du hast bei deinem Ritual versagt!«

Er öffnete die Hand und der Anhänger fiel wieder auf sein T-Shirt, ein stummes Geständnis. »Richtig.«

Sie glaubte ihm. Die Hawthornes waren so stolz, dass sie lieber die ganze Stadt anlügen würden, als zuzugeben, dass ihr Sohn gescheitert war. »Dann bist du nicht besser als ich«, sagte sie grimmig, aber sie zitterte dabei.

Justin ließ den Kopf hängen und Harper erkannte, was er wirklich war: ein König ohne Krone. Ein trauriger kleiner Junge, der sich eine Zukunft vorspielte, die ihm nicht vergönnt war.

»Du hast recht«, sagte er. »Aber jetzt hab ich's kapiert, okay? Ich mach's wieder gut.«

»Nein«, sagte sie kalt. »Du hast gar nichts kapiert!«

Weil er immer noch alles hatte. Und Harper hatte immer noch nichts. Daran konnte auch kein misslungenes Ritual etwas ändern.

Sie schloss die Hand um den Dolchgriff. Am liebsten hätte sie ihm die Klinge an die Kehle gedrückt.

Aber es gab noch andere Mittel und Wege, ihm wehzutun. Wirkungsvollere.

Sie rutschte näher an ihn heran. »Sieh mich an!«

Er beugte sich zu ihr herunter. Die Zweige spiegelten sich in seinen nussbraunen Augen.

Harper stellte sich auf die Zehenspitzen, sodass ihr Gesicht dicht vor seinem war. Er wich nicht zurück, auch nicht, als ihre Nasenspitze sein Ohr streifte.

Eben wäre ihr bei so viel Nähe noch ganz schwindlig geworden, aber jetzt war nicht mehr unterdrücktes Begehren, sondern kalte Wut der Grund für ihren schnellen Atem.

»Der Schmerz lässt niemals nach«, raunte sie. »Und weißt du was? Du hast es nicht anders verdient.«

Damit bog sie die Zweige auseinander und verschwand im Wald.

Sie wollte wieder zum Saunders-Haus, aber die Polizisten durchkämmten die Umgebung immer noch und machten nicht den Eindruck, als würden sie bald abziehen. Darum schrieb sie Violet per SMS eine Entschuldigung und kehrte zum Haus ihrer Familie zurück, wobei sie mit jedem Schritt zorniger wurde.

Die Hawthornes hatten sie verurteilt und Justin verziehen. Es war vorteilhafter für sie, wenn Justin der Starke und sie die Schwache war.

Schon deshalb hatten sie es verdient, gestürzt zu werden.

Alle ihre Zweifel waren verflogen.

Harper war jetzt fest davon überzeugt, dass sie ihre Rache bekommen würde.

Am Montag war Violet nicht in der Schule.

Justin schrieb sie mehrmals an, bekam aber keine Antwort. An die vergangene Nacht erinnerte er sich nur bruchstückhaft und wie er hatten die meisten Schüler aus der Abschlussklasse mit einem heftigen Kater zu kämpfen.

Justin konnte sich noch an die unverhohlene Aggression der anderen erinnern, bevor er die Party verlassen hatte.

An Violets panische Nachrichten an ihn und May.

Und an Harper.

Ihm war nicht klar gewesen, dass er so anfällig war. Ein bisschen zu viel Alkohol und die unterschwellige Scham gegenüber seinen Mitschülern – das hatte schon gereicht, dass er sein Geheimnis bereitwillig preisgab.

Er spürte immer noch Harpers Lippen an seinem Ohr, spürte die Wärme, die ihn durchströmt hatte, bevor ihre hämischen Worte ihn niedergemacht hatten und er allein mit seinen Schuldgefühlen zurückgeblieben war.

Er hatte keine Ahnung, wie er nach Hause gekommen war, aber irgendwann war er in seinem Bett aufgewacht und in seinem Schädel hatten galaktische Kopfschmerzen gehämmert.

Zum ersten Mal in seinem Leben wünschte sich Justin, er könnte sich an gar nichts mehr erinnern.

Er hatte sich in jeder Hinsicht zum Idioten gemacht. Indem er sich betrunken hatte, hatte er seine zweite Chance bei Violet vergeigt, und er hatte Harper gegen sich aufgebracht, indem er ihr die Wahrheit gestanden hatte. Dabei hatte er doch nur sagen wollen, dass sie nicht die Einzige war, die litt, aber inzwischen war zu viel Zeit vergangen, als dass es zwischen ihnen wieder gut werden konnte. Im Grunde hatte er die alte Narbe aufgerissen und die Wunde von Neuem infiziert.

Dass May stinksauer auf ihn war, war zu erwarten gewesen,

aber Isaacs Verhalten überraschte ihn. Seine eisige Wut war am Tag nach der Party mit Händen zu greifen und verwirrte und verletzte Justin gleichermaßen. Was ging es Isaac an, wenn Justin es für richtig hielt, jemandem die Wahrheit über sein Ritual zu offenbaren?

Er war fest entschlossen, sich offiziell (und nüchtern) bei Harper zu entschuldigen, aber sie hatte im Lauf der letzten drei Jahre gelernt, sich unsichtbar zu machen. Sie aß nicht mehr in der Cafeteria und hielt sich in den Pausen nicht mehr auf dem Schulhof auf.

Daran war er schuld. Er hatte sie öffentlich gedemütigt und jetzt war sie in ihrer eigenen Heimatstadt eine Außenseiterin.

Er hatte ihre Verachtung und ihre Ablehnung verdient. Er hatte sie im Stich gelassen und sie hatte jedes Recht, mit ihm genauso zu verfahren.

Trotzdem konnte er nicht den Rest des Tages damit zubringen, sich mies zu fühlen.

Darum ging er nach dem Unterricht nicht zu seinem Spind und zog seine Sportsachen an, sondern schlenderte über den Parkplatz, wobei er einen Bogen um May machte. Sie schloss gerade den Pick-up auf, der ihnen beiden gehörte.

Als er an der Hauptstraße angekommen war, holte Isaac ihn ein. Er kratzte sich geistesabwesend das unrasierte Kinn.

»Du willst zu Violet, stimmt's?«, sagte Isaac, als sie auf den ausgetretenen Weg neben der kiesbestreuten Zufahrt abbogen.

»Gut erkannt«, erwiderte Justin und machte sich auf einen Streit gefasst. Am Vormittag hatten sie erfahren, dass Daria Saunders tot war. Deshalb war Violet nicht in der Schule gewesen. Deshalb hatte sie nicht auf seine Nachrichten reagiert. Sie hatte sich in ihrer Not an Justin gewandt und er hatte trotz bester Absichten versagt. Die Funkstille bedeutete, dass sie sauer auf ihn war, das war ihm auch klar, aber er wollte sich trotzdem persönlich bei ihr entschuldigen. Wollte ihr sagen, dass sie nicht allein zu trauern brauchte. »Woher weißt du ...«

»Ich komme mit.«

»Wie bitte?!«

Es gab drei Dinge, die Isaac wichtig waren: seine Bücher, Justin und May – und zwar in dieser Reihenfolge. Was brachte es ihm, wenn er Justin jetzt begleitete?

Andererseits wurde Justin in letzter Zeit öfter nicht schlau aus seinem Freund. Wenigstens schien Isaac nicht mehr so sauer auf ihn zu sein wie noch am Vormittag, auch wenn er übertrieben fest auftrat und mit seinen Stahlkappenstiefeln tiefe Abdrücke im Boden hinterließ.

»Alle Gründerkinder tragen ihre Probleme mit sich rum.« Die krummen Zweige hinter Isaacs Kopf streckten sich nach ihm und Justin aus wie gebrochene Arme, die nicht mehr richtig zusammengewachsen waren. War das nur eine optische Täuschung oder war dieser Teil des Waldes tatsächlich nicht geheuer? »Schon blöd, dass uns unsere Vorfahren dazu verdonnert haben, lebenslang ein gefangenes Monster zu bewachen, aber einige von uns machen mehr durch, als du dir vorstellen kannst.«

Justin verkniff sich eine ironische Erwiderung. Er hatte keine Lust, sich darüber zu streiten, wer von ihnen beiden mehr gelitten hatte.

Er würde sowieso den Kürzeren ziehen.

»Und zu denen gehört Violet, weil sie jetzt ihre Tante verloren hat?«, fragte er stattdessen.

Isaacs Blick schien zu sagen, dass Justin noch beschränkter war, als er sich momentan selbst vorkam. »Ich habe mal gegoogelt. Sie hatte eine Schwester. Rose Saunders, achtzehn Jahre alt, Autounfall, auf dem Rückweg vom Shoppen für den Abschlussball. Hab ein Foto von ihr gefunden. Der gleiche grimmige Blick.«

»Bei dem man sich immer entschuldigen möchte, dass man existiert?«

Isaac nickte. »Sie trauert also nicht nur um ihre Tante.«

Das erklärte manches. Zum Beispiel Violets seltsames Verhalten bei der Lesung der Omenkarten. Ihre Verzweiflung, als sie ihr erklärt hatten, dass sie die Stadt nicht einfach so verlassen konnte. Dass sie und Isaac einander umkreist hatten wie zwei Wölfe, die nach Schwachstellen suchten – gehetzt und wachsam zugleich.

Justin verkniff sich die Bemerkung, dass Violet Isaac offenbar so wichtig war, dass er sich ausführlich über sie informiert hatte. Jeden anderen hätte er damit aufgezogen, aber warum sollte er sich darüber lustig machen, dass ein Leidender einen Schicksalsgefährten gefunden hatte?

Sie hatten den kleinen Hang erreicht, der zum Haus der Saunders hochführte, und Justin sah erschrocken, dass neben dem Porsche in der Einfahrt schon ein anderer Wagen mit laufendem Motor stand.

Ein silberner Pick-up.

»He, ihr Arschlöcher!« May knallte die Wagentür zu und zupfte ihr Haarband zurecht. Ihre sonst so blassen Wangen waren vor Ärger gerötet. »Wolltet ihr etwa ohne mich mit Violet reden?«

»Ich wusste ja nicht, dass du auch mit ihr reden willst.« Justin ging eilig auf seine Schwester zu, dicht gefolgt von Isaac. »Bis jetzt warst du nicht besonders nett zu ihr.«

»Weil ich Mom nicht gern anlüge!«, konterte May und zeigte mit dem spitzen rosa Fingernagel auf ihn. »Violet hat mir auch geschrieben. Es ist jetzt egal, dass sie uns neulich eine Abfuhr erteilt hat. Sie ist total fertig und wir müssen uns bei ihr entschuldigen.«

»Und das wolltest du übernehmen. Ohne uns Bescheid zu sagen«, entgegnete Isaac gelassen.

»Darum geht es jetzt nicht«, sagte May gereizt.

»Aber uns machst du Vorwürfe, oder was!?«

»Regt euch ab.« Justin trat zwischen die beiden. »Jetzt sind wir ja alle hier. Lasst uns reingehen.«

Kurz darauf standen sie feierlich nebeneinander auf der Veranda und Justin betätigte den Türklopfer.

Nichts geschah. Als er es gerade noch einmal versuchen wollte, öffnete ihnen eine Frau, die ihm seltsam bekannt vorkam. Sie räusperte sich und strich sich eine Locke hinters Ohr – und da wusste Justin, wer sie war. Ganz hinten im Kleiderschrank seiner Mutter stand eine Schachtel mit Fotos und Briefen, die alle mit ihr zu tun hatten. Vor Jahren hatte Justin, natürlich heimlich, in dieser Schachtel gestöbert.

Juniper Saunders.

Augustas ehemalige Freundin.

Justin zog es vor, nicht mehr als unbedingt nötig über das Liebesleben seiner Mutter zu wissen. Augusta hatte ihm und May erklärt, dass sie in ihrer Jugend sowohl Beziehungen mit Männern als auch mit Frauen gehabt hatte, nach ihrem Vater aber das Interesse an einem neuen Partner verloren hatte.

»Jetzt seid nur noch ihr beide wichtig«, hatte sie in dem sachlichen Ton verkündet, der bei ihr einem Eingeständnis von Verletzlichkeit gleichkam. »Ich habe schon eine Familie. Ich brauche niemanden mehr.«

Ihr Vater, Ezra Bishop, hatte sie verlassen, als Justin acht und May sieben gewesen war. Seither hatten sie ihn nicht mehr gesehen.

Sie hätten es auch gar nicht gewollt.

Augusta hatte alles verbannt, was an ihn erinnerte, trotzdem sah Justin ab und zu noch sein Gesicht vor sich. Ezras brutale Züge tauchten hinter seinen geschlossenen Augen auf, wenn er nicht einschlafen konnte.

An dem Tag, als ihr Vater die Stadt verlassen hatte, war Four Keys eines seiner Monster losgeworden.

»Guten Tag«, sagte er zu Juniper. »Sie müssen Violets Mutter sein.«

»Richtig«, erwiderte sie und sein erster Eindruck – dass diese Frau nichts mit Violet gemein hatte – verflog schlagartig. Violet musste von ihrer Mutter gelernt haben, wie man jedes Wort in eine Provokation verwandelte, und sie hatte sich auch die kerzengerade Haltung von ihr abgeschaut, die immer wirkte, als müsste sie etwas beweisen. »Seid ihr drei Freunde von Violet?«

Es klang misstrauisch. Und angesichts dessen, dass ihre Schwester gerade gestorben war, wirkte Juniper erstaunlich gefasst.

»Ja, sind wir.« Justin war natürlich klar, dass Violet energisch gegen diese Behauptung protestiert hätte. »Sie war heute nicht in der Schule, deshalb bringen wir ihr die Hausaufgaben. Dürfen wir kurz reinkommen?«

»Violet hat schon eine Freundin zu Besuch. Könnt ihr die Hausaufgaben nicht einfach mailen?«

May zuckte zusammen und Isaac blickte finster zu Boden.

Eine Freundin? Das konnte nur Harper sein. Wenn Justin hineinging, würde er ihr gegenübertreten müssen.

Aber jetzt war er schon mal hier. Außerdem hatte er sich vorgenommen, sich zu entschuldigen, also kratzte er seinen letzten Rest Charme zusammen, um Violets Mutter umzustimmen.

»Wir müssen ihr erklären, was die Lehrer dazu gesagt haben. Das geht nur persönlich.«

»Hm. Meinetwegen. Aber beschwert euch nicht, wenn sie euch gleich wieder rausschmeißt.« Juniper öffnete die Tür ein Stück weiter. »Dritte Tür oben rechts.«

Das Haus der Saunders war ein ungemütlicher, feuchtkalter Kasten mit mottenzerfressenen, rotgoldenen Teppichen und einer Sammlung ausgestopfter Tiere, die jedem Naturkundemuseum Ehre gemacht hätte. Auf dem Holzfußboden vor der Treppe waren ein paar dunkle Flecken mit Polizeiband abgesperrt. Justin sah lieber nicht näher hin.

Eigentlich hätten die Hausbewohner vom Tatort weggeschickt werden müssen, da war er ziemlich sicher.

Aber nachdem er jetzt auch Violets Mutter kennengelernt hatte, war er ebenfalls ziemlich sicher, dass sich die beiden nicht hätten wegschicken lassen.

Als sie die Treppe hochgingen, zeigte May auf den Kronleuchter: »Erinnert der euch auch an Knochen?«

Justin musterte die hin und her schwingende Lampe. Die schmiedeeisernen Arme erinnerten tatsächlich an gebleichte Knochen, vor allem in dem trüben, ständig wechselnden Licht.

»Offenbar sind wir nicht die Einzigen, die das Markenzeichen ihrer Familie zur Schau stellen«, sagte Justin gedämpft, als Juniper in einem Zimmer im Erdgeschoss verschwand.

Als sie oben waren, kam eine Katze mit einem roten Wollfaden ums Ohr anstolziert.

Beklommen erkannte Justin das Tier, das Violet vor ein paar Tagen ins Leben zurückgeholt hatte.

Es bewegte sich wie eine Katze. Es miaute wie eine Katze.

Doch als Justin sich bückte, um es zu streicheln, stellte er fest, dass der Körper viel zu kalt war, um lebendig zu sein. Erschrocken zog er die Hand zurück. Sein Herz klopfte wild.

Das war der endgültige Beweis, dass Violet tatsächlich eine äußerst beunruhigende Fähigkeit besaß.

Justin klopfte an Violets Zimmertür, doch als niemand reagierte, verlor Isaac die Geduld und machte die Tür einfach auf.

Das Zimmer war dunkel. Fensterläden und Vorhänge waren geschlossen, nur aus dem Flur drang Licht herein. Es fiel auf einen Stapel Kartons an der gegenüberliegenden Wand, die alle mit ROSIE beschriftet waren.

Harper saß auf der Bettkante und sah die Ankömmlinge mit großen Augen an, doch bevor sie etwas sagen konnte, ertönte Violets Stimme.

»Raus!« Die Tagesdecke bewegte sich, dann kamen Violets dunkle Haare und ihr blasses, aufgebrachtes Gesicht zum Vorschein. »Ach du Scheiße, ihr seid alle hier? Wer zum Teufel hat euch reingelassen?«

»Deine Mutter«, sagte Isaac. »Eine reizende Frau. Deinen Charme hast du von ihr.«

»Was mit deiner Tante passiert ist, tut uns sehr leid.« Justin sah Violet an, dass er das besser nicht gesagt hätte.

»Gestern Abend hätte ich euch gebraucht.« Violet legte sich die Tagesdecke wie einen Umhang um die Schultern. »Aber keiner von euch ist gekommen. Und jetzt tanzt ihr alle auf einmal an?«

»Harper hast du doch auch reingelassen«, gab Isaac zurück.

Harper funkelte ihn böse an. »Weil ich mich echt schlecht fühle wegen gestern!«

»Glaubst du, wir nicht?«, sagte May.

»Es reicht!«, fauchte Violet. »Haut ab. Alle. Du auch, Harper. Streitet euch woanders.«

Harper war sichtlich verletzt, nickte aber und rutschte vom Bett. »Ist gut.«

So, wie sie Justin ansah, als sie sich unsanft an ihm vorbeidrängte, war er froh, dass sie nicht aussprach, was sie dachte.

Es wäre vermutlich heftig gewesen.

Und vermutlich wahr.

Als sie wieder draußen im Flur standen und Harper Violets Zimmertür zuknallte, wich er zurück. Isaac hatte recht: Diese Art Schmerz war ihm fremd.

Er wusste nicht, was er sagen sollte. Er wusste nicht, was er für Harper tun konnte. Und auf einmal wollte er nur noch weg – weg von Harper, die Treppe hinunter und raus aus diesem grässlichen, leeren Haus.

Doch da legte ihm Isaac die Hand auf die Schulter.

»Lass mich mal.«

Und schon hatte er die Tür zu Violets Zimmer wieder aufgedrückt und war hineingegangen.

14

Seit sie die wiederauferstandene Leiche gesehen hatte, seit sie am Fuß der Treppe zusammengebrochen war, war Violet wie betäubt durch einen unwirklichen Nebel gewandelt.

Sie konnte sich nur bruchstückhaft erinnern ... daran, wie Daria in den Krankenwagen geschoben wurde; an die kopfschüttelnden Rettungssanitäter, die mit Juniper sprachen; an das Gesicht ihrer Mutter, das auf einmal so zerknittert war wie ein zerknülltes Blatt Papier.

An Darias Blut an ihren eigenen Händen, das zu kupferbraunen Flecken trocknete.

Und schließlich daran, wie sie und Juniper, so allein wie noch nie, nebeneinander am Fußende ihres Bettes saßen. Orpheus lag zusammengerollt auf dem Boden, die gelben Augen traurig auf die Tür gerichtet.

Ihre Mutter sah auf einmal ganz klein aus, eingehüllt in einen viel zu großen Frotteemorgenmantel und an den Füßen ausgelatschte, hastig übergestreifte Turnschuhe. Sie wickelte einen roten Wollfaden um ihre Finger, den sie offenbar aufgehoben hatte, nachdem der Krankenwagen mit Daria weggefahren war. Violet musste an das Armband denken, das sie selbst umhatte.

»Weißt du eigentlich, dass ich deinetwegen hierher zurückgekommen bin?«, sagte Juniper.

Violet betrachtete ihre Mutter. Ungeschminkt sah sie viel jünger aus. Eher wie das Mädchen auf den Fotos. »Warum das denn?«

»Weil du so ... nach allem, was passiert ist ... Es hat mich daran erinnert, wie schlecht es mir nach Stephens Tod ging. Mir wurde klar, dass ich es immer bedauern würde, wenn ich Daria nicht noch einmal wiedergesehen hätte.« Juniper schüttelte den Kopf. »Ich hätte es nicht ertragen.«

»Nach allem, was passiert ist?«, wiederholte Violet. »Du meinst, nach Rosies Tod, Mom. Du kannst es ruhig aussprechen. Ich komme schon damit klar.«

»Das weiß ich doch«, sagte Juniper leise. Dann spiegelte sich plötzlich der Kummer in ihren Augen, den Violet in den letzten fünf Monaten vergeblich darin gesucht hatte. »Aber *ich* komme vielleicht nicht damit klar.«

Das genügte zwar nicht ansatzweise, um die Dinge zwischen ihnen zurechtzurücken, aber Violet war viel zu müde und durcheinander, um sich zu streiten. Darum ließ sie zu, dass Juniper ihre Hand nahm, und so saßen sie eine ganze Weile schweigend da.

Am nächsten Morgen hatte sich Juniper schon wieder voll im Griff und hielt die nächste Telefonkonferenz ab. Als hätte es die Nacht davor nie gegeben.

Violet wusste, dass es ihnen beiden nur noch schlechter gehen würde, wenn sie die Sache noch einmal ansprach.

Sie würden das Ganze verarbeiten, wie sie es gewohnt waren: jede für sich.

An diesem Morgen hatte Violet Stunden damit zugebracht, ihre Handflächen auf Hinweise darauf zu untersuchen, dass nicht die Leiche, sondern sie selbst Daria die Treppe hinuntergestoßen hatte.

Und wenn es wirklich die Leiche gewesen war und wenn Violet

sie wieder zum Leben erweckt hatte ... klebte dann das Blut ihrer Tante nicht genauso an ihren Händen?

Darüber wollte sie nicht allein nachgrübeln. Darum hatte sie Harper hereingelassen. Doch als dann auch noch Justin, May und Isaac vor ihrem Zimmer gestanden hatten, war ihr klar geworden, dass es ein Fehler gewesen war.

Sie hatte keine Lust, sich anzuhören, wer wem auf welche Weise unrecht getan hatte. Sie wusste schon im Voraus, wie es ausgehen würde: Alle würden behaupten, dass sie sich um Violet sorgten, obwohl im Grunde nur jeder beweisen wollten, dass seine Familie die bessere war.

Sie hatte von diesem Schwachsinn endgültig die Nase voll.

Sie konnte auch ohne den Beistand der anderen trauern.

Doch jetzt stand Isaac vor den ROSIE-Kisten und knöpfte sein Hemd auf.

»Ich hab doch gesagt, ihr sollt euch verziehen!« Violet wickelte die Decke enger um sich. »Es war keine Rede davon, dass du dich ausziehen sollst, oder?«

»Ich hatte mal drei Brüder«, sagte Isaac unbeeindruckt und öffnete seinen Kragen, sodass sein Hals freilag. »Und zwei Onkel. Meine Mutter, meine Tante, meine Cousins und Cousinen. Keiner von ihnen ist noch hier, und an diejenigen zu denken, die tot sind, tut weniger weh als an die zu denken, die weggegangen sind.«

»Und die Narbe?«, fragte Violet. Sie schimmerte im Zwielicht silbergrau, als würde sich ein zusätzlicher Schatten um Isaacs Hals winden.

»Die habe ich seit dem Tag, an dem es passiert ist.«

»Was denn?«

Jetzt würde er bestimmt nichts mehr sagen, stattdessen kam er näher.

»Manche Sullivans können Dinge zerstören, manche können sie wieder zusammensetzen. Aber es war niemand mehr da, der mich zusammensetzen wollte.«

Violet ließ die Decke sinken. Sie hatte sich heute nicht zurechtgemacht, aber ihr ausgeleiertes T-Shirt und ihr ungeschminktes Gesicht schienen jetzt unwichtig zu sein.

»Wie hießen sie?«, fragte sie leise. »Deine Brüder?«

Isaac legte die Hand um den Bettpfosten. »Caleb. Isaiah.« Er stockte kurz. »Und Gabriel.«

»Gabriel ist derjenige, der weggegangen ist, stimmt's?«

Ein knappes Nicken. »Woher weißt du das?«

»Du hast gesagt, dass dir diejenigen, die weggegangen sind, mehr wehtun. Sein Name kam dir am schwersten über die Lippen.«

Violet schob die Decke ganz weg. Ihre Hände lagen auf ihren Leggings und sie sahen einander an.

»Das mit Daria tut mir leid«, sagte Isaac leise. »Und das mit deiner Schwester auch.«

»Du weißt es?«

»Ich hab euch gegoogelt.«

»Du hättest mich auch einfach fragen können.« Trotzdem war Violet irgendwie erleichtert. Jemand hatte mitbekommen, dass es ihr nicht gut ging, und nach einer Erklärung gesucht. Isaac wusste, dass es einmal sie und Rosie gegeben hatte und dass sie jetzt ganz allein war. »Aber wenn wir über sie reden, dann sag bitte Rosie.«

Isaac nickte. »Wie du willst.«

»Das mit deiner Familie tut mir auch leid. Alles. Es ist ... es ist einfach unfair.« Beim letzten Wort brach ihre Stimme. Sie konnte die Tränen nicht mehr zurückhalten und stellte erschrocken fest, dass sie ihr schon über die Wangen liefen.

Sie heulte. Vor einem Jungen, den sie kaum kannte.

Einem Jungen, der ihr eben von den schlimmsten Augenblicken seines Lebens erzählt hatte, nur um ihr zu zeigen, dass sie trotz allem nicht allein war.

Einem Jungen, der sie jetzt weder mitleidig noch erschrocken, sondern verständnisvoll ansah.

»Du hast recht«, sagte er, streckte zaghaft die Hand aus und wischte ihr die Tränen ab. »Es ist total unfair. Aber wir können sie nicht mehr lebendig machen.«

»Du verstehst nicht ...«, sagte Violet erstickt und musste wieder an den Leichnam und die Verbindung zwischen ihnen denken. »Ich bin sicher, dass ich das könnte.«

Seine Hand zuckte zurück. »Mit deinen Fähigkeiten?«

Jetzt war er doch erschrocken. Und beunruhigt.

Violet schniefte und wischte sich die Tränen selbst ab. »Das ist nun mal meine Macht, okay? Tote wieder lebendig zu machen. Ich hatte gedacht, wenn ich Rosie nach Four Keys holen könnte, könnte ich sie vielleicht auch wieder lebendig machen, aber jetzt will ich das nicht mehr. Die zurückgeholten Toten sind nicht, wie sie mal waren, und ich will nicht, dass sie ... dass Rosie so wird wie ...«

»Wie deine Katze?«, fragte Isaac, als Orpheus wie auf Kommando unter dem Bett hervorgehuscht kam.

Violet zögerte, aber sie hatte schon viel zu lange alles in sich hineingefressen.

Jetzt war sie so weit. Sie wollte endlich reden.

»Sag den anderen, wenn sie an der Tür lauschen, können sie ebenso gut wieder reinkommen. Obwohl ... warte. Ich will zuerst mit den Hawthornes sprechen.«

Isaac riss die Tür auf. Justin, May und Harper standen direkt davor und taten vergeblich so, als hätten sie nicht gelauscht.

»Willst du jetzt doch mit uns reden?«, erkundigte sich Justin hoffnungsvoll.

Violet seufzte. »Bildet euch bloß nichts drauf ein. Ich habe nur ein paar Fragen an euch beide.«

Sie gab Isaac zu verstehen, dass er hinausgehen sollte, und winkte Justin und May herein. Es tat gut, mal diejenige zu sein, die bestimmen konnte.

May schaltete beim Hereinkommen das Licht an. »Nichts für ungut«, sagte sie, »aber hier drin wird man ja depressiv.«

Violet fuhr sich mit den Fingern durch die ungekämmten Haare. »Vielleicht ist das ja Absicht?«

May zuckte die Achseln. »Wenn Isaac seine Angst nicht mehr im Griff hat, zwingen wir ihn immer rauszugehen. Wenn es sein muss, machen wir es mit dir genauso.«

Violet konnte sich das Lachen nur mit Mühe verkneifen.

»Bevor ihr hier aufgekreuzt seid, hat mir Harper erzählt, dass du bei deinem Ritual versagt hast«, sagte sie zu Justin. »Erzähl doch mal.«

»Ja, das stimmt. Tut mir leid.«

In Wahrheit war es Violet ziemlich egal, ob Justin über Macht verfügte oder nicht. Sie konnte gut nachvollziehen, dass er nicht darüber sprechen mochte.

Aber sie spürte auch, wen das Ganze am meisten schmerzte.

»Bei *mir* musst du dich nicht entschuldigen.«

Hatte Justin eben noch verlegen ausgesehen, dann sah er jetzt erschrocken aus. »Ich weiß. Es ist bloß ... mit Harper ... das ist alles nicht so einfach.«

May, die neben ihm stand, pulte an ihrem Nagellack herum und kniff die korallenrot geschminkten Lippen zusammen, konnte sich aber einen Kommentar nicht verkneifen: »Es ist verdammt kompliziert!«

Violet hatte eigentlich keine Lust, sich in das emotionale Drama von Harper und Justin einzumischen, aber sie musste endlich wissen, ob sie den Hawthornes vertrauen konnte oder nicht. »Harper hat erzählt, dass ihr beide nichts mehr von ihr wissen wolltet, nachdem sie bei ihrem Ritual gescheitert ist. Stimmt das?«

Seit ihrer Ankunft in Four Keys war Justin immer nett zu ihr gewesen. Violet fiel es schwer, sich vorzustellen, dass derselbe Junge Harper im Stich gelassen hatte, als er erfahren hatte, dass sie über keinerlei Fähigkeiten verfügte. Und jetzt noch schwerer, wo sie wusste, dass Justin selbst keine Macht besaß.

»Unsere Mutter hat uns dazu gezwungen«, antwortete Justin widerstrebend. »Sie meinte, wir sollen unsere Zeit nicht mit jemandem vergeuden, der die Stadt nicht beschützen kann. Wir waren noch jung und ich habe ihr alles geglaubt. Außerdem hatte ich Schiss.«

»Wovor?«

May sah von ihren Fingernägeln auf, ihre blauen Augen blickten todernst. »Du weißt nicht, wie Augusta sein kann, wenn sie wütend ist.«

»Mein Ritual hat erst letztes Jahr stattgefunden«, setzte Justin hinzu. »Darum wusste ich lange nicht, dass ich keine Fähigkeiten besitze. Die meisten Leute wissen es heute noch nicht.«

May trat verlegen von einem Fuß auf den anderen, als Justin erzählte, dass seine Mutter jetzt von ihm verlangte, Four Keys zu verlassen, und dass er viel lieber hierbleiben würde.

Violet erkannte die Verbitterung in seiner Stimme wieder. Sie wusste selbst nur zu gut, wie es war, wenn einem die eigenen Eltern so fremd waren, dass man sie eigentlich gar nicht kannte. Wenn einer Mutter die eigenen Interessen wichtiger waren als die ihrer Kinder, ganz egal, was sie ihnen damit antat.

»Du vertraust deiner Mutter also nicht mehr?«

Justin nickte. »Früher dachte ich, sie hat immer recht, aber inzwischen ist mir klar, dass das nicht stimmt. Was ich Harper angetan habe, kann ich nicht mehr rückgängig machen, aber vielleicht kann ich wenigstens dir helfen.«

»Das hoffen wir beide«, sagte May rasch.

Sie schienen es ehrlich zu meinen, zumindest sahen sie so aus.

»Vielen Dank«, sagte Violet und staunte selbst, wie ernst es ihr damit war. »Dann könnt ihr jetzt auch die anderen reinholen.«

Als Isaac und Harper wieder hereingekommen waren, blickte Violet streng in die Runde. »Ihr dürft aber nur hierbleiben, wenn ihr euch nicht gegenseitig an die Gurgel geht, während ich rede.«

»Ich versuch's«, sagte Harper seufzend und ließ sich neben Violet aufs Bett fallen.

»Geht in Ordnung«, brummte Justin.

Violet sah vom einen zum anderen. May inspizierte ihre Fingernägel, Isaac lehnte an der Wand und Harper und Justin gaben sich größte Mühe, so zu tun, als würden sie einander nicht verstohlen beobachten. Violet merkte auf einmal, dass sie sich seit Rosies Tod nicht mehr so gefühlt hatte wie gerade eben.

Es gab Leute, die sie besuchen kamen und sogar dann dablieben, wenn sie sauer wurde. Wenn es ungemütlich wurde.

»Ich glaube, ich hab was Schlimmes gemacht«, sagte sie schließlich.

Dann erzählte sie ihnen alles. Von der Leiche und der Verbindung zwischen ihnen. Und davon, was mit Daria passiert war.

Wie hilflos sie sich gefühlt hatte. Wie verängstigt.

Doch als sie fertig war, starrten die anderen sie nicht befremdet an. Sie gingen auch nicht weg.

Sie redeten alle auf einmal, alle durcheinander und alle mit derselben ungespielten Sorge.

»Ich würde das Tagebuch gern mal sehen«, sagte May und spielte mit dem Medaillon um ihren Hals. »Weißt du wirklich nicht, wo die andere Hälfte ist?«

»Du musst uns Bescheid sagen, wenn du wieder ohnmächtig wirst«, sagte Harper sanft und drückte Violets Hand. Orpheus schmiegte sich auf der anderen Seite an sie und sah sie mit glänzenden Augen an.

»Oder wenn dieser Untote wieder auftaucht«, setzte Isaac hinzu. »Was meinst du, Justin, ob in den Streifenprotokollen etwas über ihn steht?«

»Hier in Four Keys gibt es ja nicht so viele Leichen«, entgegnete Justin und Violet sah wieder das Mausoleum vor sich. In einer Stadt, in der Tote wieder lebendig wurden, konnte man mit so einem Problem bestimmt umgehen. »Wenn in den Protokollen irgendetwas steht, finden wir es.«

»Wir kümmern uns darum«, versicherte Harper und lehnte sich an Violets Schulter.

Und trotz allem, was vorgefallen war, erlaubte sich Violet zu lächeln.

Am Freitag vor dem Äquinoktium hatte Justin ein wichtiges Training. Es war neblig und wolkenverhangen, und auch er selbst fühlte sich leicht benebelt, als er sich inmitten der nervös plappernden Läufer zur Startlinie begab. In den Baumkronen hinter dem Sportplatz hatten sich Dunstfetzen verfangen, ganz kurz erinnerte ihn der Anblick an das Grau.

In den letzten paar Tagen war nichts Ungewöhnliches vorgefallen, aber Justin wusste, dass die Ruhe trügerisch war. Tausend Probleme hingen über ihm in der Luft, wie Jonglierkeulen, die in Zeitlupe herabfielen.

Jetzt mussten sie nicht mehr nur herausfinden, worin Violets Ritual bestand, sondern auch noch, was es mit dem wiederauferstandenen Toten auf sich hatte. Vielleicht hätte Augusta es ihnen sagen können, aber Justin wusste nicht, wie er seine Mutter danach fragen konnte, ohne preiszugeben, dass er mit Violet Kontakt hatte.

Dann war da noch Harper. Der es in den letzten paar Tagen hervorragend gelungen war, so zu tun, als ob es ihn nicht gäbe.

Und als hätte er nicht schon genug Sorgen, war morgen auch noch Gründertag – und das Herbstäquinoktium. Eine der gefährlichsten Nächte des Jahres. Justin trabte vor der Startlinie auf und ab und versuchte, nicht daran zu denken, dass er ausgerechnet dann, wenn das Grau am stärksten war, nichts für die Stadt tun konnte.

Der heutige Lauf war etwas Besonderes, weil tatsächlich Talent-Scouts nach Four Keys gekommen waren. Sie hatten schon im Vorfeld versucht, mit Justin zu reden, aber als er ihnen nur lächelnd zunickte, ließen sie ihn schließlich in Ruhe.

Gestern Abend hatte ihm seine Mutter eine bereits ausgefüllte Bewerbung für ein Stipendium überreicht.

»Das ist eine große Chance«, hatte sie gesagt. »Ist dir klar, wie viele Leute *alles* dafür tun würden, um diese Stadt verlassen zu können?«

Das Formular lag immer noch auf Justins Nachttisch.

Wenn er heute gut abschnitt, konnte das darüber entscheiden, ob er ein Stipendium bekam oder nicht. Ein Stipendium, von dem er immer noch nicht sicher war, ob er es überhaupt wollte.

»Läufer bitte aufstellen!«

Die anderen Athleten machten ihm automatisch Platz, als er an die Startlinie trat, und tuschelten hinter seinem Rücken. Immerhin war er ein Hawthorne und das bedeutete, dass er eine gute Zeit laufen und so tun musste, als wäre alles in bester Ordnung.

Er seufzte und konzentrierte sich auf die Aschenbahn. Da schoss plötzlich ein rosa Farbfleck aus der Zuschauermenge und bohrte ihm die manikürten Fingernägel in den Arm.

»Justin!« May zerrte ihn von der Startlinie weg.

»Was ist denn?«, fragte Justin verwundert. Die anderen Läufer tuschelten wieder.

»Justin«, sagte sie noch einmal, ihre Hand zitterte. Er packte ihr Handgelenk und versuchte, sie zu beruhigen. »Es geht um Isaac.«

Sie zog ihn von der Bahn weg auf die Wiese, dorthin, wo die Bäume standen.

Justin sah, wie die Startpistole gehoben wurde. Er konnte hierbleiben und sich das Ticket für ein neues Leben verdienen. Oder er konnte Isaac zu Hilfe kommen.

Doch es gab nichts zu überlegen.

Beim Knall der Pistole wandte er sich ab – von den Läufern, die an ihm vorbeischossen, und von Trainer Lowells überraschtem, vorwurfsvollem Blick.

Es war seine Stadt. Sein Geburtsrecht. Sein bester Freund. Er würde nicht weggehen – nirgendwohin. »Was ist passiert?«

»Isaac ist bei der Arbeit ausgerastet. Mom wurde schon verständigt. Du musst ihn beruhigen, bevor sie eintrifft.«

Vor dem Diner drängten sich schon Leute. Sie wirkten verängstigt und angespannt, ihre aufgeregten Stimmen übertönten sogar den Motor, als May den silbernen Pick-up mit schlitternden Reifen quer auf dem Parkplatz zum Stehen brachte. Noch bevor sie den Motor ausgestellt hatte, war Justin schon ausgestiegen.

Er zwang sich, lässig auf die Menge zuzuschlendern und eine möglichst neutrale Miene aufzusetzen. Es galt, die Sache herunterzuspielen. Wenn er nicht panisch, sondern nur leicht verärgert wirkte, würden sich die Leute wieder beruhigen.

Er versuchte, einen Blick in das Diner zu werfen, aber drinnen war alles dunkel und die Fensterscheiben waren gesprungen.

»Ich dachte, die Polizei kommt endlich!« Von der Platzwunde auf Ma Burnhams Wange tropfte Blut, ihr rundes Gesicht war aschfahl. Was Justin weniger erschreckte als ihr aufgebrachter Ton und der Abscheu in ihrem Blick.

Sie sah ihn an, wie Harper ihn angesehen hatte. Als hätte er sie im Stich gelassen und könnte es nicht mehr gutmachen.

»Meine Mutter kommt gleich.« Ein paar Regentropfen fielen ihm in den Kragen, aber er nahm es kaum wahr. Er musste jetzt umsichtig vorgehen. »Erzählen Sie mir, was los ist«, sagte er und schluckte. »Bitte.«

»Als ob es deine Familie interessieren würde, was mit uns passiert!« Das kam von den Schaulustigen. Die Menge teilte sich und Justin fluchte innerlich, als der Junge, der Isaac am Abend davor provoziert hatte, vortrat.

Justin fiel sein Name immer noch nicht ein, aber die Zahnlücke und die Art, wie ihm die Haare über die dichten Augenbrauen fielen, erinnerten ihn an jemanden.

»Selbstverständlich interessiert uns das«, entgegnete er. »Deswegen bin ich ja hier.«

»Mein Bruder ist gestorben, als deine Familie Wache hatte«, sagte der Junge, und jetzt wusste Justin auch, an wen er ihn erinnerte – an die Fotos von Hap Whitley aus dem *Four Keys Kurier*. »Und du bist nicht wegen uns hier, sondern wegen *ihm*.«

Der Junge zeigte mit dem Daumen auf die geborstenen Fenster und die Menge raunte zustimmend. Sein Leben lang hatte Justin es genossen, im Mittelpunkt zu stehen. Jetzt ging es ihm zum ersten Mal anders.

Weil Hap Whitleys Bruder recht hatte. Justin hatte den Sportplatz nicht verlassen, weil er Angst um die Stadt hatte, sondern weil er sich Sorgen um Isaac machte.

Sein Herz klopfte. Als er von der Menschenmenge zurücktrat, tauchte plötzlich May neben ihm auf.

»Selbstverständlich sorgen wir uns um Isaac«, sagte sie laut, nicht nur zu dem Jungen, sondern zu allen Anwesenden. »Er ist ja unser Freund. Aber wir nehmen die Verantwortung unserer Familie keineswegs auf die leichte Schulter. Du bist Brian, stimmt's? Brian Whitley?«

Der Junge nickte.

»Mein Beileid.« Mays Ton war eine Spur zu glatt und förmlich, als würde sie für eine Präsentation proben, und sie stemmte Halt suchend die Hände in die Taille ihres Cordrocks, doch ihre Stimme verströmte ein solches Selbstbewusstsein, dass die Menge an ihren Lippen hing. »Ich versichere dir, dass wir um jeden trauern, den unsere Stadt verliert, aber wenn du Ma Burnham nicht erzählen lässt, was im Diner vor sich geht, könnten noch mehr Menschen zu Schaden kommen. Möchtest du das?«

Brian zögerte, antwortete aber dann: »Natürlich nicht.«

»Danke«, sagte May sanft und wandte sich an Ma Burnham. »Erzählen Sie uns alles.«

»Es war Brian.« Ma Burnham zeigte anklagend auf den Jungen. »Er hat irgendwas über die Sullivans gesagt. Was, weiß ich nicht mehr, aber Isaac ist furchtbar wütend geworden, und dann waren überall Glassplitter und alle haben geschrien.«

»Verstehe«, sagte Justin. Er hatte schon geahnt, dass es um Isaacs Familie ging. Es ging immer um seine Familie. »Sind denn alle draußen?«

Mrs Burnham schüttelte den Kopf. Das Blut lief ihr jetzt übers Kinn. Justin unterdrückte einen Fluch.

»Meine Jungs wollen nicht rauskommen«, sagte sie. »Ich hab ihnen gut zugeredet, aber sie sagen, er muss dafür büßen, was er gemacht hat.«

»Ihre Jungs hätten auf Sie hören sollen«, erwiderte Justin und hoffte inständig, dass an den beiden noch alles dran war. Dann drehte er sich wieder zu der aufgebrachten Menge um und lächelte beschwichtigend.

»Die ganze Aufregung tut uns leid«, wandte sich May an die Versammelten. »Aber wir bringen das wieder in Ordnung, versprochen.«

Justin begriff selbst nicht, wie er gleichzeitig stolz auf May sein konnte, weil sie wusste, was sie zu sagen hatte, und neidisch, weil es ihm selbst nicht gelang.

Aber so war es nun mal.

Die einzige Macht, die Justin noch besaß, waren sein Charme und der Respekt, der ihm entgegengebracht wurde. Und May hatte soeben bewiesen, dass ihr diese beiden Mittel ebenfalls zur Verfügung standen.

Jetzt war es an ihm zu beweisen, dass er auch noch eine Rolle spielte.

»Ich gehe rein!«, sagte er entschlossen, obwohl er am liebsten weggelaufen wäre, stieß die Tür auf und betrat das dunkle Restaurant.

Die gemütlichen Sitzecken und die gedämpfte Beleuchtung, die Justin so gut kannte, gab es nicht mehr. Stattdessen lagen überall gelbe Schaumstofffetzen und umgekippte Stühle. Unter dem erloschenen Neonschild standen zwei junge Männer und vor ihnen kauerte Isaac mit dem Rücken zur Wand auf dem Boden.

Es war Absicht, dass die Rituale den Jugendlichen einiges abverlangten. Justin hatte immer gewusst, dass er für einen Weißdornbaum, der sich nicht vor ihm verneigte, wahrscheinlich mit seinem Leben würde bezahlen müssen.

Richard Sullivan hatte einen anderen Weg gewählt. In der Stadt tuschelte man oft und gern über die dunkle Geschichte der Sullivan-Familie, in der es von tragischen Unfällen und verschollenen Personen nur so wimmelte. Trotzdem hatte Justin nie etwas auf die alten Gerüchte gegeben, bis er vor drei Jahren mitten in der Nacht mit dem Geschmack von Blut im Mund und der Gewissheit, dass Isaac in Schwierigkeiten steckte, aus dem Schlaf hochgeschreckt war.

Sein Instinkt hatte ihn in den Wald geführt.

Was er dort vorgefunden hatte, hatte ihn für immer verändert.

»Isaac?« Justin tastete sich im Halbdunkeln weiter in den Gastraum vor. Die Sohlen seiner Turnschuhe knirschten über zerbrochenes Geschirr. »Alles in Ordnung?«

Isaac rührte sich nicht.

»He!«, sagte einer der Männer. »Steh auf!«

»Ja, steh verdammt noch mal auf!«, sagte der andere, aber es klang nicht sehr überzeugend. Die beiden Typen wirkten eher wie zwei Aasgeier, die zaghaft an einem verletzten Tiger herumpickten.

»Hallo zusammen«, sagte Justin ruhig. Er musste Isaac hier rausholen, bevor Augusta aufkreuzte. Bevor sie sich seiner annahm, so wie sie sich Harpers angenommen hatte oder wie sie sich Violets annehmen würde, sobald sie erfuhr, wozu sie fähig war. »An eurer Stelle würde ich jetzt verschwinden.«

»Oha, der große Retter ist da!«, stieß einer der beiden spöttisch hervor und verschränkte die Arme. Das spärliche Licht, das durch die Fenster hereinfiel, glänzte auf seiner Glatze und Justin erkannte Pete. »Der Märchenprinz bringt alles wieder in Ordnung.«

»Leider kommt er ein bisschen spät«, knurrte Theo und ließ den Bizeps spielen. Die Brüder hätten Zwillinge sein können, nur dass Pete sich den Kopf rasierte, sodass sein Schädel gespenstisch weiß schimmerte, wogegen Theo sein mausbraunes Haar so lang wachsen ließ, dass er es zu einem strähnigen Pferdeschwanz zusammenbinden konnte. »Er hat unser Restaurant zerlegt. Dafür soll er bezahlen.«

»Ach, kommt schon, Jungs!« Justin ahmte ihre Redeweise nach. »Macht doch nicht so 'nen Aufstand. Er tut euch doch nichts mehr.«

»Wegen ihm hat Ma geweint«, sagte Pete mit finsterer Miene. »Das lassen wir keinem durchgehen.«

»Richtig!«, blaffte Theo. »Wir haben ihm 'nen Job gegeben und das ist jetzt der Dank? Ihr könnt nicht alle anderen in der Stadt wie Dreck behandeln, bloß weil ihr Gründer seid. Wir lassen nicht mehr auf uns rumtrampeln!«

»Es ist die Aufgabe der Gründer, euch zu beschützen«, erwiderte Justin ruhig.

»Echt jetzt?«, höhnte Theo. »Guck dir doch an, was dein Kumpel hier angerichtet hat! Vielleicht sollte *uns* mal jemand vor euch schützen!«

»Vielleicht sollten wir uns selber schützen«, schob Pete hinterher und trat Isaac gegen die Wade. Justin machte sich auf etwas gefasst, aber Isaac blieb reglos.

»Schluss jetzt«, rief Justin.

Aber sie hörten nicht auf ihn, sondern wurden mutiger. Theo baute sich vor Isaac auf. »Du. Kleines. Stück. Scheiße.« Jedes Wort wurde von einem Tritt begleitet und jeder Tritt war kräftiger als der vorige. Justin zwang sich, seine Wut zu unterdrücken, Isaac dagegen saß schlaff und reglos da wie eine Lumpenpuppe.

Als Justin Isaac damals im Wald gefunden hatte, war er bewusstlos und mit Händen und Füßen an den Boden gekettet gewesen. Justin war über Asche und verkohlte Knochenstücke gestiegen, hatte sich unterdrückt schluchzend neben seinen Freund gekniet. In Isaacs Halsgrube hatte sich rußverschmiertes Blut gesammelt und Justin hatte schon geglaubt, er sei zu spät gekommen, er hätte seinen Freund für immer verloren. Doch als er Isaac die Hand auf die Schulter legte, bewegte er sich.

Irgendwann kam Justins Mutter und brachte die beiden Jungen weg. In den benachbarten Häusern hatte man Schreie gehört und die Polizei verständigt. Justin hatte sich beim Versuch, Isaacs Fesseln aufzubrechen, die Hände aufgeschürft.

Später hatte ihm Augusta erzählt, dass die Sullivans während ihres Rituals in irgendeiner Form Blut vergießen mussten, um ihre innere und äußere Standhaftigkeit zu beweisen. Um zu beweisen, dass sie ihre Macht verdient hatten. Isaacs Ritual war allerdings gewaltig schiefgelaufen. Vier Sullivans, darunter zwei seiner Brüder, waren tot. Von ihnen waren nur noch Asche und verkohlte Knochen übrig und seine Mutter lag im Koma.

Im Laufe der folgenden Wochen verschwanden die übrigen Sullivans und Isaac blieb in Augustas Obhut zurück.

Justin bezweifelte nicht, dass seine Mutter die Wahrheit sagte, aber es gab noch eine andere Wahrheit. Es gab die Narbe an Isaacs Hals und das, was Justin in jener schrecklichen Nacht gesehen hatte.

Die anderen Sullivans hatten Narben auf den Schultern, der Brust und dem Rücken.

Aber man zog niemandem ein Messer über die Kehle, um seine Standhaftigkeit zu prüfen.

»Lasst ihn in Ruhe!«, befahl Justin energisch und drängte sich zwischen Pete und Theo.

Isaac sackte zusammen. Hoffentlich war er nicht ohnmächtig geworden.

»Wenn du uns beschützen willst«, sagte Pete gehässig, »warum kümmerst du dich dann nur um ihn?«

Im nächsten Moment holte er aus, und erst als die Faust auf ihn zuschoss, begriff Justin, dass ihm sein Ansehen als Gründernachkomme diesmal nichts helfen würde.

Dass es ihn diesmal sogar zur Zielscheibe machte.

Der Schlag traf ihn am Kinn und riss seinen Kopf nach hinten. Er taumelte und vor seinen Augen tanzten Sternchen. Und als Justin gegen die Wand prallte, machte Isaac die Augen auf.

»Das war keine gute Idee«, sagte er grinsend.

Pete und Theo machten große Augen, als Isaac sich entfaltete,

Arme und Beine ausstreckte wie Tintenkleckse auf einer Leinwand und aufstand. Er hatte noch seine Schürze um.

»Haut ab!«, schrie Justin den beiden zu.

Aber sie standen wie angewurzelt da, während die Luft um Isaacs Hände zu flimmern anfing. Innerhalb weniger Sekunden glühte der ganze Raum und ein Wirbel aus roten, blauen und violetten Funken brach sich in grellen Prismen an den Scherben der zerbrochenen Teller. Isaac stellte sich vor Justin, seine gespreizten Finger schirmten ihn ab. Pete und Theo wechselten einen verdutzten Blick, dann schauten sie von Isaac zu der Tür hinter sich und wieder zurück.

»Habt ihr nicht gehört?«, schrie Justin. »Raus hier!«

Doch es war schon zu spät. Isaac packte die beiden an den Handgelenken und nach einem kurzen Moment des Schocks heulten sie vor Schmerz laut auf. Erst ging Pete in die Knie, dann Theo.

Justin schaute voller Entsetzen zu.

Jetzt halfen keine Worte mehr. Was hatte Pete vorhin gesagt? *Vielleicht sollte* uns *mal jemand vor euch schützen.*

Justin *musste* eingreifen.

Er ging um Isaacs ausgestreckte Arme herum, zuckte beim Anblick von Petes und Theos Händen, von denen sich die Haut in Fetzen ablöste, zusammen und trat mitten in das Geflimmer.

»Was machst du da?«, blaffte Isaac. Es gelang ihm kaum, die Schmerzensschreie zu übertönen.

Justin schloss die Finger um Isaacs entblößten Unterarm.

Erst war die Hitze angenehm, wie bei einem Sonnenbad, aber sie wurde rasch unerträglich, vor allem im Gesicht. Trotzdem wich Justin nicht zurück. Er hielt den Blick fest auf Isaac gerichtet, bis der sich abwandte und der Raum auf einen Schlag wieder dunkel wurde.

Isaac würde eher sterben, als ihn zu verletzen, das wusste Justin so sicher, wie er seinen eigenen Namen kannte.

Isaac ließ Pete und Theo los. Sie klappten zusammen und jammerten laut, als sie das rohe Fleisch an ihren Handgelenken sahen, aber Justin überzeugte sich mit einem kurzen Blick, dass ihre Verletzungen nur oberflächlich waren. Isaac war noch nicht bis zum Muskelgewebe vorgedrungen.

Er ließ Isaac los und trat einen Schritt zurück. Isaac betrachtete erst seinen jetzt wieder freien Arm, dann sah er Justin seltsam enttäuscht an.

»Verzieht euch!«, schnauzte er Pete und Theo an. Die beiden rappelten sich hoch und suchten das Weite, an Theos Bein lief Urin herunter.

Justin und Isaac blieben allein in den Trümmern des Restaurants zurück und sahen einander wieder an.

»Er hat dich ›Märchenprinz‹ genannt«, sagte Isaac nach einer halben Ewigkeit.

»Hä?«

»Der mit dem hässlichen Pferdeschwanz. Märchenprinz hat er gesagt. Zu dir. Schon komisch, dass sie dich immer als Retter in der Not betrachten.«

Justin trat gegen eine Glasscherbe. »Stimmt doch auch, oder?«

Isaac zog das Buch, das er immer bei sich trug, aus der Jeanstasche und musterte kopfschüttelnd die angekokelten Seiten.

»Ich bin kein Problemfall mit traumatischer Vergangenheit, der einen Aufpasser braucht!« Er schwang den Roman wie eine Waffe.

»Und ich bin kein Kleinkind, für das du den Babysitter spielen musst!«

»Ich habe nie behauptet ...«

»Ich auch nicht.«

So lief es immer bei ihnen, jedenfalls seit Justins gescheitertem Ritual. Ständige Diskussionen, wer der Retter und wer der Gerettete war, ein dauerndes Hin und Her. Jedes Mal, wenn sie die Rollen tauschten, ließ Justins Drang, Isaac vor dem Abgrund zu bewahren, ein bisschen nach.

»Na schön.« Isaac steckte das Buch wieder ein und riss sich die Schürze herunter. »Dann bin ich wohl entlassen, was?«

Justin schüttelte die Gedanken ab. »Davon gehe ich aus. Und Hausverbot auf Lebenszeit hast du vermutlich auch.«

Sie gingen durch die Hintertür nach draußen, und als sie auf den Parkplatz liefen, wurden sie von einem sintflutartigen Regenguss überrascht, der ihre Schritte dämpfte. Isaac murmelte: »Ich verstehe nicht, warum du mich nicht schon längst aufgegeben hast. Dann hättest du es viel leichter.«

Justin drehte sich zu ihm um. Der Regen tropfte aus Isaacs dunklen Haaren auf seinen Nasenrücken.

»Ich gebe dich erst auf, wenn du mich aufgibst«, konterte er.

Isaacs Mund verzerrte sich eigenartig, als hätte er vergessen, wie man lachte.

Die beiden Freunde hielten deswegen so fest zusammen, weil sie sich dadurch stärker fühlten. Justin wünschte sich insgeheim, dass Isaac ausrastete, damit er ihn beruhigen konnte. Damit er gebraucht wurde. Und ihm war sehr wohl bewusst, dass Isaac insgeheim froh darüber war, dass Justin bei seinem Ritual versagt hatte, weil er jetzt seinen Beschützer spielen konnte.

Justin fand beides schrecklich.

Isaac lehnte sich kurz an ihn, als müsste er sich abstützen, dann richtete er sich wieder auf und sie warteten im Regen auf dem Parkplatz darauf, dass Augustas Polizisten eintrafen.

Der Morgen des Gründertags war hell und sonnig, die Regenwolken vom Vortag hatten sich längst verzogen, aber Justin konnte es nicht genießen. Er hockte drinnen, im Büro seiner Mutter, und sie saß ihm an dem polierten Holztisch gegenüber.

Seit Augusta ihn und Isaac hinter dem Diner entdeckt hatte, hatte sich Justin vor dieser Unterredung gefürchtet. Gestern war seine Mutter zu sehr mit der Schadensbegrenzung wegen des Zwischenfalls und den Vorbereitungen für den Gründertag beschäftigt gewesen, um sich ihn noch am selben Abend vorzuknöpfen, aber Justin war nicht so naiv zu glauben, dass sie ihm gegenüber milder sein würde, nur weil sie eine Nacht über die Sache geschlafen hatte. Im Gegenteil – Augustas Zorn pflegte umso heftiger zu werden, je länger er vor sich hin köchelte.

»Ich bin gespannt, was du diesmal zu Isaacs Verteidigung vorzubringen hast«, sagte sie jetzt. »Bei jeder Anzeige wegen Sachbeschädigung, die bei uns eingeht, und jeder aufgebrachten Mutter, die hier anruft, frage ich mich, wie lange wir ihn noch frei herumlaufen lassen können.«

Als Justin Violet erzählt hatte, dass er inzwischen den Führungsanspruch seiner Mutter infrage stellte, weil Augusta so wenig Vertrauen in ihn hatte, war das nicht gelogen gewesen, aber eigentlich war ihre Beziehung schon seit Jahren belastet. Das, was Augusta Harper angetan hatte, ließ Justin immer wieder fürchten, dass sie mit Isaac genauso verfahren könnte. Anfangs war sie sehr nett zu ihm gewesen. Sie hatte sich um ihn gekümmert und ihm die Wohnung im Rathaus überlassen. Aber Justin wusste, dass sie es nur darauf anlegte, dass Isaac in ihrer Schuld stand. Für Augusta zählte nur, ob ihr jemand nützlich war.

Und bei Isaac neigte sich die Waage allmählich von nützlich zu gefährlich.

»Er ist der letzte Sullivan in Four Keys«, entgegnete Justin.

»Die anderen kommen zurück«, sagte Augusta gelassen. »Irgendwann. Alle kommen irgendwann zurück.«

»Und wie willst du dann ihr Vertrauen wiedergewinnen? Isaac hat dir alles zu verdanken. Ich behaupte nicht, dass er sich nicht danebenbenommen hat, aber er hat noch nie einem Unschuldigen etwas getan, und das wird auch so bleiben.«

»Das sehen die Burnham-Jungs vermutlich anders.«

»Sie haben ihn provoziert. Was sie zu ihm gesagt haben ... und zu mir auch ...«

» ... entschuldigt nicht, was Isaac mit ihnen gemacht hat.«

»Mutter!«, sagte Justin. »Es geht ihnen gut.«

Gut war noch untertrieben. Theo und Pete ging es blendend. Nachdem man sie im Krankenhaus verbunden hatte, waren sie so gut wie wiederhergestellt. Auf dem Weg zum Polizeirevier hatte Justin beobachtet, wie sie jedem Mädchen, das ihnen über den Weg lief, ihre Version des Vorfalls auftischten. Sie hatten es sogar bei Violet probiert und nur wenige Sekunden später war ihnen deutlich anzusehen, dass sie es bereuten. Für einen Moment konnte sich Justin das Grinsen nicht verkneifen.

Trotzdem – Isaac war auf die beiden losgegangen. Das war nicht zu leugnen.

»Sie erwägen, Anzeige zu erstatten«, sagte Augusta und beugte sich vor. »Wegen Vandalismus und schwerer Körperverletzung.«

»Das ist doch lächerlich! Sie haben es drauf angelegt!«

Augusta legte die flachen Hände auf den Tisch. »Du musst das Ganze sehen«, sagte sie. »Die Stadt ist sauer auf uns. Die Leute brauchen einen Sündenbock. Und Isaac bietet sich da an.«

Justin verkniff es sich, ihr zu schildern, wie sauer die Einwohner von Four Keys tatsächlich waren. Er wollte seine Mutter nicht noch mehr aufbringen.

»Dann überzeugst du die Burnhams eben, von einer Anzeige abzusehen«, entgegnete er stattdessen ruhig. »Du hast schon öfter jemanden in Schutz genommen, das habe ich selbst erlebt.«

»Und was soll ich beim nächsten Mal tun?«

»Es gibt kein nächstes Mal.«

»Das hast du nach dem Vorfall im Lebensmittelladen auch gesagt.«

Justin musste verhandeln, ihr ein Angebot machen, das sie nicht ausschlagen konnte. Bei Augusta Hawthorne ging es immer ums Verhandeln.

»Es gibt kein nächstes Mal«, wiederholte er. »Denn wenn so etwas noch einmal passieren sollte, kannst du deine Macht gegen ihn einsetzen.«

Seine Mutter war nicht leicht zu verblüffen, aber diesmal war es Justin gelungen. Erst blickte sie noch grimmig, dann kam das, was er gesagt hatte, bei ihr an und sie entspannte sich.

»Meinetwegen«, sagte sie schließlich. »Richte Isaac aus, er wird heute an der Gründerzeremonie teilnehmen, aber danach bleibt er zu Hause. Bei der Äquinoxstreife kann ich keine unzuverlässigen Leute gebrauchen. Das könnte verhängnisvolle Folgen haben.«

»Aber wir haben doch sowieso schon zu wenig Leute!« Justin beugte sich jetzt ebenfalls vor. »Das ist viel zu riskant!«

»Ich weiß.« Augusta sah ihn an. »Darum habe ich auch dich eingeteilt. Sieh es als Gelegenheit zu beweisen, dass meine Entscheidung, dich von der Streife abzuziehen, ein Fehler war.«

»Aha.« Wider Willen war Justin stolz, bekam deswegen aber auch gleich wieder ein schlechtes Gewissen. Er verdrängte beides. »Danke. Ich werde dich nicht enttäuschen.«

»Bestimmt nicht«, sagte Augusta. »Und noch etwas, Justin.«

»Ja, Mutter?«

»Ich gehe davon aus, dass du zu dem stehst, was du gerade gesagt hast – von wegen Isaacs nächstem Ausraster. Dass du nicht so ein Theater machst wie bei Harper Carlisle.«

Justin zwang sich zu lächeln.

»Ja, ich stehe dazu«, sagte er. Dann kam ein Polizist herein und brachte ihn zur Arrestzelle.

Isaac sah besser aus, als es unter diesen Umständen zu erwarten war. Das Revier hatte eine Krankenstation. Dort hatte man die Verletzungen versorgt, die ihm die Burnham-Brüder zugefügt hatten.

»Na, kommst du mich befreien?«, fragte er trocken. Er hatte sich auf der Pritsche der einzigen Gefängniszelle von Four Keys lang ausgestreckt.

»Das hättest du wohl gern!«, gab Justin zurück. »Ich will mich über den Gefangenen lustig machen.«

»Du hast ja nicht mal faule Tomaten dabei, um mich zu bewerfen. Peinlich, so was.«

Der Polizist gab den Code in das Tastenfeld ein. Isaac erhob sich, gähnte und reckte sich übertrieben.

»Wusstest du, dass man hier drin nicht mal lesen darf?«, fragte er, als das Gitter hochglitt. »Wie unmenschlich ist das denn?«

»Du sollst über deine Missetaten nachdenken.« Justin kannte den Mann nicht, der sie begleitete. Anscheinend hatte seine Mutter nach Anders' Tod tatsächlich Personalprobleme.

»Sehe ich etwa so aus?«, konterte Isaac und trat aus der Zelle.

Der Polizist machte ein genervtes Gesicht und Justin deutete auf den Ausgang. »Gehen wir, bevor du gleich wieder eingelocht wirst.«

15

Draußen schien strahlend die Sonne. Die Leute schlenderten zwischen den Buden umher, die die örtlichen Geschäfte anlässlich des Gründertags auf der Hauptstraße aufgebaut hatten, und plauderten gut gelaunt miteinander, doch trotz des geschäftigen Treibens nahm Justin eine unterschwellige Unruhe wahr. Schließlich war heute eine der gefährlichsten Nächte des Jahres. Die Nacht, in der die Grenze zwischen Four Keys und dem Grau verwischte.

Deswegen war es zugleich der ideale Zeitpunkt, den Gründertag zu begehen. Das Fest sollte die allgemeine Moral heben und den Bürgern in Erinnerung rufen, warum sie den Gründern ihr Vertrauen schenkten – auch wenn die Gründerfamilien derzeit massiv schwächelten.

Eine geniale Idee. Justin hätte gewettet, dass sie von einem Hawthorne stammte.

Der Höhepunkt der Feierlichkeiten war die Gründerzeremonie – die symbolische Darstellung der Opfer, die die vier Familien für die Stadt gebracht hatten. Ein Vertreter aus jeder Familie wurde vom Bürgermeister »gekrönt« und legte im Anschluss ein Erbstück seiner Familie auf das Stadtwappen auf dem Marktplatz.

In den letzten drei Jahren hatte Justin die Hawthornes vertreten und sich zusammen mit der wenig begeisterten Daria Saunders, Isaac und einem der Carlisle-Kinder feiern lassen.

Doch jetzt war Daria Saunders tot und für Justin war es das erste Fest nach seinem gescheiterten Ritual. Die Vorstellung, den versammelten Einwohnern von Four Keys mit einer Krone auf dem Kopf zuzuwinken, kam ihm total absurd vor.

So ging es ihm inzwischen leider mit allem, was ihm früher so leichtgefallen war.

»Sie hat mich von der Äquinoxstreife ausgeschlossen, stimmt's?«, fragte Isaac, als sie am Ferkelstand des Hofgutes Moore vorbeischlenderten. Meistens brachten die Familien die im Überschwang gekauften Tiere nach ein paar Tagen wieder zurück.

»Stimmt«, bestätigte Justin. »Sie meinte, sie hat keine Lust auf unvorhergesehene Zwischenfälle.«

»Deine Mutter findet also, dass ich eine Gefahr für andere und für mich selbst bin?«

»Richtig.«

»Und wieso fällt ihr das erst jetzt auf?«

Justin verzog das Gesicht und wich ein paar Kindern aus, die sich beim Ringewerfen vergnügten. »Du musst trotzdem bei der Zeremonie erscheinen.«

»Im Ernst? Ich habe gerade das Diner in Schutt und Asche gelegt! Glaubt deine Mutter ernsthaft, dass die Zeremonie irgendwen besänftigt?«

»Ich glaube, du solltest meine Mutter lieber nicht noch mehr reizen.«

Isaac verdrehte die Augen, folgte Justin aber bis zum Rathaus, wo sich um das große, in den Boden des Platzes eingelassene Gründerwappen schon eine ansehnliche Menschenmenge versammelt hatte.

»Ihr habt euch ja ganz schön Zeit gelassen«, sagte May. Sie hielt die hölzerne Hawthorne-Krone vorsichtig in den Händen –

ein zerbrechliches Gebilde, das aus ineinander verflochtenen Zweigen bestand und vor fast achtzig Jahren von Justins Urgroßmutter Millie Hawthorne geschaffen worden war. Millie hatte dafür gesorgt, dass sich die Zweige gut gehalten hatten, trotzdem befürchtete Justin, dass die Krone kaputtgehen könnte, als er sie jetzt von May entgegennahm und sich auf das blonde Haar drückte.

Als seine Schwester ihn ansah, bekam ihr sonst so blasses Gesicht beim Anblick der Krone auf seinem Kopf vor lauter Verlangen Farbe. Und Justin bekam schon wieder ein schlechtes Gewissen.

»Hast du Mom gefragt, ob *du* die Krone dieses Jahr tragen darfst?«, rutschte es ihm heraus.

Ihre Miene versteinerte. Offenbar hatte er richtig getippt. »Vielleicht nächstes Jahr«, antwortete sie knapp. »Wenn du auf dem College bist.«

»Ach so.«

»Genau.«

Die Spannung zwischen ihnen löste sich, als Isaac auf sie zukam. Die stählerne Sullivan-Krone saß schon auf seinen dunklen Locken. Er musste sie selbst aus dem Rathaus geholt haben. »Na, freust du dich schon drauf, dass dich alle anhimmeln?«

»Halt's Maul, Sullivan.«

Isaac grinste, aber es wirkte gezwungen. Justin spürte, dass sein Freund sich Sorgen machte, wie die Zuschauer auf ihn reagieren würden.

Offen gestanden machte auch Justin sich Sorgen. War es wirklich klug, die Gründerzeremonie heute abzuhalten? Andererseits würde es bestimmt auch nicht gut ankommen, wenn man sie einfach ausfallen ließ.

»Herzlich willkommen!«, rief Bürgermeister Storey, der mit einem Mikrofon auf der Rathaustreppe stand. Grübchen zeigten sich auf seinem braunen Gesicht, aber selbst das freundlichste Lächeln hätte seine Unsicherheit nicht verbergen können. Nachdem die Sullivans die Stadt verlassen hatten, hatte Augusta heimlich allen Gründernachkommen davon abgeraten, sich um das Amt zu bewerben und damit zu demonstrieren, wie sehr ihnen die Stadt am Herzen lag. Bürgermeister Storey war eine gute Wahl gewesen – als ehemaliger Rektor der Highschool von Four Keys genoss er in der Stadt großes Ansehen. »Herzlichen Dank, dass Sie alle so zahlreich zum diesjährigen Gründerfest erschienen sind.«

Halbherziger Applaus. Justin musterte die Zuschauer und stellte beunruhigt fest, dass genauso viele fröhliche wie gleichgültige Gesichter zu sehen waren.

Am Rand der Menge waren hier und dort Polizisten postiert. Augusta selbst stand am Fuß der Rathaustreppe und verfolgte das Geschehen aufmerksam. Seine Mutter hatte die veränderte Stimmung in der Stadt also nicht nur aus rhetorischen Gründen erwähnt – ihr war tatsächlich etwas aufgefallen.

»Wie wir alle wissen«, fuhr Bürgermeister Storey unbeirrt fort, »haben die Gründerfamilien eine ganz besondere Beziehung zu Four Keys. Seit hundertfünfzig Jahren verschreiben sie sich der Sicherheit und dem Wohlergehen unserer Stadt. Wir fühlen uns geehrt, dass sie heute an der Gründerzeremonie teilnehmen. Und jetzt bitte ich um einen großen Applaus für die Freiwilligen!«

Justins Mutter warf ihm einen auffordernden Blick zu. Erschrocken fiel ihm ein, dass er als Erster dran war.

Er überquerte den äußeren Kreis des runden Gründersymbols, kniete am Ende einer der Linien, die es durchschnitten, nieder und legte seine Krone in die Mitte. In den vergangenen Jahren hatte sich das immer wie die Ehrenrunde nach einem Wettkampf angefühlt – danach hatte er den Mädchen zugezwinkert und den Zuschauern gewinkt.

Diesmal jedoch war der Applaus bestenfalls höflich.

Nun setzte sich Mitzi Carlisle mit ihrer Krone aus rötlich braunem Stein auf dem kastanienbraunen Haar in Bewegung. Sie lächelte Justin zu, als sie sich ebenfalls ans Ende einer Linie kniete und ihre Krone auf das Wappen legte.

Justin lächelte schief zurück.

Dann war Violet an der Reihe. Auf ihrem pechschwarzen Haar saß eine Krone aus kunstvoll geschnitztem Elfenbein. Als sie ihrerseits niederkniete, verzog sie missmutig das Gesicht. Sie hatte Justin noch am Vormittag geschrieben und gefragt, ob sie wirklich an der Feier teilnehmen musste. Justin staunte, dass sie überhaupt aufgetaucht war.

Als Letzter kam Isaac.

Justin hielt den Atem an, als sein Freund den Platz betrat.

Wie befürchtet, verstummte der Applaus jetzt endgültig.

Justin hatte keine Ahnung, wie er selbst sich verhalten hätte, aber er war stolz, dass Isaac keine Miene verzog. Er ging einfach weiter, seine bedächtigen Schritte hallten über den stillen Marktplatz. Dann kniete er sich hin.

Er nahm die spitzzackige Stahlkrone ab und legte sie schwungvoll auf das Wappen.

Doch Justin sah, dass seine Hände dabei zitterten. Er begriff, dass Isaac gekränkt war, auch wenn er es gut verbarg. Es machte ihm zu schaffen, dass er so vorgeführt und öffentlich gedemütigt wurde.

Doch dann klatschte jemand. Isaac drehte sich zu ihm um, aber es war Violet. Sie kniete immer noch und applaudierte. Dabei blickte sie trotzig in die Menge.

Auch Justin fing an zu klatschen und der Bürgermeister, May

und Augusta folgten seinem Beispiel. Schließlich applaudierte mindestens die Hälfte der Zuschauer und Isaac schaute sich überrascht um.

Als Bürgermeister Storey wieder zum Mikrofon griff, war Justin fast schwindlig vor Erleichterung. Er fing wieder den Blick seiner Mutter auf. Augusta kochte vor Wut.

»Vielen Dank«, sagte der Bürgermeister hastig. »Nun ... bekanntlich beschloss im Jahre 1847 eine kleine Schar Siedler, die im Norden des Bundesstaates New York nach einer neuen Heimat suchten, ihre Pilgerfahrt an diesem Ort zu beenden. An diesem Jahrestag feiern wir die Anführer jener Gruppe – Thomas Carlisle, Lydia Saunders, Richard Sullivan und Hetty Hawthorne. Noch heute tun ihre Nachkommen alles dafür, unsere Stadt vor Unheil zu bewahren, damit sie blühen und gedeihen kann. Die Vertreter der vier Familien sind selbst ein Symbol für das Erbe von Four Keys und für das Weiterbestehen der Stadt, und die Kronen vor ihnen symbolisieren die Hingabe, mit der sie der Stadt dienen.«

Ein Raunen ging durch die Menge. Justin sah, wie Cal Gonzales sich vorbeugte und Suzette Langham etwas zuflüsterte. Beide sahen genervt aus.

»Damit ist die Gründerzeremonie beendet«, setzte Bürgermeister Storey hinzu und hielt das Mikrofon vielleicht eine Spur zu fest gepackt. »Ich wünsche allen einen wunderschönen Tag.«

Als Justin aufstand, wurde ihm plötzlich klar, was das Ganze für eine Heuchelei war. Alle seine Lügen kamen ihm in den Sinn, alle seine Geheimnisse und die Geheimnisse anderer, und er hätte am liebsten die Wahrheit herausgeschrien – dass er kein bisschen besser war als die anderen Einwohner von Four Keys. Dass er niemanden vor Unheil bewahren konnte.

Die Menge zerstreute sich und Justins Blick fiel auf die Wiese neben dem Platz. Ein paar Kinder hatten sich vor der Feier gedrückt und spielten vor dem Mausoleum. Einige hatten sich Spielzeugschwerter aus einer Kiste genommen und schlugen lachend mit den billigen Holzwaffen aufeinander ein. Zwei von ihnen, einen ziemlich großen Jungen und einen eher kleinen, kannte Justin sogar.

Dann sah er, wie die Sonne auf Harpers Locken glänzte. Eine altvertraute Sehnsucht schlug eine Saite in seiner Brust an, als er zuschaute, wie sie den Hieben ihrer kleinen Schwestern auswich.

Und obwohl er bei der Vorstellung, einfach zu ihr hinzugehen, noch mehr Angst bekam als gestern vor dem Diner, drückte er May die Hawthorne-Krone in die Hand und marschierte los.

Harper konnte die Gründerzeremonie nicht leiden. Sie fand, dass dabei alles Negative an Four Keys zur Schau gestellt wurde: Augusta Hawthornes Arroganz, Mitzis Eitelkeit und die kollektive Verehrung von Justins Person.

Sie wollte nichts damit zu tun haben, und als Nora vorgeschlagen hatte, lieber spielen zu gehen, hatte sie sofort eingewilligt. Außerdem musste sie nachdenken.

Daria Saunders' Tod hatte alles verändert – wieder einmal. Die Hawthornes waren jetzt wieder Teil von Team Violet, also musste Harper so tun, als käme sie mit ihnen klar – und das, nachdem sich eben erst herausgestellt hatte, dass Justin sogar noch weniger vertrauenswürdig war, als Harper angenommen hatte.

Sie hatte der Kirche der Vier Gottheiten ausführlich Bericht erstattet. Dabei hatte sie befürchtet, dass es der Gemeinschaft nicht gefallen würde, dass sie so viel Zeit mit den Hawthornes verbrachte, aber die anderen hatten nur gesagt, dass sie sich möglichst an Violet halten sollte.

Bis jetzt hatte sie den geheimnisvollen Anführer noch nicht kennengelernt und auch sonst nicht viel mehr über die sogenannten »Pläne« herausgefunden. Ihr Vater hielt sich diesbezüglich bedeckt und hatte Harper lediglich versprochen, dass sie zu gegebener Zeit mehr erfahren würde.

Harper wollte ihrem Vater gern vertrauen, doch sie hatte den Eindruck, dass *er* ihr noch nicht vertraute.

»Wenn ich groß bin, kauf ich mir ein richtiges Schwert!«, verkündete Nora und fuchtelte mit ihrem Holzspielzeug drohend vor Harpers Knien herum. »Wenn Brett dann noch mal gemein zu mir ist, hau ich ihm eine rein und dann ist er nie mehr gemein zu mir!«

Harper schüttelte ihre düsteren Gedanken ab. »Ich weiß nicht, ob Hauen da hilft.«

Nora zog einen Flunsch. »Zeigst du mir, wie man richtig kämpft?«

Harper betrachtete die Kiste mit den Spielzeugschwertern. Die Waffen waren zwar nur aus Holz, trotzdem juckte es sie in den Fingern. Außerdem war Nora erst sechs und nur halb so groß wie die anderen Kinder auf dem Spielplatz. Holzschwerter waren zwar stumpf, aber wenn man richtig zuschlug, tat es ganz schön weh, und Harper wollte nicht, dass jemand ihrer kleinen Schwester wehtat.

»Na gut, ich bring's dir bei«, versprach sie lächelnd.

Sie suchte sich ein Schwert mit einem verblichenen blauen Griff aus und kniete sich ins Gras. Als Erstes versuchte sie, Nora die Grundzüge des Fechtens beizubringen, aber ihre kleine Schwester interessierte sich nicht die Bohne für Paraden und dergleichen. Sie wollte einfach nur herumspringen und mit lautem Kriegsgeschrei herumfuchteln. Darum beschränkte sich Harper darauf, ihre Angriffe halbherzig abzuwehren, und ließ zu, dass Nora sie mit der stumpfen Klinge an Arm, Knie oder Schulter erwischte und »Gewonnen!« johlte.

So hätte es ewig weitergehen könnten, wenn nicht plötzlich Justin aufgetaucht wäre.

»Darf ich mitmachen?« Die Sonne hinter ihm verwandelte ihn in eine imposante Silhouette, die den Rest von Harpers Welt in Schatten tauchte.

Harper fuhr zusammen, es verschlug ihr erst einmal die Sprache, aber Nora freute sich über den neuen Gegner.

»Ich mach dich fertig!«, schrie sie.

Justin lachte und sie drosch auf seine Knie ein, bis er sich schließlich rücklings ins Gras fallen ließ.

»Ich gebe auf!«, rief er. Das zerzauste blonde Haar fiel ihm in die Stirn, und als er Nora breit angrinste, erschien das Grübchen in seiner Wange. »Ich bin mausetot.«

»Tote können aber nicht reden!«, widersprach Nora.

»Echt nicht?«, fragte Justin und wandte den Kopf.

Sein unbekümmertes Lächeln erwischte Harper mit voller Wucht und ihr wurde ganz heiß. Schnell tat sie so, als wäre sie wütend. »Was willst du eigentlich?«

Das Lächeln erlosch, Justin stützte sich auf seinen Ellbogen. Sein graues T-Shirt spannte sich über den breiten Schultern. »Ich wollte mich bei dir entschuldigen. Wenn ich darf.«

Harper hatte sich jahrelang nach einer Entschuldigung gesehnt, trotzdem spürte sie im Grunde ihres Herzens, dass alles, was er sagte, sie nicht zufriedenstellen würde. Mit seinen schönen Worten schlug er sie immer wieder in seinen Bann. Bestimmt würde sie ihm auch diesmal nicht widerstehen können, auch wenn sie jetzt ja wusste, dass er ein verlogener Heuchler war. Auch wenn sie vor lauter Hass und Abscheu eine Gänsehaut hatte.

Unwillkürlich packte sie ihr Holzschwert fester – und richtete es in einer spontanen Eingebung auf Justins Brust.

»Nimm dir auch eins«, sagte sie schroff.

Seine braunen Augen wurden groß. »Wie bitte?«

»Du hast mich verstanden. Du willst dich entschuldigen? *Ich* möchte lieber kämpfen!«

Justin holte tief Luft, widersprach aber nicht, sondern nahm sich das letzte Schwert aus der Kiste. Es war senfgelb mit braunen Flecken, die wie Erbrochenes aussahen, was Harper eine kleine Genugtuung verschaffte.

»Wahrscheinlich hab ich's nicht anders verdient«, sagte er.

»Und wehe, du hältst dich zurück!«, entgegnete Harper. Dann legten sie los.

Harpers nächtliches Training zahlte sich jetzt aus. Es spielte keine Rolle, dass Justin einen Kopf größer war und einen halben Arm mehr hatte. Ihre Muskeln wussten genau, was sie zu tun hatten. Harper schlug sein Schwert weg, griff ihrerseits an und hätte beinahe seinen linken Arm getroffen. Er wich aus und parierte den Stoß.

»Du hast wieder trainiert!«, sagte er erstaunt.

Harpers Rock schwang um ihre Knie, als sie abermals auf ihn losging. Diesmal zielte sie auf seine Brust. Auf einmal wünschte sie sich inbrünstig, die Klinge wäre nicht aus Holz, sondern aus scharfem Stahl. »Klappe!«

Als sie wieder die Ausgangsstellung einnahmen, merkte Harper, dass Justin sich nun tatsächlich nicht mehr zurückhielt. Sie parierten und umtänzelten einander und Harper fand immer mehr in den Rhythmus des Kampfes. In den letzten drei Jahren war Justin größer und kräftiger geworden und das machte sich bemerkbar. Sein muskulöser Arm wehrte ihre Stöße mit der lässigen Zuversicht eines Gegners ab, der es gewohnt war zu gewinnen.

Als Kinder hatten sie gemeinsam trainiert, und es dauerte nicht lange, bis sich Harper wieder in die vertraute Abfolge von Justins Bewegungen eingefunden hatte. Er selbst war zwar erwachsener geworden, seine Technik aber nicht, daher kannte sie jede Finte und jede Schwachstelle. Harpers Technik dagegen hatte sich seit ihrem Ritual völlig verändert.

Justin konnte die neue Harper nicht einschätzen. Darum würde sie gewinnen und er verlieren.

Sein Selbstvertrauen schwand zusehends. Ein dünner Schweißfilm überzog seine Schläfen, seine Brust hob und senkte sich in abgerissenen Atemzügen. Auch Harper ermüdete allmählich. Es war anstrengend, Justins körperliche Überlegenheit auszubremsen. Er kam immer dichter an sie heran – eine gut platzierte Parade, und ihre Oberkörper waren nur wenige Zentimeter voneinander entfernt. Harper sprang zurück, doch sein Geruch war ihr schon in die Nase gestiegen, der vertraute Duft nach Seife und Holzrauch.

Sie nahm wieder die Ausgangsstellung ein und ging von Neuem auf ihn los. Dabei traf sie das Heft seines Schwertes und die Waffe flog ihm in hohem Bogen aus der Hand.

Harper setzte mit brennenden Muskeln nach und hielt ihm mit ausgestrecktem Arm die Schwertspitze an die Kehle. »Du hast verloren.«

Ihre Augen begegneten sich. Sein Blick wirkte leicht verstört. »Tut mir leid.«

»Von wegen!«

Seine Stimme war belegt. »Jetzt hör mir doch mal zu, Harper …«

»So wie du mir nach meinem Ritual zugehört hast?« Sie hob den Arm und drückte ihm die Schwertspitze in den Hals über dem Adamsapfel. »Du hast mir nie eine Chance gegeben. Jetzt merkst du mal, wie sich das anfühlt!«

Justin zuckte zusammen und hob dann beide Hände. Er gab auf. »Wenn es dich tröstet«, sagte er leise, »es fühlt sich beschissen an.«

Harper nahm undeutlich wahr, dass ihre Hand zu zittern anfing und die Schwertspitze an Justins Kehle bebte.

Sie hätte ihm gern so wehgetan, wie er ihr wehgetan hatte. Sie hätte ihn gern mit dem Holzschwert durchbohrt – wegen der letzten drei Jahre ihres Lebens, wegen allem, was er ihr angetan hatte, wegen des nicht wiedergutzumachenden Schadens, den er angerichtet hatte.

Gleichzeitig war sie sich seiner Nähe überdeutlich bewusst. Mit einem Schritt wäre er bei ihr, könnte sie in seine kräftigen Arme schließen, sie könnte ihren Kopf an seine Brust schmiegen.

Trotz allem, was er ihr angetan hatte, sehnte sie sich danach.

Harper senkte die Waffe. Sie war von sich selbst angewidert.

»Hau ab!«, sagte sie. »Bitte. Hau einfach ab.«

Ausnahmsweise tat Justin, was sie sagte, und kehrte mit hängendem Kopf auf die Festmeile zurück. Das Schwert hatte er einfach ins Gras fallen lassen.

Violet sah zu, wie sich die Wolken vor ihrem Zimmerfenster zusammenzogen, graue Schwaden, die wie Klauen nach den Bäumen griffen.

Sie ärgerte sich, dass ihre Mutter nichts über das Erbe der Saunders wusste – von der Gründerzeremonie mal abgesehen. Am Morgen hatte Violet eine Krone auf ihrem Schminktisch vorgefunden, dazu einen Zettel, auf dem stand, dass die Polizeichefin mit ihr rechnete und dass es doch bestimmt nett wäre, wenn sie sich auf der Feier mit ihren neuen Freunden treffen könnte.

Violet war fast sicher, dass die Krone aus echten Knochen bestand. Eigentlich hatte sie sich das Gebilde noch einmal näher ansehen wollen, aber unmittelbar nach der Zeremonie hatte Augusta Hawthorne die Krone an sich genommen und behauptet, sie müsse sofort wieder ins Rathaus gebracht werden.

Jetzt, am Abend, lag irgendetwas in der Luft. Violet hatte es schon tagsüber beim Gründerfest gespürt – ein Kribbeln in den Fingerspitzen wie eine statische Aufladung. Inzwischen sprudelte in ihr die gleiche knisternde Energie, die sie auch spürte, wenn Orpheus in der Nähe war, aber diesmal lag es nicht nur daran, dass der Kater auf ihrem Kopfkissen hockte und eine Spielzeugmaus zerfetzte. Das Knistern war stärker als die Verbindung zwischen ihnen, sogar noch stärker als ihre Verbindung mit dem wiederauferstandenen Leichnam.

Es war die Macht. *Ihre* Macht. Sie war überall, sie schäumte durch Violets Blut, Furcht einflößend und aufregend zugleich.

Die Hawthornes hatten ihr erklärt, dass die Herbst- und Frühlingsäquinoktien jene Tage des Jahres waren, an denen das Gefängnis am durchlässigsten und das Ungeheuer am mächtigsten war. Justin hatte sie heute extra noch einmal daran erinnert. Er hatte ihr geraten, die Rollläden herunterzulassen und das Haus bis morgen früh nicht mehr zu verlassen. Aber Violet hatte keine Angst – sie fühlte sich stark. So stark wie noch nie seit Rosies Tod und ihrer Ankunft in der Stadt. Und sie wurde das Gefühl nicht los, dass sie mehr tun konnte, als sich zu verkriechen.

Seufzend betrachtete sie die Noten auf ihrem Schoß, die Takte, die so schlicht, so banal waren. Am liebsten hätte sie das Stück durch bloßes Draufschauen verändert.

Spontan beugte sie sich vor und malte mit Bleistift einen schwungvollen Schnörkel an den Rand von Schumanns *Abegg-Variationen.* Wie es wohl war, wenn man bei null anfing und auf dem leeren Blatt improvisierte? So wie Rosie ihre Gemälde auf einer leeren Leinwand erschaffen hatte?

Doch da erschien Juniper in der Tür und Violet vergaß ihre Überlegungen.

Seit der Nacht ihres Todes stand Daria zwischen ihnen, ein unsichtbares Hindernis, das keine von ihnen seither wieder angesprochen hatte. Als Darias Asche Anfang der Woche neben der ihres jüngeren Bruders in der Saunders-Abteilung des Mausoleums beigesetzt worden war, hatte Violet neben Juniper gestanden. Eine Bestattung mit nur zwei Trauergästen.

Violet hätte gern mit ihrer Mutter gesprochen – über Daria, Rosie und Stephen. Über ihren Vater. Aber sie wusste nicht, wo sie anfangen sollte.

Das Tagebuch hatte ihren Onkel für sie lebendig werden lassen. Seit sie im Archiv darauf gestoßen war, hatte sie es mehrfach durchgelesen, und jedes Mal war es ihr vorgekommen, als trauerte auch sie um diesen Jungen, den sie nie gekannt hatte.

»Es gibt ein Unwetter«, sagte ihre Mutter.

»Ist mir auch schon aufgefallen.« Violet zeigte mit dem Daumen aufs Fenster. Dunkle Wolken hatten sich vor die untergehende Sonne geschoben, am Waldrand sammelte sich feiner weißer Nebel. Der Anblick ließ Violet schaudern. Ihr Erlebnis im Grau machte ihr immer noch zu schaffen.

Juniper schürzte die Lippen. »Hagel. Wind. Regen. Bleib lieber zu Hause.«

»Ich mach doch immer, was du sagst. Ich bin sogar zu dieser albernen Feier gegangen.«

Juniper seufzte. »Dann hilf mir mal, die Fenster sturmfest zu machen.«

Gemeinsam kurbelten sie die Rollläden herunter. Sie waren uralt und das Metall ächzte beim Herunterlassen. Je länger Violet neben ihrer Mutter stand, desto heftiger brodelte alles, was sie beschäftigte und worüber sie gern gesprochen hätte, in ihr. Trotzdem blieb sie stumm.

Was hätte es schon gebracht?

Wann hatten sie beide jemals ernsthaft über Gefühle geredet?

Der Wind wurde jetzt stärker und entlockte den Rollläden ein Gewimmer wie von einem weinenden Kind. Violet ließ den letzten Rollladen herunter und sprang erschrocken zurück, als er gegen das Wohnzimmerfenster schepperte.

Aber vielleicht hatte das Geschepper den Bann gebrochen – denn sie drehte sich zu Juniper um und es brach aus ihr heraus.

Das, was sie schon seit fünf Monaten aussprechen wollte.

»Fehlen sie dir denn gar nicht?«

Junipers Miene gefror. »Fehlen? Wer denn?«

»Alle, die du verloren hast! Ich verstehe nicht, wie du einfach so weitermachen kannst. Macht es dir nichts aus, dass sie nicht mehr da sind?«

Das einzige Licht im Raum kam von den Lampen auf dem Kaminsims, die einen fahlen Schein auf Junipers krause Haare warfen.

Violet konnte ihre Mutter kaum ansehen, so sehr erkannte sie sich in ihr wieder. Ihre ganze Haltung, die unruhig zuckenden, langen schlanken Finger ... Und vor allem der Kummer, der sich in ihr Gesicht eingegraben hatte.

»Glaubst du wirklich, sie fehlen mir nicht?«, sagte Juniper leise. »Mein Bruder, meine Schwester und dein Vater fehlen mir jeden Tag – und Rosie fehlt mir jede Sekunde.« Ein unterdrücktes Schluchzen entrang sich ihr. »Aber du brauchst eine Mutter, die nicht auch noch zerbricht. Darum reiße ich mich zusammen.«

Violet begriff auf einmal, von wem sie gelernt hatte, wie man seine Gefühle verbarg. Wie man eine undurchdringliche, neutrale Fassade vor dem Schmerz errichtete. Nicht, weil es nicht wehtat, sondern weil einen der Schmerz überwältigen würde, wenn man ihn zuließ.

Doch in den letzten Wochen hatte Violet angefangen, sich zu öffnen, und ihr Schmerz war dadurch nicht schlimmer geworden – im Gegenteil, sogar erträglicher. Sie hatte die Erfahrung gemacht, dass sie nicht allein war.

»Aber du *bist* zerbrochen!« Plötzlich wurde sie wütend. »Nach Dads Tod warst du nie für uns da! Du hast Rosie und mir nichts von unseren Verwandten erzählt und uns Dads Seite der Familie vorenthalten, obwohl wir sie immer kennenlernen wollten. Du hast mir ganz viele Menschen vorenthalten, die mich vielleicht lieb gehabt hätten. Das ist nicht Zusammenreißen, Mom ... das ist Ausreißen!«

Junipers Gesicht sah ganz eingefallen aus. »Ich habe getan, was ich konnte, um euch eine gute Mutter zu sein. Und ich war für dich und Rosie da, als euer Vater starb.«

Das stimmte einfach nicht. »Du lügst!«

Violet ließ Juniper stehen und rannte in ihr Zimmer. Dort warf sich aufs Bett und blätterte in ihrem Vorspielprogramm, aber in Gedanken war sie ganz woanders.

Sie schaute an die Decke und dachte an ihren Vater, beschwor die wenigen undeutlichen Erinnerungen an ihn herauf, an sein breites Lächeln, seine warmen Augen.

Und dann ließ sie die Erinnerung an die schreckliche Zeit nach seinem Tod zu. Die Erinnerung an die Hände, die die Bettdecke um sie festgestopft und ihr übers Haar gestreichelt hatten, bis sie einschlief. Die ihr jeden Morgen ein liebevoll belegtes Pausenbrot mitgegeben hatten, die beim Klavierüben über ihr geschwebt und umgeblättert hatten.

In ihrer Vorstellung waren es immer Rosies Hände gewesen – aber Rosie war beim Tod ihres Vaters erst sechs Jahre alt gewesen und Violet erschrak, als ihr jetzt einfiel, dass diese Hände schlank und langfingrig gewesen waren, ganz ähnlich wie jetzt ihre eigenen.

Ihr erster Auftritt spulte sich wieder vor ihrem inneren Auge ab, aber diesmal war es nicht Rosie, die sie aufs Podium zog.

Es war Juniper.

Ich war für dich und Rosie da, als euer Vater starb.

Violet hatte einen Kloß im Hals.

Ja, ihre Mutter hatte einiges falsch gemacht. Sie hatte Violet und Rosie wehgetan. Sie hatte sie von ihrer Familie ferngehalten, hatte ihnen vieles verschwiegen und sie sogar belogen.

Aber Violet hatte sich auch selbst belogen.

Sie hatte gewollt, dass Rosie eine Bilderbuchschwester gewesen war. Und dass Juniper eine schlechte Mutter war. Es war leicht, jemanden in den Himmel zu heben, der nicht mehr da war. Viel schwerer war es, eine Mutter zu verstehen, die sich zwar um einen kümmerte, aber eben nicht ganz so bilderbuchmäßig. Die egoistisch gewesen war, aber nicht nur.

Menschen konnten einander verletzen, ohne dass sie gleich Monster waren. Und sie konnten einander lieben, ohne dass sie gleich Heilige waren.

Violet würde lernen müssen, damit umzugehen.

Sie drehte sich auf die Seite, kuschelte sich in ihre Daunendecke und lauschte dem Regen, der gegen die Rollläden trommelte.

Dann stockte ihr der Atem, als ihr klar wurde, dass sie nicht nur den Sturm hörte. Noch etwas anderes hämmerte an ihr Fenster.

16

Violet schrak hoch. Die Rollläden schepperten wie wild.

Nach ihren Erfahrungen der letzten vierzehn Tage ging sie davon aus, dass das, was da draußen randalierte, sie umbringen wollte.

Orpheus lag zusammengerollt an der Bettkante und fixierte das Fenster mit seinen gelben Augen. Violet beobachtete, wie er den Kopf hob, mit dem Schwanz schlug ... und gähnte.

Was auch immer dort draußen war, es beunruhigte ihren Gefährten anscheinend nicht und Violets innere Stimme sagte ihr, dass sie sich auf den Kater verlassen konnte.

Als es wieder ans Fenster hämmerte, vernahm Violet noch ein anderes Geräusch, das zu tief war, um der Wind zu sein. Es war eine Stimme.

Sie schwang sich aus dem Bett, ging zum Fenster und lauschte. Der nächste Windstoß wurde von einem Schwall Flüche begleitet.

Die Stimme kam Violet bekannt vor. Sie kurbelte den Rollladen hoch und tatsächlich – vor ihrem Fenster kauerte Isaac. Sein kantiges Gesicht war halb unter der Kapuze seiner Jacke verborgen, Hagelkörner tanzten auf seinen breiten Schultern. Er zeigte auf die Fensterscheibe.

Sein Anblick löste bei Violet einen freudigen Schauer aus, der sie selbst überraschte. Sie entriegelte das Fenster, schob den unteren Teil hoch und fröstelte in dem kalten Windstoß, der sofort hereinfuhr, als Isaac gelenkig wie eine Katze durch die Öffnung schlüpfte.

Er richtete sich auf, strich seine Jacke glatt und schloss das Fenster mit einem Knall.

»Was machst du hier?«, fragte Violet, als sie den Rollladen wieder heruntergelassen hatte. »Bist du denn nicht beim Streifendienst?«

Isaacs Haar war voller Hagelkörner. Sie schmolzen auf seinen dunklen Locken, nur Tröpfchen blieben zurück und schimmerten matt im Zwielicht.

»Hast du nicht von meinem kleinen Unfall gestern gehört?«, fragte er grimmig.

Doch, davon hatte Violet gehört. Die Glasscherben vor dem Diner waren ihr nicht entgangen und schon gar nicht der ausbleibende Applaus bei seinem Auftritt während der Gründerzeremonie. Sie nickte.

»Na also. Tja, und jetzt hat mich die Polizeichefin auf die Strafbank geschickt – keine Äquinoxstreife.«

Das schien ihm viel auszumachen.

Violet war froh, dass wenigstens sie ihm applaudiert hatte. »So was Dummes. Aber das ist keine Erklärung, warum du hier bist.«

Isaac seufzte. »Stimmt. Also ... Justin meinte, es ist vielleicht keine gute Idee, dass du diese Nacht allein verbringst. Er meinte, du bist der reinste Katastrophenmagnet, und er staunt schon, dass du es jeden Morgen in die Schule schaffst, ohne umgebracht zu werden.«

Violets neu entdeckte Zuneigung zu Isaac verflog schlagartig. Sie hätte sich denken können, dass er nur auf Justins Wunsch hergekommen war. Ein Anstandsbesuch hatte nichts mit echter Fürsorge zu tun. »Ich brauche keinen Babysitter.«

Isaac zog die Jacke aus. Er trug ein schmales Lederband um den Hals, das seine Narbe verbarg. In der Mitte waren drei rote Perlen befestigt, die wie Blutstropfen in seiner Halsgrube lagen und zu den Medaillons an seinen Handgelenken passten.

»Du kommst wunderbar allein zurecht – schon klar«, gab er zurück. »Du hast dein Ritual noch nicht bestanden, du landest andauernd im Grau und du kannst dich nicht dran erinnern, dass du jemanden von den Toten zurückgeholt hast.«

»Immerhin begehe ich weder Vandalismus noch Körperverletzung.«

Violet spürte sofort, dass sie zu weit gegangen war. Isaac zog die Schultern hoch, seine Augen flackerten wie Kerzenflammen im Wind.

»Entschuldige«, sagte Violet schnell und machte einen Schritt auf ihn zu. Sie schämte sich. »Das war echt scheiße von mir.«

Isaac mahlte mit dem Unterkiefer und auf seinem linken Unterarm traten die Adern hervor, als er sich die Nägel in die Handfläche grub. Das Armband mit dem gesprungenen roten Medaillon spannte sich über seinem Handgelenk.

»Schon gut«, erwiderte er dann, aber es klang ganz und gar nicht überzeugend. »Ich bin ganz andere Kommentare gewohnt.«

»Von den Burnhams?«

Sein Lächeln hätte Beton zerschneiden können. Er beugte sich vor und Violet reagierte instinktiv, indem sie ihn nachahmte.

»Nein. Von meinem Bruder.«

»Von dem, der weggegangen ist?«

Isaac nickte und Violet sah, dass seine geballte Faust zitterte. »Mein Hals ... das war Gabriel. Wahrscheinlich sollte es ein Andenken sein.«

Violet fiel wieder ein, wie behutsam er ihr die Tränen abgewischt hatte, als sie nach Darias Tod so aufgelöst gewesen war.

Jetzt konnte sie sich dafür revanchieren. Aber weder durch Mitleid noch durch Empörung, sondern durch Verständnis. Isaac war verletzt worden, so wie sie. Dass sie die Einzelheiten nicht kannte, spielte keine Rolle. Sein Schmerz erschütterte ihn bis ins Mark. Genauso ging es ihr auch.

Sie nahm seine Hand und seine Faust öffnete sich. Dann legte sie beide Hände um seine Hand und malte mit beiden Daumen zärtliche Kreise auf seine Handfläche, bis das Zittern aufhörte.

»Dein Bruder kann dir nichts mehr tun!«, sagte sie energisch und spürte plötzlich, dass sie jeden, der Isaac etwas antun wollte, daran hindern würde.

Seine Lippen öffneten sich leicht und in seinem Blick lag auf einmal keine Wut mehr, sondern etwas viel Angsteinflößenderes.

Doch da ertönte ein so lauter Schlag, dass Violet zusammenzuckte und Isaac unwillkürlich losließ.

»Was war das?«, zischte sie. »Hast du noch jemanden mitgebracht?«

Isaac schüttelte den Kopf. Er schien genauso erschrocken zu sein.

Das Pochen wiederholte sich – es kam von unten. Violet lief zur Zimmertür. Die Spannung zwischen ihnen lag immer noch in der Luft, ließ aber angesichts der neuen möglichen Bedrohung nach.

»In einer Nacht wie dieser solltest du nicht jedem die Tür aufmachen!«, rief Isaac ihr warnend nach.

Das war eindeutig zu viel für Violet, die sich an diesem Abend schon zu oft anhören musste, was sie zu tun und zu lassen hatte.

»Dir habe ich ja auch das Fenster aufgemacht, oder?«, rief sie und war schon im Flur. Ihr schoss durch den Kopf, was Juniper wohl sagen würde, wenn sie Isaac hier antreffen würde, aber unter der Zimmertür ihrer Mutter war zum Glück kein Licht zu sehen. Isaac folgte ihr die Treppe hinunter und schimpfte gedämpft über ihre Unvernunft, was Violet von jemandem, der ungebeten vor ihrem Fenster aufgetaucht war, ziemlich dreist fand.

Das Pochen kam eindeutig von der Haustür. Isaac hob beide Hände, die Luft darum herum begann zu flimmern. Violet entriegelte die Tür und riss sie auf. Eine Gestalt mit zerzausten dunklen Locken kam in einem Schwall von Wind und Hagel hereingestolpert und fiel der Länge nach auf den Boden. Ehe Violet einen Blick nach draußen werfen konnte, hatte Isaac die Tür wieder zugeschlagen.

»Harper!« Violet kniete sich neben sie und Isaac schloss die Haustür wieder ab. »Alles in Ordnung?«

Harper setzte sich unbeholfen auf. Ihr dicker Zopf hatte sich halb aufgelöst, ihre ausgeleierten Jeans waren mit dunklen Flecken von schmelzenden Hagelkörnern übersät. Mit der verbliebenen Hand umklammerte sie einen Degen.

»Du musst mir helfen!«, sagte sie heiser, legte die Waffe in ihren Schoß und wiegte sie wie ein Baby. Der Anblick war Violet unangenehm.

»Was ist denn los?«, fragte sie rasch.

»Es geht um Nora. Ich kann sie nirgends finden und Brett behauptet, sie sei in das Unwetter rausgerannt, weil ein anderes Kind gesagt hätte, sie würde sich nicht bis zum Rathaus trauen. Sie ist erst sechs, sie versteht das alles noch nicht ...« Harper hustete, weil sie ein Haar im Mund hatte. »Ich habe Angst um sie ... bitte hilf mir, sie zu finden.«

Erst jetzt sah Violet, dass Harper unter ihrem Pullover und trotz des Degens zitterte.

»Na klar!«, erwiderte sie, ohne lange zu überlegen, denn da

gab es nichts zu überlegen. Nora war Harpers Schwester. Diesen Verlust wünschte Violet niemandem.

»Danke! Ich wusste, dass du nicht Nein sagst.«

Dann drehte Harper sich um und fragte mit finsterem Gesicht: »Warum ist Isaac Sullivan hier?«

»Weil Justin findet, dass ich einen Leibwächter brauche.« Violet winkte Isaac, der sich im Hintergrund hielt, ironisch zu. »Er hat anscheinend noch nicht kapiert, dass ich schon Bescheid gebe, wenn ich einen Beschützer brauche.«

»Dafür bist du doch viel zu stur«, entgegnete Harper und Isaac lachte.

»Das hab ich jetzt nicht gehört!«, sagte Violet mit gespieltem Ärger. »Aber wenn wir bei diesem Wetter rauswollen, ziehen wir lieber Regenjacken an.«

»Wartet doch mal«, sagte Isaac und Violet drehte sich zu ihm um.

»Lass mich raten ...« Sie verdrängte den Gedanken daran, wie sie seine Hand gehalten hatte. Was das eigentlich zu bedeuten hatte, wusste sie selbst nicht, aber jetzt war es jedenfalls vorbei. »Du willst mir doch wohl nicht wieder erzählen, dass ich nicht rausdarf? Sonst bereue ich es noch, dass ich dich vorhin nicht vom Dach geschubst habe!«

»Vergiss mal kurz deine Gewaltfantasien und denk nach«, erwiderte Isaac. »Ihr gehört beide nicht nach draußen. Harper wäre nur ein Klotz am Bein und du bist noch schlimmer. *Ich* gehe Nora suchen.«

»Sie ist *meine* Schwester!« Harper rappelte sich hoch und auch Violet stand auf. »Und ich bin kein Klotz am Bein!«

»Ganz deiner Meinung«, sagte Violet und behielt den Degen im Auge, den Harper jetzt in Isaacs Richtung schwenkte. »Und ich lasse meine Freundin nicht am Äquinoktium allein herumlaufen. Wenn du willst, kannst du gern mitkommen, aber wir gehen auch ohne dich.«

Isaac schlug sich vor die Stirn und verdrehte die Augen. »Anscheinend ist Lebensmüdigkeit ansteckend. Aber wenn ihr unbedingt rauswollt, ist es sinnvoller zu fahren, als zu Fuß zu gehen.«

»Fahren?« Violet bekam Herzklopfen. »Bei dem Wetter sieht man doch nichts!«

»Aber es sind auch keine anderen Autos unterwegs«, konterte Isaac. »Und es ist auf jeden Fall sicherer als zu Fuß.«

»Na gut«, sagte Violet. »Heißt das, du fährst uns?«

»Ich darf nicht fahren«, gestand Isaac verlegen.

»Und du, Harper?«

»Ich habe noch keinen Führerschein.«

Violets Blick glitt zu Junipers Autoschlüssel hinüber, der wie ein gebrochenes Versprechen an der Garderobe neben der Tür hing. Isaac und Harper sahen sie erwartungsvoll an. Am liebsten wäre sie wieder in ihr Zimmer hochgelaufen und hätte sich unter der Bettdecke verkrochen, aber sie konnte jetzt nicht kneifen.

»Dann fahre ich eben!« Sie nahm den Schlüssel. Er lag glatt und kalt in ihrer plötzlich verschwitzten Hand. Violet sah Rosie vor sich, wie sie mit zerzausten türkisfarbenen Haaren hinter dem Lenkrad saß, die aufgerissenen Augen auf den entgegenkommenden Lastwagen gerichtet.

Aber Noras Leben stand auf dem Spiel. Und Harper – ihre Freundin – bat sie um Hilfe. Darum verdrängte Violet ihre Angst und ging zur Tür, obwohl ihr Herz wie ein gefangener Kolibri gegen ihre Rippen flatterte.

Die Viertelstunde, die Harper auf dem Rücksitz des Porsches verbrachte, gehörte zu den schlimmsten ihres Lebens. Der Hagel prasselte gegen die Windschutzscheibe und bei jedem Ruck des Wagens spürte Harper Violets Unsicherheit und Angst. Diese Angst war so überwältigend, dass sie fast mit Händen zu greifen war, und das eigene Herzklopfen dröhnte ihr die ganze Zeit über in den Ohren.

Nora war irgendwo im Wald. Ganz allein. In einer der gefährlichsten Nächte des Jahres.

Und ihr Vater und ihre Geschwister hatten schon ihren Streifendienst angetreten, sodass alle Hoffnung auf Harper ruhte.

Als sie schließlich auf den Parkplatz am Rathaus einbogen, fuhr Harper schon seit Minuten mit dem Finger die flache Degenklinge nach, um nicht zu schreien. Violet hatte ihr netterweise eine viel zu große Regenjacke gegeben, die das Schlimmste abhielt, aber der Sturm traf sie trotzdem wie ein Faustschlag, als sie die Autotür aufstieß. Sie suchten rund um das Rathaus alles ab, doch das Gebäude selbst war abgeschlossen und Nora nirgends zu sehen.

»Hast du keinen Schlüssel?«, wandte sich Violet an Isaac.

»Doch, aber als ich weggegangen bin, waren hier keine Kinder, und ohne Schlüssel kann Nora nicht rein.«

Also gingen sie in Richtung Wald. Der Hagel schien von überallher zu kommen und prasselte schmerzhaft auf ihre Schultern. Jeder Schritt kostete Überwindung.

Four Keys sah in dieser Nacht selbst wie das Grau aus. Die Bäume bogen sich wie Gerippe im Wind, dann leuchteten sie sekundenlang aschgrau auf und ein stumpfweißer Himmel schien durch die Äste. Harper lief es eiskalt den Rücken hinunter und sie drückte sich an Violet, während Isaac die Zähne zusammenbiss und einfach weiterging.

Ein Blitz zuckte durch den Wald und ließ die Umgebung taghell aufleuchten. Harper blieb wie angewurzelt stehen.

Sie hätte schwören können, dass sie zwei in Kapuzenkutten gehüllte Gestalten gesehen hatte.

Doch das war ausgeschlossen. Die Mitglieder der Kirche der Vier Gottheiten hatten in einer solchen Nacht draußen nichts verloren.

Harper spähte noch einmal mit zusammengekniffenen Augen um sich, aber die Gestalten waren verschwunden.

Plötzlich übertönte ein gellender Schrei den Sturm. Harper fuhr herum. Ein paar Meter vor ihr hockte Isaac unter einem Baum. Und auch eine kleine Gestalt lag dort auf der Erde.

Es waren nur ein paar Schritte – trotzdem hätte Harper ihre kleine Schwester bei diesem Unwetter übersehen.

»Nora?« Beim Anblick des reglos daliegenden, zarten Körpers, um den sich Baumwurzeln wanden wie gierige Finger, packte sie wieder die Angst, doch als Nora sie hörte, bewegte sie sich.

»Harper!«, rief sie und streckte die Arme nach ihr aus. Harper ließ den Degen fallen, sank auf die Knie und zog ihre kleine Schwester an sich, spürte, wie sie zitterte.

»Alles in Ordnung?«, flüsterte Harper und küsste sie auf den kastanienbraunen Scheitel.

Nora nickte und vergrub das Gesicht in Harpers Regenjacke. »Er hat gesagt, du kommst mich holen, aber du hast viel länger gebraucht, als er dachte. Ich hatte schon Angst.«

Harper schob ihre kleine Schwester von sich. Phantomschmerzen durchzuckten ihren linken Arm. »Er? Wen meinst du damit?«

»Dad.« Bei dieser Antwort drehte sich Harper der Magen um. Sie musterte das sommersprossige Gesicht ihrer Schwester.

Schwindelte Nora sie an? Doch ihre Wangen waren vor Angst gerötet, nicht vor Übermut. »Er hat gesagt, ich soll zum Rathaus gehen und auf dich warten, aber dann hab ich mich verlaufen.«

Harper gab sich Mühe, ruhig zu bleiben. »Was hat er genau gesagt?«

»Dass ich sitzen bleiben soll, bis du und das neue Saunders-Mädchen mich holt. Er hat gesagt, er weiß, dass du sie holst, und sie brauchen sie heute Nacht im Wald.« Schniefend setzte sie hinzu: »Können wir jetzt nach Hause gehen?«

»Klar«, antwortete Harper abwesend und zog Nora wieder an sich. Dann sah sie sich nach ihrem Degen um.

Also hatte sie sich die Kapuzengestalten doch nicht eingebildet.

Ihr Vater hatte Nora als Köder für Violet benutzt.

Was bedeutete, dass sie alle in Gefahr schwebten – denn wenn er das Leben seiner eigenen Tochter aufs Spiel setzte, dann war ihm alles zuzutrauen.

»Violet?« Harper stand auf und zog Nora mit hoch. »Wir müssen hier weg!«

Der Wald war überwältigend, aber das lag nicht am Wetter.

Seit Violet das Haus verlassen hatte, spürte sie ihre neue Stärke immer deutlicher – und dieses Gefühl nahm zu, je länger sie sich im Wald aufhielten. Es knisterte in ihren Fingerspitzen, eine ungekannte Energie lud ihre Haut immer mehr auf.

Es fühlte sich so großartig an, dass sich Violet kaum auf etwas anderes konzentrieren konnte.

Es war ... Kraft.

Es war ... Macht.

Violet sah nur wie durch einen Schleier, wie Harper ihre Schwester umarmte. Ihr Herz raste. Ihre Hände zitterten.

Sie musste sich an den nächsten Baum lehnen.

»He!« Isaac tauchte vor ihr auf. Er war sichtlich besorgt. »Was ist los?«, fragte er und im selben Augenblick rief Harper: »Wir müssen hier weg!«

Wieder zerriss ein Blitz den Nachthimmel und wieder durchfuhr ein Kraftstoß Violet. Sie wollte Isaac antworten, brachte aber keinen Ton heraus.

Sie wollte den Arm bewegen, das Bein, einen Finger, doch zu ihrem Entsetzen reagierte ihr Körper nicht.

Sie konnte nicht um Hilfe rufen, konnte sich weder bewegen noch schreien. Ihr Kopf schmerzte zum Zerspringen und ihr Blick wanderte wie von selbst nach oben zu den Wolken, die über den Bäumen hingen und abwechselnd nachtschwarz und weiß und steif wie die Wolken im Grau waren. Ohne dass sie irgendetwas dagegen tun konnte, verzogen sich ihre Lippen zu einem Lächeln.

»Na dann«, sagte etwas, das nicht sie selbst war. »Auf geht's!«

Danach erinnerte sie sich an nichts mehr.

Im Wald war es erstaunlich ruhig. Als Justin seinen Streifendienst angetreten hatte, hatte er in Anbetracht der jüngsten Ereignisse mit dem Schlimmsten gerechnet, doch auch wenn Wind und Hagel nervten, gab es bis jetzt keine Probleme.

Er wurde den Gedanken nicht los, dass Augusta ihm und seiner Truppe absichtlich den ungefährlichsten Abschnitt des Waldes zugeteilt hatte. Mitzi Carlisle hatte sogar ihr Handy herausgeholt und schrieb eine Nachricht. Sie verzog das Gesicht, weil Hagelkörner auf das Display fielen, während ihr Bruder Seth an den Kordeln seiner Kapuzenjacke zupfte.

»Echt langweilig«, sagte Seth.

Mitzi nickte.

»Umso besser«, entgegnete Justin, obwohl er selbst nicht wirklich davon überzeugt war. »Mitzi, kannst du deine Aufgabe vielleicht ein bisschen ernster nehmen?«

»Wenn gekämpft werden muss, sofort«, erwiderte sie genervt, steckte das Handy aber weg.

Wäre Isaac dabei gewesen, hätte er etwas Bissiges über Mitzis Prioritäten gesagt oder vielleicht vorgeschlagen, sie könnte sich ja mit ihm prügeln – aber er war nicht dabei und so gingen sie schweigend weiter.

Als Wind und Hagel immer heftiger wurden, machten sich Mitzi und Seth kampfbereit. Ihre Haut dehnte sich, ihre Arme wurden von den Schultern abwärts zu Stein. Sie stießen die rötlich braunen Fäuste gegeneinander, klatschten sich ab und ließen ihre steinernen Fingerspitzen miteinander spielen. Das sah total albern aus, aber auch irgendwie liebevoll.

Justin musste wieder an den Nachmittag denken.

An Harper.

Er musste mit dieser Erinnerung behutsam umgehen. Sie konnte ihm gefährliche Verbrennungen zufügen, wenn er sie zu lange aufflackern ließ, trotzdem spulte sich ihre Begegnung wieder und wieder vor seinem geistigen Auge ab. Eher würde er seinen eigenen Namen vergessen als die Holzklinge an seinem Hals und den Zorn in Harpers Augen.

Sie wollte nichts mehr mit ihm zu tun haben, so viel war klar, aber Justin musste sich eingestehen, dass er trotz allem, was seine Mutter Harper angetan hatte, und trotz der Jahre, in denen er sich etwas anderes eingeredet hatte, immer noch etwas für sie empfand.

Darüber reden konnte er mit niemandem, nicht mit Isaac und mit May auch nicht. Aber davon, dass er es für sich behielt, wurde ihm übel und heiß, als hätte er zu lange in der Sonne gesessen.

»Das ist aber jetzt nicht normal, oder?«, fragte Mitzi ihren Bruder und riss Justin aus seinen Gedanken. Seth schüttelte den Kopf, seine Fäuste wurden wieder zu Fleisch und Blut.

»Was geht hier vor?«, wandte er sich an Justin, der erst jetzt wahrnahm, warum die Carlisle-Geschwister so beunruhigt waren.

Der Hagel ließ nach und auch das Toben des Windes flaute in Sekundenschnelle zu einem sanften Raunen ab. Der Wald ragte über ihnen auf, jeder Stamm zeichnete sich scharf umrissen vor der Dunkelheit ab.

Justin wurde mulmig zumute. Die unvermittelte Ruhe hatte etwas Erwartungsvolles, als wiche das Meer von einem Strand zurück, bevor ein Tsunami losbrach.

»Keine Ahnung.« Er leuchtete mit der Taschenlampe um sich. Kein Anzeichen für das Grau. Die Welt schien den Atem anzuhalten.

Dann hörten sie die Schreie.

Es schnürte Justin die Kehle zu, als er das hohe, schrille Geheul eines Kindes erkannte.

Vielleicht war es ein Trick. Aber er würde auf keinen Fall ein wehrloses Kind in einer der gefährlichsten Nächte des Jahres im Wald alleinlassen.

»Los, kommt!«, rief er und sie stürmten los, brachen durch das Unterholz. In ihrer Hast machten sie mehr Lärm als eine

Elefantenherde, aber das war Justin egal. Sie kamen an eine Lichtung – und blieben stehen.

Nur wenige Schritte entfernt standen Isaac und Harper. Harper drückte die weinende Nora an sich, Isaac stand mit ausgestreckten Armen und flimmernden Handflächen vor den beiden. Auf der gegenüberliegenden Seite der Lichtung stand Violet und breitete die Arme weit aus. Die Bäume hinter ihr flackerten zwischen Four Keys und dem Grau hin und her, wechselten in Sekundenschnelle von Dunkelgrün zu Weiß und Aschgrau.

Justin glaubte hinter Violet ein, zwei schattenhafte Gestalten zu erkennen, doch als er noch einmal hinsah, waren sie verschwunden.

»Harper?«, keuchte Mitzi und lief zu ihrer Schwester. Seth folgte ihr. »Was machst du hier?«

»Geht weg!«, schrie Harper und meinte sie alle. Ihr Gesicht war leichenblass. »Ihr müsst sofort hier weg!«

»Oje«, sagte Violet auf der anderen Seite der Lichtung. »Magst du mich auf einmal nicht mehr?«

In diesem Augenblick wusste Justin, dass hier irgendetwas furchtbar schieflief.

Die Stimme war noch die von Violet, leicht heiser, aber melodisch, aber die Aussprache stimmte nicht. Sie war überdeutlich und geziert. Und wie Violet die Arme ausbreitete ... bei jedem Zucken ihrer Fingerspitzen flackerte das Grau auf.

»Justin«, sagte Isaac mit gedämpfter Stimme, »bringt Harper und ihre Schwester nach Hause. Ich komme auch allein klar.«

»Was ist denn los?«, wollte Justin wissen. »Warum führt Violet sich so auf?«

Auf der gegenüberliegenden Seite der Lichtung gähnte Violet jetzt laut.

»Der kleine Hawthorne läuft mal wieder in sein Verderben«,

sagte sie, aber es klang nicht scherzhaft, sondern kalt und hämisch. »Es war dumm von dir, sie zum Äquinoktium aus dem Haus zu lassen, aber du bist ja sowieso nicht der Hellste.«

Nein, das war nicht Violet! Irgendetwas hatte von ihr Besitz ergriffen. Etwas, das herauswollte.

»Du bist … *es*, oder?«, stieß er hervor.

»Es ist lange her, dass ich Zugang zu einem lebendigen Menschenwesen hatte«, erwiderte die Bestie, streckte eine Hand aus und bewegte nacheinander jeden einzelnen Finger. Im Schein seiner Taschenlampe sah Justin, dass ein Finger nach dem anderen die Farbe verlor, dass die roten Nägel grau wurden. »Diese Hände sind stark. Kommt bestimmt vom Klavierspielen.«

Das Ungeheuer ließ Violets Finger wieder zucken und das Grau klaffte wie ein Riss im Wald auf, wie ein grausiger Rachen.

Justin konnte nicht anders – er spürte den Lockruf der Bäume, das unmissverständliche Verlangen, sich dem Grau hinzugeben, sich ihm auszuliefern …

Im selben Augenblick stapfte Isaac mit flimmernden Händen auf Violet zu und packte sie an den Handgelenken.

Die Bestie in ihr stieß ein dumpfes Knurren aus und bog Violets Rückgrat durch, doch Isaac ließ sich nicht beirren. Seine Macht brannte hell und stetig wie ein Leuchtfeuer vor der unregelmäßigen Reihe Baumgerippe, die hinter Violet aufragten.

Justin schaute mit klopfendem Herzen zu, wie das Grau zurückwich und sich vom Rand her auflöste. Kaum war es ganz verschwunden, brach Violet bewusstlos zusammen.

Isaac ließ sich von ihr mitziehen, hielt sie aber weiter fest. Bevor sie auf der Erde aufschlug, legte er rasch den anderen Arm um sie und ließ sie dann sanft auf den Boden sinken.

Isaac war stark, aber nicht unbesiegbar. Justin sah, wie ihn die

Erschöpfung überkam, als er Violets Kopf auf den Waldboden bettete.

Doch dann flammte etwas anderes in Isaacs Blick auf – Panik. Sein Blick war auf etwas hinter Justins Schulter gerichtet.

Isaac reagierte immer schneller als sein Freund. Justin drehte sich um.

Als Erstes sah er May. Trotz des Unwetters war seine Schwester so perfekt zurechtgemacht wie immer, aber ihr blasses Gesicht war vor Entsetzen fast durchsichtig. Doch Justins Blick verweilte nur kurz auf ihr, denn neben May stand seine Mutter – das Gesicht zu einer Maske eiskalter Wut verzerrt.

Ein Lichtstrahl fiel Violet ins Gesicht. Sie blinzelte, und als sie die Augen öffnete, stellte sie fest, dass sie auf der Seite liegend und mit dem Kopf zum Fenster eingeschlafen war. Jetzt schien draußen die Sonne.

Nur dass vor ihrem Fenster eigentlich die sturmfesten Rollläden hätten sein müssen.

Und dass es gar nicht ihr Zimmer war, sondern ein steriler weißer Raum, der an ein Krankenhaus erinnerte. Sie lag auf einer Liege und hatte noch ihre Sachen vom Vortag an. Zumindest daran konnte sie sich erinnern. Isaac war in ihr Zimmer gekommen und dann hatte Harper Hilfe gebraucht. Violet erinnerte sich an Bäume, an Hagel und daran, dass sie sich stark gefühlt hatte, unbesiegbar stark …

»Was ist passiert?«, fragte sie.

»Ist doch klar, oder?«, antwortete jemand. »Du bist wieder mal ohnmächtig geworden.«

Violet richtete sich auf der Liege auf, als könnte sie so die Gestalt mit den türkisfarbenen Haaren verscheuchen, die auf der gegenüberliegenden Seite des Raumes stand. Ihr wurde schwindlig, als sie die zerrissenen Jeans ihrer Schwester erkannte, ihr farbverkleckstes Tanktop und ihr spöttisches Lächeln.

»Du bist bloß die Folge einer Gehirnerschütterung«, sagte sie energisch, als Rosie auf sie zukam. »Eine Halluzination, die mir mein Hirn vorgaukelt, weil es eine Vorliebe für schlechte Scherze hat.«

»Ach so?« Rosies Schatten glitt wie ein welliger Umhang über den Boden. »Vielleicht bekommst du ja auch nur endlich, was du dir die ganze Zeit wünschst.«

Draußen vor der Tür ertönte ein Geräusch, aber kein Klopfen, sondern ein dumpfer Schlag, als wäre etwas dagegengeprallt. Violet glaubte auch, aufgebrachte Stimmen zu vernehmen.

Rosie sah erst zur Tür und dann wieder Violet an. »Bis bald!« Es klang fast tröstend, aber mit einem berechnenden Unterton, der Violet nicht gefiel. »Du brauchst keine Angst zu haben, Schwesterchen. Hab ich dir denn nicht gefehlt?«

Dann war sie verschwunden und schlagartig hörte Violet die anderen Stimmen viel deutlicher, als wären sie vorher gedämpft gewesen.

»Nein, nicht!«, rief jemand. »Bitte ... ich kann alles erklären ...«

»Ich will nichts hören.« Die zweite Stimme war tief und eisig. »Du bleibst draußen.«

Die Tür ging auf und sofort wieder zu. Augusta Hawthorne stand im Zimmer. Die Dienstmarke auf ihrem Rollkragenpullover schimmerte in der Morgensonne.

Violet zählte eins und eins zusammen. Sie befand sich auf dem Polizeirevier. Aber wieso?

»Na, wie geht's dir jetzt?«, fragte Augusta gelassen.

»Gut«, sagte Violet. »Glaube ich wenigstens. Was ist passiert?«

Augustas Gesichtsausdruck hätte man bei jeder anderen Person als Lächeln bezeichnen können, aber bei ihr wirkte es wie ein Sprung in einer Statue, als wäre dem Bildhauer die Hand ausgerutscht.

»Du hast dich bei dem Unwetter verlaufen.« Sie trat näher. »Aber keine Sorge, gleich geht es dir noch besser.«

Die Polizeichefin streckte die Hand aus, und Violet begriff plötzlich mit erschreckender Klarheit, dass sie Augusta Hawthorne noch nie ohne Handschuhe gesehen hatte.

Es war ihr letzter Gedanke, bevor Augusta ihr Handgelenk packte, dann gehörte ihr Verstand nicht mehr ihr. Finger bohrten sich erbarmungslos in ihren Schädel und stocherten wie Messer in ihrem Gehirn herum, wühlten in ihren Gedanken.

Erinnerungsbilder zogen an ihren Augen vorbei wie auf einer Kinoleinwand: sie und Rosie, wie sie lachend auf dem Boden ihres Ateliers lagen; steife weiße Wolken an einem stahlgrauen Himmel; Isaac, der sie anlächelte, während der Hagel in seinem Haar schmolz ... Dann tat sich der Boden unter ihr auf und sie stürzte in die Tiefe. Ihr schwanden die Sinne und alles wurde schwarz.

TEIL III
DAS SKELETT

17

Als Justins Großvater noch lebte, war sein Arbeitszimmer mit dem Kamin und den Teppichen in warmen Erdtönen immer einladend und behaglich gewesen. Meistens hatten die Fenster weit offen gestanden. Nachdem Augusta ihre Sachen hineingeräumt hatte, war der Kamin zugemauert worden und die Rollläden blieben immer unten. Die weich gepolsterten Ledersessel waren durch harte Holzstühle mit einer unbequemen Lehne ersetzt worden, die Justin zwang, kerzengerade zu sitzen, während er die strengen Gesichter auf den Fotos betrachtete, die hinter dem Schreibtisch seiner Mutter an der Wand hingen.

Die Hawthornes waren wirklich ein prächtiger, pflichtbewusster und griesgrämiger Haufen, sogar in Schwarz-Weiß. Es waren alle Hautfarben vertreten, von hell bis dunkelbraun, ihre Frisuren und ihre Kleidung umfassten mehr als ein Dutzend verschiedener Modetrends, aber ihre Mienen drückten alle das Gleiche aus: *Wir wissen es besser.* Ob wohl auch Justins Foto eines Tages dort hängen und ungehalten auf seine Nachkommen herabblicken würde?

So, wie es momentan aussah, würde seine Mutter sein Foto wohl eher verbrennen, als es irgendwo aufzuhängen.

Es war der Tag nach dem Äquinoktium. Augusta ließ Justin und May so lange hier schmoren, bis sie von der Arbeit kam. Justin wusste, dass die Warterei mit zur Bestrafung gehörte, aber er rührte sich trotzdem nicht von seinem Stuhl.

»Warum hast du es ihr bloß gesagt?«, wandte er sich an May, die stocksteif neben ihm saß.

»Warum hast *du* es ihr nicht gesagt?«, konterte sie. »Die Bestie hat von Violet Besitz ergriffen, Justin! Sie hat das Grau geöffnet. Sie hat Violet dazu gebracht, einen Toten auferstehen zu lassen. So konnte es doch nicht weitergehen!«

Die andere Streife war aus dem gleichen Grund wie Justins Truppe auf Violet gestoßen – sie hatten die Schreie gehört. Doch nachdem ihnen klar geworden war, womit sie es zu tun hatten, war May eingeknickt und hatte ihrer Mutter alles gestanden, sobald sie wieder im Polizeirevier waren. Dieser Verrat hatte Justin derart schockiert, dass er nur lahm widersprochen hatte, als May alles schilderte, was in den vergangenen Wochen vorgefallen war. Dabei betonte sie selbstverständlich, dass sie von Anfang an dagegen gewesen sei, ihre Mutter zu hintergehen.

Justin versuchte, nicht an die Stimme zu denken, die aus Violets Mund gekommen war. Daran, wie die Farbe aus ihren Fingern gewichen war. »Du hast gewusst, was Mom mit ihr machen würde!«

»Was denn? Dass sie Violet wieder in Ordnung bringt?«

Justin versuchte, ein zynisches Lachen zu unterdrücken. »Unsere Mutter bringt niemanden in Ordnung. Sie nimmt den Leuten den Teil ihres Lebens weg, der ihr nicht in den Kram passt. Das weißt du genau.«

Nachdem Violet auf die Krankenstation des Polizeireviers gebracht worden war, hatte Augusta Justin nicht mehr in ihre Nähe gelassen, aber Justin kannte seine Mutter viel zu gut, um nicht zu wissen, was als Nächstes passieren würde. In ein paar Stunden würde Violet wieder zu sich kommen und dann wäre Four Keys in ihrer Erinnerung eine stinknormale Stadt. Die Lücken würde ihr Gehirn von allein füllen.

Sie würde sich nicht mehr an die Macht erinnern, die sie besessen hatte. Genauso war es Harper damals ergangen.

»Warte ein paar Wochen«, sagte May und legte ihm die blasse Hand aufs Knie. »Dann ist das alles nicht mehr so wichtig, glaub mir.«

»Die Bestie ist immer noch dort draußen! Die Stadt wendet sich immer noch gegen uns!« Warum wollte seine Schwester nicht begreifen, was sie angerichtet hatte? »Was ist mit der Leiche, die Violet wiedererweckt hat?«

»Der einzige Beweis dafür ist Violets eigene Aussage. Wahrscheinlich hat sie uns angeschwindelt.«

Justins Schwester verstand es hervorragend, alles, was nicht in ihr Weltbild passte, einfach zu ignorieren. Das wusste Justin schon lange, trotzdem kränkte ihn Mays abfälliger Ton.

»Die Leiche hat Daria Saunders umgebracht.«

»Oder sie ist verunglückt.« Mays Stimme triefte vor kühler Verachtung.

»Du bist genau wie Mom. Du tust einfach so, als gäbe es keine Probleme.«

»Zumindest versuche ich nicht, Probleme zu lösen, von denen ich weiß, dass ich ihnen nicht gewachsen bin. Hast du schon mal dran gedacht, dass wir alle Opfer bringen mussten, um dahin zu kommen, wo wir jetzt sind? Oder dass Four Keys, auch wenn du es nicht wahrhaben willst, deine Hilfe womöglich gar nicht braucht?«

Justin begriff auf einmal, dass alles, was er seit seinem erfolglosen Ritual getan hatte, sinnlos gewesen war – ein vergebliches Aufbäumen gegen das Unvermeidliche. An dem Tag, an dem sich der Weißdornbaum nicht vor ihm verneigt hatte, hatte er die Achtung seiner Familie verloren. Er konnte nichts tun, um sie wiederzugewinnen.

»Ich weiß, dass ich dieser Stadt helfen kann! Und du weißt es auch. Du hast es in den Karten gesehen.«

Er erhoffte sich Verständnis, irgendeine Gefühlsregung, doch May verzog keine Miene. So hatte er sie noch nie erlebt: klar wie Glas und hart wie Stahl.

»Hör endlich auf, dir etwas vorzumachen. Wenn du dich mit kaputten Menschen umgibst, damit es dir selber besser geht, tut das keinem von euch gut.«

»Ich habe keine Ahnung, wovon du redest.«

Ihre Finger schlossen sich wie Schraubstöcke um die Armlehnen ihres Stuhls. »Bevor Mom sich Harper vorgeknöpft hat, hast du sie immer in Schutz genommen, um den Helden zu spielen. Du findest Isaac toll, weil er so tut, als ob du jeden Morgen persönlich die Sonne aufgehen lässt. Und jetzt regst du dich nicht auf, weil du es nicht gut findest, was Mom mit Violet gemacht hat, sondern weil Violet dein neuester Schützling war und sich das jetzt erledigt hat.«

Mit den Zimmerwänden stimmte etwas nicht. Sie wölbten sich nach innen, sodass der Raum immer enger wurde. Justin spürte einen stechenden Schmerz, als hätte ihm jemand eine Hand in den Brustkorb geschoben und würde die Rippen gegen seine Haut drücken.

Lautes Gebell kündigte die Ankunft seiner Mutter an. Justin saß wie gelähmt da und sah alles, was er je falsch gemacht hatte, vor sich. Ausgebreitet wie die Omenkarten, die er nie lesen können würde.

Als Augusta hereinkam, war es wie ein eisiger Windstoß. May machte sich auf ihrem Stuhl ganz klein, aber Justin zwang sich, keine Reaktion zu zeigen, als seine Mutter sich hinter ihren Schreibtisch schob. Unterwürfigkeit war genau das, was Augusta von ihnen erwartete.

»Ich habe nie an das Klischee geglaubt, dass Kinder ihre Eltern unweigerlich hintergehen.« Augusta stützte das Kinn auf die aneinandergelegten behandschuhten Finger. »Rebellische Teenager gehören in Städte, in denen die größte Gefahr von betrunkenen Autofahrern ausgeht. Ihr dagegen seid in dem Wissen aufgewachsen, was für uns hier jeden Tag auf dem Spiel steht. Euch ist sicher klar, dass ich eine stichhaltige Entschuldigung von euch erwarte.«

»Es tut mir leid, Mutter«, sagte May prompt und senkte den Kopf. Die Haare fielen ihr vors Gesicht und entblößten den blonden Flaum in ihrem Nacken. »Ich hätte dir das mit Violet sofort erzählen sollen.«

»Halt!«, fuhr Augusta sie an. »Eine stichhaltige Entschuldigung, habe ich gesagt! Ihr sollt euch mir nicht zu Füßen werfen und betteln wie meine Hunde. Wenn ihr keine Verantwortung für eure Taten übernehmt, wird euch nie jemand ernst nehmen!«

»Es tut mir leid!«, rief May verzweifelt. »Ich übernehme doch Verantwortung! Es war mein Fehler, das weiß ich jetzt, aber bitte ...«

»Bitte *was?*«

»Bitte nimm Isaac nicht seine Erinnerungen weg!«

Justin zuckte zusammen. Mays unübersehbare Angst entschuldigte nicht die Dinge, die sie ihm vorhin an den Kopf geworfen hatte und die immer noch in ihm rumorten, aber irgendwie tat sie ihm auch leid. Isaac war einer der wenigen Menschen, die May nicht nur akzeptierten, sondern auch mochten.

»Ich habe nicht vor, Isaac Sullivan zu bestrafen«, sagte Augusta etwas milder. »Jedenfalls nicht dafür.«

May sackte vor Erleichterung beinahe über dem Schreibtisch zusammen. »Danke!«

Justin und May waren gegen die Fähigkeiten ihrer Mutter immun. Weil sie miteinander verwandt waren, richtete Augustas Berührung bei ihnen nicht das Gleiche an wie bei allen anderen in der Stadt. Nur Augustas Kinder wussten, wodurch sie sich auf dem Posten der Polizeichefin hielt. Nur sie wussten, wie viele Einwohner von Four Keys mit Erinnerungslücken herumliefen.

»Ist ja gut«, sagte Augusta leicht genervt. »Jetzt du, Justin. Was hast du zu deiner Entschuldigung vorzubringen?«

Das Einfachste wäre gewesen, es wie May zu machen und um Verzeihung zu betteln. Aber Justin brachte es einfach nicht über sich.

Es ging nicht mehr nur um Violet.

Seine Mutter hatte sich nie wegen Harper entschuldigt. Oder dafür, dass sie Isaac gedroht hatte. Dass sie Justin links liegen ließ, nachdem er bei seinem Ritual versagt hatte. Wie konnte sie da jetzt von ihm den Respekt erwarten, den sie selbst ihm nicht entgegenbrachte?

»Mir tut es nicht leid.«

Augustas steinerne Miene verzog sich zu einem gehässigen Grinsen. »Das habe ich mir schon gedacht. Du kannst gehen, May. Dein Bruder und ich müssen uns unter vier Augen unterhalten.«

May huschte aus dem Zimmer wie ein Mäuschen. In die Armlehne von Justins Stuhl war ein winziges Gründersymbol geschnitzt. Als Augusta weitersprach, kratzte er mit dem Fingernagel daran herum.

»Du bist also nicht der Meinung, dass du dich bei mir entschuldigen solltest.«

Justin schüttelte den Kopf.

»Muss ich erst aufzählen, was du angerichtet hast?«

»Ich habe nichts angerichtet.«

»Also ehrlich, Justin! Du hast diese Stadt einer unglaublichen Gefahr ausgesetzt, und das wegen eines Mädchens, das du nicht mal einen Monat kennst. Und du hast mich angelogen. Ich weiß, dass du dich gern als Retter aufspielst, aber sogar dir muss klar sein, dass das total daneben war.«

»Ich würde es wieder tun«, sagte Justin ruhig. »Um Violet vor dir in Schutz zu nehmen.«

Augusta stieß einen Unmutslaut aus und legte zwei behandschuhte Finger an die Schläfe.

»Ich setze meine Fähigkeiten nicht leichtfertig ein, das weißt du. Nur, wenn es nicht anders geht. Aber es ist besser für die Stadt, wenn Violet keinen Zugang zu ihrer Macht findet. Nicht, wenn sie eine derart unmittelbare Verbindung mit dem Ungeheuer herstellen kann.«

Hatte Augusta vielleicht recht? Vielleicht waren Harper, Isaac und Violet wirklich zu gefährlich, um auf die Öffentlichkeit losgelassen zu werden. Vielleicht war es wirklich besser, wenn sie ein Leben ohne ihre Fähigkeiten führten.

Es wäre einfach gewesen, so wie May klein beizugeben. Irgendwann würde die Stadt das Ganze vergessen und weitermachen, als ware nichts geschehen.

Doch es gab jetzt schon kaum noch Gründernachkommen und das war der Stadt auch klar. Four Keys veränderte sich. Es wäre viel sinnvoller gewesen, die Gründerkinder zu fördern, statt sie ihrer Fähigkeiten zu berauben. Justin sah wieder den Zorn in Harpers Augen vor sich, als sie ihm das Holzschwert an die Kehle gedrückt hatte. Einen Zorn, den sie selbst nicht recht begriff, weil sie nicht ahnte, was Augusta ihr genommen hatte. Die Fähigkeiten, die sie nun nicht mehr einsetzen konnte.

Justin hatte sich immer dafür bemitleidet, was er nicht haben konnte, aber er wusste wenigstens, was ihm fehlte.

Harper dagegen hielt sich nur für machtlos. Genauso wie Violet. Und er konnte nichts für die beiden tun.

Aber er wusste, was die beiden tun würden, wenn sie Augusta Hawthorne gegenübersäßen.

Sie würden sich wehren.

Er war es ihnen schuldig zu zeigen, dass er etwas aus ihrem Schicksal gelernt hatte.

Er stand auf. »Du hast Harper und Violet ihre Erinnerungen nicht weggenommen, weil sie für die Stadt gefährlich wären!« Ihre Wut war seine Wut, sie machte Mays Einknicken wieder gut und gab ihm ein, was er zu sagen hatte. »Diese Stadt braucht starke Gründer! Aber Harper und Violet hätten deine Autorität gefährden können, darum hast du dich an ihnen vergriffen. Isaac hat mehr Unheil angerichtet als die beiden zusammen, aber er bleibt ungeschoren, weil er auf uns hört. Harper und Violet dagegen entziehen sich deinem Einfluss, deswegen mussten sie ausgeschaltet werden. Und jetzt willst du auch mich ausschalten.«

Diesmal blieb Augusta stumm, nur ihr blasses Gesicht rötete sich leicht. Die behandschuhten Hände lagen immer noch an ihren Schläfen. Sie blickten einander an, Mutter und Sohn, dann ging Justin langsam rückwärts in Richtung Zimmertür.

Schließlich antwortete Augusta in bösartigem Flüsterton: »Ein Gründer zu sein bedeutet vor allem, Opfer zu bringen. Wenn du nicht begreifst, dass die Sicherheit der anderen wichtiger ist als deine eigenen Gefühle, dann ist es ein Glück, dass du bei deinem Ritual gescheitert bist. Dann bist du nämlich ungeeignet, dieser Stadt zu dienen.«

Justin sagte nichts mehr. Er zuckte nicht mit der Wimper. Er tastete hinter sich nach der Türklinke und rannte dann den Flur entlang und aus dem Haus.

Er rannte und rannte, bis alles um ihn verschwamm und seine

Beine vor Schmerz brannten. Als seine Füße endlich anhielten, nach Stunden oder Tagen oder Jahren, stand er vor der Tür von Isaacs Wohnung.

»Ich kann nicht mehr nach Hause«, sagte er leise, dann schrie er es noch einmal heraus und schlug gegen das rissige Holz mit der blätternden Farbe, als würde die Erkenntnis dadurch weniger schmerzhaft. Als die Tür knarrend aufging, war er zu Tode erschöpft.

»Ich kann nicht mehr nach Hause«, wiederholte er und Isaacs Mund verzog sich zu dem schiefen Lächeln, das er schon neulich im Diner aufgesetzt hatte – ein Lächeln, das Justin nicht deuten konnte.

»Dann bleib halt hier«, sagte er trocken und öffnete die Tür so weit, dass Justin hereinstolpern konnte.

Sonst trabte immer Isaac hinter ihm her, aber an diesem Abend war Justin froh, dass er Isaacs breiten Schultern und dunklen Locken zum Sofa folgen konnte. Dort konnte er sich endlich ausruhen.

Harper hasste es, wenn man sie nicht ernst nahm. Und sie hasste es, wie leicht es für die anderen war, sie wieder auszuschließen. Nachdem die Polizeichefin auf der Lichtung erschienen war, hatten Mitzi und Seth sie nach Hause gebracht. Sie hatte versucht, mit ihrem Vater über Nora zu reden, aber er versicherte ihr nur immer wieder, es sei ein Versehen gewesen.

Harper glaubte ihm nicht, konnte aber auch nicht das Gegenteil beweisen.

Die folgenden Tage verliefen ruhig.

Justin, Isaac, May und Violet waren nicht in der Schule. Violet ging nicht ans Telefon und Harper konnte sich nicht überwinden, mit Justin Kontakt aufzunehmen. Als sie dann nach ein paar Tagen wieder ins Klassenzimmer kam und Violet scheinbar erholt und gut gelaunt auf ihrem Platz saß, war Harper mehr als irritiert.

Sie setzte sich und schaute zu, wie auch Justin und Isaac sich auf ihre Plätze in der hintersten Reihe schoben. Harper wartete auf irgendein Zeichen der anderen, eine Bestätigung dessen, was sie alle erlebt hatten, nämlich dass das Monster von Violet Besitz ergriffen hatte, aber nichts dergleichen geschah. Violet ihrerseits sprach mit niemandem, sondern hielt nur den Blick auf Mrs Langham gerichtet und lächelte seltsam abwesend.

In Geschichte und Bio war es genauso, weshalb Harper, als Violet vor der Mittagspause an ihrem Spind zugange war, über ihren Schatten sprang und zu ihr ging. Schließlich hatte Violet sie am Äquinoktium als ihre Freundin bezeichnet. Vielleicht hatte sie ja selbst noch an den Ereignissen der letzten Tage zu knabbern.

»Brauchst du Hilfe mit deinem Schloss?«, erkundigte sich Harper.

»Eigentlich müsste ich die Kombi kennen, aber sie fällt mir gerade nicht ein. Peinlich, was?«

»Ich bin schon ewig an dieser Schule und bringe die Zahlen manchmal immer noch durcheinander«, gab Harper zurück.

»Danke. Das ist beruhigend«, erwiderte Violet lachend. »Wie heißt du?«

Harper fühlte sich, als würde ihr der Boden unter den Füßen weggezogen. »Wie bitte? Das ist nicht lustig, Violet!«

»Tut mir leid. Kennen wir uns denn?« Violet trug immer noch dieses seltsame Lächeln zur Schau. »Du kommst mir irgendwie bekannt vor. Heißt du nicht Hailey? Oder Holly?«

Harper konnte es kaum ertragen, wie Violet sie dabei ansah. Genauso ausdruckslos hatte Justin sie vor drei Jahren angesehen. Und obwohl Harper wusste, dass hier noch etwas anderes vor sich ging, dass Violet sie nicht einfach *vergessen* haben konnte, bekam sie es plötzlich mit der Angst zu tun.

»Ich muss los!« Sie floh in den Musikübungsraum, wo sie normalerweise ihr Pausenbrot aß, und zog die Füße auf den Stuhl.

Etwas stimmte mit Violet nicht. Oder sie ignorierte Harper absichtlich.

Nein. Das wäre grausam. So etwas würde Violet nicht machen, nicht, nachdem ihr Harper erzählt hatte, was Justin ihr angetan hatte. Violet wusste – sie *musste* es wissen –, dass Harper so etwas nicht noch einmal ertragen konnte.

Ihr Vater hatte Nora im Wald ausgesetzt. Und Violet, die Einzige, mit der Harper darüber sprechen wollte, schien wie ausgewechselt zu sein.

Harper war verwirrt und verängstigt und fühlte sich einsamer denn je.

Wieder schoss ein Phantomschmerz erst durch ihren linken Arm und dann durch den ganzen Körper. Sie umklammerte erschauernd ihren Armstumpf.

Vor drei Jahren hatte sie vor der Angst kapituliert. Sie hatte vor den Hawthornes kapituliert und war so geworden, wie man sie haben wollte: unbedeutend, ängstlich und unsichtbar. Doch inzwischen wusste sie, dass sie sehr viel mehr war.

Sie strich sich die Haare hinter die Ohren und trocknete sich die Augen, und gerade als ihr Puls sich etwas beruhigte und die Phantomschmerzen im Arm nachließen, klopfte jemand an die Tür.

»Besetzt!«, rief sie.

»Harper? Bist du da drin?«

Harper hob den Kopf. Ein Adrenalinschub durchströmte sie. »Justin?«

»Darf ich reinkommen?«

Am liebsten hätte sie Nein gesagt.

Aber wenn sie herausfinden wollte, was mit Violet los war, brauchte sie Unterstützung, und sie konnte es sich nicht leisten, wählerisch zu sein.

Also schluckte sie die restlichen Tränen hinunter, stand auf und öffnete die Tür.

Justin wirkte noch aufgelöster als neulich, als er ihr gestanden hatte, dass er über keinerlei Fähigkeiten verfügte. Sein Gesicht wirkte eingefallen, fast hager, aber sein Blick war schmerzhaft klar.

»Ich weiß, ich soll dich in Ruhe lassen«, sagte er, »aber kann ich mich trotzdem zu dir setzen? Ich halte es da draußen nicht mehr aus.«

Harper war so überrascht, dass sie nur nicken und ungläubig zuschauen konnte, wie er seinen Rucksack auf einem Notenpult abstellte und sich auf einen Stuhl sinken ließ. Hinter ihm fiel die Tür zu. Harper setzte sich wieder auf ihren Stuhl und ihr wurde bewusst, wie klein der Raum war.

Obwohl sie einander gegenübersaßen und ihre Stühle direkt an der Wand standen, berührten sich ihre Knie beinahe.

»Wo ist Isaac?«, fragte sie.

Justin fuhr sich durch das blonde Haar und vor Harpers innerem Auge blitzte ein Bild auf: ihre Hand in seinem Nacken, Haare, die wie gesponnenes Gold zwischen ihren Fingern glänzten.

Sie verscheuchte das Bild, aber ihre Finger zuckten trotzdem.

»Isaac ist bei May«, antwortete Justin, »und versucht, den vorgetäuschten Frieden zu wahren.«

»Vorgetäuschter Frieden? Was meinst du damit?«

»Ich bin zu Hause rausgeflogen«, sagte Justin. »Sozusagen. Ich bin abgehauen. Aber sie hätte mich sowieso rausgeschmissen.«

»Was? Warum denn?«

»Ich hab's nicht mehr ausgehalten. Meine Mutter hat mir verkündet, es wäre ein Glück, dass ich mein Ritual nicht geschafft habe. Und langsam glaube ich, sie hat recht. Langsam wird mir klar, welchen Schaden meine Familie in dieser Stadt anrichtet.« Er atmete zittrig aus. »Niemand hat es verdient, so behandelt zu werden, wie ich dich behandelt habe.«

Wie lange hatte Harper auf diese Worte gewartet! Doch jetzt, da sie in dem kleinen Raum widerhallten, verspürte sie keine Erleichterung, sondern fühlte sich einfach nur leer.

»Das spielt jetzt keine Rolle mehr«, sagte sie gedehnt und merkte erst im Nachhinein, dass sie ihre Gedanken laut aussprach. Aber sie wollte auch nicht aufhören. »So leicht kann man sich nicht von drei Jahren Schuld lossagen. Und du kannst nicht einfach zu mir zurückgekrochen kommen, nur weil dir gerade danach ist.«

»Weiß ich doch. Ich war ein arrogantes Arschloch, ich habe dich dermaßen verletzt. Das kann ich nicht wiedergutmachen. Du sollst nur wissen, dass ich das kapiert habe. Ich hätte mich gegen meine Familie wehren müssen. Ich hätte für dich da sein müssen. Und alles, was ich für Isaac und Violet getan habe, habe ich nur getan, weil ich dich damals im Stich gelassen habe.«

Harper wusste nicht, ob er es ehrlich meinte – aber sie wünschte es sich so sehr.

Sie unterdrückte ein Schluchzen. »Ich verzeihe dir trotzdem nicht.«

»Weiß ich.«

»Ich kann dir nicht verzeihen.«

»Mir egal.«

Harper hatte einen Kloß im Hals, denn das war wieder der Justin, den sie einmal gekannt hatte. Liebenswürdig, ehrlich, hundertprozentig loyal.

Am Abend vor ihrem Ritual waren sie beide heimlich zum See hinuntergegangen und hatten zugeschaut, wie die dunklen Wellen an das schlammige Ufer schwappten.

»Was ist, wenn ich nicht mehr auftauche?«, hatte Harper gefragt und Justin hatte ihre Hand genommen und sie ermunternd angegrinst.

Es hatte sich wie ein Versprechen angefühlt. »Klar tauchst du wieder auf!«

Und Harper hatte diesen Jungen, den Justin von damals, geliebt. Deshalb hatte sie ihm geglaubt. Vielleicht liebte sie ihn ja immer noch.

Aber sollte Liebe einen nicht stärken, statt sich anzufühlen, als würde man von innen heraus verfaulen? Das, was sie beide noch verband, war ein emotionales Chaos aus Begehren, Wut und Reue, das schon so lange in Harper tobte, dass es ein Teil von ihr geworden war.

Sie konnte nicht vergessen, dass Justin bereit gewesen war, sich von einem Tag auf den anderen von ihr abzuwenden. Damals hatte er noch geglaubt, er würde sein eigenes Ritual bestehen. Er hatte alle Vorteile genutzt, die er als Hawthorne hatte: Mädchen, Freunde, bedingungslose Verehrung.

Er war erst zu Harper zurückgekehrt, als etwas in ihm zerbrochen war. So wie in ihr selbst auch.

Harper durfte seine Verzweiflung nicht mit Zuneigung verwechseln. Als sie wieder sprach, wollte sie ihm keine Hoffnung auf eine Versöhnung machen, sondern ihm Antworten entlocken.

»Mit Violet stimmt etwas nicht.«

Justin tat nicht einmal überrascht.

»Meine Mutter hat sie sich vorgeknöpft«, entgegnete er.

»Vorgeknöpft? Was willst du damit sagen?«

»So ist meine Mutter nun mal. Wenn sie der Meinung ist, eine bestimmte Person könnte ihr gefährlich werden, raubt sie ihr die Erinnerung. Dann hat diejenige keinen Zugang mehr zu ihren Fähigkeiten, weil sie nicht mehr weiß, dass sie je welche besessen hat.«

Eigentlich hätte Harper fassungslos sein müssen, aber es leuchtete ihr sofort ein. Selbstverständlich standen den Hawthornes Mittel und Wege zur Verfügung, von denen andere nichts ahnten.

Noch mehr Geheimnisse. Noch mehr Lügen.

Doch als ihr die volle Bedeutung des Ganzen aufging, kamen ihr wieder die Tränen. Violet erinnerte sich nicht mehr an sie und das hieß, dass es das Mädchen, das Harper gekannt hatte und dem sie etwas bedeutet hatte, nicht mehr gab.

»Ihre Erinnerungen ...«, sagte sie stockend. »Kann Violet sie irgendwie wiedererlangen?«

»Ich glaube nicht«, antwortete Justin mit belegter Stimme.

Wenn er sich deswegen mit Augusta gestritten hatte und von zu Hause weggelaufen war, dann musste ihm Violet wirklich wichtig sein.

»Eigentlich wollte ich dir nur sagen, dass womöglich etwas Schlimmes auf uns zukommt«, fuhr er nach einer Pause fort. »Meine Familie hat es vielleicht sogar verdient, aber alle anderen in der Stadt nicht. Also bleib vom Wald weg, okay?«

Und auf einmal wusste Harper, wie es weitergehen konnte.

Jahrelang hatte sie ihr Leben als eine Art Märchen betrachtet. Das Märchen von dem Mädchen, das nicht mehr als Liebe,

Macht und Familie gewollt hatte. Dann die nicht bestandene Bewährungsprobe und die obligatorischen Gegenspieler, die hinterhältigen Hawthornes, die sie zu einem einsamen, elenden Dasein verdammt hatten. Die Hawthornes, die ihre Grausamkeit geschickt überspielten.

Ihr Vater hatte ihr ein Happy End in Aussicht gestellt. Ein Ende, bei dem sie beide Helden wären.

Doch als Harper Justin jetzt ansah, begriff sie, dass das alles Unsinn war.

Helden, Schurken, Märchen und Monster ... Es war immer der Erzähler, der die Macht über die Geschichte hatte.

Von jetzt an würde Harper ihre Geschichte selbst erzählen.

Vielleicht erinnerte sich Violet nicht mehr daran, was man ihr angetan hatte, aber Harper würde sie trotzdem nicht aufgeben.

»Ich weiß gar nicht, ob deine Familie tatsächlich die einzige in dieser Stadt ist, die nichts Gutes im Schilde führt«, erwiderte sie zu ihrer eigenen Verblüffung. »Justin ... ich muss dir etwas sagen.«

18

Violet betrachtete seufzend die Klaviertasten. Sie fühlte sich schon den ganzen Tag unwohl und hatte gehofft, ein bisschen Üben könnte sie wieder ins Lot bringen, aber jedes Mal, wenn sie die Tasten berührte, überkam sie eine eigenartige Beklemmung. Das Instrument fühlte sich irgendwie falsch an.

Dass Orpheus hinter ihr auf und ab trippelte und dabei kläglich maunzte, machte es nicht besser. Sein Maunzen drang wie ein im Leerlauf aufheulender Motor durch das ganze Haus. Bestimmt vermisste er sein Frauchen, aber Tante Daria würde nicht wiederkommen.

Orpheus maunzte wieder, doch da hörte Violet hinter sich noch etwas anderes – Schritte.

Sie drehte sich erstaunt um. Ihre Mutter war nicht zu Hause.

Es war auch nicht Juniper. Ein großes Mädchen mit glatten blonden Haaren und irritierend symmetrischem Gesicht stand mitten im Musikzimmer.

Ihr Lächeln hatte etwas Gezwungenes, ihre Wangen wirkten irgendwie eingefallen. Violet bekam eine Gänsehaut. Das fremde Mädchen schaute sie genauso an, wie Harper sie heute früh angesehen hatte. Als teilten sie beide ein Geheimnis, obwohl Violet ihr noch nie begegnet war.

Ein Name kam ihr in den Sinn, auch wenn sie nicht wusste, woher.

»Bist du May?«, fragte sie. Das Mädchen nickte. »Was machst du hier?«

May zuckte die Schultern. Sie trug ein fließendes, cremefarbenes Top. »Du hast mich eingeladen. Ich habe geklopft, aber die Tür war offen, darum bin ich reingekommen.« Sie zeigte auf das Klavier. »Du bist echt gut.«

»Nicht so gut, wie ich mal war.« Violet verzog das Gesicht. »Ich kann mich gar nicht erinnern, dass ich dich eingeladen habe.«

Allerdings konnte sie sich an vieles nicht erinnern. Ihr Leben nach Rosies Tod war wie in Nebel gehüllt, und wenn sie versuchte, sich die ersten Wochen in Four Keys ins Gedächtnis zurückzurufen, wurde der Nebel nur noch dichter.

Zum Glück schien das May nichts auszumachen. »Wir beide müssen für die Schule ein Geschichtsreferat vorbereiten«, sagte sie und holte ein Holzkästchen aus ihrer Tasche. »Du hast vorgeschlagen, dass ich nach der Schule zu dir komme, damit wir zusammen weiter recherchieren können.«

Violet erinnerte sich tatsächlich dunkel, irgendetwas über die Stadt recherchiert zu haben. In einem Raum mit verbeulten Aktenschränken und Gemälden an den Wänden. Ihr war so, als sei es wichtig gewesen.

»Ja, klar«, sagte sie rasch. »Jetzt fällt es mir wieder ein. Unser Thema ist, äh ...«

»Unser Thema ist das hier.« May klappte das Kästchen auf und holte ein übergroßes Kartenspiel heraus. »Die Omenkarten. Das ist ein alter Brauch hier. Eine Variante des Tarot, die in dieser Stadt erfunden wurde.« Sie lächelte wieder leicht gezwungen. »Wir haben besprochen, dass ich dir die Karten lege. Für das Referat. Was ist denn heute mit dir los?«

Wieder dieses Unbehagen. »Keine Ahnung«, sagte Violet verlegen. »Ich bin heute irgendwie daneben.«

»Wenn dir nicht danach ist, können wir es auch verschieben.«

Aber da May schon mal hier war und Violet kein guter Grund einfiel, sie wieder wegzuschicken, erwiderte sie: »Nein, ist schon in Ordnung. Bringen wir's hinter uns.«

May bestand darauf, dass sie sich auf den Boden setzten. Normalerweise war Violet zu stolz und kritisch, um Anweisungen einfach zu befolgen, ohne sie zu hinterfragen, aber diesmal war sie zu müde, um zu widersprechen. Die Beklemmung, die sie schon den ganzen Tag über begleitete, hatte sich in dem Augenblick verstärkt, in dem sie May gesehen hatte. Als sie dem Mädchen in die Augen schaute, hätte sie schwören können, dass sich in ihnen etwas bewegte, wie dünne Ranken, die sich langsam entrollten.

Auf einmal kam ihr der Anblick von Mays geschickten Fingern, die die Karten mischten, seltsam bekannt vor. Hatten sie vielleicht schon einmal so zusammengesessen? Aber *daran* würde sie sich doch erinnern, oder?

Während May die hölzernen Karten geschickt mischte, ging irgendeine optische Täuschung vor sich. Violet wusste, dass es Unsinn war, aber es sah so aus, als würde der Stapel beim Mischen immer kleiner.

Als verschwänden die Karten eine nach der anderen.

Als nur noch wenige übrig waren – wo waren die restlichen geblieben? –, blickte May auf.

»Jetzt müssen wir uns an den Händen halten.« Sie zog einen Mundwinkel hoch. »Ich weiß, das ist komisch. Es ist ein alter Aberglaube.«

Wieder kam es Violet vor, als hätten sie das schon einmal gemacht. »Ich weiß nicht, ob ...«

Doch May hatte schon ihre Hände genommen. Ihre Handflächen waren kalt und feucht, ihr Griff dagegen erstaunlich kräftig, und als Violet sich dagegen sträubte, hatte sie plötzlich ein ganz eigenartiges Gefühl.

Als würden sich Wurzeln in ihren Schädel graben – dünne, zielstrebige Ranken, die alles, was sie berührten, verwandelten und alle Erinnerungen heller und deutlicher machten. Als würde jemand ein vergilbtes Landschaftsgemälde restaurieren, sodass die Farben wieder leuchteten. Es verschlug Violet den Atem. May kappte alle Fesseln, die ihrer Erinnerung angelegt worden waren. Unwillkürlich lehnte Violet sich zurück und entzog May ihre Hände, während die Ereignisse der vergangenen Wochen in ihr Gedächtnis zurückfluteten.

Erst konnte sie das Mädchen, das ihr gegenübersaß, nur stumm und zitternd ansehen. Dann kristallisierte sich aus ihren sich überschlagenden Gedanken eine brutale Wahrheit heraus.

»Deine Mutter!« Die beiden Worte hallten anklagend durch das Musikzimmer.

May nickte blass und todernst. »Dann erinnerst du dich wieder?«

»Ja.«

»Und du bist sauer?«

»Klar bin ich sauer. Was hast du denn gedacht?«

Deswegen hatten die Hawthornes ihre Mutter angelogen! Deswegen waren die Einwohner von Four Keys so hingerissen von ihnen – weil sie keine Ahnung hatten, was diese ach so tolle Gründerfamilie trieb!

Kein Wunder, dass sich Juniper nicht mehr an ihre Vergangenheit erinnern konnte. Kein Wunder, dass Harpers Geschichte mit den Hawthornes so verworren war.

Es lag an Augusta. Sie war an allem schuld.

Wie vielen anderen hatte sie das Gleiche angetan? Wie viel hatten die übrigen Bürger von Four Keys vergessen?

»Sie raubt den Leuten ihre Erinnerungen!«, sagte Violet bebend vor Zorn. »Und du kannst sie ihnen zurückgeben. Aber du hast es nicht getan.«

Die Schatten in Mays Halsgrube wurden dunkler, als sie den Kopf senkte. »Ich habe mein Ritual erst vor einem halben Jahr bestanden«, sagte sie leise. »Ich wusste nicht mal, ob es überhaupt funktioniert. Du bist die Erste, bei der ich es versuche.«

»Tja, jetzt weißt du's«, gab Violet zurück. »Dann kannst du jetzt ja …«

»Nein!« May wurde plötzlich laut, ihr ganzer Körper schien Panik auszustrahlen. Ihre Augen waren weit aufgerissen und sie streckte bittend, geradezu flehend, die Hand nach Violet aus. »Das geht nicht! Und wenn du jemandem erzählst, was ich gemacht habe, streite ich alles ab.«

»Aber warum?«, fragte Violet. Sie war immer noch sauer, aber May Hawthorne hatte sie trotz allem vor dem Vergessen bewahrt. Sie wollte sie jetzt nicht verschrecken.

May schluckte. »Wenn meine Mutter erfährt, dass ich dir geholfen habe, rastet sie aus. Das verzeiht sie mir nie.«

»Warum hast du mir dann geholfen?«

Violet wartete ungeduldig, während May sich wand und ihr Blick hin und her huschte. Sie hob die Hand an den Kopf, ein Strahl Nachmittagssonne tanzte über ihre Haut. Ihr goldener Ohrring stellte ein winziges Blatt dar.

»Keine Ahnung«, sagte sie schließlich und Violet hörte und sah ihr an, dass sie nicht log. »Es war einfach nicht richtig. Was Mom mit dir gemacht hat.« Violet hatte den Eindruck, dass sie mit den Tränen kämpfte, aber dann stand May auf und sie wusste nicht, ob sie es sich nur eingebildet hatte. May räusperte sich.

»Ich muss los«, sagte sie und drückte das Kästchen mit den

Karten an sich. »Ich kann dich nicht zwingen, aber sag bitte niemandem etwas.«

Damit ging sie mit leise über die Dielen tappenden Sandalen zur Tür.

»Warte!« Violet sprang auf.

Sie nahm nicht an, dass May auf sie hören würde, aber dann blieb sie doch stehen.

Violet wusste immer noch nicht, ob sie wütend sein sollte. Was sie sagen sollte.

Sie begnügte sich mit einem knappen: »Danke.«

May neigte flüchtig den Kopf wie ein nickendes Vögelchen. Dann hörte Violet die Haustür ins Schloss fallen und blieb im goldenen Licht der Nachmittagssonne zurück. Sie war völlig durcheinander.

Was sollte sie jetzt tun? Am liebsten hätte sie Justin und Isaac angerufen und angebrüllt, weil die beiden sie belogen hatten. Aber May hatte solche Angst gehabt …

Violet wollte ihr Vertrauen nicht missbrauchen. Trotzdem hatte sie immer noch eine Menge Fragen. Was wiederum bedeutete, dass sie die Antworten selbst finden musste.

Irgendetwas musste ihr die ganze Zeit über entgangen sein, etwas, das mit ihren Blackouts und ihrem Ritual zu tun hatte.

Sie lief in ihr Zimmer und verbrachte die nächsten fünf Minuten damit, alle Beweisstücke zusammenzusuchen, die sie bisher gefunden hatte: das Foto von Stephen, Daria und Juniper. Die Fotos von dem Text im Lesezimmer der Hawthornes auf ihrem Handy. Und schließlich Stephen Saunders' Tagebuch – jedenfalls die Hälfte, die sie wiedergefunden hatte.

Als Violet ihre Ausbeute betrachtete und krampfhaft überlegte, wie das alles zusammenpasste, strich etwas Weiches um ihre Knöchel.

»Du giltst wahrscheinlich auch als Beweisstück«, sagte sie und kraulte Orpheus hinter den Ohren. Der Kater ließ sein Kettensägenschnurren vernehmen und stupste mit dem Kopf gegen etwas, das halb unter einer heruntergefallenen Strickjacke auf dem Boden lag.

Violets Herz schlug schneller, als sie die Holzröhre erkannte, die Daria ihr in die Hand gedrückt hatte.

»Vielleicht musste Daria ja sterben, weil sie zu viel wusste«, sagte sie halblaut und bückte sich danach. Sie drehte den Deckel auf, doch noch ehe sie die Hausentwürfe herausziehen konnte, fiel ihr Blick auf die Maserung der Außenseite.

Das dunkle Holz war ungleichmäßig und verblichen. Violet hielt die Röhre unter die nächstbeste Lampe und kniff die Augen zusammen. Sie lächelte unwillkürlich, als sie den kaum sichtbaren Kreis entdeckte. Einen von vier Linien durchschnittenen, leicht erhabenen Kreis.

Sie drückte mit dem Daumen auf das Gründersymbol und es machte leise *Klick*! Was sie für eine Röhre gehalten hatte, waren in Wirklichkeit zwei.

Violet drehte den Behälter um und ließ die innere Röhre in ihre Hand gleiten. Sie enthielt ein einzelnes zusammengerolltes Blatt.

Es war wieder ein Grundriss, aber nur von einem einzigen Zimmer. In die Ecke hatte jemand mit verschmierter und verblasster Tinte das Gründersymbol gekritzelt, darunter stand: »Turm«.

»War ja klar, dass es hier auch einen gruseligen Dachboden gibt«, sagte Violet zu Orpheus, als sie die Steinplatte betrachtete, die über ihr in die Zimmerdecke eingelassen war. »Unsere Familie kann ihre Geheimnisse natürlich nicht wie normale Menschen einfach im Keller verstecken.«

Auf dem Dach des Saunders-Hauses erhoben sich drei Türmchen, aber Violet hatte sofort gewusst, welches gemeint war.

Es war das mittlere Türmchen, das über der Haustür. Sie hatte gesehen, wie es die Bäume überragte, als sie im Grau gefangen gewesen war. Außerdem war es das einzige Türmchen, das auch schon vor hundertfünfzig Jahren zum Haus gehört hatte.

Und richtig – da war auch die Platte, die sich von der Zimmerdecke abhob.

Eine Luke.

Violet kletterte auf einen Stuhl. Juniper war angeblich in einem Café in der Stadt, um dort zu arbeiten, sodass Violet unbesorgt Lärm machen konnte. Die Luke wurde offenbar von einer Spannfeder gehalten, aber der Mechanismus klemmte. Violet zwängte die Finger unter den Rand der Platte und drückte so lange, bis die Luke nachgab und auf rostigen Schienen quietschend aufglitt.

Zum Vorschein kam ein Metallrost, bei dem es sich um die Unterseite einer herausziehbaren Klappleiter handeln musste. Leider war die Leiter mit einem Vorhängeschloss gesichert. Violet zerrte daran. Das Schloss war nicht so verdreckt, als wäre es schon hundert Jahre alt, und es stammte von der gleichen Firma wie das Schloss an Violets Spind in der Highschool.

Doch auch wenn es neueren Datums war, der Riegel, an dem es angebracht war, war fast durchgerostet. Violet zerrte noch einmal an dem Vorhängeschloss, aber der Riegel gab nicht nach. Schließlich ging sie in die Diele, holte den Hammer aus dem uralten Werkzeugkasten im Wandschrank und drosch auf das Schloss ein, bis er durchbrach.

Es fiel scheppernd zu Boden und rostfarbener Staub bepuderte Violets schwarze Jeans. Sie steckte den Hammer vorsichtshalber ein, dann zerrte sie an der Leiter – die mit so markerschütterndem Quietschen nachgab, dass Violet sich am liebsten die Ohren zugehalten hätte. Sie zog sie so weit wie möglich zu sich herunter und hustete, weil ihr ein Schwall modriger Luft entgegenkam.

Dann spähte sie nach oben, konnte in der undurchdringlichen Dunkelheit aber nichts erkennen. Violet aktivierte die Taschenlampe ihres Handys und hob es über ihren Kopf. Die Dachschrägen sahen unverdächtig aus, aber die Öffnung war zu klein, als dass man die Wände richtig erkennen konnte, darum steckte Violet das Handy wieder ein und stieg die Leiter hoch. Sie hatte Herzklopfen.

Ihr war klar, dass ihr niemand zu Hilfe kommen würde, falls etwas schiefging. Justin, Isaac und Harper glaubten, dass sie ihr Gedächtnis verloren hatte, May hatte sie gebeten, nichts zu verraten, und ihre Mutter konnte sich sowieso an nichts mehr erinnern. Und Rosie ... Rosie war tot.

Die Turmstube war größer, als Violet gedacht hatte, sogar größer als ihr begehbarer Kleiderschrank in Ossining. Es war ein runder Raum, der sich zur Spitze hin verjüngte. An einer Wand hingen schwarze Seidenvorhänge, dahinter lugte ein Stück Rahmen hervor. Ein Fenster. Violet ging darauf zu, doch bevor sie die Vorhänge aufziehen konnte, grub ihr ein dunkler Schemen die Zähne in die Wade.

Violet taumelte mit einem Aufschrei zurück, aber es war bloß Orpheus. Als Violet auf den fauchenden Kater hinabschaute, sah sie, dass ein Stück Fußboden entfernt und durch eine runde, weiß umrandete Holzplatte ersetzt worden war.

Sie wollte um Orpheus herumgehen, aber der Kater sprang ihr mit einem Satz wieder vor die Füße. Sein Schwanz ragte steil in die Höhe, die Spitze zuckte heftig und die leuchtend gelben Augen fixierten Violet.

Sie hatte in ihrem Leben genug Horrorfilme gesehen, um zu wissen, dass man besser darauf hörte, wenn ein Tier einem etwas mitteilen wollte. Abgesehen davon spürte sie beim Anblick der verstaubten Holzplatte ein seltsames Kribbeln – ganz ähnlich wie in der Nacht des Äquinoktiums.

»Geh nicht da drauf.« Violet trat von der weißen Linie zurück. »Alles klar.«

Ansonsten gab es nicht viel zu sehen, nur noch ein Regal voller Krimskrams: die stumpfe Klinge eines Steinschwerts, eine kaputte kleine Glocke und ein leeres geschnitztes Holzkästchen, das sie an das Kästchen erinnerte, in dem May ihre Karten aufbewahrte.

Doch als Violet die Hoffnung schon aufgeben wollte, fiel ihr Blick auf das unterste Regalbrett.

Aus einem ledergebundenen Buch lugte ein kleiner Stapel linierter Blätter.

Violet klappte das Buch auf. Es war ein Gedichtband, die Blätter waren unordentlich zwischen die Seiten geschoben.

Sie erkannte die Handschrift auf Anhieb.

»Jackpot!«, flüsterte sie.

Endlich hatte sie die fehlenden Seiten von Stephen Saunders' Tagebuch gefunden.

Der Carlisle-See dehnte sich vor Harper aus wie ein offenes Maul.

Justin, der neben ihr stand, war ein bisschen blass um die Nase. Seit Harper ihm ihren Plan unterbreitet hatte, fühlte er sich sichtlich unwohl, aber davon würde sie sich nicht aufhalten lassen. Nichts konnte sie jetzt noch aufhalten.

»Als ob er das Tageslicht einsaugt«, sagte Justin leise und schaute auf das schlammige Wasser.

Harper hob den Blick und sah in sein fahles Gesicht. Das Sonnenlicht schien hier tatsächlich kraftloser zu sein, die steinernen Tiere hinter ihnen lagen im Schatten.

Seit sie zuletzt hier miteinander gesprochen hatten, waren kaum zwei Wochen vergangen, und doch war jetzt alles ganz anders.

Er hatte sie angelogen, was seine Macht anging.

Sie hatte ihn angelogen, was die Kirche anging.

Aber dann, im Musikraum, hatte sie ihm die Wahrheit gestanden. Dass sie einer Splittergruppe der Kirche der Vier Gottheiten angehörte, die sich vorgenommen hatte, seine Familie zu entmachten. Und dass sie ziemlich sicher war, dass diese Gruppe etwas mit dem zu tun hatte, was Violet zugestoßen war.

Dass sie selbst seine Hilfe brauchte.

Justin hatte das Ganze gut aufgenommen – fast zu gut, aber Harper konnte sich jetzt nicht damit befassen, warum er statt mit Verärgerung mit Verständnis reagiert hatte.

Wenigstens war jetzt, nachdem sie beide gebeichtet hatten, alles gesagt. Das Gleichgewicht zwischen ihnen schien wiederhergestellt.

Der Plan, den sie daraufhin geschmiedet hatten, hatte sie nach der Schule hierhergeführt. Sie wollten endlich herausfinden, was in dieser Stadt wirklich vor sich ging.

Harper sah zu dem Schuppen hinter dem Wächtergarten hinüber und wappnete sich innerlich für das, was sie sich vorgenommen hatte.

Mitzi und Seth waren nicht zu Hause. Harpers Mutter besuchte ihre Schwester ein paar Ortschaften weiter und hatte den kleinen Olly mitgenommen. Justin hatte sich bereit erklärt, auf Brett und Nora aufzupassen, und behauptet, er könne super mit kleinen Kindern umgehen.

Die Gelegenheit, ihren Vater allein anzutreffen, würde sich so schnell nicht wieder ergeben.

»Ich bin dann so weit«, sagte Harper.

Als Justin sie ansah, musste sie daran denken, wie sie drei Jahre zuvor gemeinsam am See gestanden hatten. An seine Hand in ihrer. Sein Lächeln. Seine Zuversicht.

Diesmal lächelte er nicht. Er nahm auch nicht ihre Hand. Doch in seiner Stimme lag nicht der Anflug eines Zweifels: »Du schaffst das.«

Harper war froh darüber. Sie ging zur Werkstatt ihres Vaters hinüber.

Diesen Kampf musste sie allein ausfechten.

19

Das Datum über den ersten Zeilen war genau der Tag nach dem, an dem Stephen zuletzt in sein Tagebuch geschrieben hatte.

Doch obwohl es zweifelsfrei Stephens krakelige Handschrift war, war es diesmal kein Tagebucheintrag.

Das überarbeitete Glaubensbekenntnis der Kirche der Vier Gottheiten, 23. September 1984.

Die Kirche der Vier Gottheiten.

Violet hatte davon gehört. Justin hatte ihr von dieser Glaubensgemeinschaft erzählt, deren Mitglieder die vier Gründer verehrt hatten.

Sie wusste zwar nicht, was diese Religion mit alldem zu tun hatte, las aber trotzdem weiter.

Hiermit gelobe ich, dass ich mit niemandem außer meinen treuesten Anhängern über dieses Bekenntnis spreche. Ich gelobe es bei meiner Familie, meiner Ehre und meiner unsterblichen Seele.
Vor hundertvierzig Jahren fanden sich die Bürger von Four Keys zur Kirche der Vier Gottheiten zusammen. Sie wollten ihren Gründern Dankbarkeit bezeugen, weil sie glaubten, sie hätten sie vor einem Ungeheuer beschützt.
Inzwischen weiß ich, dass das nicht stimmt. Die Gründer wollten niemanden beschützen, sondern haben ein unschuldiges Wesen

gequält und seiner Macht beraubt. Anschließend wollten sie es kaltblütig ermorden, um alle Spuren zu beseitigen.
Ihr Plan ging jedoch nicht auf. Das Wesen lebt in einem teuflischen Kerker weiter und die Stadt betet seine Peiniger an, ohne zu ahnen, dass es ihre Gier und Überheblichkeit waren, die so viel Leid über Four Keys gebracht haben.
Die ursprüngliche Kirche der Vier Gottheiten verstand sich als Weg zur Erlösung. An diesen Grundgedanken knüpfe ich an und übertrage ihn auf unsere Realität. Ich weiß, was diese Stadt getan hat, und mir wurde ein Weg aufgezeigt, der uns alle davon erlösen kann.
Ich werde die falschen Gründer stürzen.
Ich werde meine Bestimmung erfüllen. Und ich werde fürstlich dafür belohnt werden.
Zweig und Dolch, Knochen und Stein haben es verdient zu leiden!

Die Wiese vor der Werkstatt war mit Skulpturen übersät. Harpers Vater versorgte Augusta Hawthorne pflichtschuldigst mit Hüterfiguren für die Stadtgrenzen und die Einwohner mit Warnglocken, die sie über ihren Haustüren anbringen konnten. Doch er stellte auch noch andere Skulpturen her: sonderbare Geschöpfe aus dem Lehm, den er vom Grund des Sees holte.

Harper wusste, dass er eigene Wächter erschaffen wollte, doch seine Werke wurden nur immer absurder statt mächtiger: ein Fuchs mit einem Schwanz aus unzähligen Augen; ein fetter, hässlicher Frosch, dem statt einer Zunge ein menschlicher Arm aus dem Maul ragte; und noch viele andere Kreaturen. Harper konnte sie weder als Tiere noch als Menschen identifizieren, bloß als wirre Zusammenstellungen nicht zusammenpassender Teile.

Ihre stumme Anwesenheit verunsicherte Harper. Die Skulpturen konnten sich zwar nicht bewegen, aber sie starrten sie an, schienen ihr mit den deformierten Augen zu folgen. Doch sie riss sich zusammen und betrat den Schuppen.

Maurice saß an seiner Werkbank, knetete an einem Lehmklumpen herum und summte vor sich hin. An der Wand hinter ihm hingen drei Degen mit Stahlklingen. An den anderen Wänden und an der Decke waren Skulpturen und Glocken aufgehängt, auch die Regale quollen davon über. Ihr Publikum.

»Na, Harper?«, brummte er leicht genervt, ohne aufzublicken. »Was ist denn? Brauchst du was?«

»Ich muss dich etwas fragen.« Harper wusste nicht recht, wie sie vorgehen sollte, aber wenn Justin Hawthorne es fertiggebracht hatte, ihr die Wahrheit zu sagen, dann konnte sich ihr Vater ja wohl auch dazu überwinden. »Was will die Kirche der Vier Gottheiten wirklich, Dad?«

Jetzt schaute Maurice auf. »Sie will die Hawthornes entmachten. Das haben wir dir doch schon erklärt.«

Aber es steckte mehr dahinter. Harper wusste, dass mehr dahintersteckte.

Sie hatte gesehen, wie die Bestie von Violet Besitz ergriffen hatte. Sie hatte die Angst in Noras Augen gesehen. Und sie spürte, dass die Art und Weise, wie man ihr ohne weitere Erklärungen aufgetragen hatte, Violet auf ihre Seite zu ziehen, nicht richtig war.

Allmählich gingen ihr die Entschuldigungen für ihren Vater aus.

»Bestimmt willst du mich nur in Schutz nehmen«, entgegnete sie, »aber ich bin deine Tochter. Ich kann damit umgehen.«

»Ich weiß nicht, worauf du hinauswillst«, erwiderte Maurice und runzelte in gespielter Sorge die gefurchte Stirn. »Macht dir dein Arm wieder zu schaffen, dass du so theatralisch wirst? Wenn es so schlimm ist, bringen wir dich ins Krankenhaus.«

Ihr Arm. Das war ein erbärmlicher Versuch, sie zum Schweigen zu bringen. Sie kleinzumachen.

»Ich weiß, dass du lügst, Dad«, sagte Harper leise. »Warum?«

Das Gesicht ihres Vaters versteinerte. »Bitte lass es gut sein, Harper«, sagte er und stand auf. Ein Anflug von Angst schwang in seinem Ton mit. »Dräng mich nicht.«

»Du hast mich zu einer Versammlung mitgenommen«, fuhr Harper unbeirrt fort. »Du hast mich dazu gebracht, mit Violet zum Äquinoktium nach draußen zu gehen und ...«

»Ich verspreche dir«, schnitt er ihr das Wort ab, »dass dir nichts Schlimmes passiert, wenn du einfach still bist und tust, was man dir sagt.«

Da ging Harper endlich auf, dass sie benutzt wurde.

Genauso, wie sie Violet davor gewarnt hatte, dass die Hawthornes sie nur benutzen würden.

Anscheinend hatte sie immer noch nicht begriffen, dass sie tatsächlich *niemandem* trauen konnte.

»Schätzt du mich wirklich so ein?«, fragte sie. »Glaubst du, dass es mir darum geht? Dass ich vor lauter Angst um mich *selbst* alles tue, was man mir sagt? Hast du wirklich geglaubt, dass ich das lange mitmache, ohne eine Erklärung zu verlangen?«

»Du hast ein erstaunliches Talent, nur zu hören, was du hören willst«, gab ihr Vater zurück. »Ich habe dich keineswegs angelogen, was die Hawthornes betrifft. Denk doch mal dran, wie Augusta dich behandelt. Wie sie jeden behandelt, der keine Macht besitzt.«

»Aber du besitzt doch Macht!«

»Nicht genug«, erwiderte er bitter und breitete die Arme aus. »Unsere Familie ist schwach, Harper. Wie sehr ich mich auch anstrenge, meine Hüter können es nicht ansatzweise mit den Wächtern meiner Mutter aufnehmen.«

Jetzt lag etwas Fiebriges in seinem Blick, das Harper durch und durch ging, ihr die Luft abschnürte. »Unsere Familien haben einen schrecklichen Fehler begangen, als sie das Ungeheuer einkerkerten. Sie haben damit Unfrieden und Streit über die nachfolgenden Generationen gebracht. Ich muss das wieder in Ordnung bringen.«

Ab da endete jeder Eintrag mit der gleichen Zeile. Beim Lesen zog sich Violets Magen jedes Mal stärker zusammen.

20. November 1985
Das erste Treffen war großartig. Einige waren anfangs misstrauisch, aber als ich ihnen unseren Plan erläutert habe, änderten sie ihre Meinung. Alle Teilnehmer wurden zu strengster Verschwiegenheit verpflichtet. Wenn sie ihren Schwur brechen, werden sie entsprechend bestraft. Dafür werde ich sorgen.
Mein Vater ist froh, dass der Wald bis jetzt ruhig geblieben ist. Ich würde ihm gern offenbaren, dass ich dahinterstecke, weil ich dem Ungeheuer Gelegenheit geben will, neue Kräfte zu sammeln, aber er darf es nicht erfahren. Noch nicht.
Nur noch vier Monate bis zum Frühlingsäquinoktium. Es gibt noch

viel zu tun, aber es ist die Mühe wert. Ich habe vollstes Vertrauen in die Kirche.

Zweig und Dolch, Knochen und Stein haben es verdient zu leiden!

»Vater …«, sagte Harper stockend, »was meinst du damit, dass du alles in Ordnung bringen willst?«

»Das darf ich nicht sagen. Der Anführer erlaubt es nicht.«

Harper erkannte, dass sie lügen musste, wenn sie ihrem Vater relevante Informationen entlocken wollte. Sie besann sich auf die Wut, die ständig in ihr brodelte, und ließ sie heraus.

»Du hast mich angeworben, weil ich eine Kämpferin bin. Ich will für die Kirche kämpfen! Für die wahre Kirche. Aber dafür muss ich wissen, was ihr vorhabt!«

Es klang vielleicht ein bisschen zu energisch, schien seine Wirkung aber nicht zu verfehlen. Die Angst in den Augen ihres Vaters war verschwunden, sie leuchteten wieder fiebrig.

»Ist das dein Ernst?«, fragte er leise, kam zu ihr herüber und ergriff mit beiden Händen ihre verbliebene Hand. »Denn wenn ich dich einmal eingeweiht habe, kannst du keinen Rückzieher mehr machen. Unsere Mission geht vor!«

Harper schluckte schwer. Sie dachte an Justin, der bei ihren jüngeren Geschwistern auf sie wartete. An Nora, die verängstigt im Wald gehockt hatte. An Violets verlorene Erinnerung. An Daria Saunders.

»Ja, es ist mein Ernst«, sagte sie. »Und jetzt erzähl mir von eurer Mission.«

Im Zwielicht der Werkstatt huschte ein gespenstisches Lächeln über das Gesicht ihres Vaters. »Eigentlich ist es ganz einfach. Die Gründer haben das Ungeheuer eingesperrt, weil sie nach seiner Macht gierten. Und wir lassen es wieder frei.«

Harper musste sich beherrschen, um ihm nicht ins Wort zu fallen.

Das Ungeheuer brachte immer noch Menschen um. Die Gründer hatten es eingesperrt, weil es gefährlich war, und sie hatten mit dem Leben dafür bezahlt. Das wusste jeder. Wenn ihr eigener Vater, der selbst aus einer Gründerfamilie stammte, jetzt behauptete, ihre Vorfahren hätten aus Gier gehandelt ... Der bloße Gedanke war unerträglich. Das war Verrat an seiner Familie, an der ganzen Stadt!

»Ihr wollt das Ungeheuer also freilassen«, wiederholte sie. »Und wie wollt ihr das anstellen?«

Aber sie log nicht mehr so überzeugend wie vorher. Ihre Stimme bebte mittlerweile.

Auf dem Gesicht ihres Vaters malten sich erste Zweifel. Sein Griff wurde fester und sie bekam zum ersten Mal richtig Angst vor ihm.

Sie musterte ihn abschätzig – nicht als ihren Vater, sondern als möglichen Gegner. Der einen Arm mehr hatte als sie und mindestens dreißig Kilo mehr wog.

Er glaubte so inbrünstig an die Kirche der Vier Gottheiten, dass er schon Noras Leben aufs Spiel gesetzt hatte.

Wozu war er noch fähig? Harper erkannte ihn nicht mehr wieder.

»Zweifelst du etwa an unserem Auftrag?«, fragte er lauernd.

Sie schüttelte den Kopf. »Nein, ich ... ich wollte nur ... Ich versuche nur, das Ganze zu verstehen ...«

»Wenn du mir glauben würdest, dass die Gründer sich geirrt haben«, sagte er gedehnt, »dann würdest du es verstehen.«

»Ich glaube dir ja!«, sagte sie rasch. »Aber für mich ist das alles noch neu. Du hattest doch am Anfang bestimmt auch Zweifel. Ich habe immer noch so viele Fragen!«

»Dann lass hören«, erwiderte er. »Ich räume deine Zweifel gern aus.«

Harpers Mund war ganz trocken. Sie musste ihm begreiflich machen, dass sein Handeln kein gutes Ende nehmen würde. »Und wie geht es dann weiter, Dad? Wenn ihr das Ungeheuer befreit habt – was erhofft ihr euch davon?«

Sein Blick verschleierte sich. »Es hat unserem Anführer versprochen, dass es uns reich belohnt«, flüsterte er. »Mit Macht – wahrer Macht, jenseits der kühnsten Träume der Gründer. Wünschst du dir das nicht auch, Harper?«

Harper atmete auf. Er hatte seinen Argwohn vergessen.

Alles hätte gut ausgehen können – wäre nicht plötzlich draußen Isaacs aufgebrachte Stimme ertönt.

»Du brauchst Verstärkung! Du kannst nicht einfach ohne mich losziehen ...« Dann verstummte er wieder, doch es war zu spät.

»Du bist nicht hergekommen, um uns Treue zu geloben!«, keuchte Harpers Vater mit vor Zorn loderndem Blick und packte ihre Hand so fest, dass es wehtat. »Du hast uns verraten!« Dann war eine seiner Hände verschwunden – und Harper wusste schon, wonach er tastete, bevor sie den Stahl aufblitzen sah.

Nach seinem Dolch.

»Dad!« Sie versuchte panisch, sich loszumachen. »Was hast du vor, Dad?«

»Ich habe dir zu viel erzählt!«, fauchte er und die Dolchspitze funkelte tückisch. Seine Hand zitterte, aber er richtete die Waffe auf sie. »Die Hawthornes ... sie dürfen nichts davon erfahren. Nicht jetzt, wo wir dem Ziel schon so nah sind.«

Seine Verwandlung war erschreckend. Als wäre etwas Fremdes in ihn gefahren.

Trotzdem war es anders als bei Violet.

Harper kannte die Körpersprache ihres Vaters, seine Haltung, die Art, wie er sich bewegte.

Der Mann vor ihr war eindeutig noch ihr Vater. Und er würde ihr wehtun, sie womöglich sogar aus dem Weg räumen.

Kurz bevor er zustieß, riss Harper sich los. Sie handelte rein instinktiv, drehte sich blitzschnell zur Wand um, riss einen Degen herunter und stand wieder ihrem Vater gegenüber.

Die Degenklinge war lang genug, um seinen Dolch auf Abstand zu halten – zumindest vorübergehend.

»Überleg dir gut, was du tust, Harper«, sagte Maurice. »Das ist kein Spielzeug.«

Auch Harpers Hand zitterte. Angst und Wut durchfluteten sie, in ihrem linken Arm meldete sich der Schmerz zurück. »Dein Dolch auch nicht.«

Die Situation kam ihr unwirklich vor – das Halbdunkel der Werkstatt, die beobachtenden Augen der Hüter, das wutverzerrte Gesicht ihres Vaters.

»Bitte komm nicht näher«, sagte sie tonlos.

Er legte den Kopf schief. »Willst du mir etwa drohen?«

Dann stieß er zu – und diesmal meinte er es ernst.

Harper besann sich automatisch auf ihr Training. Sie duckte sich unter seinem Arm hinweg, wirbelte herum und schlug ihm den Dolch aus der Hand.

Die Waffe schlitterte aufblitzend über den Boden.

Als ihr Vater sich danach bücken wollte, richtete Harper den Degen auf seine Brust. Die vibrierende Spitze zerriss ihm das Hemd und entblößte seine Haut.

Harper hätte ihn mühelos durchbohren können.

Sie holte zittrig Luft, ihr war kotzübel.

»Was soll das?«, schnauzte ihr Vater sie an und befühlte ungläubig sein zerfetztes Hemd. »Du weißt nicht, was du tust!«

»Ich verteidige mich.« Harpers Stimme bebte, sie sah ihren Vater nun durch einen Tränenschleier. »Ich rette meine Freundin. Ich rette unsere Stadt. Wenn du noch einmal auf mich losgehst, stoße ich zu. Und jetzt erzähl mir, wie eure Kirche die Bestie befreien will.«

Ab Dezember gaben die Tagebucheinträge nicht mehr viel her. Violet las trotzdem weiter, suchte nach Hinweisen und versuchte verzweifelt zu verstehen, was Stephen vorgehabt hatte.

1. März 1985
Juniper hat heute behauptet, ich würde mich in letzter Zeit irgendwie komisch verhalten. Ich wäre gar nicht mehr der Bruder, den sie kennt. Ich habe erwidert, dass ich erwachsen werde. Dass ich jetzt stärker bin. Das fand sie gut. Sie meinte, wir brauchen starke Gründer, um uns gegen das Ungeheuer zu wehren.
Wenn ich dem Ungeheuer doch nur selbst geben könnte, was es braucht! Aber ich habe ja nicht mal einen Gefährten. Ich bin nicht wie Juniper. Sie ist die Starke.
Zweig und Dolch, Knochen und Stein haben es verdient zu leiden!

19. März 1985
Noch zwei Tage, dann kommt alles wieder in Ordnung.
Erst habe ich mich geweigert, aber das Ungeheuer hat mir erklärt, dass Juniper die richtige Wahl ist. Wenn es in gesegneter Einheit mit ihr verschmilzt, wird sich die Welt vor ihnen verneigen.

Ich habe den Knochenkreis schon vorbereitet.
Bald ist es so weit.
Zweig und Dolch, Knochen und Stein haben es verdient zu leiden!

»Körperlich ist das Ungeheuer im Grau gefangen«, sagte Harpers Vater und lehnte sich an die Wand. »Aber man kann es wieder herauslassen – indem man ihm einen neuen Körper zur Verfügung stellt.«

Harper zitterte immer noch. Sie durfte jetzt nicht daran denken, wie es mit ihnen weitergehen sollte. Als ihr Vater sie angegriffen hatte, hatte er eine Grenze überschritten, und sie hatte es ihm gleichgetan, als sie sich verteidigt hatte.

»Zum Beispiel Violets Körper?«, fragte sie und sah wieder vor sich, wie sich die Finger ihrer Freundin grau verfärbten.

Maurice zuckte gleichgültig die Achseln. »Das Mädchen ist nur eine Übergangslösung. Sie ist nicht stark genug. Nein, es gibt ein ideales Gefäß für das Ungeheuer, das es sich schon seit Jahrzehnten wünscht.«

»Und wer ist das?«

Ihr Vater bleckte die Zähne zur Karikatur eines Lächelns. »Juniper Saunders, wer sonst? Denn Juniper Saunders kann nicht getötet werden.«

Damit machte er einen Satz und trat ihr so hart gegen die Knie, dass sie stürzte.

Violet drehte mit klopfendem Herzen das letzte herausgerissene Blatt um, aber die Rückseite war leer.

Es gab keine weiteren Tagebucheinträge.

Was war in der Nacht des Frühjahrsäquinoktiums mit ihrer Mutter geschehen? War nicht auch Stephen um diese Zeit gestorben? Er hatte irgendetwas mit seiner Schwester vorgehabt. Sie sollte »in gesegneter Einheit mit dem Ungeheuer verschmelzen«. Was immer damit gemeint war, es hörte sich gar nicht gut an.

Enttäuscht ließ sie die Blätter sinken. Aus dem Augenwinkel sah sie es türkisfarben aufblitzen, und als sie den Kopf wandte, erblickte sie Rosie. Sie hockte auf der weiß umrandeten Holzplatte.

Diesmal fiel Violet auf, wie ausdruckslos ihre Augen sie ansahen.

Mit einem Mal war ihr alles klar.

Die Bestie war in ihre Gedanken eingedrungen, so wie sie auch in Stephens Kopf eingedrungen war.

Warum war ihr das nicht schon eher aufgegangen? Warum begriff sie erst jetzt, wozu sie in die Sache hineingezogen worden war?

Sie hatte dem Ungeheuer – und der Kirche – gestattet, da weiterzumachen, wo sie damals aufgehört hatten.

»Du bist nicht meine Schwester«, sagte sie erstickt.

Nicht-Rosies Mund verzog sich zu einem boshaften Grinsen. »Aber ich habe dir die Fähigkeit verliehen, deine Schwester wieder lebendig zu machen«, sagte das Wesen, immer noch mit Rosies Stimme. »Das hast du dir doch so sehnlich gewünscht, oder etwa nicht?«

Harpers Vater erdrückte sie fast. Sie wälzten sich auf dem Dielenboden und jeder versuchte, den Degen an sich zu reißen. Die scharfe Klinge durchtrennte eine von Harpers Haarsträhnen, dann zerschnitt sie ihr die Schulter, dass es blutete.

Maurice war nicht besonders groß, aber viel stärker als seine Tochter, die noch dazu nur eine Hand hatte. Schon kniete er über ihr und beförderte den Degen mit einem Tritt in die Ecke. Harper atmete schwer. Sie hatte Todesangst. Er krallte die kräftigen Finger in ihr Haar.

Als er ihr die Hände dann um den Hals legte, malte sich in seinem Blick bodenlose Traurigkeit.

»Das habe ich nie gewollt«, sagte er und drückte zu. »Glaub mir, Harper, wenn es eine andere Lösung gäbe ... Aber das Ungeheuer verlangt von uns, dass wir nichts nach außen dringen lassen, ganz gleich, was es uns kostet.«

Harper bohrte ihm die Fingernägel in den Arm, aber es half nichts. Sie wollte schreien, brachte aber keinen Ton heraus. Es kam ihr vor, als füllten sich ihre Lungen mit dunklem, schlammigem Wasser, und sie wurde kalt und schlaff, als versänke sie wieder im See. Sie blickte zu den Hütern an der Decke, dann verschwammen die Skulpturen vor ihren Augen.

Die Werkstatttür krachte gegen die Wand.

»Loslassen!«, rief Justin, dann zerrte jemand die Hände ihres Vaters weg und Harper rang keuchend und hustend nach Luft.

Sie rollte sich stöhnend auf die Seite und erkannte undeutlich, dass Justin neben ihr kniete.

»Verdammt, Harper!« Angst schwang in seiner Stimme mit. »Ist alles in Ordnung? Bist du verletzt?«

Sie hustete und stemmte sich hoch. Rötliche Lehmbrocken drückten sich in ihre Handfläche.

»Mir geht's gut«, krächzte sie.

Sie waren einander so nah, dass sie die Sommersprossen auf seiner Nase sehen und jeden seiner unregelmäßigen, flachen Atemzüge hören konnte.

Er streckte die Hand aus und strich sanft über ihren weichen Hals. Harper war noch zu benommen, als dass sie ihn daran hätte hindern können – wenn sie es denn gewollt hätte.

»Hat dein Vater versucht ...« Seine Kiefermuskeln arbeiteten, dann setzte er noch einmal an: »Wollte er dich umbringen?«

Es kam ihr richtig vor, dass er sie dort berührte, wo es am meisten wehtat.

Harper horchte in sich hinein. Sie hätte Bedauern, Kummer oder Abscheu empfinden können, aber da war nichts. Sie war völlig leer, wie ausgehöhlt. »Ich glaube schon.«

Justins Berührung fühlte sich kühl und zärtlich an, doch als sich ihre Blicke begegneten, zog er die Hand rasch weg.

Hinter ihm war Isaac in aller Seelenruhe damit beschäftigt, ihren Vater an die Werkbank zu fesseln.

»Wehren Sie sich nicht«, sagte er. »Sie wissen doch, wozu ich fähig bin. Es wird für uns beide nicht lustig, wenn Sie noch mal versuchen, mir eine reinzuhauen.«

»Du hast überhaupt nicht auf Brett und Nora aufgepasst«, wandte sich Harper an Justin. »Du hast draußen gewartet. Vorsichtshalber.«

Eigentlich hätte sie sauer sein müssen, dass Justin ihr offenbar nicht zutraute, allein mit ihrem Vater fertigzuwerden. Andererseits hatte er ja recht gehabt.

Sie war nicht sauer, sie war nicht verängstigt, sie war nicht froh, sie war überhaupt nichts mehr. Sie war nicht mal mehr sicher, ob sie ein Mensch war.

Sie sah den Mann an der Werkbank an.

Er war noch der Mann, der sie großgezogen hatte. Aber er war nicht mehr ihr Vater.

Er hatte versucht, sie zu erwürgen, und es wäre ihm beinahe gelungen.

Bei diesem Gedanken fühlte sie sich auf einmal bleischwer.

In dieser Stadt war kein Platz für jemanden wie sie – eine verratene Verräterin, niemandes Tochter und niemandes Freundin.

Isaac drehte sich zu ihr um. »Dir ist schon klar, dass man so was Körperverletzung nennt, oder? Das ist strafbar.«

Harper wusste, dass Isaac Sullivan sie nicht leiden konnte. Auch jetzt sah sie es ihm an. Er hatte ihr beigestanden, aber nur, weil sie in Lebensgefahr gewesen war. Er war nur hier, weil er Angst um Justin gehabt hatte.

Trotzdem lag in seinem Blick so etwas wie Verständnis.

Sie waren beide zerbrochene Seelen und das verband sie miteinander.

Was ihren Vater betraf, hatte Isaac natürlich recht, doch in Four Keys gab es nur ein Gesetz: Die Gründer lösten ihre Probleme unter sich und alle anderen taten so, als wüssten sie nicht, wie es in den Familien ihrer angeblichen Beschützer zuging.

Niemand würde Harper Gerechtigkeit widerfahren lassen – es sei denn, sie sorgte selbst dafür.

»Das ist jetzt unwichtig«, erwiderte sie kurzatmig. »Er soll uns nur erklären, was seine Kirche vorhat.«

»Harper!« Justin ergriff ihre Hand und zog sie hoch. Er klang jetzt noch besorgter. »Meinst du das ernst?«

Sie zwang ihre misshandelte Kehle zum Schlucken, damit sie verständlicher sprechen konnte. »Ja, ich meine es ernst.«

Sie war Harper Carlisle. Sie hatte den Verlust ihres Arms überstanden, den Verlust ihres guten Rufs, den Verlust ihrer Freunde und jetzt auch noch einen versuchten Mord. Ihr Leben lang hatte sie versucht, das dunkle Etwas zum Schweigen zu bringen, das in ihrer Brust lauerte. Den Zorn, der in ihr brodelte.

Warum hatte sie sich bloß so verzweifelt dagegen gewehrt, darauf zu hören?

Warum war sie überzeugt gewesen, sie dürfte nicht wütend werden, wenn ihr andere Menschen wehtaten?

»Sag mir endlich, was ihr vorhabt!«, wandte sie sich entschlossen an ihren Vater. Maurice Carlisle sah benommen aus. Er hatte offensichtlich Mühe zu begreifen, wie es dazu gekommen war, dass ihn drei Jugendliche an seine Werkbank gefesselt hatten. »Sag mir, wozu ihr Juniper braucht. Wozu das Ungeheuer Violet gebraucht hat.«

Seine Antwort klang monoton, fast mechanisch. »Wir brauchen sie, damit unser Anführer wiederauferstehen kann.«

»Und wer ist euer Anführer?«

»Stephen Saunders. Junipers Bruder.«

Nicht-Rosie stand vor ihr – mit leeren Augen, ohne ein Lächeln, tot. Unwiderruflich tot. Obwohl Violet wusste, dass sie nicht echt war, erinnerte sie der Anblick ihrer Schwester daran, wie viel einfacher es gewesen war, mit ihrer zerbrochenen Familie klarzukommen, als Rosie noch da gewesen war. Sie beide waren eine Familie für sich gewesen. Egal, was passierte, sie gehörten immer zusammen.

Rosie war die Einzige, die ihre dauernden Streitereien mit Juniper verstanden hätte. Violet empfand es als grausamen Scherz, dass sie ihre Schwester nie zurückbekommen würde, aber von dieser verzerrten Version von Rosie verspottet wurde, weil sie sie nicht loslassen konnte.

»Aber ich kann dich ... sie ... nicht wieder lebendig machen!« Violet drückte die Tagebuchblätter schützend an sich. »Und das hier habe ich nie gewollt. Du bist in meinen Kopf gekrochen, da musst du das doch wissen!«

»Wie undankbar.« In Rosies schriller Stimme schwang Enttäuschung mit. »Du bist dieser Stadt unvoreingenommen und offen gegenübergetreten, mit überragenden, noch ungenutzten Fähigkeiten, und ich habe dich zu etwas Großartigem geformt.«

»Du hast mich *benutzt*!« Violet stürzte sich auf sie, aber Nicht-Rosie verschwand kichernd und tauchte hinter ihr wieder auf.

»Du *lässt* dich benutzen«, konterte sie. »Du hast alles mitgemacht. Ich musste dich nur sehen lassen, was du sehen wolltest.«

Violet dachte daran, wie oft sie sich Rosie zurückgewünscht hatte. Wie verzweifelt sie sich nach der Gesellschaft ihrer Schwester gesehnt hatte. Wie ihr zumute gewesen war, wenn Rosie wieder vor ihr gestanden hatte – so beschwingt, fast schwindlig vor Freude. Ihr war nie in den Sinn gekommen, dass sie nur weichgeklopft werden sollte.

Sie hatte dem Ungeheuer in die Hände gespielt und jetzt musste die ganze Stadt dafür büßen.

Orpheus stand neben ihr und fauchte das Wesen an, das sich des Gesichts und der Stimme ihrer Schwester bediente.

Nicht-Rosie verdrehte die leeren Augen. »Motz nicht rum«, sagte sie zu dem Kater. »Ohne mich gäbe es dich gar nicht! Hast du gewusst, dass deine Fähigkeiten ohne einen Gefährten nicht richtig funktionieren? Diesen Fehler habe ich bei Stephen gemacht.«

Als Violet daran dachte, wie Orpheus dagelegen hatte, kam

ihr die Galle hoch. Die Bestie hatte ihr den Kater wie ein Geschenk zu Füßen gelegt.

Es hatte Orpheus umgebracht, damit sie ihre Macht einsetzte. Damit sie daran wuchs.

»Hau ab!«, sagte sie.

Irgendwie musste man doch dagegen ankommen. Sich dagegen wehren können.

Nicht-Rosie legte den Kopf schief. »Zu spät!«

Orpheus fauchte. Violet senkte den Blick.

Ihre Hand ragte ein Stück in den weißen Kreis hinein.

Das Letzte, was sie sah, bevor alles schwarz wurde, waren Rosies dunkle, leblose Augen.

20

Violet kam wieder zu sich. Ihre Gedanken trieben träge und ziellos dahin wie ein Blatt auf einem Teich.

Ihr Schädel fühlte sich an wie gespalten. Sie versuchte, den Kopf zu bewegen, aber es tat zu sehr weh.

Ihre Arme waren auf dem Rücken gefesselt und scheuerten an etwas Rauem, aber sie saß auf weichem Erdboden. Blinzelnd öffnete sie die Augen.

Sie war im Wald gewesen und hatte Nora gesucht.

Nein, das stimmte nicht. Sie hatte zusammen mit May versucht, ihre Erinnerungen wiederzuerlangen.

Nein, das stimmte auch nicht. Sie war auf dem Dachboden gewesen und hatte Stephens Tagebuch gelesen ... Danach musste noch etwas passiert sein, denn sie hatte keine Ahnung, wie sie hierhergekommen war. Warum sie nicht richtig sehen und atmen konnte.

Als ihr bewusst wurde, warum alles abgedunkelt war und nach Schimmel und Schweiß stank, erschauerte sie unwillkürlich. Jemand hatte ihr eine Art Sack über den Kopf gestülpt.

Sie bekam es mit der Angst zu tun, aber wenigstens war es *ihre* Angst. Wenigstens war dieses Ungeheuer nicht mehr in ihrem Kopf. Zumindest momentan nicht.

Als sie daran dachte, wozu es sie verleiten könnte – und wozu es sie bereits verleitet hatte –, lief es ihr kalt den Rücken herunter.

»Sie kommt wieder zu sich.«

Stimmengewirr drang an Violets Ohren, als sie versuchte, sich bequemer hinzusetzen.

»Sollen wir ihr die Kapuze abnehmen?«

»Erst, wenn die Zeremonie anfängt.«

»Und wenn sie darunter keine Luft kriegt?«

»Dann geht sie uns wenigstens nicht mehr auf die Nerven.«

»Sie ist bestimmt zu schlau, um was zu sagen.«

»Sie war bei den Hawthornes. Sie hat schon viel zu viel gesagt.«

Violet wusste, dass es einen Ausweg aus ihrer Lage geben musste. Wenn sie sich doch nur konzentrieren könnte! Doch ihr Schädel brummte, ihre Handgelenke schmerzten und sie konnte die Angst, die in ihr tobte, nicht abschütteln.

Die Prophezeiung ihrer Tante fiel ihr wieder ein. *Du stirbst mal mit einem Hut auf dem Kopf.* Zählte eine Kapuze auch?

»Es reicht.« Eine andere Stimme. Sie klang weich und schmeichelnd, wie von einer dicken, liebenswerten Südstaaten-Oma, die einen Eistee mit Schuss trank. Anscheinend wurde Violet schon wirr im Kopf, entweder wegen des Ungeheuers oder aus Sauerstoffmangel oder beidem zusammen. Dann wurde ihr die Kapuze heruntergerissen und sie rang nach Luft. Vor ihr stand Mrs Moore, die sich ihr bei Junipers Party vorgestellt hatte.

»So ist's besser, stimmt's, Schätzchen?« Ihr freundliches Lächeln hätte eher zu einem Picknick gepasst als zu einer Entführung.

Violet schaute sich um. Sie waren mitten im Wald, die Äste verschränkten sich über ihrem Kopf wie die Gitterstäbe eines Käfigs. Dass der samtschwarze, sternfunkelnde Himmel dahinter wunderschön aussah, kam ihr irgendwie unfair vor.

In den Bäumen hingen die gleichen Glocken wie die, die sie an ihrem ersten Tag in Four Keys über den Haustüren und im Rathausturm entdeckt hatte, aber Gestalten in Kapuzenkutten liefen hin und her und nahmen sie ab.

»Ihr seid die Kirche der Vier Gottheiten«, sagte Violet tonlos. »Habe ich recht?«

Mrs Moore lächelte wieder. »Gut erkannt.«

Violet schrie.

Mrs Moore schien enttäuscht. »Oje, Schätzchen ... jetzt müssen wir dich wohl knebeln.«

Plötzlich hielt sie eine Rolle Klebeband in der manikürten Hand, riss einen Streifen davon ab und drückte ihn auf Violets protestierenden Mund.

Jetzt, wo sie nicht mehr sprechen konnte, musterte sie die Gesichter ringsum und versuchte, sie ihren Erinnerungen zuzuordnen. Obwohl es sich fast ausschließlich um Erwachsene handelte, erkannte sie auch einige ihrer Mitschüler. Allem Anschein nach hatte die Kirche der Vier Gottheiten frisches Blut rekrutiert.

»Er kommt!«, rief eine tiefe Männerstimme. Die Kuttenträger liefen aufgeregt durcheinander, als dieselbe Gestalt, die Violet am Fuß der Treppe über Daria gebeugt ertappt hatte, zwischen den dunklen Bäumen erschien.

Die Kapuzenkutte und die Handschuhe verbargen ihre Erscheinung größtenteils, doch der widerliche, süßliche Fäulnisgeruch, der hinter ihr herwehte, als sie die Lichtung überquerte, ließ sich nicht verbergen.

Die übrigen Anwesenden wichen vor dem Ankömmling zurück, ob aus Ehrerbietung oder aus Furcht, konnte Violet nicht erkennen. Sie drückte sich an den Baumstamm und würgte, als die Gestalt auf sie zukam.

»Ganz recht«, sagte ein Kuttenträger, der wie ein Adjutant neben der Gestalt herschritt. »Wir haben das Mädchen.«

Dicht vor Violet blieb die Gestalt stehen, dann hob sie bedächtig die Hände – und nahm die Kapuze ab.

Die Augenhöhlen waren weggefault, die Stirn war halb eingedrückt und das Haar klebte nur noch an wenigen Stellen in dunklen Locken auf der verbliebenen Kopfhaut.

Trotzdem erkannte Violet das Gesicht auf Anhieb.

Es war, als erblickte sie den Jungen von dem Foto in einem Zerrspiegel. Den Jungen, der das Tagebuch verfasst hatte. Den Jungen, der mit der Bestie im Kopf gestorben war.

Stephen Saunders.

Die schmale Statur und das halb verweste Gesicht gehörten einem Jungen, der für alle Zeit sechzehn geblieben war.

Hautfetzen rieselten herab, als er sich zu Violet hinunterbeugte. Als er einen Handschuh auszog.

Violet wimmerte erstickt unter dem Knebel, als er ihr mit dem skelettierten Finger über die Wange strich. Der Verwesungsgeruch war jetzt überwältigend. All ihre Instinkte schrien nach Flucht.

Die Verbindung zwischen ihnen setzte spürbar ein, so wie es Violet immer mit Orpheus ging, fühlte sich jedoch ganz anders an als die Energie, die sie mit ihrem Gefährten verband. Während Violet und Orpheus durch eine Art warmen, dünnen Kraftfaden aneinandergebunden schienen, wurde hier etwas mit Gewalt aus ihrer Brust herausgezogen, machte sie atemlos und schwindlig.

Sie versuchte, sich dagegen zu wehren, die Verbindung zu zerreißen, doch ihre geschundenen Gliedmaßen wurden auf einmal taub. Die Äste um sie herum verschwammen, die Ränder ihres Gesichtsfelds wurden dunkel – dann zog Stephen seine

Hand weg und richtete sich wieder auf. Violet ließ sich erleichtert zurücksinken.

Als sie wieder klar sehen konnte, fiel ihr auf, dass die anderen Anwesenden beunruhigt zu sein schienen. Einige tuschelten miteinander, bis schließlich einer von ihnen zu Mrs Moore ging. Violet schnappte nur Bruchstücke auf.

» ... spät?«

»Müsste doch eigentlich ...«

»Sollen wir ohne ...?«

»Wir können nicht länger warten.« Die übrigen Kuttenträger drehten sich zu der Frau um. »Es ist so weit. Lasst uns beginnen.«

Inzwischen waren alle Glocken abgenommen und lagen aufgereiht am Rand der Lichtung. Die Gemeinde stellte sich an der Stadtgrenze zu einem Kreis auf. In ihrer Mitte sah Violet das Gründersymbol aufleuchten – es war aus Knochen gelegt worden, die auf der schwarzen Erde weiß schimmerten. Für Menschenknochen waren sie zu klein, was aber nur ein schwacher Trost war. Offenbar sollte es einen grausigen Tribut an das Markenzeichen der Familie Saunders darstellen.

Nun traten zwei weitere Vermummte zwischen den Bäumen hervor. Sie stützten Junipers erschlafften Körper.

Der Anblick ihrer hilflosen Mutter war noch schrecklicher als der Anblick von Stephens Leichnam. Violet schrie auf, doch das Klebeband erstickte jeden Laut. Keiner der Anwesenden zuckte auch nur zusammen.

Juniper wurde in die Mitte des Kreises geschleift und diagonal zwischen den Knochenlinien abgelegt. Dann trat ihr toter Bruder zu ihr. Er hob die Hände zum Himmel und stimmte ein Lied an:

Sünder liefen durch den Wald,
Kamen ab vom Wege bald …

Die Versammelten nahmen ihre dunklen Kapuzen ab und enthüllten ihre Gesichter. Beim Anblick ihrer bedingungslosen Hingabe überlief es Violet kalt. Sie riefen ein Monster an. Riefen es herbei, damit es ihre Mutter holte. Die Luft um die Singenden knisterte und der Übergang zwischen Four Keys und dem Grau verschwamm.

Violet würde sterben. Und Juniper auch.

Als sie begriff, dass sie ihrer Mutter nicht einmal mehr sagen konnte, dass es ihr leidtat, weinte sie bittere Tränen.

Das Grau klaffte auf, steife weiße Wolken schoben sich durch einen Spalt im Nachthimmel. Die Bäume ringsum duckten sich und wurden noch dunkler, die Umrisse ihrer Stämme pulsierten im Takt des Liedes.

Plötzlich gaben Violets Fesseln nach und die Stricke fielen lose um ihre Taille. Violet bewegte unauffällig die Hände und schielte zur Seite.

Hinter dem nächsten Baum lugte erst ein vertrauter blonder Schopf hervor und dann ein dunkler.

Jetzt weinte Violet vor Erleichterung.

Isaac und Justin kamen ihr zu Hilfe. Fast verzieh sie ihnen, dass die beiden sie wegen Augusta Hawthorne angelogen hatten.

»Nicht bewegen!«, zischte Isaac. »Tu so, als wärst du noch gefesselt.«

»Und bleib ganz ruhig«, setzte Justin hinzu. »Wahrscheinlich erinnerst du dich nicht mehr, aber wir sind deine Freunde.«

Violet ignorierte Isaacs Anweisung und riss sich das Klebeband von den Lippen. Es fühlte sich an, als hätte sie den Großteil ihrer Haut dabei mit abgezogen, aber das war ihr egal.

»Hast du mich nicht gehört ...?«, brummte Isaac.

»Ich weiß, wer ihr seid.« Violet schmeckte Blut im Mund. Sie würde Mays Geheimnis wahren, aber sie konnte nicht so tun, als wüsste sie nicht, was hier vor sich ging. Nicht, wenn das Leben ihrer Mutter davon abhing. »Ich kann mich wieder erinnern.«

Auf Isaacs Gesicht malte sich so unverhohlene Freude, dass sie sich ein Lächeln verkneifen musste.

Doch es gab jetzt Wichtigeres zu tun.

»Meine Mutter ist da drin.« Violet zeigte mit dem Daumen auf den Kreis. Der Gesang näherte sich einem ekstatischen Höhepunkt.

»Wissen wir«, sagte Justin. »Ist alles eingeplant.«

»Ihr kommt hier beide lebend raus.« Isaac sah Violet fest in die Augen. »Versprochen. Wir holen deine Mutter da raus.«

Violet glaubte ihm. Zumindest wurde ihr ganz warm ums Herz.

Aber sie waren drei gegen mindestens fünfzehn – wie sollte das gehen?

Und dann blitzte es unter der Kutte eines flinken Schattens auf der anderen Seite der Lichtung silbrig auf.

Ein Degen.

Kurz darauf stieß der Mann, der in der Nähe Wache gehalten hatte, einen Schrei aus und wankte rückwärts.

Die Kapuze der Schattenfigur glitt zurück und enthüllte eine dunkle Lockenmähne über einem in mörderischem Zorn verzerrten Gesicht.

Violet musste grinsen.

Harper.

Es spielte keine Rolle, dass die drei einander nicht leiden konnten. Sie hatten sich verbündet – um Violet zu befreien.

Und wenn sie es wert war, dass May ihrer Mutter trotzte und

ihr die Erinnerung zurückgab, wenn Harper, Justin und Isaac bereit waren, jahrelange Kränkungen außer Acht zu lassen, um ihr zu helfen, dann war sie nicht allein. Nicht mehr.

Die Mitglieder der Kirche wurden unruhig, der Gesang wurde leiser. Isaac nutzte die Gunst des Augenblicks und stürmte los. Seine Hände fingen schon an zu flimmern.

»Hey, ihr Vollidioten!«, rief er. »Fangt mich doch!«

Violet streifte die Stricke ab. »Die Bestie hat irgendwas mit meiner Mom vor!«, raunte sie Justin zu.

»Weiß ich.« Justin half ihr hoch. Sie spürte ihre Arme und Beine kaum noch. »Sie will dauerhaft von ihr Besitz ergreifen, damit sie dem Grau entfliehen kann.«

Violet erschrak. »So, wie sie von mir Besitz ergriffen hat?«

Justin nickte. »Du weißt also Bescheid?«

»Ja.«

Hinter ihnen zerriss der nächste Schrei die Luft – Isaacs Ablenkungsmanöver hatte seinen Zweck erfüllt. Gegenüber blitzte Harpers Degen wieder auf und zwei Vermummte wichen aufheulend zurück.

Der Gesang war inzwischen endgültig verstummt, Chaos und Geschrei hatten die Oberhand gewonnen. Doch der Knochenkreis war unversehrt, mit Stephen und Juniper in der Mitte.

Nichts anderes zählte.

Violet sah, wie es hinter Justin metallisch blinkte. »Pass auf!«

Justin duckte sich und machte einen Satz nach hinten. Vor ihm stand ein Vermummter mit einem Messer in der Hand. Es war ein Junge, den Violet nicht kannte. Justin offenbar schon.

»Justin Hawthorne«, sagte der Junge gehässig. »Ich hatte gehofft, dass du hier aufkreuzt.«

»Brian Whitley«, erwiderte Justin resigniert. »So bekommst du nicht die Rache, die du dir wünschst.«

Violet wusste nicht, woher die beiden einander kannten, doch als der Junge das Messer hob, machte Justin keine Anstalten, sich zu wehren.

»Lass ihn in Ruhe!«, rief da jemand und Brian Whitley ergriff die Flucht, als Harper auftauchte. Ihr Degen glänzte im Mondschein.

»Verräterin!«, schrie Brian ihr noch zu, dann war er zwischen den Bäumen verschwunden.

»Verräterin?«, fragte Violet erstaunt.

Harper und Justin wechselten einen vielsagenden Blick.

»Erklär ich dir später«, sagte Harper dann. »Jetzt musst du erst mal zu deiner Mom.«

Violet drehte sich zum Kreis um. Stephen ging gerade in die Hocke und beugte sich über Juniper. Panik drohte Violet zu überwältigen, aber sie kämpfte sie nieder. Heulen konnte sie später. Jetzt musste sie handeln.

Doch Justin stieß sie mit dem Ellbogen an. »Warte.«

Er deutete auf Isaac, der auf den Knochenkreis zumarschierte. Violet zitterte vor Erleichterung, als er den Fuß über die Umrandung setzte – doch dann stoben Funken auf wie bei einem Feuerwerk und er wankte zurück.

»Ich komm nicht rein!«, rief Isaac verzweifelt.

Stephen Saunders griff in seine Kutte und zog ein aus Knochen geschnitztes Messer hervor.

Violet hatte nur noch Augen für die weißliche Klinge, die sich auf den Hals ihrer Mutter herabsenkte.

Das Grau wehrte alle ab. Niemand konnte Stephen aufhalten.

Es sei denn, man war mit dem Monster verbunden, das im Grau gefangen war.

Violet rannte los und stieß einen Vermummten zur Seite, der

sich ihr mit einem Messer in den Weg stellte. Vielleicht schrie Justin ihr etwas nach, vielleicht auch Isaac. Sie achtete nicht darauf.

Weil Juniper ihre Mutter war. Und weil sie alles – alles! – tun würde, um sie zu retten.

Mit einem Satz sprang sie in den Knochenkreis. Und wie sie geahnt hatte – wie sie befürchtet hatte –, ließ er sie gewähren.

Violet landete im Grau.

Verkrümmte Bäume mit pulsierenden, aschfarbenen Stämmen. Ein stumpfer, unbewegter Himmel. Ein elektrisches Kribbeln in ihrer Brust. Sie bekam schon jetzt nicht mehr richtig Luft. Die Kuttenträger und ihre Freunde waren verschwunden.

Juniper lag mitten im Knochenkreis auf dem Boden, Stephen Saunders beugte sich über sie. Die Waffe in seiner Hand war so bedrohlich und farblos wie alles andere ringsum.

Violet stürzte sich auf ihren Onkel und entriss ihm das Knochenmesser. Stephen leistete keinen nennenswerten Widerstand. Als sie seine toten Hände berührte, durchfuhr sie ein eisiger Schauer, doch sie kniete sich neben Juniper und befühlte ihren Hals. Der schwache, unregelmäßige Puls unter ihren Fingerkuppen war das Schönste, was sie je gespürt hatte.

Sie hob den Kopf, sah Stephen an und richtete sein eigenes Messer auf ihn.

»Hau ab! Lass uns in Frieden!« Wieder lief es ihr kalt den Rücken herunter, als ihre Worte mit einer Sekunde Verzögerung nachhallten. Die Verbindung zwischen ihnen zerrte wieder an ihr, aber sie ignorierte sie einfach, hob ihre Mutter auf und schleifte sie an den Rand des Kreises.

Stephen versuchte nicht, sie anzugreifen. Er bewegte sich nicht mal.

»Vergiss es«, hörte Violet ihre Schwester sagen.

Die Bestie nagte an ihrem Verstand, legte sich wie eine zweite Haut über ihren Schädel.

Als die auf dem Boden angeordneten Knochen unter ihren Schuhsohlen knirschten, hielt Violet inne.

Wo sollte sie hin? Sie war im Gefängnis des Ungeheuers. Hier im Grau waren sie ihm ausgeliefert.

»Du kannst sie nicht einfach so mitnehmen.« Nicht-Rosie klang fast gelangweilt. Dann erschien sie. Sie war nicht mehr durchsichtig, ihr Schatten glitt durch den Kreis, aber seine Ränder wellten und verdrehten sich wie die Zweige hinter ihr.

Abgesehen davon, dass ihre Miene nicht die leiseste Spur Mitgefühl ausdrückte, sah sie beinahe echt aus.

Violet klammerte sich an Juniper wie an einen Rettungsanker. Wenigstens bekam ihre Mutter das alles nicht mit. »Du nimmst mir meine Mom nicht weg!«

Juniper war nicht perfekt, aber sie war das Einzige an Familie, was Violet geblieben war.

Ihre letzten gemeinsamen Erinnerungen sollten sich nicht um einen dummen Streit drehen. So sollte es nicht enden.

»Sie ist dann ja nicht weg«, erwiderte das Ungeheuer gleichmütig. »Sie ist nur tot. Und ich …« Nicht-Rosies Gesicht verzog sich zu einem irren Grinsen, das überhaupt nicht zu Violets Schwester passte. »Ich bin dann frei und die Habgier deiner Vorfahren wird ihnen selbst zum Verhängnis.«

»Habgier?«, entfuhr es Violet unwillkürlich.

»Ach, Kindchen«, sagte das Ungeheuer, »glaubst du wirklich, dass ich aus reiner Selbstlosigkeit hier eingesperrt wurde? Sie wollten meine Macht und sie haben sie bekommen. Aber sie können diese Macht nur dort aufrechterhalten, wo ich gefangen bin, und darum sind sie für immer und ewig an dieses elende Kaff gebunden. Sei froh, dass du mich befreit hast. Die Gründer haben meine Sicht der Dinge nie begriffen, aber als Stephen mich in seinen Kopf eingelassen hat, habe ich sofort gespürt, dass er anders ist.«

Das löste etwas in Violet aus – die Erkenntnis, die schon vor dem Äquinoktium ihren Weg in ihr Bewusstsein gesucht hatte, traf sie mit einem Schlag.

Sie wusste jetzt, warum sie diese Blackouts hatte. Warum die Bestie sich in ihr eingenistet hatte, warum Stephen so eine leichte Beute gewesen war. Die Familie Saunders musste beweisen, dass sie mit ihren Fähigkeiten umgehen konnte, und der beste Beweis war, wenn sie das Ungeheuer in sich einließen – und es anschließend wieder austrieben.

Das stärkte die Verbindung zwischen ihnen und dem Monster nur noch.

Und führte allen anderen vor Augen, dass die Saunders die Überlegenen waren.

Ja, darin bestand das Ritual ihrer Familie. Was wiederum bedeutete, dass Violet die Situation noch retten konnte.

Sie legte ihre Mutter sanft auf dem Boden ab und richtete sich zitternd auf.

»Ich mache dir ein Angebot«, sagte sie, als die Bestie Nicht-Rosies Kopf fragend schief legte. »Wie wär's, wenn du an ihrer Stelle mich nimmst? Du fühlst dich doch wohl in meinem Hirn.«

»Du bist mir nicht ansatzweise stark genug«, entgegnete das Ungeheuer abfällig.

»Dafür stelle ich mich freiwillig zur Verfügung«, gab Violet zurück. »Hat Stephen dich freiwillig eingelassen? Ich glaube, du musstest ihn erst ordentlich manipulieren. Ich glaube nicht, dass er dich eingeladen hat.«

»Stephen war schwach.« Das Wort hing zwischen ihnen in der Luft und hallte von den Bäumen wider. »So wie du. Geschwächt durch Kummer und Liebe. Seit du in Four Keys angekommen bist, seit du dich hier ans Klavier gesetzt hast, hast du mich gerufen. Deine Mutter hat als Einzige die Macht und Stärke, mich auszuhalten.«

»War ja klar, dass du das sagst.« Violet wappnete sich innerlich. Es war kein toller Plan, aber der einzige, der ihr einfiel. »Offenbar war meine Erwartung, dass wir uns einigen können, unrealistisch.«

Unvermittelt ging sie auf Nicht-Rosie los und packte sie an den Handgelenken.

Die Handgelenke waren echt, weil Violet wollte, dass sie echt waren, und als sie dem Abbild ihrer Schwester von Angesicht zu Angesicht gegenüberstand, flackerte etwas in den dunklen Augen auf. Eine zügellose Gier.

»Lass das!«, fauchte die Bestie.

Die Gestalt ihrer Schwester begann zu flimmern.

»Hör auf!«, wimmerte sie. »Wenn du aufhörst, bekommst du sie zurück. Das möchtest du doch, oder?«

Auf einmal wirkte Rosie lebendiger denn je. Ihre Haut schimmerte gesund und rosig, ihre türkisblauen Haare glänzten in der fahlen Imitation des Sonnenlichts.

Sie lachte Violet an. »Du weißt, dass du es kannst«, sagte sie. »Orpheus hast du auch zurückgeholt. Warum dann nicht mich?«

Plötzlich sah Violet alles vor ihrem inneren Auge.

Wie sie Rosie losließ. Wie das Ungeheuer erst Besitz von Juniper ergriff und dann ihr selbst Fähigkeiten verlieh, mit denen sie die Stadt verlassen und Rosie nicht nur körperlich wiederbeleben, sondern ihr auch ihre Seele wiedergeben konnte.

Sie konnte ihre Mutter gegen ihre Schwester eintauschen. Ein Leben gegen ein anderes.

»Ich bin alles, was du je haben wirst«, raunte das Trugbild. »Ich bin der einzige Mensch, der dich jemals richtig geliebt hat. Und du willst mich wegstoßen?«

Es war die schwerste Entscheidung, die Violet je getroffen hatte – aber sie riss sich vom Gesicht ihrer Schwester los.

Sie schaute Juniper an, die auf der Erde lag und zugleich älter und jünger wirkte, als Violet sie je gesehen hatte.

»Glaubst du im Ernst …«, Violet wandte sich wieder zu dem Ungeheuer um – denn das war es trotz seiner Maske –, »dass ich dir erlaube, meine Mutter umzubringen? Du bist hier das Monster, nicht ich!«

»Dann bist du selbst schuld!«, keifte Nicht-Rosie erbost. Ihr Gesicht schrumpfte ein, ihre Augen wurden schwarz vor Fäulnis und ihre Hände verschrumpelten in Violets Griff, bis nur noch vergilbte Knochen mit ein paar Hautfetzen übrig blieben.

In den leeren Augenhöhlen ihrer Schwester krabbelten Maden, ihr runzliger Mund öffnete sich zu einem Grinsen – vielleicht auch zu einem stummen Schrei.

»Du bist nicht echt!«, wimmerte Violet und kniff die Augen zu, doch sie spürte Rosies knochige Hände immer noch.

Hatte immer noch den süßlichen Verwesungsgeruch in der Nase.

Violet kämpfte mit Brechreiz. Messer schabten in ihrem Schädel, als die Stimme der Bestie – ihre wahre Stimme – in einer unbekannten Sprache in ihr widerhallte.

Alles in ihr sträubte sich dagegen, das Monster einzulassen, aber sie unterdrückte ihre Angst und zwang sich, nicht zurückzuweichen. Kalte Hände packten ihren Verstand und ein Schauder überlief sie, als erst ihre Zehen, dann ihre Füße und schließlich ihre Knöchel taub wurden.

Tränen zwangen sie, ihre Augen wieder zu öffnen, aber die Tränen waren nicht wässrig, sondern dickflüssig und zäh. Auch ihre Handgelenke, ihre Brust, die Arme und Schultern verfärbten sich jetzt dunkel. Violet fühlte sich, als versänke sie in einem See aus schwarzem Sirup. Sie hielt die Luft an, aber irgendwann würde sie den Mund wieder aufmachen müssen und die zähe Masse würde in ihre Lungen dringen.

Die Bestie war jetzt in ihr. Wie schon in der Äquinoktiumsnacht versuchte sie, die Herrschaft über sie zu erlangen.

Wie hatte sie glauben können, sie könnte sie besiegen? Warum hatte sie sie bloß eingelassen? Doch das spielte jetzt alles keine Rolle mehr.

Jetzt ging es nur noch darum, sich ihr hinzugeben. Es wäre so einfach ...

Und als Violet sich noch einmal in dieser trostlosen, farblosen Welt umschaute und die letzten Reste ihres Bewusstseins schwanden, erblickte sie Rosie.

Erst hielt sie es für eine weitere grausame List des Ungeheuers, aber diesmal waren Rosies Augen braun und leuchteten und sie hatte goldenen Eyeliner aufgetragen. Sie hatte auch nicht die gleichen Sachen an wie am Abend ihres Todes, sondern trug das Kleid, das sie sich für den Abschlussball gekauft hatte: ein fließendes schwarzes Etwas, ein perfekter Mix aus aufreizend und klassisch, dazu eine klobige goldene Statement-Kette.

Leider hatte sie sich darin – von der Umkleidekabine abgesehen – nie zeigen können.

»Ja, du siehst richtig! Ich habe mich entschieden, die Ewigkeit in diesem Outfit zu verbringen.« Rosie funkelte sie an. »Und ich weiß genau, was du davon hältst. Sieht so aus, als würdest du lieber die Beherrschung über deine Körperfunktionen verlieren, als deine Meinung zu ändern, Sturkopf!«

»Rosie?« Violet wusste nicht, ob sie tatsächlich sprach oder nur dachte, aber das war nicht mehr die Nicht-Rosie, die ihr das Ungeheuer sonst präsentiert hatte. Diese Rosie war durch und durch ihre Schwester, löste die gleichen Gefühle in ihr aus wie der Anblick ihrer Gemälde. »Bist du echt?«

Sogar das Grau fing zu flackern an, als sich die Bestie in ihr einnistete. Der Rand ihres Gesichtsfelds wurde schwarz.

»Echt oder nicht, du weißt, was ich dir sagen will«, erwiderte Rosie. »Ich hab dich lieb, aber ich brauche deine Gesellschaft hier nicht. Noch lange nicht.«

»Ich hab dich auch lieb«, flüsterte Violet.

Rosies Miene wurde ein bisschen traurig. »Tut mir leid, dass ich dich alleingelassen habe.«

Dann war sie weg und es gab nur noch die Dunkelheit.

Am Tag von Rosies Tod war etwas in Violet zerbrochen. In ihrem Hinterkopf war ein klaffendes Loch entstanden.

Ein Schlupfloch für das Böse.

Ihr Kummer hatte die Bestie eingelassen. Doch Violets Kummer war auch ein Anker, an dem sie sich festhielt.

Und diesen Anteil ihrer selbst konnte sie einsetzen, um das Böse in sich wieder loszuwerden.

Violet ließ die Monate aus Schmerz und Trauer wieder durch sich hindurchströmen, während sie entschlossen ihren Verstand zurückeroberte. Diesen Schmerz würde das Monster nie verstehen, denn es war ein aus Liebe geborener Schmerz. Und als sie sich der Trauer ganz hingab, wurden jene Anteile von ihr, die verloren und zerbrochen waren, die sich so lange gegen sie gewendet hatten, mit einem Mal ihre Rettung.

»Du kommst nicht wieder!«, sagte sie laut und meinte damit ebenso Rosie wie sich selbst – das Mädchen, das sie gewesen war. Denn sie war jetzt eine andere, war zerbrochen und wieder zusammengesetzt worden. Sie würde den Kummer immer in sich tragen, aber das war in Ordnung, denn er gehörte jetzt zu ihr. Und als der Griff der Bestie nachließ, als die Verbindung zwischen ihnen entzweibrach wie ein Knochen, da spürte Violet, dass auch das Monster sie nicht mehr verlassen würde, jedenfalls nicht vollständig.

Das war der Preis, den die Familie Saunders für ihre Macht bezahlte.

Violet öffnete die Augen.

Das Grau war verschwunden, sie stand wieder auf der Lichtung im Wald. Geräusche drangen in den Knochenkreis.

Ihre Haut gewann die Farbe zurück, sie vertrieb das Grau erst aus ihren Handgelenken und dann aus ihren Fingern – die das silberne Armband umklammerten.

Stephen Saunders stand immer noch am Rand des Kreises. Vielleicht bildete Violet es sich nur ein, aber in seinen verfaulten Augenhöhlen schien Furcht zu glimmen.

Sie atmete tief durch. Mit der kalten Nachtluft strömte der Duft von Erde, der Duft von Wald in ihre Lungen.

Dann schritt sie über die knirschenden Tierknochen quer durch den Kreis, bis sie von Angesicht zu Totenschädel vor Stephen stand.

Die Verbindung zwischen ihnen vibrierte so stark, dass sich ihr der Magen umdrehte.

Violet dachte an den Jungen aus dem Tagebuch. Er hatte es nicht verdient, so zu enden – als Bündel aus vergammeltem Stoff und modrigen Knochen, das nur durch Violets Magie zusammengehalten wurde.

Er hatte Frieden verdient.

Sie hob die Hand, so wie er vorhin, und strich ihm mit dem blutverschmierten Finger über die faulige Wange.

»Wir wissen beide, dass du nicht hierhergehörst«, sagte sie. »Hoffentlich ist es dort, wo du jetzt hingehst, nicht allzu schlimm. Vielleicht sehen wir uns ja eines Tages dort wieder.«

Dann setzte sie den Teil ihrer selbst ein, der auch das Ungeheuer vertrieben hatte, und auf einmal spürte sie ihre Macht ganz deutlich. Sie war wild und wunderschön und gehörte endlich ihr.

In dem verwesten Gesicht zuckte etwas. War es Erleichterung? Und als die Verbindung zwischen ihnen zerriss, brach Stephen Saunders unter Violets Hand zusammen.

Sie wich schaudernd zurück und wischte sich die Finger an der Jeans ab.

Zu ihrer Überraschung waren inzwischen nicht mehr nur drei Retter damit beschäftigt, die Mitglieder der Kirche in Schach zu halten. Die Hinzugekommenen schienen älter und besser ausgebildet zu sein, was nur eines bedeuten konnte: Die Polizei war eingetroffen.

Violet zog Juniper aus dem Kreis. Bei jedem Schritt knackten und knirschten Knochen unter ihren Sohlen. Dann kniete sie sich neben ihre Mutter und strich ihr eine krause Locke aus dem erschlafften Gesicht.

»Wach auf«, sagte sie leise. »Komm schon, Mom. Es ist vorbei.«

Jemand kniete sich neben sie, ein blonder, kantiger Marmorblock. »Ist sie verletzt?«, fragte Augusta Hawthorne. Mühsam unterdrückte Panik schwang in ihrer Stimme mit.

Violet fuhr zurück. »Wehe, Sie fassen sie an!«

Augusta hob die behandschuhten Hände. »In Ordnung.«

Violet staunte, wie ähnlich die Angst in der Stimme der

Polizeichefin ihrer eigenen Angst beim Anblick der reglosen Juniper war. Hinter ihnen wurden den Kuttenträgern Handschellen angelegt, dann führte man sie zu den wartenden Streifenwagen. Andere Beamte waren vor dem Kreis in die Hocke gegangen und steckten die Knochensplitter als Beweisstücke in Plastiktüten.

»Violet?«

Sie drehte sich um. Justin und Isaac kamen aus dem Gewimmel auf sie zu, Harper folgte ihnen in einigem Abstand. Und wenn Violets Augen beim vertrauten Klang von Justins Stimme ein bisschen brannten – es war schließlich dunkel, es fiel niemandem auf, also machte es nichts.

»Dein Gesicht«, sagte Isaac sanft. »Du blutest …«

»Mir geht's gut«, erwiderte Violet. »Aber meine Mutter braucht Hilfe.«

»Sie braucht einen Arzt«, sagte Augusta. »Vielleicht hat sie eine Gehirnerschütterung. Oder wurde unter Drogen gesetzt. Auf dem Revier gibt es eine Krankenstation.«

»Nur, wenn ich die ganze Zeit bei ihr bleiben darf«, erwiderte Violet bestimmt. »Und nur, wenn Sie die Handschuhe anbehalten.«

Augusta zögerte. Ihr Gesicht war immer noch sorgenzerfurcht. »Du erinnerst dich.«

Violet lächelte. »Allerdings. Und wenn Sie meine Mutter oder mich auch nur mit dem kleinen Finger antippen, hetze ich Ihnen ein Heer von Untoten auf den Hals, versprochen.«

Augusta zog die Augenbrauen hoch, aber die Drohung wirkte offenbar, denn sie trat einen Schritt zurück.

Juniper wurde auf eine Trage gehoben, und erst da merkte Violet, dass ihr Justin, Harper und Isaac nicht von der Seite wichen.

»Ihr müsst das nicht machen«, sagte sie und ihr Blick wanderte von Justins dreckverklebten Haaren zu dem blutigen Taschenbuch, das aus Isaacs Jeanstasche ragte, und dann zu dem schimmernden Degen in Harpers Hand.

»Was denn?«, fragte Justin.

»Tu nicht so. Du weißt, was ich meine.«

»Du sollst es aber aussprechen.«

Violet hob protestierend die Hände, Rosies Armband klimperte.

»Mich retten.« Es fiel ihr nicht leicht, es laut auszusprechen, denn es war ihr wirklich ernst damit. »Aber jetzt habt ihr's ja schon getan. Also vielen Dank.«

Harper nickte und schwang den Degen nach oben, sodass er auf ihrer Schulter lag, Isaacs Mundwinkel kräuselten sich und er wischte sich einen Dreckspritzer von der Nasenspitze.

»Auf einer Skala von eins bis zehn würde ich dir dafür eine Vier geben«, brummte er.

»Wenn ich das nächste Mal in einer anderen Dimension festsitze und ein Monster von mir Besitz ergreift, gebe ich mir mehr Mühe.«

Isaac kniff belustigt die Augen zusammen. Es fiel Violet zunehmend schwerer, sich auf den Beinen zu halten.

»Geht's?«, erkundigte sich Justin.

»Glaub schon. Ich weiß jetzt übrigens, worin mein Ritual besteht.«

Justin grinste breit. Seine weißen Zähne leuchteten im Dunkeln.

Es war Violet schleierhaft, wie er trotz allem so gut gelaunt sein konnte, aber sie war froh darüber. Froh, dass alle drei hier waren. Und den anderen ging es genauso, das sah Violet ihnen an. Die Erleichterung verband sie alle vier. Sie waren noch am Leben, sie waren in Sicherheit.

»Woher habt ihr gewusst, wo ich bin?«, wandte sich Violet an Harper, als sie zu den Streifenwagen hinübergingen. Die Bäume ringsum waren in das flackernde, blaue Licht der Polizeisirenen getaucht.

»Von meinem Vater«, sagte Harper und fuhr stockend fort: »Violet … ich muss dir noch etwas erzählen. Jetzt, wo du dich wieder erinnerst.« Der Lichtkegel einer Taschenlampe streifte Harpers Hals und ließ Blutergüsse an ihrer Kehle aufblitzen. Sie sahen verdächtig nach Fingerabdrücken aus.

Violet fiel plötzlich wieder ein, dass Harper auch eine Kapuzenkutte getragen hatte. »Worum geht es denn?«

Harper schielte zu Augusta Hawthorne hinüber. »Erklär ich dir später.«

Ihre Stimme klang anders als sonst. Fester. Selbstbewusster.

Violet hatte Fragen an alle drei, aber jetzt wollte sie vor allem zu ihrer Mutter, die man schon in einen Streifenwagen geschoben hatte. Sie hatte sich eine zweite Chance mit Juniper verdient – eine Chance, die sie nicht verstreichen lassen wollte. Es war an der Zeit, dass sie wieder nach vorn schaute.

21

Das Polizeirevier von Four Keys war kalt und steril. Justin hatte den Verdacht, dass Augusta unbedingt einen Kontrast zu dem Meer aus Bäumen draußen vor der Tür schaffen wollte. Seit Violet und ihre Mutter vor einer Stunde in die Krankenstation gebracht worden waren, starrte er im Wartebereich die weißen Fliesen und die Neonröhren an.

Bei ihrer Ankunft hatte man darauf bestanden, auch Violets harmlosere Verletzungen zu versorgen. Justin hatte ihr nachgeschaut, als die Oberschwester sie weggeführt hatte. Ihre Hand mit dem Latexhandschuh hatte sie auf Violets Arm gelegt, als wäre sie ein Kind, das womöglich ausbüxte.

An der Tür hatte sich Violet noch einmal zu ihm umgedreht und ihn spöttisch angegrinst. Sie waren tatsächlich Freunde geworden. Justin spürte, dass so etwas neu für sie war.

Wobei ... mit einem Mädchen einfach nur befreundet zu sein, war auch für ihn etwas Neues.

Er hatte keine Ahnung, wie Violet ihre Erinnerungen wiedererlangt hatte, fürchtete sich aber auch, sie danach zu fragen, denn das hätte bedeutet, dass es eine Lösung gab. Ein Gegenmittel. Dann hätte er Harper doppelt hintergangen.

Justin dachte wieder an die Nacht am See. Wie Harper geschrien hatte, als seine Mutter in Begleitung ihrer Hunde eingetroffen war.

Er hatte sich in Maurice Carlisles Werkstatt nicht zurückhalten können und sie gestreichelt. Dabei hatte er sich schwer beherrschen müssen, dass seine Finger nicht ihren Hals hinauf bis zur Wange wanderten.

Am liebsten hätte er sie geküsst, aber das war natürlich undenkbar. Sie waren beide Gründerkinder, ob nun mit Macht oder ohne.

Außerdem hatte sie ihn angelogen. Und er sie.

Trotzdem waren sie noch nicht quitt.

Alles Schlechte, was sie jetzt von ihm dachte, war nur ein Bruchteil dessen, was sie von ihm denken würde, wenn sie wüsste, was damals passiert war. Es war egoistisch, ihr nahekommen zu wollen, solange sie nicht die ganze Wahrheit kannte.

Justin musste Harper entweder loslassen oder sie irgendwie wissen lassen, was in der Nacht, in der sie ihren Arm verloren hatte, tatsächlich geschehen war.

Er kehrte in die Gegenwart zurück, als er merkte, dass May vor ihm stand.

Ihre weiße Rüschenbluse war am Hals mit einer ordentlichen Schleife zugebunden, der gemusterte Rock bauschte sich in gebügelten Falten. Doch Justin kannte seine Schwester gut genug, dass ihm auch die kleinsten Anzeichen von innerem Aufruhr nicht entgingen. Die rot geränderten Augen. Der abgekaute Nagellack.

May war total durch den Wind.

Gut so.

»Mom will dich sprechen.« Sie schlang die Finger ineinander wie blasse Wurzeln. »Aber sie meinte, wenn du nicht willst, muss es nicht sein.«

»Wie großzügig.«

May senkte die hellblauen Augen auf den zerkratzten

Linoleumboden. »Ich muss mich entschuldigen. Was ich neulich gesagt habe, war ungerecht und gemein.«

Auf einmal begriff Justin, dass Mays Fähigkeiten ihr nicht guttaten, sondern schadeten. Sie hatte alles erreicht, was sie sich gewünscht hatte, und damit keinen Anlass mehr, die Methoden infrage zu stellen, mit denen sich Augusta Four Keys gefügig machte.

Justin war davon ausgegangen, dass er wütend werden würde, wenn er das nächste Mal mit seiner Schwester sprach, aber jetzt empfand er bloß Mitleid. In all den Jahren, in denen ihn Augusta zu ihrem Lieblingskind erkoren hatte, war er immer auf Mays Seite gewesen, aber nachdem jetzt seine Schwester diejenige war, die über Macht verfügte, hatte sie das Band zwischen ihnen zerrissen. Und zum ersten Mal in seinem Leben hatte Justin kein Interesse daran, etwas Zerstörtes wieder zusammenzufügen.

»Du warst mit Absicht gemein«, entgegnete er. »Du wolltest mir wehtun.«

Über Mays Gesicht huschte ein Ausdruck, den er nicht deuten konnte. »Das ist nicht wahr.«

»Ach nein? Violet hätte sterben können. Ich hoffe, du bist jetzt zufrieden.«

Er ließ sie stehen und ging durch den Flur zu Augustas Büro. Als er sie hinter sich herkommen hörte, drehte er sich nicht um.

Etliche Polizisten standen um Augustas Schreibtisch herum, aber als Justin eintrat, scheuchte sie die Beamten mit einer energischen Handbewegung hinaus.

»Na, Justin? Hast du dich doch dazu durchgerungen herzukommen?« Augusta klang verhalten, als legte sie jedes Wort auf die Goldwaage.

»Ich wollte gern deine Sicht der Dinge hören.« Justin schloss rasch die Tür hinter sich, bevor May auch hereinkommen konnte. Das hier ging nur ihn und seine Mutter etwas an. »Ich bin nicht wie du. Ich stemple niemanden als wertlos ab, ohne ihm Gelegenheit zu geben, sich zu rechtfertigen.«

Augustas breite Schultern zuckten. »Ich weiß, dass ich streng mit dir war. Ich hätte deine Warnung, dass die Stadt womöglich einen Umsturz plant, ernst nehmen sollen.«

»Was ist mit Violet? Hast du vor, dich bei ihr zu entschuldigen?«

Nach Harper und den unzähligen anderen Menschen, in deren Leben Augusta unbefugt eingegriffen hatte, fragte er gar nicht erst.

Trotzdem konnte er nicht einfach wieder gehen.

Justin hatte nun mal eine Vorliebe für hoffnungslose Fälle – vor allem, wenn sie auf seine Hilfe angewiesen waren.

»Ich habe getan, was ich nach dem Stand der Dinge für richtig hielt«, erwiderte Augusta. »Wärst du mit deinem Anliegen schon früher zu mir gekommen, wäre ich vielleicht anders damit umgegangen, aber du hast mir nicht genug vertraut, um mir die Wahrheit zu sagen.«

»Ist das so verwunderlich?«

Die Mundwinkel seiner Mutter sanken herab. »Nein. Aber ich habe hier etwas für dich, das vielleicht dazu beiträgt, dass sich unser Verhältnis wieder bessert. Der Vorschlag kam übrigens von May.«

Sie nahm einen kleinen Stapel Papiere vom Schreibtisch und überreichte ihn Justin.

Es waren ausgedruckte Bewerbungsformulare für alle geisteswissenschaftlich orientierten Unis im Umkreis von einer halben Autostunde, dazu ein Flyer des örtlichen Colleges. Justin schluckte. »Du möchtest, dass ich hierbleibe?«

Augusta sah ihm fest in die Augen. »Du hast inzwischen bewiesen, dass du für Four Keys wichtig bist, und zwar in Bereichen, die ich nicht bedacht hatte. Vielleicht war meine Entscheidung, dass du die Stadt verlassen sollst, vorschnell. Ja, ich möchte, dass du bleibst.«

Mehr hatte sich Justin nie gewünscht.

Doch Augustas Angebot bedeutete auch, dass er das, was er über das Erbe seiner Familie wusste, wieder verdrängen musste.

Es war im Grunde eine Kapitulation.

Justin dachte daran, wie ihm May die Karten gelegt hatte. Jetzt war der Zeitpunkt gekommen, tatsächlich eine Veränderung zu bewirken.

Sein misslungenes Ritual war eine einzigartige Chance. Er verfügte über keinerlei Macht, hatte aber sein ganzes Leben unter den Gründern verbracht. Womöglich war er der Einzige, der beide Seiten des Problems von Four Keys verstehen konnte. So hatte er sich seine Zukunft zwar nicht vorgestellt, aber es war immerhin eine Zukunft, die er dort verbringen konnte, wo er hingehörte: zu Hause.

Justin legte die Blätter weg. Dann löste er das Medaillon von seinem Handgelenk und ließ die dünne Glasscheibe in seine Handfläche fallen.

»*Falls* ich wieder nach Hause komme«, sagte er, »werde ich kein Geheimnis mehr daraus machen, wer ich bin. Ich werde der Stadt die Wahrheit sagen, nämlich dass ich keine Macht besitze. Und du wirst mich nicht daran hindern.«

Augusta wurde kalkweiß. »Dann verlierst du die Achtung der Stadt.«

»Kann sein. Aber wenigstens muss ich dann nicht mehr lügen.« Er legte das Medaillon auf den Schreibtisch seiner Mutter. Das rote Glas leuchtete wie eine sterbende Sonne. »Noch etwas. Versprich mir, dass du nie mehr deine Macht gegen die Einwohner von Four Keys einsetzt.«

Augusta lachte trocken auf. »Vergiss es.«

Doch Justin ließ sich nicht beirren. »Dann sorge ich dafür, dass du nicht mehr an Isaac Sullivan herankommst. Mit Violet Saunders hast du es dir sowieso schon verdorben, und das heißt, dass du kaum noch Gründer für die Nachtstreife hast.«

Augustas Nasenflügel blähten sich kaum merklich. Justin hatte einen wunden Punkt getroffen.

»Meine Macht trägt entscheidend zum Schutz dieser Stadt bei«, entgegnete Augusta. »Und jetzt sitzen auch noch vierzehn Mitglieder der Kirche der Vier Gottheiten in Untersuchungshaft. Willst du, dass ich sie dem Landkreis überstelle, damit sie wegen versuchten Mordes angeklagt werden, oder soll ich ihnen nicht doch lieber die Erinnerungen nehmen, damit sie in Frieden weiter hier leben können? Wenn ich das tue, sind sie keine Bedrohung mehr. Die Methode ist erprobt. Und sie ist human.«

Justin zögerte. Er gab es nicht gern zu, aber Augusta hatte nicht ganz unrecht. Aber es musste doch einen Mittelweg geben!

»Lass ihnen die Wahl«, sagte er schließlich. »Frag sie, ob sie lieber ins Gefängnis wandern oder ihre Erinnerungen verlieren wollen. Und versprich mir, dass du nie wieder ein Kind aus einer Gründerfamilie anrührst.«

Augusta überlegte, einen Augenblick lang war es ganz still. Dann streckte sie Justin die behandschuhte Hand hin.

»Kommst du wieder nach Hause?«, fragte sie. Es klang fast bewundernd.

Dafür lohnte es sich zu kapitulieren. Für die Aussicht, dass sich tatsächlich etwas änderte. Dass der Name Hawthorne nicht mehr nur Angst und Schrecken verbreitete.

Justin schlug ein.

In der Krankenstation verpassten zwei Schwestern Violet einen hässlichen Papierkittel und zwangen sie still zu sitzen, während sie jeden Kratzer und jede Schürfwunde versorgten. Violet durfte nur Rosies Armband behalten, das sauber geschrubbt in einer Plastiktüte auf ihrem Schoß lag. Das übrige Personal schwirrte um ihre Mutter herum, die bewusstlos auf der benachbarten Liege lag.

Wie es aussah, hatten die Gemeindemitglieder Juniper unter Drogen gesetzt. Abgesehen davon war sie unversehrt, doch der Anblick der reglosen Gestalt gab Violet trotzdem jedes Mal einen Stich.

Als Augusta Hawthorne hereingestampft kam, diskutierte Violet gerade mit einer Krankenschwester darüber, ob sie ihr Handy wiederhaben dürfe. Augusta würdigte Violet keines Blickes, sondern ging geradewegs zu Juniper und überschüttete die Oberschwester mit Fragen.

»Sie wird schon wieder«, sagte die Schwester. »Ja, die Wirkung lässt von allein nach. Nein, es bleiben keine Dauerschäden zurück.«

»Aber es ist doch schon Stunden her! Sie müsste längst wach sein!«

»Sie kommt bald wieder zu sich.« Die Schwester tätschelte zaghaft Augustas Arm. »Lassen Sie ihr noch ein bisschen Zeit.«

»Was wollen Sie hier?«, fragte Violet laut und schneidend. »Wollen Sie meiner Mutter wieder ihre Erinnerungen rauben, wenn sie aufwacht? Vorsichtshalber?«

Augusta drehte sich um und verschränkte die Arme vor der Brust. Violet kam sich in ihrem hinten aufklaffenden Kittel nackt und verletzlich vor, hielt dem Blick der Frau aber stand.

»Ich weiß, was Sie getan haben!«, fuhr sie fort. »Als meine Mutter die Stadt verlassen wollte, haben Sie ihr alle Erinnerungen an Four Keys genommen. An das *wahre* Four Keys. Und mit Daria haben Sie es genauso gemacht.«

»Daria habe ich nie angerührt«, entgegnete Augusta ruhig. »Und was deine Mutter angeht ... so einfach ist das nicht.«

Violet umklammerte den Rand ihrer Liege. »Ich weiß über Stephen Bescheid. Vor dreißig Jahren hat er versucht, meine Mutter umzubringen, aber es ist ihm nicht gelungen. Danach war auf einmal *Ihre* Familie für Four Keys verantwortlich und nicht mehr meine. Was ist damals wirklich passiert? Was haben Sie zu verbergen?«

Die anwesenden Schwestern waren verstummt und blickten zwischen Augusta und Violet hin und her, als verfolgten sie ein Tennismatch.

»Gehen Sie bitte kurz hinaus«, wandte sich Augusta an sie. »Miss Saunders und ich müssen uns unter vier Augen unterhalten.«

»Wir dürfen die Patientin nicht allein lassen«, wandte die Oberschwester ein.

»Sie haben mir doch gerade erklärt, dass sie von selbst wieder wach wird«, gab Augusta zurück. »Also werden Sie hier momentan nicht gebraucht. Jetzt gehen Sie schon!«

Das Personal verließ den Raum. Violet ging allerdings davon aus, dass sie draußen die Ohren spitzen würden.

»Wollen Sie mir jetzt etwa endlich die Wahrheit sagen?« Violet war nervös. Inzwischen konnte sie mit ihrer Macht umgehen, aber dass sie Tote aufwecken konnte, würde ihr nichts nützen, wenn Augusta auf sie losging. »Oder wollen Sie mir ein zweites Mal meine Erinnerungen rauben?«

Doch Augusta machte keine Anstalten, die Handschuhe auszuziehen. »Du hast dein Ritual bestanden und bist keine Bedrohung mehr für Four Keys, darum habe ich nicht vor, dich zu neutralisieren. Trotzdem würde es mich interessieren, wie du deine Erinnerung wiedergefunden hast.«

Violet versuchte, sich ihre Erleichterung nicht anmerken zu lassen. »Als ob ich Ihnen das verraten würde!«

»Ich mache dir ein Angebot«, sagte Augusta kühl. »Ich erzähle dir, was sich zum Frühjahrsäquinoktium 1985 ereignet hat, und du erzählst mir, wie es sein kann, dass du dich wieder erinnerst.«

Violet überlegte. Augusta Hawthorne war ihre größte Chance, die Wahrheit zu erfahren, aber alles in ihr sträubte sich dagegen, May an jemanden zu verraten, der sie selbst beinahe umgebracht hätte.

»Ach, kommen Sie! Sie verraten mir bestimmt nicht den wahren Grund, warum Sie meine Mutter gezwungen haben zu vergessen.«

Da meldete sich eine andere Stimme von der Liege neben Violet. Sie klang so konzentriert wie eine zusammengerollte Kobra vor dem Angriff.

»Das ist doch ganz einfach«, sagte Juniper Saunders. »Sie hat mir meine Erinnerungen genommen, weil ich sie darum gebeten habe.«

Augusta fuhr herum und Violet sprang von ihrer Liege. Es war ihr egal, ob der Kittel dabei aufklaffte. Juniper blieb liegen, doch ihre Augen waren weit geöffnet.

»Mom?«, sagte Violet, aber ihre Mutter sah nicht sie an, sondern Augusta Hawthorne.

Auf einmal schien die Luft zu knistern. Die Körperhaltung

der beiden Frauen sprach von Aufrichtigkeit. Von Schmerz. Von Vergangenheit.

»August?«, fragte Violets Mutter dann.

»June?«, gab Augusta zurück. »Kannst du dich …«

Juniper nickte und Augusta umarmte sie stürmisch. In den Armen der stattlichen Polizeichefin wirkte Violets Mutter klein wie eine Puppe.

Juniper hatte Violet erzählt, Augusta sei früher ihre beste Freundin gewesen, aber diese Zärtlichkeit war nicht nur freundschaftlich.

Augusta und Juniper sahen einander genauso an wie Justin und Harper.

Violet begriff, dass es trotz allem, was ihre Mutter und sie voneinander wussten, immer noch ein weites, unbekanntes Feld zwischen ihnen gab. Doch zum allerersten Mal wollte sie diese Kluft wirklich überbrücken.

Das würde nicht einfach werden. Aber Violet dachte an ihre neuen Freunde, die für Juniper und sie ihr Leben riskiert hatten, und schwor sich, es wenigstens zu versuchen.

»Wie …?«, sagte die Polizeichefin tonlos, als Juniper sich von ihr gelöst und aufgesetzt hatte. Ihre krauses braunes Haar stand in alle Richtungen ab.

»Es gehörte zu Violets Ritual«, antwortete Juniper. »Eigentlich einleuchtend, dass es auch eine Art Reinigung sein kann. Violet …« Das Lächeln ihrer Mutter, ungeschönt und echt, war so breit, dass man ihren schiefen Backenzahn sah. »Vielen Dank. Es tut mir schrecklich leid, dass du das alles ganz allein herausfinden musstest.«

»Du weißt Bescheid?« Violet hatte plötzlich einen Kloß im Hals. »Über unsere Familie? Über unsere Fähigkeiten?«

Juniper nickte. »Es ist alles wieder da.«

»Kannst du … kannst du mir erzählen, was mit Stephen passiert ist?«

Junipers Züge verspannten sich und sie strich sich geistesabwesend eine Haarsträhne hinters Ohr.

»Es muss ja nicht sofort sein«, sagte Augusta rasch. Sie klang immer noch aufgewühlt.

»Nein, August«, erwiderte Juniper. »Violet hat lange genug gewartet. Und sie soll es von mir hören.«

Als Violet das entschlossene Gesicht ihrer Mutter sah, erkannte sie die alte Juniper wieder.

Juniper verschränkte die Hände im Schoß und fing an. »Stephen war unser Nesthäkchen. Als er vierzehn wurde, hatten Daria und ich unser Ritual schon hinter uns.« Sie sah Augusta an. »Ich muss das Ritual jetzt beschreiben. Du kennst die Regeln, August.«

Die Polizeichefin seufzte, nickte dann aber und wandte sich ab, während Juniper Violet heranwinkte und sich vorbeugte.

»Es ist ein bisschen albern«, raunte sie Violet ins Ohr, »aber wir halten die Einzelheiten voreinander geheim. Wenn ein Saunders sechzehn wird, begibt er sich in die Turmkammer, stellt sich auf das Gründersymbol und lässt die Bestie in seinen Kopf ein. Er begibt sich freiwillig ins Grau und besiegt sie. Um den Tod zu begreifen, muss man ihm nahekommen. Indem auch du dich ins Grau begeben und das Ungeheuer wieder aus deinen Gedanken vertrieben hast, hast du dein Ritual bestanden – wenn auch unter ungleich riskanteren Bedingungen.«

Nach einer kurzen Pause sprach sie weiter: »Bei Stephens Ritual ging leider etwas schief. Das Ungeheuer nistete sich in ihm ein, so wie immer, aber er konnte es nicht vertreiben, bevor er wieder aus dem Grau herauskam. Nach und nach veränderte es ihn, beeinflusste seine Gedanken, seine Stimmung und schließlich auch sein Handeln. Stephen war schon immer ein bisschen unberechenbar und das nutzte das Ungeheuer aus, um die Erneuerung der Kirche – beziehungsweise ihre Verfälschung – geheim zu halten.«

»Ihr habt also nicht gewusst, dass er besessen war?«

Juniper sah zerknirscht aus. »Ich hatte keine Ahnung.«

Augusta drehte sich um. »Habt ihr eure Familienangelegenheiten jetzt besprochen?«

»Dir merkt man immer sofort an, wenn dir etwas nicht passt«, gab Juniper belustigt zurück.

Augusta schnaubte ärgerlich, widersprach aber nicht.

»Wie gesagt«, fuhr Juniper fort, »ich wusste nicht, was mit meinem Bruder los war. Jedenfalls nicht bis zum nächsten Äquinoktium. Da holte mich Stephen mit vorgehaltenem Messer aus dem Bett und schleppte mich in den Wald. Die Bestie sollte Besitz von mir ergreifen, weil sie eine körperliche Hülle brauchte, um aus ihrem Gefängnis auszubrechen. Stephen hätte ihr auch seinen eigenen Körper überlassen, aber er war nicht stark genug. Meine Fähigkeiten dagegen waren ... wie gemacht für die Bedürfnisse des Ungeheuers. Aber Stephen ...« Juniper hob die Hand ans Gesicht, verharrte aber zitternd mitten in der Bewegung. »Er wusste es nicht besser«, sagte sie tonlos.

Dann weinte sie. Juniper hatte nicht um ihren Mann geweint, sie hatte nicht um Daria geweint und auch nicht um Rosie, aber jetzt sammelten sich Tränen an ihren Wimpern.

»June«, sagte Augusta wieder. »Du musst es ihr nicht erzählen.«

»Doch!«, erwiderte Juniper mit bebender Stimme. »Stephen wusste nicht, worin meine Macht bestand. Wir hatten darüber geschwiegen, weil es sich nur schwer beweisen ließ. Aber jeder Saunders hat irgendetwas mit dem Tod zu tun. Daria konnte den Tod vorhersehen, Stephen beschwor ihn herbei.« Junipers Hand hörte auf zu zittern und sie legte sie wieder in den Schoß. »Und ich … tja, man könnte wahrscheinlich sagen, dass ich ihn besiegt habe.«

»Besiegt?«, wiederholte Violet verblüfft. »Kannst du nicht sterben?«

»Nein, ich bin nicht unsterblich«, antwortete ihre Mutter und Augusta zuckte zusammen. »Ich altere wie jeder andere Mensch. Man kann mich auch unter Drogen setzen, wie man sieht. Aber ich bin trotzdem unempfindlicher. Ein paar Wochen nach meinem Ritual bin ich vom Hausdach gefallen und war unverletzt. Ich hatte nicht mal einen Kratzer. Ich werde auch nie krank. Und wenn mir jemand etwas antut, widerfährt ihm selbst das Gleiche. Darum war das Ungeheuer ja so versessen auf mich. In meinem Körper wäre es so gut wie unbesiegbar gewesen, zumindest eine ganze Weile.«

Violet schüttelte sich bei dieser Vorstellung. »Du warst also der ideale Wirtskörper.«

»Richtig. Aber als Stephen mich erstechen wollte …«

Sie brauchte den Satz nicht zu beenden. Violet begriff sofort, was danach geschehen sein musste.

Und sie begriff auch endlich, wozu die Kirche den wiedererweckten Stephen gebraucht hatte. Weil Juniper einen Untoten nicht töten konnte.

Juniper nahm sich ein Papiertaschentuch aus der Schachtel neben ihrer Liege und tupfte sich die Augen. »Nach Stephens Tod war seine Leiche plötzlich verschwunden. Seine Nische im Mausoleum ist leer. Aber unsere Familie hat die Tragödie immer geheim gehalten, bis Schuld und Scham irgendwann zu groß wurden. Deswegen habe ich Augusta gebeten, uns davon zu erlösen. Ich dachte, wenn ich mich nicht mehr an all das erinnere, würde mein Leben leichter. Leider war das Gegenteil der Fall, denn danach zerbrach meine Familie. Ich bin froh, dass ich deinen Vater kennengelernt und dich und Rosie bekommen habe.« Sie lächelte Violet schief an. »Aber es war nicht das Leben, das für mich vorgesehen war. Ich hatte immer das Gefühl, vor etwas zu flüchten, und jetzt hat es mich eingeholt. Das ist vermutlich der Lauf der Dinge.«

Nun kämpfte auch Violet mit den Tränen.

Zum allerersten Mal verstand sie ihre Mutter. Juniper war weder unsensibel noch unbedarft. Sie hatte Schicksalsschläge überstanden, die schwerer waren, als Violet geahnt hatte.

Aber sie war nicht damit klargekommen. Deswegen hatte sie anderen Menschen wehgetan, sogar denen, die sie liebte. Auch das verstand Violet jetzt.

»Was ich neulich gesagt habe, tut mir leid«, entgegnete sie schnell. »Das mit Rosie und so.«

Juniper nahm ihre Hand. »Mir tut es auch leid. Ich kann mir gar nicht vorstellen, wie schlimm es für dich gewesen sein muss, mit alldem ganz allein fertigzuwerden. Wir haben noch so viel zu besprechen, ich muss dir noch so viel erklären.«

»Über Four Keys?«

Juniper lächelte. »Über Four Keys auch. Aber was du neulich gesagt hast ... wegen der Familie deines Vaters ... da hattest du recht. Du sollst sie kennenlernen und sie sollen dich kennenlernen, wenn du das möchtest. Keine Geheimnisse mehr. Keine Lügen.«

Als sie sich vorbeugte, um Violet zu umarmen, sträubte sich Violet nicht.

In der Diele des Hawthorne-Hauses war alles wie immer. Justin strich über die kühle Wand und die vertraute, leicht beklemmende Atmosphäre umfing ihn. Draußen vor dem Fenster wippte ein Weißdornast wie eine Hand, die ihm zuwinkte.

Die Wahrheit über sein nicht bestandenes Ritual machte in der Stadt bereits die Runde. In der Schule statt eines Medaillons einen Steinanhänger zu tragen war kein großes Problem. Alles andere war schwerer zu ertragen. Das Getuschel in den Fluren. Die schiefen Blicke im Klassenzimmer. Die Passanten, die sich auf der Hauptstraße abwandten, wenn er vorbeiging, dieselben, die ihn sonst so freudig begrüßt hatten.

Das tat weh. Sogar sehr.

Aber es war ein guter Schmerz, so wie Muskelkater nach einem langen Lauf.

»Danke, dass du mich nach Hause gebracht hast«, sagte er zu Isaac, der hinter ihm stand.

Isaac fuhr mit dem Zeigefinger über einen verschnörkelten Bilderrahmen. Er machte ein finsteres, abwesendes Gesicht. Justin wusste, dass er dabei war, das verwüstete Diner wieder herzurichten. Den finanziellen Schaden hatte Augusta bereits beglichen.

Justin kam es vor, als wäre das alles vor Jahren passiert, dabei war es gerade mal eine Woche her. So vieles war in so kurzer Zeit anders geworden.

Als er Isaac jetzt ansah, fiel ihm wieder auf, wie sehr sich auch sein Freund in den letzten Wochen verändert hatte. Isaac stand irgendwie angriffslustig da, die Schultern leicht vorgeschoben, als wollte er einen Gegner einschüchtern.

Dabei war außer ihm und Justin niemand da.

»Ich muss dir noch was sagen«, kam es von ihm. »Ich kann nicht mehr.«

Hatte Justin sich verhört? »Wie meinst du das?«

Isaac wich seinem Blick aus. »Ist dir nie aufgefallen, dass ich *immer* da bin? Ich stehe dir immer bei, wenn du mich darum bittest, ob es nun um Violet geht oder um Harper.«

Diesen Namen sprach er mit hörbarem Abscheu aus.

»Ich bin immer zur Stelle, ich sage immer Ja. Aber jetzt kann ich nicht mehr.«

Justin hatte angenommen, sein Ritual sei das Schlimmste gewesen, was ihm je passieren würde, aber jetzt bekam er Angst. »Ich kapier's nicht. Bist du sauer auf mich?«

Isaac schnitt eine gequälte Grimasse. »Ich bin nie sauer auf dich. Das ist ja das Problem!« Es klang ganz merkwürdig. Fast zärtlich, was so gar nicht zu seinem verzerrten Gesicht passen wollte.

Auf einmal traf es Justin wie ein Blitzschlag. Plötzlich war ihm alles klar, als hätte ihm jemand einen Eimer kaltes Wasser über den Kopf gekippt.

Wie Isaac nach der Party in der Scheune sein Handgelenk gepackt hatte. Wie er sich aus den Trümmern des Diners erhoben hatte, aber nicht, um sich selbst in Sicherheit zu bringen, sondern um Justin beizustehen. Warum Isaac Harper nicht leiden konnte. Und was das seltsame Lächeln zu bedeuten hatte, das Isaac nur ihm schenkte, aus dem er nie richtig schlau wurde.

Justin hatte gewusst, dass Isaac bi war. Dass es theoretisch eine Option war.

»Aha«, sagte er mit belegter Stimme. »So ist das also.«

Isaacs Hand ballte sich zur Faust, aber kein Funke, kein Flimmern leuchtete auf. »Ja. So ist das.«

»Und wie lange schon?«

Isaacs Mund zuckte. »Was glaubst du denn?«

Justin war ganz flau im Magen. »Wahrscheinlich hätte ich es mir denken können.«

Er hatte es geahnt, aber geleugnet. Weil es für ihn selbst ausgeschlossen war, diese Gefühle zu erwidern, und das wusste Isaac auch.

»Ich glaube, du wolltest es lieber nicht wissen«, sagte Isaac. »Und ich dachte, es geht vielleicht wieder weg und wir brauchen nie darüber zu reden.« Er machte eine Pause, seine Kiefermuskeln arbeiteten. »Ich weiß, dass du nicht ... Ich hatte keine Erwartungen. Scheiße, ich wollte nicht, dass es so schräg rüberkommt, aber es musste jetzt einfach mal raus.«

»Es ist nicht schräg«, entgegnete Justin, doch er hörte selbst, dass es nicht überzeugend klang.

Er zwang sich, seinem Freund in die Augen zu sehen, aber Isaacs Blick war nicht gekränkt, so wie Justin befürchtet hatte. Die Enttäuschung, die Justin stattdessen in seinen Augen sah, war noch viel schlimmer.

Das Ganze war einfach nur grausam und unfair.

»Du hast mich noch nie angelogen«, sagte Isaac.

»Okay ... ein bisschen schräg ist es schon«, gab Justin zu. »Aber deswegen müssen wir uns doch nicht gleich trennen.«

»Doch!« Es klang sehr entschieden. »Ich bin dir verfallen, Justin, auch wenn dir das noch nicht klar war. Ich mache alles, was du willst, weil mir dein Glück wichtiger ist als mein eigenes Elend. Und darum können wir keine Freunde sein, zumindest eine Zeit lang. Ich muss erst mal allein klarkommen. Und nachdem ich so viel für dich getan habe, bitte ich dich, das zu respektieren.«

Als Justins Mutter und Schwester sich gegen ihn gewandt hatten, war Isaac für Justin da gewesen. Nur dank seiner bedingungslosen Treue hatte Justin den Mut gefunden, Augusta die Stirn zu bieten und Four Keys die Wahrheit zu sagen.

Er brauchte Isaac immer noch, aber zum allerersten Mal reichte das nicht, um seinen Freund zum Bleiben zu bewegen.

Bei dem Gedanken daran, wie sehr er darunter leiden würde, wurde Justin erst ganz schlecht, dann packte ihn die Wut. Aber noch weiter zu protestieren wäre einfach zu egoistisch gewesen.

Isaac hatte sich entschieden. Justin war es ihm schuldig, diese Entscheidung zu akzeptieren. Darum sagte er nichts mehr, als sein bester Freund bedächtig zur Tür hinausging.

22

Das Notenblatt auf dem Klavier sah ziemlich wüst aus. Violet hatte die Hälfte der handgeschriebenen Noten wieder durchgestrichen und auch die Phrasierungen immer wieder geändert. Jetzt spielte sie das Stück noch einmal durch und unterbrach sich ständig, um neue Noten und neue Varianten hinzuzufügen.

Selbst zu komponieren war ein bisschen beängstigend. Erst hatte das leere Blatt Violet entmutigt und ihr war überhaupt nichts eingefallen, doch sobald sie ihre anfänglichen Zweifel überwunden hatte, ging es fast wie von selbst. Natürlich würde sie auch wieder andere Stücke spielen, aber es war aufregend, etwas ganz Neues zu erschaffen.

Das Lied, das sie komponiert hatte, war sehr schlicht und noch ziemlich holprig. Sie war sich über die Begleitung noch nicht ganz schlüssig. Aber vielleicht gelang es ihr ja trotzdem irgendwann, etwas zu schreiben, was auch andere Leute gern spielten.

Sie tat es nicht für Rosie, aber sie wusste, dass Rosie stolz auf sie gewesen wäre.

Juniper wurde von Tag zu Tag offener. Nicht nur, was Four Keys anging, sondern auch, was die Familie von Violets Vater betraf. Violet war fast in Tränen ausgebrochen, als ihre Mutter ihr die Kontaktdaten ihrer Cousins und Cousinen gegeben hatte. Sie hatten einander in den sozialen Medien hinzugefügt, aber Violet hatte noch nicht den Mut gefunden, sich bei irgendwem zu melden.

Viele ihrer Gespräche mit Juniper waren schwierig gewesen. Sie hatten beide nach Worten suchen und peinliche Pausen aushalten müssen. Aber es war ein Anfang. Sie mussten sich erst aufeinander einspielen – wie zwei Stricknadeln, die sich in einem roten Wollknäuel verhakt hatten.

Das Summen des Handys riss Violet aus ihren Gedanken. Sie warf einen Blick darauf, lächelte und räumte ihre Komposition weg. Dann ging sie zur Tür und Orpheus trippelte hinterher.

Draußen stand Justin, die Hände in den Taschen seiner Bomberjacke vergraben. Der Herbst war ganz plötzlich mit rotgoldenen Blättern und empfindlich kalter Luft über Four Keys hereingebrochen.

»Du wolltest mich sprechen?«, fragte er.

Er wunderte sich offensichtlich, dass sie ihn allein hergebeten hatte, aber Violet konnte jetzt kein Publikum gebrauchen.

»Ich hätte da ein paar Fragen«, begann sie zögerlich, als er eingetreten war.

»Fragen?«

»Über Harper.«

Mit einem Mal war das Licht in der sonnendurchfluteten Diele viel zu hell, die Luft viel zu warm und unangenehm stickig. Justin, der gerade den Reißverschluss seiner Jacke aufzog, hielt mitten in der Bewegung inne.

»Die Geschichte mit Harper hat nichts mit dir zu tun.«

Violet sah ihn an. »Du bist kein schlechter Mensch, Justin. Ich kriege eigentlich immer nur mit, wie du dich für Leute einsetzt, die es wahrscheinlich gar nicht verdient haben. Mich eingeschlossen. Aber warum hast du Harper so behandelt?«

Harper hatte Violet von der Kirche der Vier Gottheiten erzählt. Das mit ihrem Vater war Strafe genug, fand Violet. Sie war ihr nicht mehr böse.

Außerdem hatte sich ihre Freundin noch rechtzeitig umentschieden, insofern war es einfach, ihr zu verzeihen.

»Das geht dich nichts an«, sagte Justin jetzt.

»Doch! Wenn ich nicht weiß, warum du dich so verhalten hast, kann ich dir nicht vertrauen.«

Justin nickte, steif wie ein Roboter, der mal wieder geölt werden musste.

»Na gut.« Die Leichtigkeit zwischen ihnen war verflogen. »Ich erklär's dir.«

Sie gingen nach oben und Violet musste unweigerlich daran denken, wie Isaac vor ihrem Fenster gehockt hatte. Schade, dass jetzt nicht er hier war und sich auf ihrem Bett fläzte statt Justin, der immer noch seine Jacke anhatte und stocksteif dasaß.

»Es geht darum ...« Er unterbrach sich. »Harper besitzt von allen Gründern in Four Keys die größte Macht.«

»Wie bitte?!« Violet hatte schon vermutet, dass Augusta auch Harpers Erinnerungen gelöscht hatte, aber sie wäre nie darauf gekommen, dass das der Grund war. »Dann hat sie bei ihrem Ritual gar nicht versagt?«

»Nein. Du hast bestimmt schon mitbekommen, dass die Gründerfähigkeiten jeweils durch Berührung wirken. Deine Berührung erweckt Tote zum Leben, Augustas Berührung löscht Erinnerungen. Darum trägt sie immer Handschuhe – um Unfälle zu vermeiden.«

Violet nickte. »Und was passiert, wenn Harper jemanden berührt?«

Auf Justins Gesicht malten sich Schmerz und Verlangen gleichermaßen. »Harpers Berührung verwandelt ihr Gegenüber in Stein. Und sie kann dem Betreffenden ihren Willen aufzwingen.«

Violet dachte an die Tierskulpturen, die um das Haus der Carlisles herum standen. An die Glocken und Degen.

»Was meinst du damit?«

»Der erste Carlisle konnte Lebewesen in Stein verwandeln und anschließend befehligen wie ein steinernes Heer. Die Stadt nannte diese Skulpturen ›Wächter‹.«

»Und Harper kann das auch?«

Justin nickte.

»Ach du Scheiße!«, entfuhr es Violet.

»Das fand meine Mutter auch«, sagte Justin finster. »Die Carlisles absolvieren ihr Ritual allein und kehren erst zu ihrer Familie zurück, wenn sie herausgefunden haben, welche Fähigkeiten sie besitzen. Seit ich denken kann, hat meine Mutter jeden Carlisle, der ins fragliche Alter kommt, heimlich überwacht, um sicherzustellen, dass seine Macht nicht zur Bedrohung wird. Sie war auch in der Nacht von Harpers Ritual anwesend. Als Harper in den See gegangen ist. Und als sie wieder herausgekommen ist.« Er unterbrach sich wieder. »Das weiß ich, weil ich ihr gefolgt bin.«

»Und es ist nicht gut ausgegangen?«

»Nein. Als meine Mutter mich entdeckt hat, musste ich mich neben sie stellen und sie meinte, wenn ich der Erbe der Hawthornes werden wollte, müsste ich mich auch zu schweren Entscheidungen durchringen können. Wir haben Harper am Ufer in Empfang genommen und meine Mutter hat von ihr verlangt, dass sie uns ihre neu erworbene Macht vorführt.«

Wieder eine unerträgliche Pause.

»Harper hatte schreckliche Angst. Meine Mutter hat sie in die Enge getrieben. Und wenn Harper Angst bekommt, dann dreht sie durch. Sie hat Augusta am Arm gepackt … und …« Justin schüttelte den Kopf. »Der Arm wurde zu Stein. Wir hatten Harper zu sehr bedrängt. Sie war nicht mehr zu bremsen.«

»Und was hast *du* gemacht?«

Justin sprach vor Scham so leise, dass ihn Violet kaum noch verstand. »Ich wollte nicht, dass sie meine Mutter umbringt, darum habe ich Harper weggeschubst. In den See. Ich dachte, da kann ihr nichts passieren. Ich wollte nur, dass sie aufhört. Ich konnte ja nicht ahnen …« Er verstummte.

»Was ist dann passiert?«, fragte Violet leise.

Justin schüttelte den Kopf und schaute zum Fenster hinaus, auf die Zweige, die dort winkten. Violet tat so, als sähe sie nicht, dass er sich heimlich die Augen rieb, bevor er weiterredete.

»Das Grau nahm sie gefangen. Sie war tagelang verschwunden, und als sie wieder herauskam, fehlte ihr der halbe Arm. Meine Mutter hat sie im Krankenhaus besucht und ihre Erinnerung gelöscht, bevor ihre Familie die Wahrheit erfahren konnte.«

Es kam nur selten vor, dass Violet nicht wusste, was sie sagen sollte. Justins Schuldgefühle waren absolut berechtigt. Was er getan hatte, war nicht wiedergutzumachen.

»Verstehst du jetzt?«, fragte Justin. »Harper erinnert sich nicht daran, dass ich sie verraten habe. Sie weiß nicht mehr, dass sie eine Gefahr war.«

Plötzlich wusste Violet doch, was sie sagen musste. Was zu tun war. »Würdest du es denn gut finden, wenn sie sich wieder erinnern könnte? Wenn das möglich wäre?«

Justin wandte sich vom Fenster ab. Er war ganz blass. »Auf jeden Fall.«

Als er ihr alles erzählt hatte, hatte Violet deutlich gespürt, was er noch immer für Harper empfand. Er hätte es ebenso gut laut sagen können.

Natürlich konnte sie auch versuchen, das Ganze allein zu regeln, aber nachdem Justin so viel für sie getan hatte und nachdem er so ein schlechtes Gewissen gegenüber Harper hatte, verdiente er eine Chance. Und wenn er diese Chance nicht wahrnahm – tja, dann würde sie Harper eben selbst helfen. Und dann wäre bewiesen, was Harper schon die ganze Zeit behauptete: dass die Hawthornes immer zuerst an sich dachten.

Violet erzählte Justin nicht von May. Aber sie erzählte ihm genug.

Als Justin weg war, verließ auch Violet das Haus und lief quer durch die Stadt, bis sie vor dem Schild mit der Aufschrift WILLKOMMEN IN FOUR KEYS stand.

Vor einem Monat waren sie und Juniper hier entlanggefahren. Jetzt ging sie an dem Schild vorbei über den knirschenden Schotter. Sie hatte erwartet, irgendetwas zu spüren, vielleicht, dass die Macht aus ihr wich, vielleicht sogar den brutalen Klammergriff des Grau – aber es kam nichts.

Das Schild schaukelte hinter ihr im Wind.

Sie war draußen. Sie hatte die Stadt verlassen.

Violet kehrte Four Keys den Rücken zu und betrachtete die Straße, die sich von der Stadt wegschlängelte. Sie war wieder in einer Welt ohne Rituale, ohne Gründer, ohne übernatürliche Fähigkeiten.

Dann drehte sie sich um.

Sie dachte an Harper und Justin, an Isaac und May. Denen sie so viele Probleme gemacht hatte und die trotzdem jeder für sich beschlossen hatten, dass sie es wert war, gerettet zu werden.

Jetzt war es an der Zeit, dass Violet sich für sie einsetzte. Für sie alle.

Sie trat wieder in den belaubten Schatten der hohen Eichen, die sich bis an die Straße herandrängten und ihr einladend die Äste entgegenreckten. Entschlossenheit durchströmte sie und pochte in ihrer Brust wie ein zweiter Herzschlag.

Sie würde das Chaos in dieser Stadt wieder in Ordnung bringen, ein für alle Mal. Und sie wusste auch schon, womit sie anfangen würde.

Im Diner sah es immer noch aus wie auf einem Schlachtfeld. Die Neonröhren waren kaputt, die geschmolzenen Plastikfassungen lagen neben Porzellan- und Glasscherben auf dem Boden. Violet hatte damit gerechnet, dass ihr jemand den Zutritt verwehren würde, aber das Restaurant war ausgeschlachtet und leer.

Bis auf Isaac, der den Schutt zu einem großen Berg zusammenfegte. Von Justin wusste sie, dass Isaac trotz seines Rauswurfs darauf bestanden hatte, beim Aufräumen zu helfen. Die umgekippten Sitzbänke ringsum glichen den achtlos weggeworfenen Spielsachen eines Riesen und das Schild, das über Isaacs Kopf GEÖFFNET verkündete, schien den derzeitigen Zustand des Diners zu verspotten.

Violet blieb kurz stehen und beobachtete das Licht, das durch die zerbrochenen Fenster hereinfiel und kantige Schatten auf Isaacs Hals und Schultern warf. Er versteckte seine Narbe nicht mehr. Das war Violet schon in der Schule aufgefallen und sie fand es toll, dass er sich nicht um die neugierigen Blicke der anderen scherte.

Als er sich umdrehte, fiel das Licht so auf ihn, dass es eine perfekte Diagonale von seiner linken Augenbraue quer über den Mund bis zu den gespannten Halsmuskeln warf.

»Was willst du denn hier?«, fragte er erstaunt.

»Ich suche dich.«

»Und woher …?«

Violet zuckte die Achseln. »Du gehörst zu den Menschen, die ihren Saustall hinterher aufräumen.«

Isaac grinste schief. »Tja, darin hab ich ja schon Übung.«

An der Wand hinter ihm waren schwarze Müllsäcke aufgereiht, Belege für viele Stunden Wiedergutmachung.

Violet kannte die Einzelheiten von Isaacs Ritual zwar nicht, konnte sich aber inzwischen denken, dass ihm etwas Schreckliches zugestoßen sein musste.

Das Ungeheuer hatte ihm genauso übel mitgespielt wie ihrer Familie und Harper.

»Ich habe nachgedacht«, sagte sie. »Darüber, was wir hier alle eigentlich machen. Warum die Gründer das Ungeheuer überhaupt eingesperrt haben.«

»Sie haben es eingesperrt, weil es gefährlich ist«, antwortete Isaac reflexartig.

Aber Violet konnte nicht vergessen, was es zu ihr gesagt hatte, was es ihr aus Rosies Mund entgegengefaucht hatte.

Glaubst du wirklich, dass ich aus reiner Selbstlosigkeit hier eingesperrt wurde? Sie wollten meine Macht und sie haben sie bekommen.

»Aber wir sind doch auch gefährlich, Isaac!«

Es war das erste Mal, dass sie seinen Namen aussprach. Der Klang gefiel ihr. Und ihr gefiel auch, dass seine Augen ein bisschen größer wurden, als wäre es ihm ebenfalls aufgefallen.

Sie gab sich einen Ruck und redete weiter. »Weil ich hier neu bin, kenne ich mich mit vielem nicht aus und das wäre beinahe mein Tod gewesen. Aber gerade weil ich neu bin, kann ich das

Ganze auch mit einem gewissen Abstand betrachten. Die Feiern, die Zeremonie, die Streifendienste ... Ich kann erkennen, was uns diese Stadt angetan hat. Unsere Vorfahren haben unsere Familien an etwas Grässliches gefesselt und halten uns zusammen mit ihm hier gefangen. Willst du so leben?«

Isaac stand reglos da. »Du kannst jetzt raus, oder? Du bist nicht mehr hier gefangen.«

»Das ist keine Antwort.«

Sein Blick wanderte zu dem Besen in seiner Hand, zu den umgekippten Bänken. »Nein, so will ich nicht leben.«

Violet stieß die angehaltene Luft aus. »Gut. Denn ich werde mir etwas einfallen lassen, wie ich die Bestie im Grau vernichten kann. Die Bestie in meinem Kopf. Ich kann es auch allein versuchen, aber es wäre gut, wenn mir jemand hilft, der weiß, wozu sie fähig ist. Und da kommst du ins Spiel.«

Er wich wieder aus. »Warum fragst du nicht Harper?«

»Weil sie ihre Erinnerungen verloren hat. Das hat mir Justin erzählt. Außerdem brauche ich noch eine Weile, um das alles zu verdauen – jetzt, wo ich Bescheid weiß.« Sie machte eine kleine Pause. »Er liebt sie, oder?«

In dem verwüsteten Restaurant klang es lauter als beabsichtigt. Isaac verzog das Gesicht und Violet wusste, dass sie recht hatte.

Doch seine gequälte Miene verriet ihr noch etwas anderes, fasste zusammen, was ihr schon immer an seinem Verhalten gegenüber Justin aufgefallen war. Und als sie begriff, was er fühlte und für *wen*, wurde ihr ganz flau im Magen.

Sie verstand nicht gleich, warum sie so aufgewühlt war. Sie ließ ihre eigene unausgesprochene Wahrheit aufblühen wie eine Knospe – und verdrängte sie wieder.

Sie wollte sich nicht davon ablenken lassen. Sie wollte nicht darüber nachdenken, ob diese Gefühle ihre Entscheidung beeinflusst hatten, sich an Isaac zu wenden.

»Du willst das Ungeheuer töten?«, fragte er. »Ich bin dabei.«

Violet nickte, aber ihre Enttäuschung dämpfte das Triumphgefühl, das sie hätte verspüren müssen.

Sie verließ das Diner und ging die Hauptstraße hinunter, bis sie unter den rotgoldenen Baumkronen allein war.

Harper hatte keine Ahnung, wo der Zettel herkam. Als sie im Wohnzimmer ihre Jacke auszog, fiel er aus ihrer Tasche und flatterte zu Boden wie ein kleiner Vogel, der das Nest zu früh verlassen hatte. Harper ging in die Hocke und faltete das Blatt Papier auf.

Erst begriff sie nicht, was darauf stand.

Es musste sich um einen schlechten Scherz handeln.

Trotzdem ging ihr der Satz auf dem Zettel den ganzen Abend über nicht mehr aus dem Kopf.

Er beschäftigte sie auch noch, als sie Nora ins Bett brachte und sämtliche Kuscheltiere richtig hinsetzte und als sie ihrem Vater, dem sie nicht mehr in die Augen sehen und der sich nicht mehr erinnern konnte, was er ihr angetan hatte, statt eines Gutenachtkusses zunickte.

Erst als sie in ihrem Nachthemd im Bad stand, erlaubte sie sich, den Zettel vor ihrem geistigen Auge noch einmal aufzufalten.

Wiederhole dein Ritual.

Harper sah in den Spiegel. Der Verband um ihren Hals wirkte wie eine verfrühte Halloween-Verkleidung. Eine Geschichte fiel ihr ein, die sie als Kind gelesen hatte. Sie handelte von einem Mädchen, das ein rotes Band um den Hals trug, damit sein Kopf nicht abfiel. Sie erschauerte.

Violet und ihre Mutter hatten Harper angeboten, zu ihnen zu ziehen, aber Harper war noch unentschlossen.

Sie hatte ihr ganzes Leben in ihrem Elternhaus verbracht und außerdem wollte sie Brett und Nora nicht alleinlassen.

Andererseits konnte sie nicht leugnen, dass sie sich hier nicht mehr sicher fühlte.

Sie wickelte den Verband ab und betrachtete die violetten Fingerabdrücke auf ihrem Hals.

Vor drei Jahren hatte sie ihr Ritual nicht bestanden. Der See hatte sie für zu schwach befunden. Das Grau hatte sie verschlungen.

Das war nicht mehr zu ändern.

Wiederhole dein Ritual.

Ein unbändiges Verlangen zu singen, zu jubeln, ihren Degen zu schwenken, überkam sie.

Wiederhole dein Ritual.

Harper verließ das Bad und tappte durch den Flur. Vor ihrem Zimmer blieb sie kurz stehen, als sie im Mondlicht, das durchs Fenster hereinfiel, Mitzis schlafendes Gesicht erblickte, doch die Aufforderung auf dem Zettel kam ihr jetzt nicht mehr wie ein Scherz vor.

Kurz darauf trat sie durch die Hintertür ins Freie.

Sie überquerte die abschüssige Wiese hinter dem Haus. Ihr Nachthemd leuchtete weiß, als sie den Wald betrat. Die Abende wurden schon merklich kühler, doch die kalte Luft auf der Haut machte Harper nichts aus – im Gegenteil, sie fühlte sich umso lebendiger. Ihre nackten Füße huschten geräuschlos über das Laub, und obwohl sie den Blick fest auf den ausgetretenen Pfad gerichtet hielt, hätte sie den Weg auch mit geschlossenen Augen gefunden.

Unten am See schaute sie auf das dunkle Wasser. Es warf das Mondlicht nicht zurück, sondern verschluckte es. Es wollte auch sie verschlucken. Die schwappenden Wellen zogen sie an wie ein Magnet.

Sie sah wieder vor sich, wie das schlammige Wasser über ihr zusammengeschlagen war. Wie ihr rötlich brauner Unterarm auf dem Seegrund gelegen hatte.

Sie tat den ersten Schritt.

Ihre nackten Zehen versanken im Schlick, der Saum ihres Nachthemds sog sich voll. Scharfkantige Steinchen zerkratzen ihr die Fußsohlen, aber sie blieb nicht stehen, sondern ging immer weiter. Das Wasser fühlte sich an wie zerknitterter Samt, kühl und schmeichelnd. Bald reichte es ihr bis zum Kinn und ihr Haar wogte um sie herum wie Seetang.

Harper legte den Kopf in den Nacken. Sterne kreisten um den Mond wie Sommersprossen um ein halb geschlossenes Auge.

Sie holte tief Luft, kniff die Augen zu und tauchte unter.

Unter der Oberfläche gab es kein Licht. Harper fühlte sich wie im Mutterleib, geborgen in einer Dunkelheit, die sie einlud, darin unterzugehen. Sie legte ihren Armstumpf auf die angezogenen Knie, rollte sich zusammen und ließ sich von der Strömung auf den Grund ziehen.

Steine schürften über ihre Schultern und sie streckte sich wieder, breitete sich über dem Herzen des Sees aus. Dann stieß sie die angehaltene Luft in einem Schwall aus, Luftbläschen sprudelten unsichtbar an die Wasseroberfläche.

Harper grub die Finger in den Seegrund, bis sie eine Handvoll Lehm zu fassen bekam.

Dann stemmte sie die Füße in den weichen Boden und richtete sich langsam auf, bis sie wieder stand. Ihr Haar umfloss ihre Schultern und Hüften, verfing sich im Spitzenstoff des Nachthemds. Zum ersten Mal seit Jahren war sie innerlich ganz ruhig.

Sie wartete.

Während das Wasser um sie herum rauschte und toste, war es, als täte sich in ihrem Hinterkopf eine Tür auf, von der sie nichts geahnt hatte.

Und dann erinnerte sie sich wieder. Sie erinnerte sich an *alles*.

Der Lehm quoll wie Schwimmhäute zwischen ihren Fingern hervor, als sie sich abstieß und strampelnd nach oben schoss. Sie durchbrach die Wasseroberfläche und schnappte keuchend nach Luft. Kleine Wellen kräuselten sich von ihr in Richtung Ufer.

Harper legte den Kopf wieder in den Nacken, blickte zum leuchtenden Mond empor und stieß ein lang gezogenes Wutgeheul aus.

Ein paar Blätter hatten sich in Justins Haar verfangen und saßen auf seinem Kopf wie eine kupferfarbene Krone. Jetzt, da sich die Bäume verfärbten, schien er nie von seinem Morgenlauf zurückzukommen, ohne ein Stück Wald mitzubringen. Er zupfte sich die Blätter gerade aus den Haaren, als Mays Stimme durch die Zimmertür drang.

»Komm raus! Bitte, Justin. Das musst du sehen!«

Er reagierte nicht. Ja, er war wieder nach Hause gekommen,

aber es würde noch lange dauern, bis das, was ihm May an den Kopf geworfen hatte, nicht mehr in ihm nachhallte.

Würde er je so weit sein, nicht mehr zu glauben, dass sie irgendwie recht hatte?

May klang jetzt noch dringlicher, fast verzweifelt. »Mutter hat es schon gesehen. Du musst es dir anschauen – jetzt gleich!«

Wider Willen wurde Justin neugierig.

Aber er hatte keine Lust mehr, May zu verteidigen, nachdem sie ihm unmissverständlich klargemacht hatte, dass sie ihn auch nicht mehr in Schutz nehmen würde. Als er sein Gründermedaillon zurückgegeben hatte, war er ein anderer geworden.

May klang so schrill wie schon seit Monaten nicht mehr, noch schriller als damals im Büro ihrer Mutter. »Mach wenigstens das Fenster auf!«

Widerstrebend schob Justin die Milchglasscheibe hoch, sodass der hohe, ausladende Weißdornbaum klar und deutlich zu erkennen war.

Er traute seinen Augen nicht.

Denn der Baum hatte sich von den Wurzeln bis zur Krone in rötlich braunen Stein verwandelt.

Versteinerte Äste wanden sich aus einem leblosen Stamm. Verwirrte Vögel hockten ängstlich zwitschernd zwischen erstarrten Blättern, die nie mehr sanft zu Boden schweben würden.

Und noch während er ungläubig den Beweis anstarrte, dass Harper seine Nachricht erhalten hatte, dass sie auf ihn gehört hatte, spürte er ein breites Grinsen auf seinem Gesicht.

EPILOG

Isaac kam kurz vor Tagesanbruch bei der Ruine an.

Sie war nicht schwer zu finden. Nachdem er die Hauptstraße verlassen hatte, musste er sich nur dem Gedächtnis seiner Muskeln überlassen. Es dirigierte ihn zwischen den Bäumen hindurch, bis er die Überreste seines einstigen Elternhauses vor sich sah.

Er blieb dort stehen, wo das Gras in einen Krater aus verbrannter Erde überging. Noch vor drei Jahren hatte hier das Anwesen der Sullivans gestanden: prächtig, stolz und voller Leben.

Jetzt waren davon nur noch verkohlte Balken und Ziegel übrig.

Eindeutig eine Verbesserung, wie Isaac fand.

Er nahm sich kurz Zeit, sein Werk zu bewundern, wobei er gegen den Drang ankämpfte, die Ruinen mit dem Bild des unversehrten Hauses zu überblenden – mit dem Buntglasfenster über dem Eingang und den hohen Säulen, die den Giebel wie Schultern getragen hatten.

Jedes Mal, wenn er hierherkam, verblassten diese Bilder mehr und wurden vom Anblick des Schutthaufens ersetzt.

Darum kam er so oft her. Darum hatte er das Sullivan-Anwesen ja zerstört.

Weil er es vergessen wollte.

Und weil er hierherkam, um zu vergessen, war es auch der

richtige Ort – vielleicht sogar der perfekte Ort –, um alles loszuwerden, was ihn an Justin Hawthorne erinnerte.

Er hatte die drei wichtigsten Symbole ihrer Freundschaft mitgenommen: *Diesseits vom Paradies*, den einzigen Roman, den sowohl er als auch Justin gut fanden; ein Paar Laufschuhe, das Justin ihm geschenkt und das er so gut wie nie getragen hatte; und einen kleinen Baum aus Silber, den Justin, als er einmal sehr wütend war, seiner Mutter geklaut und in Isaacs Wohnung versteckt hatte.

Den Baum vernichtete Isaac als Erstes. Er konzentrierte sich darauf, bis das Silber zu qualmender Asche zerfallen war. Dann nahm er sich die Schuhe vor.

Bei dem Buch zögerte er. Isaac zerstörte nicht gern Bücher. Doch als er es noch einmal aufschlug und auf dem Titelblatt Justins Namen in der vertrauten Krakelschrift sah, spürte er den Schmerz wieder so heftig, dass seine Handflächen sofort heiß wurden.

Er war Justin so ergeben gewesen, dass er verlernt hatte, auch mal an sich zu denken. Auch mal Nein zu sagen. Er hatte lange geglaubt, das sei Liebe.

Er hatte sich geirrt.

Leider linderte diese Erkenntnis den Schmerz kein bisschen.

Er hob beide Hände und das Buch zerfiel zu Asche. Dann klopfte er sich den Staub an der Hose ab.

Durch die Aschewolke, die noch in der Luft hing, erblickte er auf der anderen Seite des Kraters eine Gestalt.

Die Gestalt hatte große Hände, wie dafür geschaffen, sich zu Fäusten zu ballen, und ihre Tattoos reichten von den Handgelenken bis hoch zu den Schultern. Das Gesicht war seit ihrer letzten Begegnung noch kantiger und brutaler geworden.

Als sich ihre Blicke trafen, fing die Narbe an Isaacs Hals an, im Takt seines Herzschlags zu pochen.

»Na, hab ich dir gefehlt, Brüderchen?«, fragte Gabriel Sullivan. Es hallte über die Ruine, und zum ersten Mal seit seinem vierzehnten Geburtstag spürte Isaac wieder, wie es war, wenn man Angst hatte.

DANKSAGUNG

Als mir die Idee zu diesem Buch kam, war ich als Studentin eine Zeit lang im Ausland. Auf der Suche nach Inspiration bereiste ich Europa – und stellte fest, dass ich über die Wälder meiner Heimat schreiben wollte. Damals ahnte ich noch nicht, dass dieses Buch mein Leben verändern würde. Ich wusste noch nicht einmal, ob ich in der Lage wäre, es zu schreiben. Aber ich hatte mich in Violet, Harper und Justin verliebt und wollte ihre Geschichte erzählen. Ein Glück, dass ich es getan habe.

Doch niemand schreibt ganz allein ein Buch, und ohne alle, die ich jetzt aufzähle, wäre *Four Keys – Die Stadt im Schatten* nicht das, was es heute ist.

Meine Agentin Kelly Sonnack – danke für deine unermüdliche Führung und Weisheit, deine Besonnenheit und deinen untrüglichen Instinkt. Du hast *Four Keys – Die Stadt im Schatten* von Anfang an auf einer Ebene verstanden, von der ich höchstens zu träumen gewagt hätte – und mich hast du auch verstanden. Ich bin froh, dass du mir zur Seite stehst, und unendlich dankbar für alles, was du für mich und mein »Waldbuch« getan hast.

Meine Lektorinnen Hannah Allaman & Emily Meehan – danke, dass ihr mein Buch unzählige Male gelesen habt und meine Vision für die beiden Bände von Anfang an nachvollziehen konntet. Ihr seid ein echtes Dream-Team und ich fühle mich geehrt, dass ihr mich ins Grau begleitet habt. Hannah – danke, dass du meine Figuren genauso ins Herz geschlossen hast wie ich, und danke auch für die Hinweise auf das Musical »Hamilton«, deine Furchtlosigkeit und die beeindruckend schnellen Antwort-Mails.

Ich danke dem gesamten Team bei Hyperion, das mich immer unterstützt hat, vor allem Mary Ann Naples, Dina Sherman, Holly Nagel, Elke Villa, Andrew Sansone, Guy Cunningham, Patrice Caldwell, Cassie McGinty, Jody Corbett und Tyler Nevins.

Amanda Foody – du bist in mein Leben getreten, als ich schon alles hinwerfen wollte, und hast mir gezeigt, wie ich dieses Buch noch retten kann. Du bist meine Verteidigerin, die andere Hälfte meines Hirns, meine Heldin und meine ehrlichste Kritikerin – und manchmal glaube ich, du kannst Gedanken lesen. Du weißt immer, wie du mir gerade am besten helfen kannst, und gehörst zu den seltenen Menschen, von denen eine Introvertierte wie ich nie eine Pause braucht. Unsere unzähligen nächtlichen Erleuchtungen, Brainstorming-Sitzungen und Insider-Witze sind unverzichtbar für mich. Ich bewundere dein Talent, deine Arbeitsmoral und dein untrügliches Stilgefühl und ich kann mir niemanden vorstellen, den ich auf dieser abenteuerlichen Reise lieber an meiner Seite gehabt hätte. Worte können nicht ausdrücken, wie viel du mir bedeutest, darum begnüge ich mich mit einem schlichten »beste Freundin«.

Ohne meine großartige Kritik-Gruppe könnte ich diese Danksagung nicht schreiben. Euer Feedback, eure Ermutigung und eure Freundschaft bedeuten mir alles. Vielen Dank, Kat Cho,

Katy Rose Pool, Claribel Ortega und Joan He. Es ist mir eine Ehre, mein erstes Buch im gleichen Jahr – 2019 – zu veröffentlichen wie ihr eure tollen Erstlingswerke. Ein Dankeschön auch an Amanda Haas, die weltbeste Zuhörerin und meine selbst ernannte große Schwester; an Ella Dyson, Janella Angeles und Erin Bay, die meine Erstleserinnen waren; an Meg Kohlmann, die mehr Romantik wollte; an Mara Fitzgerald, die sich über vieles genauso aufregt wie ich; an Axie Oh, Akshaya Raman, Tara Sim, Melody Simpson, Maddy Colis, Ashley Burdin und Alexis Castellanos. Ich habe von euch allen viel gelernt und bin stolz darauf, dass ich an eurem vereinten Talent teilhaben darf. Bester. Kult. Ever.

Meiner Baumschwester Rory Power danke ich für die bahnbrechende Erkenntnis, dass das Verlagswesen wie *Dance Moms* für Erwachsene ist, und Emily Duncan, meiner Gothic-Queen, für die stundenlangen Gespräche über die Figuren dieses Buches und die Schlüssigkeit der beiden Bände. Danke, dass ich einfach so in euer Leben hineinplatzen durfte, und dafür, dass ihr zwei meiner Lieblingsbücher geschrieben habt; dafür, dass ihr meine besten und schlechtesten Seiten kennt und mich trotzdem lieb habt; dafür, dass ihr auch meine schlechte Laune aushaltet, und natürlich für die vielen Opossum-Gifs. Eure Bücher haben aus mir einen besseren Menschen gemacht – und eure Freundschaft genauso.

Ich danke Claire Wenzel, der unbestrittenen Herrscherin des Grafikdesigns und der witzigen Anspielungen; Swati Teerdhala und Isabel Sterling, meinen Erstlingsroman-Schwestern und klugen Beraterinnen; Deeba Zargarpur und der 18-Uhr-Busfahrt, die mein Leben verändert hat; Paige Cober, meiner Mitmörderin; und Nicole Deal, die die Omenkarten zum Leben erweckt hat. Claire Legrand danke ich dafür, dass sie meine Freundin und mein Vorbild ist und mich trotz meiner langen, emotionalen Texte akzeptiert; und Kati Gardner bin ich unendlich dankbar für ihr Verständnis und ihre Rückmeldungen.

Laura Lashley, Anna Birch, Emily Neal und Rachel Griffin – danke, dass ihr seit den *Pitch Wars* 2016 meine Rettungsanker wart. Sierra Elmore – danke für die vielen mitternächtlichen Katzenbilder und dafür, dass du mich daran erinnert hast, dass ein Buch auch die Aufmerksamkeit der sozialen Medien braucht.

Shelby, Ian und Sam – für Freunde wie euch krieche ich immer wieder gern aus meiner Schreibhöhle.

Brigid – wenn ich Holly bin, dann bist du Kelly. Danke, dass du immer Verständnis für mich hast.

Ich danke meinen Eltern, die mich ermutigt haben, Geschichtenerzählerin zu werden, und die achtzehn Jahre lang vierzig Kisten mit meinen Kinderbüchern rund um die Welt mitgeschleppt haben. Vielen, vielen Dank für eure Unterstützung.

Ich danke Grandma Barbara und Grandpa Mark, die sich meine Geschichten immer angehört haben, und Nanny und Poppy, in deren Esszimmer ich an der zweiten Fassung dieses Buches schreiben durfte und die mich dabei mit erstklassigem italienischem Essen versorgt haben.

Nova – weil du eine Katze bist, kannst du nicht lesen (glaube ich jedenfalls), aber ich möchte dich trotzdem in diese Danksagung einschließen. Danke, dass du über meine Tastatur trippelst, mich um vier Uhr früh in die Zehen zwickst und mich Demut lehrst.

Und zu guter Letzt danke ich Trevor, der mich so liebt, wie ich bin, der jahrelang Erstfassungen gelesen hat und mir stundenlang zuhört, wenn ich über meine jugendlichen Romanfiguren rede. Du bist so ein guter Mensch, dass ich aus dir niemals eine gute Romanfigur machen könnte.